KB231499

탱고는 두 사람이 추는 것이다

네 자녀를 키운 의사 엄마가 딸에게 실감나게 들려주는
'결혼 – 일 – 육아' 이야기

It's not the Glass Ceiling, It's the Sticky Floor

탱고는 두사람이 추는 것이다

네 자녀를 키운 의사 엄마가 딸에게 실감나게 들려주는
'결혼 – 일 – 육아' 이야기

캐런 잉그버그 지음 | 김미정 옮김

|참솔|

옮긴이 김미정

1976년 서울 출생.
경희대학교 영어영문학과 수석졸업.
현재 동대학원 재학중이며, 통역과 번역 활동을 하고 있음.

탱고는 두 사람이 추는 것이다

펴낸날   2002년 5월 3일   1판 1쇄

지은이   캐런 잉그버그
옮긴이   김미정

펴낸이   김혜숙
펴낸곳   도서출판 참솔
등록번호   제8-244호
등록일   1998년 5월 13일
주   소   121-718 서울시 마포구 공덕동 404 풍림빌딩 521호
대표전화   3273-6323
팩시밀리   3273-6329
이메일   chamsoul@hanmail.net

값   9,000원
ISBN   89-88430-25-5 03840

나의 이야기

열세 살 된 딸아이가 숙제로 주어진 자서전을 최근 완성했다. 딸아이
는 자신의 과거와 현재를 자세히 쓴 다음 미래를 상상해보고 있었다.
그때 내 마음을 사로잡은 것은 서문의 다음과 같은 헌정사였다.

내가 원하는 어떤 사람이든 될 수 있다고
나에게 말해주었던 모든 분들에게……

솔직히 내가 원하는 무엇이든 할 수 있다는 이야기는 어렸을 때부터
늘 들어온 말이었고, 그것은 내 삶의 구비구비에서 큰 힘이 되어주었다.
그럼에도 불구하고 나는 생물학적 이유에서건 문화적 이유에서건 남자

와 여자는 여전히 다르다는 사실을 발견했다. 이것은 여성에게 결코 간단한 문제가 아니었다.

경험에 비추어볼 때 그것은 문화적인 성차별과는 다른 것이다. 이것은 남녀가 평등하게 일하는 품위 있는 회사에서도 좀처럼 해결될 수 없는 삶의 본질적인 문제인 것이다. 사실, 여성들의 가장 심각한 딜레마는 성공에 있어서 사회적인 제약이라기보다는 기꺼이 떠맡아야 하는 어머니로서의 역할이다. 다시 말해서 여성들 앞에 마련된 길이란, 우리가 어릴 때부터 꿈꾸던 멋지고 근사한 고속도로가 아니라 예상치 못한 수많은 사건으로 점철되어 있는 고달픈 현실인 것이다.

딸의 이야기를 읽으면서 나는 내 삶의 우여곡절에 대하여 생각해보게 되었다. 20대 초반 나는 인생의 어느 한 곳으로 향하는 기차에 승차했는데, 결국은 전혀 다른 방향으로 오고 말았다.

나는 기자가 되려는 꿈을 가지고 미국역사를 전공하는 대학 3년생이었지만, 곧 의학에 매료되었고 의사가 되기로 마음을 바꾸었다. 이 결정을 내리기까지 굉장히 많은 시간이 걸렸고, 또 그에 수반되는 대가도 컸지만, 만족감은 이루 말할 수 없었다.

나는 오랜 시간 끝에 의학박사 학위를 따냈고 첫아이도 가졌다. 그러나 오래지 않아 내가 올라탄 것은 '의학 분야에서 빛나는 업적을 이루는' 직행열차가 아니라는 사실을 깨닫게 되었다. 알 수 없는 정거장에 수없이 머물고 종착역 또한 예측할 수 없는 열차에 탔던 것이다. 그것은 바로 '엄마'라는 이름의 열차였다.

의사가 되겠다는 결심은 여성운동이 일어나기 시작하면서부터 가지게 되었다. 능력 있는 여성으로 가는 문은 열려 있었고, 무엇이든 가능한 것처럼 보였다. 여성운동의 주도자가 되고, 흥미로운 전문직에 내 진로를 결정하는 것은 기분 좋은 일이었다. 우리 어머니는 결코 꿈꾸지 못했던 일을 해내는 데 어떠한 장애물도 없는 듯 보였다.

의학공부를 하는 데는 많은 돈과 시간이 들었고, 내 생각을 반대하는 솔직한 분들은 그 분야가 남성우월주의의 마지막 보루라며 경고했다. 하지만 의학에 매료된 여성에게 그런 반대쯤이야 좀 귀찮고 별로 중요하지 않은 사소한 방해물에 불과했다.

그러나 실질적인 장애물이 곧 눈앞에 나타났다. 그것은 어느 누구도 나에게 말해준 적이 없는 새로운 강적이었다. 물론, 사악한 의도로 일부러 말하지 않은 것은 아니다. '일'과 '가정'이라는 두 세계에 양다리를 걸치게 된 우리 세대의 여성들은 사회생활, 결혼생활, 육아의 역할을 모두 섞은 후 골고루 휘저어놓은 '첫 번째 시험관'과도 같은 존재였다.

혼합물의 결과는 수년간 명확하지 않았지만, 많은 사람들이 예견했듯 여러 가지 역할이 순조롭게 조화되지 못한 것은 확실했다.

이러한 실험을 거치는 동안 몇 가지 딜레마가 드러났고, 그 딜레마 중 대부분은 여전히 해답을 찾지 못하고 있다. 나 또한 젊었을 때는 중요하게 생각하지 않았던 문제에 대해 이제야 진지하게 생각해본다. 부모가 가정 이외의 다른 종착역으로만 달려간다면 우리의 아이는 누가 돌볼 것인가에 관해서 말이다.

딸에게 어떻게 조언해줄 것인가. 나는 곰곰이 생각해보았다. 가정을 돌보는 일과 자신이 추구하는 일이 어떻게 조화될 수 있는지 알 도리가 없었던 어머니와 달리, 나는 가정과 일의 양립에 대한 현실적인 점검을 꾸준히 해왔기 때문이다. 스스로에게 물어보았다. 가족 구성원 중 어느 누구도 가정을 가꾸는 데 시간을 낼 수 없다면 진정한 가정이 이루어질 수 있을까? 그렇지만 한 가지는 확신할 수 있다. 남성들이 가사노동을 좀더 적극적으로 분담하고 집에서 가족과 함께 보내는 시간이 얼마나 소중한지 뼈저리게 깨닫는 시기가 머지않았다는 점을!

어머니는 나의 세대가 이러한 갈등을 겪게 되리라 예측할 수 없었다. 그러나 나는 알고 있는 사실을 딸에게 얘기하지 않을 수 없다. 몇 년 후 그 녀석이 사회에서 이루고 싶은 일에 대한 야망과 행복한 가정을 꾸려야 하는 의무의 갈래길에서 갈등하며 "왜 이렇게 될 것이라고 미리 말해주지 않았죠?"라고 원망하기 전에.

쉽게 결론내릴 수 있는 문제는 결코 아니지만, 나는 후배들에게 여성으로 태어난 것이 그래도 행운이라고 말하고 싶다. 그리고 어렸을 적에 그린 청사진보다는 '원하는 것은 무엇이든 될 수 있다'는 쪽에 훨씬 더 다양한 길이 있다는 체험적 진리를 전하고 싶다.

의학박사 캐런 잉그버그

차례

선택은 해야만 하고
대가는 치러져야 한다

아버지는 어머니와 다르다

결혼생활은 꿈이 아닌 현실이다

20대 초반 나는
인생의 어느 한 곳으로 향하는 기차에 승차했는데
결국 전혀 다른 방향으로 오고 말았다.

오랜 시간 끝에 의학박사 학위를 따냈고 첫아이도 가졌다.
그러나 오래지 않아 내가 올라 탄 것은
'의학 분야에서 빛나는 업적을 이루는'
직행열차가 아니라는 사실을 깨닫게 되었다.
알 수 없는 정거장에 수없이 머물고
종착역 또한 예측할 수 없는 열차에 탔던 것이다.
그것은 바로 '엄마'라는 이름의 열차였다.
-「나의 이야기」에서

1

홀로 설 준비가 된 여성은
결혼 준비가 된 것이다

지난 반세기 동안 우리가 체험하게 되는 삶의 과정이 여성의 경우 엄청나게 변화했다. 여성들은 과거에 비해 훨씬 좋아진 건강상태로 좀더 오래 살게 되었고, 직업에 대한 선택의 폭이 넓어졌으며, 더 오랜 기간 동안 2세를 양육하고, 아이들이 자란 후에는 자신만의 생산적인 시간을 갖게 되었다. 여성이 받을 수 있는 학교교육 또한 대학은 물론 일반 대학원으로까지 확대되었으며, 사회는 여성도 집안의 생계유지와 재정관리에 한몫하길 요구하고 있다. 또한 의학의 발전으로 여성 고유의 기능인 자녀 출산(종족보존)을 인위적인 힘으로 조절할 수 있게 되었다.

젊은 여성이 십대 후반과 이십대를 보내는 동안 경험하는 수많은 변화와 결정들은 이후의 인생에 막대한 영향을 미칠 것이다. 그러므로 그 기간의 젊은 여성들에겐 인내심, 현실 자각, 판단력, 그리고 자기단련이 필요하다. 자립심과 자신감을 갖춘 당당한 여성에겐 보다 많은 선택의 기회가 보장될 것이고, 독립적인 여성은 그러한 폭넓은 선택 속에서 좀더 오랫동안 행복을 영위할 수 있을 것이다.

시간을 만들기 위해 시간을 투자하라

내가 아는 대부분의 다른 전문직 여성들처럼 나는 여성해방운동과 함께 성장했다. 이것은 지난 과거를 되돌아볼 때 가끔씩 드는 생각이다. 또 '어른이 되어간다는 것'은 우리가 성인이 되어가는 과정의 한 가운데에 있을 때 예상한 것보다 훨씬 더 많은 시간이 걸림을 깨달았을 때 드는 생각이기도 하다. 이런 현실은 여성해방운동에도 마찬가지로 생각보다 훨씬 더 많은 시간과 과정이 걸린다.

한편, 우리 문화의 기묘한 점은 '어른 되기'를 태어나서 부모로부터 독립하고, 대학을 졸업하고, 마지막으로 결혼하고 나서야 끝나는 일종의 유형화된 과정으로 말한다는 사실이다. 그러나 '어른 되기'란 운전을 할 수 있고, 대학에 가고, 술을 마시고, 군대에 가고, 투표를 하고, 결혼을 하고, 혹은 자녀를 출산할 수 있는(굳이 순서를 지킬 필요는 없다) 나이에 도달하기보다 훨씬 고되고 시간이 많이 필요한 '경험의 과정'이다. 우리 문화는 성년이라 불리는 특정한 나이가 되기 전에 '어떠한 것은 해야 하고, 또 그것을 어떠한 방식으로 행해야 한다'는 따위의 법적인 금기와 문화적인 금기를 만들어내는데, 그 특정한 나이라는 기준이 무척이나 애매하다.

이 '어른 되기' 작업은 매우 복잡하며, 오늘날에는 내가 겪었던 때보다 더 복잡다단해진 듯하다. 우선 여자애들의 경우, 십대에 따른 신체적·감정적 변화가 찾아오는데, 그 변화의 폭은 십대 이전에 이루어졌던 어떤 변화에도 비할 바 못될 만큼 엄청난 것이다. 언젠가 내 딸아이 중 하나가 열두 살이 되면서 곧바로 생리하게 된 것을 푸념하며 말했다.

"불공평해. 왜 여자애들만 아이를 낳기 전에 생리를 해야 하지? 정작 스물한 살쯤 되어서 진짜 어른이 되면 필요 없을지도 몰라."

딸애의 생각이 대단히 특이하거나 이해하기 어려운 것은 아니다. 아이가 편하고, 안전하고, 일상적인 초등학교의 생활에서 벗어나 복잡미묘한 중학교라는 사회 속으로 편입되는 바로 그때, 여자아이에겐 초경이 찾아오고, 가슴이 봉긋해지고, 전체적으로 몸매가 몰라보게 성숙해진다. 친구는 그녀의 존재 이유가 되고, 부모는 절박하게 필요할 때만 쓸모있는 존재가 되며, 남자친구는 절대 없어서는 안 될 존재가 된다(그녀는 이 사실을 수년 동안 당연하게 받아들인다). 이러한 과정 속에서, 사회는 그녀가 공부에 관심을 쏟고 점차 책임감 있는 사람으로 성장하길 기대한다.

고등학교에 다닐 무렵이 되면, 그녀는 관례적인 성인 이미지를 배워야 하고, 사회적인 금기 사항에 익숙해져야 한다. 그리고 고등학교를 졸업할 무렵 일련의 현실적인 선택을 해야 하는데, 여성의 인생에서 이때 선택하는 일들(자신의 정체성 찾기, 정서적 행복을 유지하는 데 결정적으로 도움이 될 졸업증서나 학위 따기 등)이 앞으로의 삶에 지대한 영향을 미치게 된다.

이 지점이 바로 '어른 되기' 이야기 구성의 핵심적인 부분이다. 결국, 이러저러한 것들을 체험하고 그 경험을 토대로 자신의 정체성을 확립해나가는 것이지, 십대 후반쯤에 그저 주저앉아서 아무 정체성이나 골라잡은 후 거기에 자신을 억지로 끼워 맞추는 것이 아니라는 뜻이다.

예전에 나는 이것저것 다양한 이미지를 연출하며 그 속에서 자신의 정체성을 찾으려 했던 고통스럽지만 분명한 기억이 있다. 티끌 하나 없을 정도로 말끔하고 정숙한 스타일, 고급 브랜드와 값비싼 소품으로 온몸을 치장한 화려한 스타일, 이제 막 잡지에서 빠져나온 것처럼 최첨단 유행을 따른 세련된 스타일, 간편한 옷을 소탈하게 입는 캐주얼 스타일, 그외에도 학생복 스타일, 히피 스타일, 그런지 스타일 등으로 말이다. 더러는 특정 스타일에 맞춰 옷을 입고 그와 전혀 다른 스타일로 행동한 적도 있었다.

그러다 결국엔 여러 가지 스타일 중 각각의 유용한 부분만 끄집어내어 뭉뚱그린 후, 거기에 내 자신을 맞추려고 했다. 그것이 내 인생에서 무언가를 해내기에 가장 적합한 이미지라고 생각했던 것이다. 하지만 얼마나 어리석은 생각인가. 아름답다고 생각한 이미지들을 이것저것 그러모아 놓고서 흐뭇해했지만, 그 하나하나가 모여서 얼마나 우스꽝스러운 그림을 연출해내는지 나는 꿈에도 생각지 못했던 것이다. 더구나 조합된 이미지에 자신을 맞춰가는 일이란 정말이지 고통스럽고 인내심이 필요한 노동이었다.

대학교와 의과대학을 다니던 시절 내내, 그러니까 이십대 후반이 될 때까지도 나의 지적 능력과 내가 맞춰보려 했던 이미지는 조화를 이루지 못하여 흉하게 비틀거렸다. 지적이면서도 섹시해 보이길 바랐지만 실제로 내가 입은 옷이란 것은 이것저것 마구 걸친 누더기에 불과했던 것이다.

이것은 비단 내 애기만이 아니다. 교육을 잘 받은 상당수의 여성이 이런 문제로 고통스러워 한다. 나와 비슷한 시행착오를 겪고 있는 젊은 여성이라면 그렇게 뒤죽박죽 되어버린 것들을 천천히, 그렇지만 분명하게 분류하고 그 중에서 가장 자신에게 맞는 정체성을 찾아내기를 바란다.

여러 경험을 통하여 여성 스스로 정체성이 확립되기 전까지 '나는 진정 무엇을 원하는가' 라는 질문에, 그러면 '남성들은 무엇을 원하는가' 라는 의문이 늘 따라다니며 여성들을 혼란스럽게 한다. 심지어 한 가지 목표를 세우고 그것에 전력투구하는 와중에도, 젊은 여성은 언젠가는 결혼하여 아이를 갖겠다는 생각에 지배당하곤 한다. 그러나 여성이 혼자서도 행복하게 살아가며, 자기의 정체성을 확립하고, 야망을 위한 현실적인 노력에 매진하면서, 남성에 대해서도 어느 정도 사전지식을 갖추었을 때, 비로소 그녀는 결혼에 대하여 생각할 '준비' 가 된 것이다.

우리는 흔히 결혼을 정착하는 것에 비유하곤 한다. 결혼함으로써 잠시만이라도 그간의 의미 찾기와 자아추구에서 비롯되는 온갖 혼란스러움에서 벗어날 수 있기 때문이다. 다른 누군가에게 헌신적이고 성숙한 인간이 되겠다고 (결혼)맹세하는 것은, 그것이 행복하건 불행하건, 혹은 잠시 동안일지라도, 정말 그러한 사람이 되어가게 만든다.

한편, 그것은 당신의 발전적인 생각에 큰 걸림돌이 될 수도 있다. 자신을 있는 그대로 인정하지 않고 배우자를 위해 그가 원하는 대로 자신을 끼워 맞추려는 것은 자아추구에 젖은 담요를 덮어씌우는 꼴이다. 결국 자기 스스로의 능력과 가능성 대신 다른 누군가가 요구하는 의무만 쫓다가 인생을 마치게 된다.

만일 내가 십대 후반에 결혼했더라면 어떤 중요한 경험이 나를 정신차리게 만들지 않는 한, 히피 남자를 선택해서 나도 히피 엄마가 되었을 것이다. 이십대 초반에 결혼했더라면 나는 의과대학이나 대학원은 꿈도 꾸지 못했을 테고, 아내라는 것이 무엇인지 알지도 못한 채 가정주부로서 살림에 적자가 나지 않도록 전전긍긍했을 것이다. 심지어 이십대 중반조차도—비록 내가 확고한 결심으로 분명한 목표를 향해 전력투구하던 때이긴 했지만—자아추구라는 것은 꽤나 많은 대가를 요구했었다.

결혼이란 오랜 기간의 안정에서 벗어나 새로운 가능성에 도전하는 일이다. 또 아이가 없을 경우엔 ('결혼'이라는 길을 계속 동일한 배우자와 함께 여행하든 아니든 간에) 자신의 꿈과 희망을 향한 길에 도움이 될 만한 꽤 중요한 지혜들을 결혼으로부터 얻어낼 수 있다. 그러나 어떤 나이든 결혼하게 되면 십중팔구는 자녀를 가지게 될 것이고, 그 아이들이 온전한 자아를 형성하기 위해서는 안정적인 환경과 건전한 정서를 지닌 부모가 필요하다. 그러므로 일찍 결혼하는 것이 굳이 정해진 대로 전개되는 비극일 수는 없지만, 너무 이른 결혼으로 인해 발생하는 불행의 피해자는 결국 아이들이다.

딸들에게 십대의 불규칙한 생리가 찾아올 때마다, 옆에서 지켜보기만 해야 하는 나는 초조해지곤 한다. 고등학생 때부터 이십대 후반까지 여성들은 엄청나게 많은 선택을 해야 하고, 여러 경험을 통해 섹스, 사랑, 지적인 성취, 육체의 성장, 결혼, 직업, 그리고 자녀 출산에 관한 모든 것을 배운다. 그것은 대부분 끊임없이 계속되는 고되고 오랜 과정이지만, 또 지극히 중요한 과정이기도 하다.

앞에서도 언급했듯이, 내 딸아이는 스물한 살을 성년이 되는 마법의 나이로 생각하고 있다. 하지만 추측컨대 딸아이가 막상 스물한 살이 되면, 그 나이에 대한 기준은 결혼이나 자녀 출산을 해도 좋을 만한 나이로 옮겨갈 것이고, 아마도 그 나이는 서른 가까이 되지 않을까 싶다. 덧붙여 나는 딸아이가 결혼이나 자녀 출산을 도착점이 아니라 끊임없이 진행되는 부단한 노력의 한 과정으로 이해해주길 바란다. 인생이 긴 것 같지만 동시에 짧을 수도 있다는 사실을 기억하고, 매순간 마다 다음 순간에 필요한 것이 무언지 생각하고 효과적으로 행하는 데 최선을 다했으면 한다.

무엇이든지 추구하라, 그러면 찾을 것이다

'어른 되기'에 반드시 필요한 것은 '자신이 무엇을 하며 살아가기 원하는가'를 결정하는 일이다. 어떤 사람들은 매우 어린 나이에 자신이 원하는 바를 정확히 알고 그 목표를 향해 체계적으로 매진한다. 하지만 대다수의 사람들은 부모님의 친구분들이 "그래, 너는 커서 무엇이 되고 싶니?"라고 물을 때 대답할 만한 영리한 답을 만들어놓고도,

막연한 목표를 향해 우왕좌왕한다. 정작 자신은 무엇을 하길 원하는지 혹은 어떻게 살 것인지에 대해 아직 구체적인 계획을 세우지도 못했는데, 자신의 의사와 상관없이 미래에 대한 일련의 이벤트를 마련해놓은 어른들을 상대하기란 참으로 난감한 일이다. 어떤 것을 생각해낸다 하더라도 그것이 자발적인 결정이기보다 외부의 자극에 의해 점차적으로 뒤죽박죽 형성된 것일 가능성이 크다.

이러한 사실은 성공한 여성의 수많은 자서전에서도 증명된다. 『쿠어레인으로부터의 길 The Road from Coorain』이라는 감동적인 자서전에서, 질 커 콘웨이(Jill Ker Conway)는 그녀가 밟아온 교육과 험난했던 직업세계의 경험을 되짚어본다. 그녀는 고등학교를 졸업할 당시 아버지의 말에 자극받았다. "나는 진정한 소망들을 실현시키기 위하여 피나는 노력을 했다. 하지만 나에게 지침이 될 만한 미래로 가는 안내서가 없었다. '만일 숲속에서 길을 잃게 되면, 무엇을 해야 하는가'에 대하여 충고해주셨던 아버지의 말씀을 기억한다. '겁먹지 말고 힘차게 헤쳐나가야 해. 그늘 밑에서 잠시 쉬면서 밤이 될 때까지 기다리렴. 곧 남십자성을 찾을 수 있을 테고, 그러면 그것을 안내자 삼아 똑바로 걸어가면 된단다' 라고 말씀하셨다."

콘웨이는 시드니 대학에서의 짧은 교육과정을 마친 후 휴학한다. 그후, 한 병원 진료실에 자리를 얻어 그 색다른 경험에 식상해질 때까지 근무한다. 다시 그녀가 복학했을 때, 자신이 역사와 문학을 좋아하고 그것에 열정을 가지고 있음을 깨닫게 된다. 그때부터 그 사실은 그녀를 뒷받침해주는 원동력이 되었으며, '가난한 엄마'와 '오스트레일리아의 교육세계에 내재되어 있는 성차별' 이라는 굴레를 극복하게 한다. 마침내 콘웨이는 오스트레일리아를 떠나 미국으로 향하게 되고, 여성으로서는 처음으로 명문 스미스 대학의 총장이 된다.

비단 그녀뿐 아니라 성공한 다른 여성도 비슷한 이야기를 한다. 자신의 불안정했던 대학교육에 대해, 직업을 얻기 위해 이곳저곳을 전전했던 경험에 대해, 확고한 진로를 발견하기 전까지 이것저것 여러 분야를 편력했던 고통스런 과정에 대해…….

뉴저지의 최초 여성 주지사인 크리스틴 토드 위트먼(Christine Todd Whitman)은 기복이 심했던 교육경험을 가지고 있다. 유럽에서 초등교육을 마친 그녀는 마음에 딱 맞는 학교를 찾기 위해 여러 고등학교를 전전하다가, 마침내 대학 시절 흥미를 느꼈던 정치학에서 자신의 열정을 발견하게 된다. 그녀는 자신이 무엇을 원하는지 알았지만 그것을 얻기 위해 치러야 하는 의무교육에 대해서는 치열하게 집착하지 않았다.

배우와 코미디언으로 명성을 떨치고 있는 로지 오도넬(Rosie O' Donnell)은 지금의 직업세계에 발을 들여놓기 전에 두 대학에서 퇴학당한 경험이 있다. 사실, 예술 분야에는 그러한 여성이 수없이 많다. 그들은 각 분야의 경쟁에서 살아남기 위해 사회와 가족이 바라는 일반적인 기대를 저버려야 했고, 사회적·심리적 핸디캡을 극복해야 했으며, 자신의 열정을 발견하기 전에 탐닉했던 약물에서 벗어나야 했다.

내가 경험한 가장 훌륭한 충고는, 충고라기보다 마가렛 부르크 화이트(Margaret Bourke-White)의 옆에서 지켜보며 배운 것이다. 마가렛은 1930년대 후반 그녀의 작품이 『라이프』의 표지를 장식할 정도로 명성 있는 사진작가이다. 그녀에게 나오는 지혜의 진주는 다음과 같다. "일이란 당신이 의지할 수 있는 것이며, 결코 당신을 저버리지 않을 일생의 믿을 만한 친구이다." 하지만 이에 대해 주의할 점은, 이 '친구'라는 것은 항상 당신이 찾아 나설 수 있는 것이 아니며, 종종 이 '친구'가 당신을 찾아내야 할 때도 있다는 것이다.

'일'이라 불리는 일생의 친구를 찾거나, 혹은 그 '친구'에 의해 찾아지는 일은 흥미진진한 작업이다. 사실 직업이란 우연한 곳에서 뜻하지 않게 발견할 수도 있는데, 우리 문화에서는 '직업 선택하기'라는 작업이 의례적인 것이 되어버린 경향이 있다.

예를 들어, 적당한 대학을 선택하고 그를 위해 준비하면서 온갖 노력을 쏟아붓다가, 아이러니컬하게도 고등학교를 졸업하기도 전에 그 열정이 점차 수그러들기 시작한다. 어떻게 하면 부모에게 들키지 않고 밤에 집에서 몰래 빠져나갈 수 있을까에 더 관심이 많던 아이가 고등교육에 편입되면, 사회는 아이가 자신의 장래에 관해 재빨리 파악하고 현실감각을 키워나가길 바란다. 그러면 아이는 스스로의 가능성을 펼치기보다 타인이 강요하는 기대에 짓눌려 옴짝달싹 못하게 될 수도 있다.

이것은 서너 살배기 자녀에게 책 읽힐 준비를 마치는 부모의 성향을 생각나게 한다. 어떤 네 살배기는 책을 읽기도 할 것이다. 하지만 아동발달에 있어서 한 아이가 일정 단계에서 갖추어야 할 갖가지 조건은 부모나 다른 누군가의 예정대로가 아니라 그 아이의 능력과 적성에 맞춰져야 한다. 그것은 책을 읽는 데 필요한 학습능력뿐 아니라 대학과 직업을 선택할 때도 마찬가지다. 아이에게 그것이 중요한 일이 되었을 때, 그리고 아이가 그렇게 행동하는 데 필요한 정보를 충분히 갖추었을 때 아이는 책을 읽을 것이고, 장래에 무엇을 하며 살 것인지 결정하게 될 것이다.

십대 후반에서 이십대 초반까지 마주하는 삶의 가능성은 무궁무진하다. 모든 곳으로의 문이 활짝 열려 있는 듯 보인다. 그러나 가능한 한 더 많은 문을 열어두어야 함에도 불구하고, 이 사회는 대학을 선택하자마자 곧바로 전공을 택하도록 요구한다. 이것을 너무 심각하게 받아들인 나머지 간혹 어떤 신입생은 기숙사 방에 옷가방을 들여놓기가 무섭게 자신을 어떤 특정한 역할에 구겨넣곤 한다.

하지만 예정된 운명이란 없기 때문에, 직업을 선택할 때가 되면 전공과 상관없이 진로는 몇 번이라도 뒤죽박죽 바뀌게 된다. 그들은 장래에 대해 (신중하든 신중하지 않든) 열렬해질 필요가 있을 때에도 보통 4년이라는 시간을 허비하며, 모든 자금이 바닥나거나 학점에 문제가 생겨서 학적계나 부모님에게 자신의 신용이 떨어지면, 마침내 "지쳤어!"라고 말하고는 주저앉아 버린다.

그러나 종종 직업에 대한 진로를 좌지우지하는 것이 대학전공이나 재정지원, 혹은 그 밖의 최종 시한에 관계된 문제가 아니라 파트타임으로 하는 부업이나 외부적인 환경일 수도 있다. 사실상 '타이밍'이란 것이 몇 년, 심지어 몇십 년을 이끄는 바통의 역할을 하기도 한다. 이러한 현상에 대해 다니엘(John M. Daniel)은 『작은 신문사 사장의 고백서 One for the Books:Confessions of a Small Press Publisher』라는 회고록에서 다음과 같이 기술하고 있다.

나는 고등학교를 졸업하면서 거의 기계적으로 대학진학을 선택하고 영어학을 전공하게 되었다. 비록 당시엔 그 사실을 인식하지 못했지만, 선택의 여지가 없다는 것이 내겐 일종의 정형화된 패턴 같았다. 결국 고등학교를 졸업한 젊은이가 으레 그렇듯이 나도 그 패턴을 좇아 대학에 간 것이다. 십대에 내가 했던 반항이란 예일 대신 스탠포드 대학에 가기로 결정한 것이 전부였다. 나는 스탠포드를 택했다. 뉴잉글랜드는 사계절이 모두 겨울이라는 사실만으로도 내겐 충분한 이유가 되었다. 또한 나는 케루악(Kerouac)을 읽었고, 도리스 데이(Doris Day)의 영향을 받았을지도 모르지만, 캘리포니아엔 무언가 신비한 것이 있을 거라고도 생각했다.

내가 영어학을 선택한 이유도 형 네일(Neil)이 내게 요술과 요들송과 운전을 가르쳐주었기 때문이다. 그러므로 형을 선망하고 있던 내가 그의 전철을 밟는 것은 지극히 자연스러워 보였다……

대학에 진학하기까지 내 경험도 별반 다르지 않다. 나의 십대 반항은 '대학에 진학할 생각이 전혀 없다'고 선언하는 형태로 나타났다. 그리고 웨이트리스와 은행의 금전출납 계원으로 한동안 고생해본 후에, 부모님은 왜 내가 대학에 가기를 바라셨는지 이유를 분명히 알게 되었다. 내 것은 아니지만 다른 사람의 돈을 만지는 신기함과 빗속에서 자전거를 타고 일터로 나가며 느끼던 신선함이 점차 희미해졌을 때, 보스턴 대학을 제외하고는 동부의 모든 대학의 원서지원이 마감되어 버렸고, 결국 난 급하게 보스턴 대학에 지원하지 않을 수 없었다. 입학허가를 받자마자 나는 도시를 가로지르며 학교로 향했다. 하지만 사실상 나는 그 곳에 대해 아는 것이 아무것도 없었고, 그 곳을 지원해야 할 별다른 이유도 없었다. 단지 다른 대학의 원서지원이 마감되어서 내겐 선택의 여지가 없었고, 보스턴 대학도 간신히 지원이 가능했기에 좀더 친근한 느낌이 들었을 뿐이다.

이러한 '우연' 은 대학을 졸업하고서도 계속된다. 남편에게 왜 의사가 되었느냐고 물어본다면, 그는 전기공학 과정을 마치고 대학을 졸업한 1970년에 베트남 전쟁이 한창이었기 때문이라고 대답할 것이다. 역사적 사실과 그의 졸업은 한순간 교차되었고, 신학과 의학의 두 대학원 코스만이 젊은 남자가 군대징집을 연기할 수 있는 유일한 방법이었다. 그는 후자를 택했고 의사가 되었다. 어떤 불타오르는 희생정신이 있어서가 아니라 단지 그것이 선택할 수 있는 세 개 중에서 가장 그럴듯해 보였기 때문이었다.

이러한 것이 궁극적인 생존의 의미가 되기에 터무니없이 엉터리처럼 보일지라도, 내가 겪었던 경우에 비하면 좀더 그럴듯하다. 1970년대에 움트기 시작한 여성해방운동에도 불구하고, 그 시절 대학을 다녔던 많은 여성들에게 있어 최고의 관심사는 여전히 남편감 고르기였다. 그러나 나머지 여대생들은 여성해방운동에 열중했다. 우리는 모자도 쓰지 않고, 미니스커트에 검정 터틀넥을 입고, 어두운 색 타이츠 차림의 젊고 유머감각 없는 교수들을 숭배했다. 그들은 강의시간에 너무나 진지해져서 버지니아 슬림스를 피워댔으며, 어리둥절해진 제자들에게 대수롭지도 않은 사건에 대해 보다 광의의 의미를 숙고해볼 것을 요구했다.

페미니즘의 초창기, 여러 갈래로 입장이 나뉘어 혼란스럽고 흥분되던 시기에 여대생들은 더 이상 자신이나 먼 길을 함께 할 다른 누군가(남성)에 대해 확신할 필요가 없었다. 오직 소수의 여성만 여전히 대학 4년 동안을 적당한 남편감 고르는 데 쏟아부었다. 만약 1970년대에 존 다니엘이 대학에 있었더라면, "그게 고등학교를 졸업한 젊은이가 으레 하는 일들이니까"라고 말했을지도 모른다.

오늘날 대학원과 대학의 관계는 30년 전 대학과 고등학교의 관계와 거의 비슷하다. 대학과 대학원에 진학하는 사람은 대부분 젊은이들이다. 어떤 이들은 분명한 목표가 있어서 미래에 대해 명확한 의지를 가지고 있겠지만, 어떤 이들은 성장의 이름으로 맞닥뜨려야 할 험난한 현실이 두려워 그저 학교에 남아 있을지도 모른다.

한편, 가업을 물려받거나 대대로 내려온 명예로운 전문직에 종사해야 하는 사람이라면 직업 선택에 대비한 자아탐구가 쓸데없는 소리로 들릴 것이다. 그들은 원치 않아도 가르치고, 상담하고, 발명하고, 글쓰고, 연기하고, 또 수공예품을 만들어왔던 가족사에 거의 강제적으로 따라야 한다. 그들 중 어떤 이들은 가족의 과거 때문에 덜미를 잡혔다고 느낄 것이다. 그렇다면 저항하라, '내 방식'으로! 그리고 당신 스스로가 선택한 방향을 제시하라.

하지만 대학을 졸업하는 사람 대부분은 자신의 선천적인 재능에 경험과 적성이 제공하는 것을 덧붙여 세상 속으로 뛰어들거나 대학원에 진학하면서, 그 선택이 운좋게 딱 들어맞는 것이길 바란다.

대학과 대학원 교육에도 불구하고, 직업 선택에 있어서는 이전의 학창시절에 학교 관현악단에서 제1연주자가 된 것, 금붕어를 쏟아내 버린 것, 반에서 중간을 하거나 과학경시대회에서 1등을 한 것 등 과거의 모든 경험이 상당한 영향력을 행사한다. 모든 것이 항상 의도한 대로 되지는 않는다. 전혀 예상치 못한 곳에서, 전혀 예상치 못한 이유로, 사람들은 일생일대의 중요한 선택을 하기도 한다. 사실, 여러 분야에서 일하고 있는 많은 사람들이 자기에게 그 직업을 선택하도록 영감을 준 요소가 무엇인지 정확히 알지 못한다. 한 여성이 수의사, 법률가, 물리학 교수, 또는 TV 스타가 되었다고 하자. 그러나 그녀의 과거를 돌아보았을 때, 자신이 그러한 직업을 선택하는 데 있어서 어떠한 요소들이 거기에 결정적인 영향을 끼쳤는지 정확히 규명할 수 없을지도 모른다. 한 여성이 이력서의 직업란에 무엇을 써넣을지에 대해서 꽤나 긴 목록의 변수가 작용하게 마련이다. 이러한 결정과 선택 가운데 몇몇은 의식적으로 이루어지는 반면, 다른 많은 경우엔 무의식적으로, 혹은 그 자극 요인이 무엇인지 제대로 인식되지 못한 채 이루어진다.

직업을 선택하는 방법에 대해 출판된 자료는 엄청나게 많다. 하지만 차트, 테스트, 컴퓨터 분석, 개인 프로필, 어떻게 인터뷰를 해야 하는가에 대한 이론, 상담센터 등의 도움보다는 (고등학교 졸업장만 받았든 박사학위를 받았든) 자기 스스로에 대한 탐구와 자아성찰을 통한 직업 선택이 가장 멋진 방법이란 사실을 기억해야 한다. 장래 직업에 대한 체계적인 접근과 함께 "자신의 마음을 따르라, 꿈을 쫓으라, 낙하산 색깔을 골라잡으라, 그리고 절대 No라고 대답하지 말라"는 최근의 경향을 병행해야 한다.

하지만 여성의 경우 상당수가 자녀와 함께 가정을 꾸려나가는 과정에서 '마음, 꿈, 낙하산 색깔, 대답' 들이 대학전공보다도 더 자주 바뀔 수 있다는 딜레마에 빠질지도 모른다. 이러한 것을 이해하는 것만이 다음 세대의 여성이 자신의 미래를 보다 현실적으로 추구하고 스스로 찾아낸 것으로 인해 행복해질 수 있도록 도와줄 것이다.

힘을 비축하라

나는 돈에 관한 전문가는 아니지만, 이 또한 어느 정도 관리가 필요한 부분이기에 여기서 간단하게 언급하려 한다. 돈에 대한 주제는 직업이나 배우자 선택만큼 우리에게 중요한 문제인데, 대부분의 여성은 이에 대해 수동적인 태도로 일생을 살아간다. 십대에 섭취한 칼슘이 그후 20년 동안 뼈를 보호해주는 것처럼, 장기적인 안목으로 재정관리를 하는 것은 우리 삶의 많은 부분을 지켜줄 것이고, 우리가 해보지 못한 여러 선택을 가능하게 해줄 것이다. 그러므로 금전계획은 애매하게 뒤로 미뤄놓아도 좋을 만큼 단순한 문제가 아니다.

사실, 돈을 많이 버느냐 적게 버느냐는 그 돈을 가지고 무엇을 하느냐와 별관계가 없다. 재정전문가는 적은 돈일지라도 오랜 기간 투자하면 상당한 수확을 올릴 수 있다고 말한다. 만약 어느 정도의 돈으로 제때에 투자하는 훈련이 되어 있다면, 경제적인 의무가 거의 없는 젊은 나이에 꾸준히 모아둔 돈이 훗날의 어려움에 든든한 버팀목이 되어줄 것이다.

그런데 어떻게 투자하는지 지식이 부족하다는 점이 가장 큰 장애물로 작용한다. 돈의 활기를 무시한 채 많은 돈을 그저 예금통장에 처박아둔다면, 인플레가 가장 낮은 수치에 있을 때조차도 돈의 가치를 하락시킬 것이다. 만일 예금한 돈에 2~3퍼센트의 이자가 붙는다면 3퍼센트의 인플레 비율이 지속되어 예금액의 가치를 감소시킬 수도 있다. 예금을 계속함으로써 통장 안의 돈이 불어나는 것을 지켜볼 때 흡족한 마음에 뿌듯해질 수도 있다.

하지만 그러한 방법은 몇십 년 전 우리 어머니들이 돈을 넣은 봉투를 서랍 깊숙이 모셔두었던 방법과 별반 다르지 않다. 물론, 나중에 서랍 밑에서 꺼냈을 때 그 돈은 고스란히 있을 것이다. 그러나 그 돈은 쓸모를 다하지 못한 셈이고, 그 방법은 우리에게 아무 도움도 주지 못한다.

나는 1980년대 초반에 의과대학을 다니며 수업료와 생활비를 충당하기 위해 레지던트 이후 4년을 군대에서 봉사하든지 돈을 꾸든지, 둘 중 하나를 선택해야 했다. 나는 내 선택권을 제약받고 싶지 않아 후자를 택했고, 연이율 3퍼센트와 7퍼센트짜리 두 가지의 학생 융자금을 신청했다.

학기가 시작될 때마다 이에 대한 이자를 지불하고, 수업료를 지불한 후에도 몇 달 동안의 생활비가 내 수중에 남게 되었다. 그러는 동안 연 5퍼센트의 인플레로 인해 융자금에 이자가 덧붙여졌는데, 그것은 예금통장으로 지불되던 4퍼센트의 이자를 훨씬 넘어서는 것이었다. 내 돈이 한곳에 오랜 기간 머물지는 않았지만, 예금액은 조금씩 조금씩 좀먹어 들어가고 있었다.

당시, 금융시장의 이자는 약 13퍼센트였다. 재정적인 부분에 대해 좀더 많은 것을 알고 있던 동료가 지적해주었을 때에야 나는 비로소 깨닫게 되었다. 융자금을 맡겨야 할 곳은, 인플레와 대출금의 연간 손실에 보조를 맞출 뿐 아니라 단기적으로 어느 정도의 이자까지 산출해내는 금융시장이었지 오래되어 친숙한 예금통장이 아니었던 것이다.

우리 의무교육 체계의 여러 문제 가운데 하나는 '재정관리' 처럼 중요한 주제에 대해서 제대로 된 교육이 턱없이 부족하다는 점이다. 대학에서 시행하는 한두 개의 경제학 강의조차 돈에 관한 틀에 박힌 교육을 조금 넓혀놓는 수준에 불과하다. 하지만 상품이나 서비스에 관한 이론적인 지식은 자녀교육비(초등학교에서 대학교까지)를 지불하거나 노년계획을 세울 때, 별도움이 되지 못한다.

어떤 운좋은 사람은 윤택한 집안에서 태어나 훌륭한 재정관리 실습을 충분히 경험한 후 성인이 되기도 한다. 그러나 대부분은 이제 시작해야 하고, 예습·복습은 물론 실수를 통해서도 배워야 한다. 재정관리는 그만큼 중요하다.

이 책에서 '어떻게 투자를 잘하고 재정적인 안정을 위한 계획을 세울까' 에 대한 자세한 설명을 기대해서는 안 된다. 많은 지은이가 그 주제에 관해 이미 셀 수도 없을 만큼 많이 써놓았다. 날마다 신문을 읽으면서 경제면을 훑어보고, 전문용어에 친숙해지는 것은 좋은 출발점이 될 수 있다. 그후 투자그룹을 세운 경험이 있는 사람에게 충고를 비롯한 많은 도움을 받을 수 있을 것이다. 시간낭비나 값비싼 실수를 하지 않도록 말이다. 또한 인터넷에 접속해 온라인상으로 제공되는 다양한 투자교육을 접해볼 수도 있다.

일단 하기로 결심했다면, 지금 곧 시작해야 한다. 돈을 저축하기에 '적절한 때' 를 기다린다는 것은 예금 이자 한 번 못 받아보고 나이를 먹거나 폭삭 늙어버리는 것과 같다. 대부분의 재정관리인은 장기적(20년 혹은 그 이상)으로 투자하는 것이 수익을 극대화하는 가장 좋은 방법이라고 말할 것이다. 그 말은 지금 시작하라는 소리다(당장은 아니더라도, 이 책을 다 읽기가 무섭게 시작해야 한다). 투자할 만한 목돈을 마련할 때까지 기다리지 말라. 그 순간은 어쩌면 오지 않을지도 모른다. 이럭저럭 하는 동안 체계적으로 투자한 푼돈이 언젠가 목돈이 되어 있을 것이다.

결혼하기 전에, 금전적인 부분에 대해 어느 정도 지식을 갖춰놓아야 큰소리치며 살아갈 수 있다. 설사 남편 혼자서 돈벌이를 한다 하더라도, 여성이 배우자에게 돈을 받아쓰던 시대는 지나갔다. 60년대와 70년대의 페미니스트들은 현명하게도 '돈과 권력이 종종 동의어가 된다'는 사실을 지적했다. 이러한 진실은 사회생활을 하면서 점차 분명히 깨닫게 될 것이다. 인간관계에서건 사업관계에서건, 돈과 권력은 항상 함께 작용한다. 우리는 어떤 협력관계에서건(결혼도 예외는 아니다) 이익을 줄 만한 충분히 큰 권력을 원할 것이다. 지혜롭게 돈을 벌어 현명하게 관리하는 법을 배우는 것은 그 목표를 향한 첫걸음이 된다. 힘을 비축해야 한다. 그리고 빨리 시작하라.

행동 너머의 것을 보고, 약속 이상의 것을 들어라

어느 날 저녁, 몇 쌍의 부부와 함께 저녁식사를 하게 되었다. 그들은 모두 결혼한 지 최소 10년이 넘은 부부들이었다. 그런 사람들이 모이면 흔히 그렇듯, 가벼운 농담으로 시작해서 이야기의 장이 펼쳐졌다. 각 커플마다 편안한 마음으로 여자와 남자가 어떻게 다른지 얘기해보기로 했다. 물론 너무 난해하지 않게 말이다.

"이이는 엄청난 괴짜예요. 그래서 난 완전히 넋이 나가버렸죠." 한 부인이 말했다.

"그래요 우리 그이는 스포츠 중계 때문에 산다니까요. 정말이지 텔레비전을 집 밖으로 집어던지고 싶다니까요." 다른 부인이 한숨을 쉬며 말했다.

"팝콘은 달라하지 않나요?" 세 번째 부인이 물었다. "우리 부부는 영화를 보려 해도 서로 보고 싶은 장르가 달라서 의견일치가 정말 힘들거든요. 한 번은 웬일인지 서로 똑같은 영화를 골랐어요. 그런데 남편이 팝콘을 같이 먹자는 거예요. 그러더니 팝콘을 한 주먹씩 집어서 허겁지겁 먹어치우는 거 있죠. 영화 보는 내내 팝콘을 만들어서 갖다 바쳐본 적 있어요? 분명히 말하는데, 팝콘 나눠먹기는 결혼생활에서 힘든 일이에요."

마지막으로 네 번째 부인이 그녀의 남편을 쳐다보며 미소지었다. "오늘 아침 신문의 풍자만화에서 이런 제목을 읽었어요. '너만 아니었다면 이건 완벽한 관계가 될 수 있었을 텐데.' 우리는 웃음을 터뜨렸죠. 왜냐하면 제 생각엔 우리 둘 다 그렇게 믿고 있는 것 같거든요."

이것은 몇 년간 결혼생활을 해본 사람이라면 당연하게 받아들일 수 있는—남녀가 다르다는 사실뿐 아니라 유머감각이 어떤 관계에서든 절대적으로 필요하다는 사실을 반영하는—이야기이다.

이제 '완벽한' 관계라는 것이 과연 존재하는지에 이야기의 초점이 맞춰졌다. 젊은 사람이라면 이런 이야기가 불편할 수도 있다. 그리고 예외 없이 속으로 생각할 것이다. "난 그런 식으로 생각하지 않아. 난 농담으로라도 그런 얘긴 안 할 거야. 애인과 뭐든지 척척 다 잘 맞는 걸. 난 절대로 아이 때문에 싫은 사람과 함께 살진 않겠어."

하지만 처음 함께 살기 시작했던 이유가 끝까지 지속되는 것은 아니다. 결혼한 대부분의 부부는 처음의 이유와 무관하게 살아간다. 결혼이란 서로 다른 성격과 서로 다른 성장배경을 가진 두 사람이 만나는 것이다. 그 결합이 좋은 결과를 맺기 위해서는 서로의 것을 인정하고 받아들여야 하는데, 중요한 것은 결혼이 결합만으로 끝나는 것이 아니라는 사실이다. 왜냐하면 결합 속에서도 개인은 계속해서 성장하고, 변화하며, 배우자와 함께 앞으로 나아가기 위해서 반드시 낡은 이유를 대체할 새로운 이유를 만들어야 하기 때문이다. 그런데 이것은 멋진 일일 수도 있고, 그렇지 않을 수도 있다.

결혼에 관한 자연의 역사―하나의 결혼이 진행되는 동안 어떠한 일들이 벌어지는가―는 수없이 많은 요소로 이루어진다. 또 그 요인의 대부분은 미리 예측할 수도 없다. 탄생, 죽음, 취직, 퇴직, 건강, 질병, 그리고 예측할 수 없는 무수한 사건들이 하나씩, 혹은 한꺼번에 찾아온다.

영속적인 결혼의 가장 중요한 요소는 두 구성원, 즉 남편과 아내의 기본적인 화합과 연관되어 있다. 두 사람이 서로 화합하며 공존하기 위해서는 열정적인 사랑보다 상호존중, 행복해지려는 마음가짐, 포용력, 그리고 기꺼이 타협하고 양보하는 마음이 더 중요하다. 헤어스타일, 직업, 좋아하는 음식 따위의 외부적인 요인은 결혼기간 내내 수없이 변할 수 있지만, 성격의 기본이 되는 요소와 기본적인 화합은 좀처럼 변하지 않는다. 결혼하기도 전에 감정적인 불안과 불화가 저변에 자리잡게 되면 결혼식은 진행되지 않을 것이고, 감정의 골은 더욱 깊어질 것이다.

심리학자가 결혼한 부부나 연애 중인 커플의 상태를 평가할 때, 가장 먼저 하는 일은 좋은 결합인지 아닌지를 따져보는 것이다. 잘못된 결합이란 사리분별력이 완성되지 못한 상태에서 멋모르고 해버리는 성급한 결혼에서 비롯된다. 또 두 남녀가 근본적으로 화합할 수 없는 세계관을 갖고 있는 경우도 잘못된 결합이라고 할 수 있다. 그런 문제쯤이야 예측 가능하고 그래서 피할 수 있는 것처럼 들린다 해도, 잘못된 결합이 무수히 많은 것이 현실이다.

그렇다면 중매결혼에서 자신과 좋은 결합을 이룰 훌륭한 배우자를 '찾아낼' 수 있을까. 영화 〈시애틀의 잠 못 이루는 밤〉에서는 내게 완벽하게 들어맞는 운명의 상대가 싱글인 채로 나를 기다리고 있으니 언젠가 반드시 만날 수 있다고 말하는 듯하다. 하지만 당신이 그러한 할리우드의 복음송을 믿고 싶어도 역사는 자신의 지적 능력과 통찰력, 그리고 과거의 경험을 믿는 것이 행복한 결혼을 보장해주는 가장 훌륭한 길이라고 말해준다.

지적 능력, 혹은 판단력은 연애과정에서 중요한 역할을 한다. 여자와 남자는 서로 다르다는 관례적인 지혜가 이제 다소 강제적인 결론이 되어버렸다(여기서 '이제'라는 말은, 여성과 남성의 차이가 생래적이라기보다는 교육에 의해서 형성되었다는 생각이 일반적이었던 20년 전과 대칭되는 의미로서 쓰였다). 이 결론은 어느 과학과 연구조사에서 비롯되었고, 또 어느 부분은 베이비 붐(baby boom: 2차대전 후부터 60년대 중반까지 급격히 증가한 출생률 — 옮긴이) 시대의 부모인 피그 인 더 파이돈(pig-in-the-python: 베이비 붐 시대의 부모들로 이루어진 인구팽창을 가리키는 성인 발달 용어 — 옮긴이) 세대의 관찰에서 비롯되었다.

그들은 남자아기는 태어날 때부터 '여자아기들이 하는 것과 현저하게 다른 행동양식'을 따른다는 사실을 경외감에 차서 지켜보았다. 그들에 따르면, 소년과 성인 남성의 뇌의 화학작용과 호르몬 방향은 소녀와 성인 여성의 그것과 근본적으로 다르기 때문에, 그 결과에 의해 남성은 여성과 다르게 행동한다는 것이다.

너무 딱딱한 얘기처럼 느껴진다면, 남녀 차이에 관해서는 논의할 여지가 많다는 사실만 인정하고 이쯤에서 '남녀에게 성(sex)문제는 얼마나 다른가'에 대한 논의로 넘어가보자. 여기서는 종족보존을 위한 성보다 즐기기 위한 성에 대하여 말하고자 한다. 성이라는 것이 계몽을 통해 많이 양성화되었음에도 불구하고, 여전히 성에 관한 문제는 논란거리가 되곤 한다.

적어도 이론상으로는, 섹스가 별것 아니라는 식의 사회적 풍토 속에서 자란 젊은 여성에게 조신해지라고 말하는 것은 시대착오적이며 어처구니없거나 불쾌감을 주는 소리이다. 물론, 우리가 '여자는 남자를 대할 때 조심스러운 태도를 취해야 한다'는 소리나 듣자고 남녀평등을 위한 이 험난한 길에 뛰어든 것이 아니다.

여자아이는 그냥 여자아이인 채로 놓아두고, 남자아이에게 얌전한 걸음걸이를 익히게 하기 위해 머리에 책을 얹고 발끝으로 똑바로 서서 일직선으로 걸어가보라고 하는 것은 어떨까. 참신한 변화가 아니겠는가. 이것은 진보적인 사고를 하는 어떤 여성—페미니스트, 후기 페미니스트, 혹은 그 밖의 누구도—도 생각해내지 못한 재미있는 발상이 아닐 수 없다.

그러나 재미있는 발상은 네버랜드(피터팬 동화에 나오는 꿈의 섬-옮긴이)로 날아가는 웬디에게나 적용될 수 있는 것이고, 우리 지구의 여성은 어쩔 수 없이 현실세계에서 성장해야 한다. 현실세계에서 여성은 여전히 육체적인 수단을 가진 남성에 의해 매일같이 성적으로 시달리고, 희롱당하고, 지분거림을 당하고, 또 잔인하게 학대받고 있다. 그리고 때로 그 희생양(여성)의 순진함으로 인해 남성은 더 쉽게 그런 행동을 하기도 한다.

20대의 나이로 밝게 성장한 네 명의 아들을 둔 통찰력 있는 한 어머니가, 어느 날 십대의 아들을 키우는 것이 자신의 인생에서 최고의 도전이었다고 고백한 적이 있다. 그녀가 말하길, 남자애들이 열네 살 무렵이 되면 생각의 대부분이 섹스에 관한 것이라고 한다. 그들의 여자친구는 장난삼아 연애를 하고, 도발적인 옷을 입고, 매혹적으로 행동하지만, 그러한 행동이 남자애들에게 어떤 영향을 미치는지에 대해서는 무지하기 짝이 없다는 것이다.

젊은 아가씨들에 대해 그녀는 이렇게 말했다. "그 애들은 자신이 무엇을 하고 있는지, 누구를 다루고 있는지, 스스로가 무엇을 원하는지 알지 못해요." 태어날 때부터 강력한 힘을 발휘해온 뇌의 화학작용 차이는 젊은 여성에게도 작용한다. 교제와 이해, 그리고 친밀함을 원하는 그녀에게 육체적이고 성적인 상호작용은 이러한 목표를 완성하기 위한 수단에 불과하다. 하지만 남성에게, 이런 상황은 역전되고 만다. 친밀함을 용인하는 것이 바로 성관계를 의미하는 것이고, 그것이 그들의 목표가 된다.

감성과 이성의 견해가 항상 일치하는 것은 아니라는 사실이 수많은 비극적 러브 스토리의 소재가 되어 왔다. 감성이나 이성이 충고의 가장 훌륭한 근원지인가에 대한 여성들 사이의 열띤 논쟁은 여기서 얘기하지 않기로 하자. 물론, '이성이 말해야 하는 것'이 '감성이 말하는 것'을 날려버리지만 않는다면, 굳이 머리와 가슴이 서로 배타적인 충고자가 될 필요는 없다. 여성이 추구하고 또 곧 얻게 될 것이라고 생각하는 것(교제와 이해, 그리고 친밀감)이 전혀 쓸모없을지 모른다는 사실만 인정하면, 쉽게 타협점을 찾을 수 있을지도 모른다. 물론, 그것이 얼마나 훌륭한 결합인가와 상관없이, 남성 파트너도 그들이 원하는 것(섹스)을 얻지 못할 테지만 말이다.

훌륭한 결혼생활을 영위하기 위해서, 또는 무모하거나 불행한 결혼을 피하기 위해서 명심해야 할 사항 중 하나는 결혼이라는 의존관계에 직면하기 전에 혼자 살면서 독립심을 키워봐야 한다는 것이다. 그리고 또 하나는 솔직해져야 한다는 것이다. 나이, 수입, 인종, 성격, 종교, 또는 학벌에 있어서, 자신과 배우자 사이의 상당한 차이는 별문제가 안 된다고 확신해도 좋다.

왜냐하면 외로움, 솟구치는 성욕, 똑딱거리는 생체리듬, 재정적인 안정에 대한 갈망, 육체적 매력 같은 것들이 (적어도 그 순간에는) 객관적인 판단을 대체하기 때문이다. 그리고 먼 훗날 마법의 안대가 걷히고 현실이 어떤지 객관적으로 보게 되더라도, 훌륭한 결혼에서는 그런 불일치가 그다지 큰 영향력을 발휘하지 못한다. 대부분의 부부는 그 차이들을 대수롭지 않게 여기거나 마음으로부터 기꺼이 눈을 감아버린다.

또 하나 짚고 넘어가야 할 것이 있다. 사랑이 모든 것을 해결해줄 것이라는 환상에 대해서 말이다. 사랑에 빠진 젊은이는 흔히 배우자의 나쁜 버릇과 불쾌한 특성이 결혼이라는 로맨틱한 마력에 이끌려 고쳐질 수 있을 거라고, 사랑이 어떠한 길이라도 마련해줄 수 있을 거라고 착각하는 경향이 있다. 그러나 그들은 곧 깨닫게 된다. 결혼이라는 것이 얼마나 로맨틱하지 않을 수 있는지.

애인에 대해 객관적인 평가를 하는 가장 좋은 방법은 그의 단점과 나와의 차이점을 모두 끄집어내어 환한 불빛에 비춰보는 것이다. 그렇게 하되, 어느 것에 대해서도 성급해지지 말라.

'성급해지지 않는다'는 것은 자신이 무엇을 원하는지 확신할 수 있을 만큼 충분히 나이를 먹은 후에 누군가의 반려자가 된다는 뜻이다. 그리고 이것은 여성 스스로 다양한 인간관계를 시도해보고, 남성과 상호작용에 있어 자신의 약점이나 자멸적인 부분을 똑바로 인지하도록 해준다.

다시 말해, 배우자를 선택하는 데 있어서 객관적인 판단하에 실수하지 않도록 하기 위해서는 여성이 아직 젊을 때 갖가지 시행착오를 겪어봐야 한다는 뜻이다. '성급해지지 않는다'는 지침에 따르면, 최종적인 결심을 하기까지 이런저런 (단, 너무 심각하지 않을 정도로) 실수를 저질러봐야 한다. 그것을 두려워하거나 피하지 말라. 마음가짐만 되어 있다면, 당신은 오히려 그 과정을 통해 많은 교훈을 얻을 수 있을 것이다. 궁극적으로는 돌이킬 수 없는 더 큰 실수를 저지르지 않게 될 것이다.

그러나 감성이라는 것을 영원히 한구석에 가둬둘 수는 없으므로, 가끔 객관성을 엉망진창으로 만들어버리기도 한다. 불합리하긴 하지만, 이제 막 출산을 하려는 20대의 미혼모가 이러한 현상에 대한 본보기다. 진화론적인 입장에서 보자면, 이성의 소리를 차단하고 귀청이 터질 것처럼 똑딱거리는 생체시계는 인간의 종족보존을 보장해준다. 그럼에도 불구하고 눈부시게 발전한 과학의 입장에서 보자면, 종족보존에 대한 염려는 불필요하다. 예순세 살 먹은 할머니가 임신을 하고 아이를 낳을 수 있게 된다면, 생체시계 알람에 무분별하게 반응하는 스물다섯의 아가씨는 별로 필요치 않게 될 것이다.

결혼이란 인간이 상상할 수 있는 가장 부자연스러운 제도 가운데 하나이다. 여성은 인생에 있어서 가장 중요하고도 전도유망한 몇 년을 '가족' 하나를 꾸리는 데 소비한다. 그후 가족으로부터 조금 벗어나는가 싶으면, 곧 남편을 비롯한 가족의 다른 구성원이 그녀에게 희생을 요구한다. 그들은 이 여성에게 '아내'와 '어머니'라는 굴레를 씌우고, 그녀가 가족을 위해 자신의 것을 내던져버리기를 기대한다. 그러면 여성인 당신은 그들의 요구대로 당신의 것을 내던지고 절대 뒤돌아보지 않은 채, 그 두 개의 굴레 속에서 50년 혹은 60년을 살아가게 된다.

그러나 여기서 운명이 카드섞기를 멈추었다고 생각하면 오산이다. 카드는 계속해서 주어질 것이고, 몇 판 더 돌고 나면 처음 게임을 시작할 때와 거의 딴판인 패를 손에 쥐게 될 것이다. 분명히 말하건대, 이왕 덤벼든 게임이라면 그 흐름을 마음껏 즐길 수 있어야 한다. 그러면 당신은 그 게임에 대한 어떤 면을 사랑하게 될 것이다.

상대방이 어떤 패를 쥐고 있는지 알아내는 방법 가운데 하나는 그의 배경을 보는 것이다. 성공한 친구 하나가 자신이 사귀었던 법률가에 대해 굉장히 혼란스러워 한 적이 있다. 그녀는 그 남자에게 조금도 매력을 느끼지 못했고(그녀는 필이 안 꽂혔다고 표현했다), 왜 이렇게 착실한 사람이 자기처럼 도발적인 여자에게 호감을 느끼는지 이해할 수 없었다. 어느 날 그녀는 소리쳤다. "그때 갑자기, 내가 그의 속눈썹이 말려올라가는 것을 보려고 잭다니엘을 온더락스로 주문하고 있다는 걸 깨닫게 된 거야. 그는 한 방울도 안 마셨어. 나는 왜 그 사람이 자꾸만 나가자고 하는지 이해할 수 없었지."

나는 그녀에게 그의 성장배경을 아느냐고 물었다. 그녀의 간단한 대답에 의하면, 그의 어머니는 확실한 삶의 태도를 지닌 60대 후반의 여성이었고, 할리우드에 무수한 연줄을 가진 편집자였다. 그의 아버지는 죽을 때까지 어머니 한 사람만 사랑한 보수적이고 책임감 있는 사업가였다. 이것만으로는 문제가 무엇인지 알아낼 수 없었다. 내 친구는 분명 매력적인 여성이다.

하지만 그녀 생각에 그 남자와 자신은 전혀 어울리지 않았고, 자신의 어떤 부분에 그 사람이 매력을 느끼는지 도대체 이해할 수 없었다. 나는 그녀의 많은 매력 중에서 활기 넘치는 삶의 태도가 그에게 자신의 어머니를 연상시킨 것이 아니겠느냐고 말했지만 친구는 여전히 이해하지 못했다. 그래서 그에게는 그녀가 마치 식구처럼 편해 보였을 것이라고 다시 설명해주자, 그녀의 눈이 휘둥그레졌다. 그리고 말했다. "물론이야. 내가 왜 그 생각을 못 했지?"

하지만 우리는 흔히 배우자를 고를 때 로맨틱한 관계의 무대가 망쳐질까 봐서(내 경우가 그렇다), 우리가 삶에서 가장 중요한 선택을 어떻게 해야 하는지 방법을 배우지 못했기 때문에, 분명한 것을 놓쳐버리곤 한다. 텔레비전 연속극이나 영화를 보면 그에 관한 이야기가 넘쳐나고 있다. 그 영향으로 우리는 분명한 현실을 무시하고 해피엔딩을 믿어버리도록 학습되었다.

그러나 결혼은 시작이다. 성장과 변화라는 오랜 과정의 시작이지, 행복과 불행으로 양분되는 끝이 아니다.

이러한 성장과 변화는 심지어 훌륭한 결혼에서조차 극복해야 할 도전이 될 수 있다. 담배를 피우는 아버지를 둔 여성이 흡연자(그 남자는 그녀의 아버지를 연상시켰을 것이다)와 결혼했다고 생각해보자. 그후, 그녀의 아버지가 돌아가시거나 그녀가 임신하게 되었을 때, 그녀는 흡연이 유독할 뿐 아니라 아주 불쾌한 것이라고 결론짓는다.

결과적으로 그녀의 남편은 아무것도 변한 것이 없기 때문에 그는 당황하게 되고, 억울함을 호소하며 자신의 입장을 고수하려 들 것이다. "결혼할 때 내가 담배 피운다는 사실을 알고 있었잖아! 그런데 뭐가 문제야?" 문제는 그녀가 흡연으로 인한 폐해에 대해 좀더 잘 알게 되어서, 그녀의 마음이 바뀌었다는 것이다.

부부 사이의 이러한 문제는 서로 타협하여 규칙을 바꿈으로써 발전적인 방향으로 해결될 수 있다. 그리고 문제가 발전적으로 해결될 수 있는가의 여부는 책임감 있는 태도로 상대방을 배려하려는 배우자 각각의 능력과 의지에 달려 있다. 물론, 합리적이 된다는 것은 성장배경과 세계관에 따라 변하기 쉽다.

잘못 결합된 수많은 부부가 그들 각자의 세계관 차이 때문에 어떠한 문제도 해결하지 못하고 내버려둔 채 방치하고 있다. 그러나 그것이 근본적인 불화일지라도 악순환이 되지 않기 위해서는 언제나 마음을 열고 상대방의 의견에 귀기울일 줄 알아야 한다.

결혼은 상호의존이고, 또 이것은 멋진 일이다. 모든 상황이 순조로울 때(당신이 얼마나 독립적인 성향을 갖고 있는지는 문제되지 않는다) 누군가에게 의지하고, 또 그들이 자신에게 의지하도록 하는 것은 쉬운 일이다. 하지만 결혼에 있어서 특히 중요한 부분은, '부부(혹은 연인)가 힘든 때를 어떻게 헤쳐나가느냐' 이다.

결혼하기 전에 그러한 시기가 닥쳐온다면 당신이 할 수 있는 최선의 일은, 문제가 생겼을 때 애인이 어떻게 행동하는지 제대로 평가하는 것이다.

구애의 말과 관계의 겉모습보다는 배경으로 깔리는 음악에 더 주의를 기울여야 한다. 그 음악을 유심히 들어보라. 만일 의견마찰이 있을 때마다 당신이 상대방을 적으로 느낀다면, 그가 당면한 문제에 대해 지나치게 분노하는 모습을 보게 된다면, 당신이 성(sex)에 대해 강요받는다고 느낀다면, 그와의 관계에서 당신이 무시당한다고 느낀다면, 혹은 당신이 통제당한다고 느껴지고 자존심이 상한다면, 이것은 분명히 적색 신호다. 사과를 받는다해도 결혼 전에 있을 만한 불행을 모조리 짜낸 것처럼 느껴진다면, 확신하건대 결혼기간 동안 점점 더 악화될 것이다.

예전에 아이 돌봐줄 사람을 구한 적이 있다. 면접 보러 왔던 아가씨는 그 직업(베이비시터)을 희망하는 이유가 자신을 행복하게 해줄 단란한 가족을 찾고 있기 때문이라고 했다. 나는 곧바로 그녀가 내 아이들을 돌봐줄 만한 사람이 못 된다는 사실을 알아차렸고, 면접을 빨리 끝내버렸다.

나는 '나와 아이들이 그녀를 만족시켜주길 기대하는 사람' 이 아니라, '스스로 타고난 삶의 기쁨을 가지고 있는 사람' 을 원했던 것이다.

행복한 결혼을 위해 배우자를 고르는 것도 이와 마찬가지다. 상대방이 행복을 가져다줄 것이라고 기대해서는 안 된다. 행복한 결혼을 위한 마음가짐을 가지고 두 사람이 만나는 것이다. 결혼생활에서 팝콘을 나누어 먹을 수 있느냐 없느냐의 문제는 그다지 중요하지 않다. 부부는 서로에게 다음과 같이 말할 수 있어야 한다. "이건 완벽한 관계는 아닐지도 몰라. 하지만 당신이 있어서 미치도록 좋아"라고.

학대당하는 것을 거부하라

몇 년 전 O. J. 심슨(O. J. Simpson)의 재판기간 동안 가정폭력이 세계적인 논란거리가 되었다. 그후 여성단체와 보도기관, 의학 공동체는 그 원인을 규명하고 해결책을 찾기 위해 가정 폭력에 대해 정밀조사를 해왔다. 사실, 내 책상 위로 밀려드는 의학일지 또한 그런 주제에 대한 관련 자료가 될 수 있다. 남녀불화의 원인이 되는 다른 문제와 마찬가지로 가정폭력도 유전적인 성향 위에 문화적이고 학문적인 요소가 첨가된 것이다.

누군가가 폭력을 휘두른다면, 본래부터 그에게 폭력을 좋아하는 성향이 내재되어 있겠지만 사회 속에서 그러한 성향을 배우기도 한다는 것이다. 온갖 방법으로 가하는 언어폭력에서 육체적 폭력에 이르기까지 여성이 남성으로부터 받는 학대는 수없이 많다. 육체적인 학대를 방지하기 위해서 여성들 스스로가 폭력이란 무엇인지 분명히 알아야 한다.

여기서의 목적은 결혼이나 남녀관계에 대해 말하는 것이므로 육체적으로 학대받는 여성에 대해서는 그다지 언급하고 싶지 않다. 다만, 참는다고 해서 문제가 해결되지 않는다는 사실은 알아야 한다. 육체적인 학대란 한 번으로 끝나는 것이 아니다. 일단 시작되면 그것은 거의 틀림없이 되풀이된다. 자신이 학대당하고 있다는 것을 깨달았다면, 두려워 할 것이 아니라 점차적으로 악화되어갈 불행한 처지로부터 자신을 용감히 구출해내야 한다.

어떤 종류의 것이든, 육체적인 학대나 강압은 매우 심각하게 고려되어야 한다. 우물쭈물하며 그저 상황이 나아지길 기다리기만 해서는 안 된다. 그러한 지경에 빠져 있는 시간이 길수록 자신을 구출해내기란 점점 더 어려워진다. 비록 겉으로 보여지는 삶은 위기에 처한 것 같지 않다 해도, 당신의 정신건강이나 행복에 대한 감각은 심각한 지경에 이를 것이다. 처음 그러한 조짐이 보였을 때 심각해지라, 도움을 구하라, 그리고 빠져나오라.

그러나 어떤 여성은 도움을 구하고 빠져나오는 것이 그렇게 간단한 일이 아니라고 말할지 모른다. 나빠질 가능성이 분명할 때조차 말이다. 육체적인 폭력처럼 분명히 드러나는 문제조차 그렇다면, 남성이 여성에게 가하는 미묘한 학대에 대해서는 더 말해 무엇하겠는가. 자신이 학대받고 있는지조차 깨닫지 못한다면 그것이 어떻게 문제가 될 수 있으며, 어떻게 해결책을 찾아낼 수 있겠는가. 자녀들이 그러한 지경을 지켜보고 있다면 문제는 훨씬 더 심각해진다.

흔히 학대라는 것은 교묘하게 작용한다. 연애기간 동안 누구나 최고로 훌륭하게 행동하기 마련이다. 하지만 일단 연애기간이 끝나고 그 행동이 옛날이 되어버리면, 배우자는 종종 어린 시절에 입력된 행동패턴을 따르곤 한다. 흔히 말하길, 폭력을 보고 자란 아이는 성인이 되어서 어린 시절에 보았던 폭력을 그대로 휘두른다고 한다. 폭력적이지 않은 미묘한 학대도 근원은 마찬가지다. 다만, 그것은 선명하게 드러나기보다 결혼이라는 곳곳에 교묘하게 깔리기 때문에 좀처럼 알아차리기 어렵다.

얼마 전 나는 백화점의 숙녀용 휴게실에서 공중전화를 쓰기 위해 줄을 서다가 우연찮게 앞사람의 전화내용을 엿듣게 되었다. 삼십대 초반의 여성이 그녀의 남편에게 이야기하고 있었다. 전화기 맞은편의 남자는 몇몇 친구와 함께 스포츠 경기를 관람하고 있었던 것 같다.

그녀는 일을 하던 도중, 다리미판을 사도 좋은지 남편에게 허락받기 위해 전화했던 것이다. 통화가 끝날 무렵 그녀의 목소리는 극도로 조심스러워졌다. "네, 당신 셔츠는 모두 다려놓을 수 있을 거예요." "아녜요, 여보. 한푼도 낭비하지 않겠다고 약속할게요." 그녀는 남편에게 감사하며 조심스럽게 전화를 끊기 전에 한마디 덧붙였다. "아참, 당신한테 말할 것이 또 하나 있었는데 깜빡했네요. 오늘 가스요금을 냈거든요. 괜찮죠? 내일까지 내야 하는데, 제 생각엔 당신이 그러길 바라실 것 같아서요. 괜찮은 거죠? 그래요. 네. 당신이 화내지 않아서 다행이에요. 일 끝나고 봐요, 여보. 보고 싶어요."

그녀가 통화하는 내내, 나는 그쪽을 쳐다보지 않으려고 고개를 돌렸다. 스스로 돈을 벌면서도, 그녀가 쓰는 돈 한푼한푼에 대해서 남편에게 허락을 받아야 할 뿐 아니라, 허락을 받으면 굽실거리며 감사해야 하는 여자가 있는 것이다. 결국 나는 참지 못하고 그녀의 팔을 확 잡아챈 후, "당신 바보예요?"라고 말했다. 그리고 어안이 벙벙해진 그녀를 남겨두고 그 자리를 떠나 버렸다. 그러나 이 경우는 무수히 많은 각종 학대에 대한 일례에 불과하다.

어떤 여성이 이런 장면을 목격하게 되면, 그럴 경우 자신은 절대 참지 않겠다고 호언장담할지 모른다. 그러나 그런 여성 중 일부는 그와 별반 다르지 않은 결혼생활을 하고 있다. 단지 그것을 다르다고 보는 것일 뿐. 미묘한 학대가 그들의 삶에 너무도 오랜 기간 (보통은 어렸을 때부터) 스며들어서 그들이 처한 상황을 똑바로 보지 못하거나, 그들의 바보 같은 인내를 정당화시켜줄 어떤 핑계라도 찾아냈을지 모른다. 여성들은 가족의 화합이 자신의 존엄성보다 더 중요하다고 스스로 세뇌시킨다. 혹은 아이들을 생각해서, 삐걱거리더라도 참고 살아가는 것이 이혼하는 것보다 낫다고 위안해 버린다. 어떤 여성은 독립심과 자존심보다 의존심과 결혼생활의 안정을 택한다. 문제는 육체적인 학대의 경우와 마찬가지로 그 상황이 한 번에 끝나는 것이 아니라 계속해서 반복되고, 대부분 더 악화된다는 사실이다.

육체적 학대처럼 위험을 직시하고 그것이 무엇 때문인지 간파하는 일은 여성의 몫이다. 지독하고 미묘하기까지 한 학대의 순환은 처음 어떻게 시작되는가. 여자아이들은 대부분 아버지에게 분명한 목소리로 말하거나 말대꾸를 하지 못한다. 그들은 어머니에게 똑같이 해보고 곧 엄마에게 말대꾸하거나 골내는 것이 아버지한테 했을 때보다 불편하지 않다는 사실을 재빨리 깨닫는다. 한편 남자아이들은 여자아이들이 했던 것처럼 똑같은 말을 해도 보통 쉽게 용서받는다. 여자아이는 어머니가 아버지에게 학대받을 때 두 배로 눈치를 본다.

게다가 부모는 자녀가 보는 앞에서 자주 싸우곤 한다. 아빠는 신경질을 내거나 불쾌해하며 술을 많이 마신다. 엄마는 남편 행동에 대해 변명을 한다. 그녀는 아이들에게 "아빠가 너무 피곤하셔서 저러시는 거야"라고 말하면서, 일이 남편 뜻대로 잘 풀리지 않으면 그를 달래기 위해 전전긍긍한다. 엄마는 아이에게 부모의 좋지 않은 모습을 보이고 싶어하지 않기 때문에, 자녀가 불편한 감정을 느끼지 않도록 하기 위해서 종종 그렇게 행동한다. 하지만 엄마의 그런 행동 때문에 자녀들은 좀더 자주 같은 상황을 목격해야 하고, 그들이 자라면 결국 비슷한 행동양식을 따르게 되는 것이다.

그렇다면 이러한 상황이 닥쳤을 때 어떻게 해야 하는가. 물론 연애 기간 동안 대체로 이런 행동은 잘 드러나지 않는다. 하지만 배우자가 되기 전에 그를 자세히 살펴보라. 그 모든 노력이 위험한 상황을 사전에 방지하는 첫 번째 단계가 될 수 있다. 그러면 그러한 상황이 닥쳤을 때 무엇이 문제인지 분명히 깨닫게 될 것이다. 무엇보다도 중요한 것은, 당신이 그 상황에 불편함을 느낀다는 것이다. 당신은 자신의 상태를 냉정하게 인식해야 한다. 그럼으로써 그에게 화를 내거나 원망하거나 순종적이 되거나 한 다음 그를 다시 만나기 위해 기다리는 동안 자신이 학대받고 있음을 깨닫게 될 것이다.

우리 모두는 불완전한 세상에서 불완전한 관계를 맺으며 살아가는 존재이기에, '완전함'이 목표가 아니다. 가장 훌륭하다고 생각되는 결혼조차 부부는 싸움과 의견충돌, 그리고 마음의 고통을 겪기 마련이다. 심지어 여성이 혼자 살 때에도 이러한 것을 경험한다.

이제 그녀가 남자를 고르고 그와 함께 살게 되었다면 존엄, 예의, 그리고 상호존중—우리 모두 유치원에 다닐 때부터 배웠다. 타인을 대하는 기본 조건을—이 그 틀 안에 제공되어야 한다. 만일 결혼서약을 할 때까지도 배우자가 이 기본적인 조건을 배우지 않았다면, 그는 이후에도 배울 일이 없을 것이며, 자녀에게 모범이 되지 못할 것이다. 이러한 문제에 대하여 여성은 엄격하게 대처해야 한다.

탱고는 두 사람이 추는 것이다

많은 여성 예술가들이 아이 갖기를 단념한 후
엄마와 아이에 관한 그림만 그리는 이유는 무엇 때문인가?
– 에리카 종

여자에서 어머니가 된다는 것은 존재론적인 변화이다. 물론 결혼에 따른 변화도 대단하다. 결혼을 하게 되면 모든 상황이 변한다. 미혼일 때 독립적이고 자율적이던 여성들도 결혼이라는 문을 열고 들어서는 순간 갖가지 굴레에 얽매이게 된다. 더구나 '어머니' 라는 역할을 고려하다보면 수많은 고민이 따르기 마련이다. 하지만 실제로 엄마가 되어 겪게 되는 변화는 이보다 훨씬 더 엄청나다. 여성은 진통과 출산을 거쳐 한 아이의 엄마가 된 후 자신의 자아상, 목적의식, 인간관계, 마음가짐, 그리고 호르몬 균형 등에 있어서 대대적인 변화를 겪는다. 그러나 이런 변화는 대비할 수 있는 것이 아니다. 게다가 일단 변화가 시작되면 여성은 그것에 적응해야 하는데, 이 또한 쉬운 일이 아니다. 그러나 매우 복잡한 그 적응기간 동안 직관과 통찰력으로 불가피하게 다가오는 현실을 주의 깊게 체크하고, 그때그때 필요하고 적절한 지식을 익혀나간다면 한결 적응하기 수월해질 것이다.

스스로 인생을 선택하라

여성들은 역사 이래로 성장하고, 결혼하고, 출산하고, 아이들을 양육하고, 그리고 생을 마감해왔다. 그런데 반세기 전쯤 획기적인 사건이 벌어졌다. 아주 효과적인 산아제한 방법이 개발된 것이다. 사실 '인류의 시간'—이 지구상에 호모사피엔스라는 종이 등장한 이후의—에 비하면 그 사건 이래의 시간은 찰나에 불과하다. 그러나 그 기간은 인류학적으로 무척 중요한 의미를 갖는다. 출산을 조절한다는 것은 여성들이 더 이상 생물학적인 운명을 따르지 않는다는 뜻이다. 여성은 출산할 시간뿐만 아니라, 아이를 낳을지의 여부도 선택할 수 있게 되었다.

산아제한을 가능케 한 과학의 발전은 동시에 다른 의학의 발전을 이끌었다. 20세기 초 여성들의 수명은 40~50년에 불과했지만, 현재 두 배 가까이 늘었다. 폐경기는 대체로 여성의 나이 40~50세가 되었을 때 찾아온다. 그러므로 백년 전의 여성들에게 영원한 대단원의 막으로 여겨졌던 폐경기가 현대의 여성들에겐 새로운 삶의 또 다른 시작으로 인식되고 있다. 폐경기 이후의 삶이 보장됨에 따라 재미있는 현상이 벌어지기도 하는데, 60대의 여성들이 아이를 갖겠다고 결심하는 것이 그 한 예다. 하지만 무엇보다 중요한 것은, 의학발전의 도약이 폐경기 이후의 모든 여성들에게 광범위한 가능성의 지평을 열어주었다는 사실이다.

그러나 우리의 생물학적인 두뇌는 테크놀로지와 보조를 맞추지 못하고 있다. 우리는 대학이나 대학원을 마칠 때까지, 또는 자신의 전공 분야에서 이름을 떨칠 때까지 아이 갖는 일을 미룰 수 있다. 배우자와 함께 몇 명의 자녀를 원하는지, 언제 아이를 낳을 것인지에 대해 상의할 수 있으며, 심지어 아이를 낳지 않겠다고 결심할 수도 있다. 그러나 대부분의 여성들은 어느 정도 나이가 차면 엄마가 되고 싶다는 열망에 사로잡힌다. 그것은 역사 이래 진화론적으로 성립된 여성의 자연스러운 본능이다.

그런데 인류의 종족보존에 있어서 그것은 분명 가장 중요하고도 이로운 요소이지만, 현대의 일하는 여성들에게는 오히려 큰 장애물이 될 수도 있다. 과학의 페미니즘은 생물학적인 출산 사이클을 길들였다. 하지만 그에 대한 인간의 정서적인 적응은 아직 미숙한 상태이며, 이 둘을 어떻게 조화시킬지는 여전히 수수께끼로 남아 있다. 결과적으로, 인류가 가장 지능적으로 이룩한 산아제한이라는 마법은 종종 (오히려 더 강하게) 아이를 갖고 싶어하는 아주 먼 옛날부터의 본능에 의해 방해를 받곤 한다.

이 이성과 감정의 불일치는 로맨틱한 일에 강하게 끌리는 인간의 감수성과도 관련이 있다. 지극히 이성적인 여성들조차 로맨스와 관련되면 판단력이 흐려지고 중요한 순간에 잘못된 선택을 한다. 그러한 때 산아제한(피임)이 있다면 효과적이겠지만, 그렇지 않다면 흔히 알고 있는 일련의 사건들이 발생하게 된다.

대부분의 여성들은(이성애자든 동성애자든) 아이를 갖고 싶어한다. 이러한 욕망의 요인은 다양하다. 부부불화를 개선하기 위해서, 부부 간의 금슬을 좋게 하기 위해서, 점점 나이를 먹어가기 때문에, 외로움 때문에, 지금까지 이뤄놓은 것들보다 더 고귀하고 어려운 무언가를 성취하고 싶어서, 그리고 자식을 원하는 선천적인 욕망도 분명한 요인이 된다.

그러나 여성들은 이러한 요인들에 반응하면서도, 출산에 따른 결과에 대해서는 진지하게 고려하지 않는다. 순간적으로 타오른 열망은 미래를 염두에 두지 못하기 마련이다. 더구나 우리의 문화 또한 성인 여성들에게 출산과 자녀 양육이 어떠한 결과를 초래하는지, 그 과정 속에서 어떠한 문제들을 겪어야 하는지에 대해 제대로 교육하지 못하고 있는 실정이다. 그런 반면에 출산, 생리, 피임법, 잘못된 남녀관계, 마약과 술로 인한 폐해, 겉치레뿐인 도덕주의의 병폐에 대해서는 꽤나 훌륭히 가르치고 있다. 다시 말해, 혼전에 있을 성적인 문제들에 대해서는 적극적으로 가르치면서도 결혼한 후에, 아이를 낳은 후에, 주부가 된 후에 어떤 일들이 벌어지는가에 대해서는 좀처럼 진실을 말해주지 않는다. 그리고는 여성들에게 "너는 그 모든 것을 다 해낼 수 있어!"라고 주문을 건다. 그러므로 많은 여성들이 슈퍼우먼 콤플렉스에 시달리며, 좌절감과 불행으로 괴로워하는 것이다.

언젠가 내 친구가 겪었던 일화가 이러한 문제를 매우 잘 요약해준다. 여덟 살과 세 살짜리 두 아들을 키우던 친구는 새로운 일자리를 얻게 되었다. 그녀는 순진하게도 두 아이들에게 최대한의 시간을 할애하면서, 동시에 새로운 직업에도 최선을 다할 수 있을 것이라고 믿었다. 친구는 어떤 교수가 책을 집필하는 것을 돕기 위해 고용되었다. 그녀는 첫아이를 낳은 후 8년 동안 두 아이들과 집에서만 지내다가 대학 환경 속에서 지적인 작업을 하게 되자 무척이나 가슴 설레어했다. 하지만 매일같이 벌어지는 예상치 못한 사건들 때문에 제대로 일을 할 수가 없었다.

막내아들이 귀앓이를 하는 바람에 온통 정신을 빼앗겼고, 막내아들이 다 낫고 나자 이번엔 첫아들이 알레르기 증상을 보였다. 그녀의 남편은 매우 이해심이 많은 데다 직업 스케줄도 꽤 융통성 있는 편이라, 여러모로 그녀를 많이 도와주었다. 하지만 최선의 노력을 다했음에도, 6개월이 지나자 두 사람 다 기진맥진해져버렸다. 결국 그녀는 일을 포기했고, 예전처럼 남편 혼자 생계를 꾸려갈 수밖에 없었다. 어느 날, 그 친구는 고개를 저으며 이렇게 말했다. "아무도 선택이란 것이 이렇게 비싼 대가를 치러야 한다고 말해준 적이 없었어."

출산할 나이가 된 젊은 여성들이 알아야 할 가장 중요한 것들 가운데 하나는, 아이를 갖는다는 것이 그들의 삶에 막대한 영향을 미친다는 사실이다. 그것은 적어도 화장품 가격, 최신 유행, 자신의 최대 심장박동수, 비즈니스 미팅의 세부항목들을 아는 것만큼이나 중요한 일이다. 엄마가 되는 데 '완벽한 시간'이란 있을 수 없다. 일단 엄마가 되어 실제적으로 겪게 되는 삶의 변화는, 아이가 야망이라는 레이더 스크린에 잠깐 지나가는 하나의 영상에 불과하다고 믿는 여성들에게 불편한 것일지도 모른다. 아이를 낳은 후엔 여성이 하고 싶어하는 모든 일들(직업이든, 여가와 관련된 일이든)이 점점 더 어려워질 것이다. 일에 있어서의 스케줄이 변하기보다는 여성들의 열정과 그녀들이 우선했던 항목들이 변하게 되기 때문이다.

아이를 낳고 기른다는 일엔 희생이 따른다. 물론 그만큼의 틀림없는 보수가 따르겠지만, 또 그만큼의 대가를 치러야 하는 것이다. 산아제한이 가능해진 이 시대에, 출산 여부를 선택할 수 있다는 사실은 과학 발전이 제공한 여러 가지 특혜들 중 하나이지만, 문화적인 관점에서 볼 때 출산은 여전히 사치 품목이기보다는 의무로 여겨진다. 내가 여기서 문화적이라고 말하는 이유는, '자신이 아이를 키우는 일에 적합한지'에 대한 판단을 보류한 여성들조차도 일단 아이를 낳지 않기로 결정한 후엔 자신들이 누릴 수 있었던 어떠한 기회를 놓친 것이 아닐까 느끼기 때문이다.

점점 더 많은 여성들이 독신으로 살거나 아이 없이 사는 것에 대해 고려하고, 또 그것을 선택한다. 그들은 기회를 놓치는 것인가? 그 대답은 그들이 자신의 삶을 무엇으로 어떻게 채우느냐에 달려 있다. 아이들은 여전히 여성의 삶의 막대한 부분을 채워주는 요소임이 분명하다. 하지만 여성이 가지고 있는 다른 무수한 열정과 자신의 일에 대한 긍지 또한 그녀의 삶을 채워주는 요소가 된다. 그러므로 모든 것은 선택하기에 달려 있다.

스스로의 페이스를 따르라

과학의 눈부신 발전으로 생활환경이 개선되고 선택의 폭이 넓어진 지금, 그 선택들에 대한 여성들의 태도는 신중하다기보다 다소 욕심이 지나친 경향이 있다. 내 십대 딸아이가 경험이라는 거대한 덩어리들을 한꺼번에 물으려 할 때, 나는 이렇게 말하고 싶다. "서두르지 마, 편하게 생각하렴. 한 번에 한두 개의 일만 하도록 해. 그 모든 것을 다 해야 할 필요는 없단다. 그것들은 거기 그대로 있을 거야." 그러면 딸아이는, 의과대학 시절 내가 결석병리 코스를 내 빠른 행로에 있어 귀찮은 방해물로 여겼던 것과 똑같은 방식으로 내 충고(느긋하게 식사를 하고, 하루쯤 푹 쉬면서, 바닷가를 산책하는 것이 네 건강에 좋을 것이다)를 받아들일 것이다. 이것이 나의 세대가 그녀를 위해 이룩해놓은 본보기인가? 내가 만들어놓은 본보기란 말인가?

많은 젊은 여성들에게 있어 인생이란 수많은 가능성들이 하나로 뒤범벅되어 있는 것처럼 느껴진다. 애피타이저로 시작해서 샐러드 코스와 앙트레(생선요리와 고기요리 사이에 나오는 주요리 - 옮긴이)를 거쳐 디저트를 먹는다는 것은, 또 그렇게 완벽하게 순서를 지킨다는 것은 너무도 많은 인내심과 자제력, 그리고 시간을 요하는 일이다. 젊고 야심만만한 사람들에게 있어 순서를 지킨다는 것은 '지금'이라는 시간에 비춰볼 때 부차적인 문제이다.

삶이란 레스토랑에서 순서대로 제공되는 저녁만찬처럼 단순한 것이 아니며, 다음번이라는 것이 항상 보장되어 있는 것도 아니다. 하지만 삶이라는 축제에 논리적인 과정이 없다거나, 식탁 위에 차려질 어떤 요리도 다음에 제공될 요리에 영향을 미치지 않는다고 얘기하려는 것은 아니다. 내가 여기서 말하려는 바는, 당신이 원하는 것을 얻는다는 일이 불가능할 수도 있지만, 처음부터 디저트를 포함한 모든 음식을 한꺼번에 먹는다는 것 또한 현명한 일은 못 된다는 얘기다.

여성들이 '로켓 과학자로서의 지적인 역량', '어머니로서의 생물학적인 능력', '아이 양육자로서의 후천적·선천적인 재능', '가정주부로서의 사회적으로 부과된 의무들'을 지녔다는 사실이 이 모든 것을 동시에 감당해내야 한다는 것을 의미하지는 않는 30년 동안의 시행착오를 거쳐 이 모든 자질들 중 무엇이 분명해져야 하는가를 나타낼 뿐이다. 결국 당신은 이 모든 것들을 해낼지도 모른다. 그러나 당신이 이 모든 것을 동시에 해낼 수는 없다.

내가 의사가 되기로 결심했을 때, 이 꿈을 향한 의례적인 절차는 매우 명확하게 나열될 수 있었다. 대학에서 적당한 성적으로 의예과 과정을 마치고, MCAT 시험(의과대학 적성검사-옮긴이)을 치르고, 의과대학에 지원할 때 나 자신을 PR할 수 있는 무언가를 해놓고, 그후 약간의 행운이나 좋은 사람들에게서 얻은 훌륭한 지식을 가지고 의과대학에 들어가 그곳에서의 4년과 레지던트로서의 몇 년을 보내는 것이다. 이러한 과정을 거치면서, 개인 또는 단체 실습에 들어가거나, 연구를 하거나, 수술을 집도하거나, 학생들을 가르칠 수도 있다. 이 모든 것은 순서에 따라 차례차례 이루어질 일들이었다.

그러나 다른 한편으로, 여성으로서 내가 나아가야 할 길이 그렇게 논리적이거나 분명하지만은 않았다. 또한 남성과 달리 두드러진 노력으로 일에 매달린다는 개념이 있던 것도 아니었다. 그 무렵, 여성들은 여전히 뒤범벅된 일들을 하고 있었다. 예를 들어, 나는 '출산'이라는 디저트가 꽤 멋져 보였기 때문에 '의과대학'이라는 애피타이저를 먹던 도중에 그것을 시작했고, 따라서 '레지던트 과정과 의학실습'이라는 메인 코스는 결과적으로 등한시되고 말았다. 결국, 인생에 있어서 순서를 지키며 살아가는 사람들은 그리 많지 않았다.

나는 전통적인 행로를 따라 '의사'로서의 길에 들어섰다. '여성들은 생산적인 역할들에 있어서 억압되어왔고, 이제껏 여성들에게 가정주부로서의 삶보다 의미 있는 삶은 결코 없었다'라는 일반론에 동의하고 있었기 때문이다. 나는 이 '생산성'과 '의미' 사이의 틈이 엄청나다는 것을 알고 있었고, 내가 선택한 직업이 그 틈을 메워주길 바랐다. 하지만 그것은 우리 아버지들의 직업처럼 빈틈없는 종류여야 했다. 물론 우리의 어머니들이 해온 일들과 아버지들이 해온 일들 사이의 틈새를 메우는 데 굳이 의사와 같은 직업이 요구되지는 않는다. 하지만 아무도 내게 그러한 사실을 얘기해주지 않았다. 게다가 좀더 오만한 페미니스트들은 아이들과 가사에 대한 여성들의 의무를 부차적인 것, 기분전환거리, 단순한 취미생활 정도로 묘사했고, 전업주부들을 바보 취급했다.

'여성들은 무책임하다'는 고정관념이 문제를 더 심각하게 만들었다. "어차피 일이 힘들어지면 포기해버릴 것이 뻔한데, 무엇 때문에 여성들에게 직업교육을 시키느라 귀중한 시간과 자원을 낭비해야 하느냐"며 남성들도 반문했다. 이러한 태도는 내 대학 동료들 사이에서도 마찬가지였고, 여성은 비웃음거리가 되곤 했다. 결국 우리 여성들은 할 수 있는 한 가장 어렵고 가장 빠른 고위직 진로를 추구함으로써 이러한 이론에 급소를 가했다. 그러기 위해서는 가장 큰 문제가 하나 있었다. 많은 여성들이 "자, 간다!"라고 말하기 전에, 우리의 생체 시계로 인해 저지당하곤 했기 때문이다.

비록 작은 시골 마을의 지역신문이라 하더라도 사회적 제약, 성적 편견에서 '해방된' 여성에 대해 씌어진 기사 안에는 그러한 흐름에 대한 잠재적인 공포가 숨어 있었다. 잘 팔리는 신문이나 잡지들이, 만일 젊었을 때 아이를 갖지 않는다면 이후에는 갖기 힘들 것이라고 충고했다. 그러므로 우리 종족이 어떻게 보존되고 증식되는지 염려할 필요가 없을 정도로 자녀 출산은 훌륭히 이루어지고 있었다. 그에 관한 한 삼십대 후반과 사십대 초반에 건강한 아이를 출산하는 여성들이 많다는 사실도 별효과를 거두지 못했다.

게다가 서른이 되기 전에 초산을 경험한 여성들은 그 이후에 아이를 낳는 여성에 비해 유방암에 걸릴 확률이 낮아진다는 유방암에 관한 통계치도 한몫을 담당했다. 그리고 물론, 우리가 셈에 넣지 않은 다른 요소들도 있었다. 예를 들어, 조울증에 걸린 여자 직장인들은 그 사실을 증명하기 위해 몇 시간을 소비하고서 주말을 외롭게 혼자 보내거나 스트레스에 꽉 찬 그때그때의 인간관계들을 그럭저럭 헤쳐나가야 하는 데 비해, 남자 상사나 동료들은 흔히 아내와 아이들이 있는 집으로 돌아가는 것이다.

물론, 타이밍은 모든 사람에게 제각각 다르다. 통찰력이 뛰어난 여성들은 아이를 갖기 전에 직업적인 명성을 얻는 데 전력투구했고, 또 어떤 여성들은 직업전선에서 완전히 낙오한 후에 자발적으로 멋진 가정주부가 되었다. 그러나 아이를 갖기로 한 대부분의 여성들은 단호하게 하나를 결정하기보다는 우왕좌왕하는 경향이 있다. 여기서 몇 주나 몇 달 동안 일을 했다가 그만두고 저기서 다시 시작하고, 여기서 좌절했다가 저기서 다시 분발하고, 여기서는 가족을 팽개쳤다가 저기서는 온갖 관심을 쏟아부으면서 실수를 만회하고……, 결과적으로 우리는 스스로를 미치게 하고 있었다. 직업에서의 성공이란 결코 순탄대로가 아니다. 그것을 알고 있던 대부분의 여성들은 남성과 같은 위치에 서기 위해 전전긍긍하면서 자신을 '남성의 경우'에 끼워맞추려 했고, 몇몇 소수의 여성들만이 가족과 직업에 관한 일을 병행하려 노력했다.

우리는 그것을 '저글링'이라 불렀다. 일과 가사를 동시에 해내야 한다는 것은 솜씨 좋은 묘기로서가 아니라, 위태위태한 작업이라는 속성상 저글링과 같았다. 우리는 오렌지나 횃불이 아닌, 우리 존재의 본질적인 요소들을 저글링하고 있는 것이다. 그러나 한순간이라도 실수를 하게 되면, 미묘하게 균형잡힌 삶의 모든 배열은 그 약점을 드러내며 무너져내릴 것이다.

어느 날, 아이가 앓아누우면 당신은 직장에 전화를 걸어 자신이 아파 결근해야겠다고 말할 것이다. 또, 다음날 사업상 미팅에 너무 정신이 팔려서 유치원이 반나절 동안만 운영된다는 것을 까맣게 잊어버리면 곧 원장으로부터 걸려온 전화에 미친 듯이 불려가야만 할 것이다. 가장 훌륭한 환경 속에서도 계획들은 불확실하기 마련이다. 게다가 당신이 할 수 없거나 볼 수 없는 일들에 대해 어떠한 결정도 내릴 수 없다는 사실은 상황을 더욱 악화시킨다.

그럼에도 불구하고 젊은 엄마들은 어려운 선택들을 하면서, 흔히 그에 대해 이성적으로 생각하기보다는 본능을 따르려는 경향이 있다. 그들은 이전에 그 길을 갔던 전임자들(선배 엄마들)에 의해 세워진 모순적인 도로표지를 따르지만, '일에 있어서의 성공과 어머니의 역할'

로 가는 도로는 종종 심하게 구멍이 파여 있다. 단지 내 아이를 다른 사람에게 맡겨놓는 데 대한 두려움 때문에, 나에게 필요한 의과대학과 인턴 과정을 포기한다는 것은 바보스러운 일일 것이다. 나는 다른 부모들과 마찬가지로 타협했지만, 그 무엇도 일에 대한 열망 너머로 아이들의 목소리를 들을 수 있는 내 마음의 능력을 방해할 수는 없었다. 그럼에도 불구하고, 내가 의과대학을 마칠 때까지 첫아이 낳는 것을 미루는 것이 내가 마주쳤던 문제에 대해 확실한 해결책인 듯했다. 그러나 그것은 내 의도에 의한 것이 아니었다. 나는 결코 그러한 선택을 고려해본 적이 없다. 왜냐하면 내가 보았던 유일한 도로표지판은 이렇게 말하고 있었기 때문이다. "그 모든 것을 하라. 그것을 위해 지금 나아가라. 슈퍼엄마라는 타이틀이 기다리고 있다."

하지만 일과 가사를 병행한다는 것이 꼭 불가능한 일은 아니며, 굳이 불쾌할 필요도 없다. 다만, 재정적인 문제가 중요한 관건이 된다. 자녀를 두기 전에, 어른으로서의 삶을 완성하고 생계를 꾸려나가는 역할에 능숙해진 사람들은 분명 미래를 설계할 때 유리하다. 그들은 어머니가 되고 가정을 일군다는 문제에 직면했을 때 보다 유력한 입장에서 협상할 수 있을 뿐만 아니라, 단지 금전적인 의존 때문에 결혼이라는 굴레에 갇힐 필요도 없다.

결혼을 하고 집을 사거나 꿈을 쫓는 데 있어서 완벽한 시간이란 없는 것처럼, 아이를 갖는 일에 있어서도 완벽한 시간은 없다. 당신이 쏟아 붓는 모든 노력이 변덕스러운 운명을 제어하는 데 지극히 적합한 것은 아니다. 그럼에도 불구하고, 아이로 인해 당신의 삶이 다소 변화될 때가 있다. 당신의 삶은 더 좋게 변할 수도 있고, 오히려 더 나쁘게 변할 수도 있다. 아이를 포함한 가족을 만드는 데 있어서 마흔이 될 때까지 기다려야 한다고 제안하지는 않겠지만, 이때 유념해야 할 것이 있다. '아이 때문에' 전문직업 학교를 중단하고, 대학원 코스에서 밀려나고, 혹은 자신의 전문직에서 실제적인 경험 쌓는 일을 중단하는 것은 행복으로 향하는 당신의 언덕길을 더 가파르게 만들 뿐이라는 사실이다. 당신 자신의 미래뿐만 아니라 자녀의 미래를 위해서도 일년, 혹은 몇 년을 기다리면 모든 상황은 달라질 수 있다.

나는 항상 딸아이에게 말해주고 싶다. "삶이란 한 끼의 식사와 같단다. 속도를 늦추고 잠깐 동안 기다려보면서 느긋하게 점심을 즐기렴."

현재의 변하지 않는 상태에 작별을 고하라

지금으로부터 백년 후, 과학의 눈부신 발전으로 유전자 조작을 통해 복제 양이 생산되고 유방암이 과거의 것이 되어버리면, 남성도 임신을 하고 진통과 출산을 겪게 될지도 모른다. 그러나 그때까지는 여전히 생물학적이고 심리학적인 현실이 부모로서의 역할을 수행하게 할 것이다. 다시 말해, 부성애보다는 모성애가 강력한 힘을 발휘한다는 뜻이다.

특히 유아기와 아동기의 아이들에 관해서라면, 아버지보다는 어머니가 육아를 위하여 자신의 삶을 희생하는 경향이 있다. 아이를 키우느라 자신의 삶이 방해받고, 잠이 부족해지고, 스케줄이 엉망진창이 되어버려도 어머니들은 기꺼이 감수한다. 아마도 그것은 아버지보다는 어머니가 자식을 키우는 것에서 얻을 수 있는 순간순간의 기쁨—

대단한 것이 아닐지라도—에 더 감사할 줄 아는 능력을 지녔기 때문일 것이다.

배가 남산만해져서 산달이 다된 산모가 "이 아기는 내 삶을 아무것도 변화시키지 않을 거야"라고 주장하는 것을 들을 때마다 나는 혀를 깨문다. 건넌방에 아기침대가 놓이고, 자동차 안에 유아용 보조석을 달고, 때로는 아이 돌보는 사람을 고용하고, 빨랫감이 늘어나는 일은 별것 아닐 수도 있다.

그녀와 남편은 여전히 서로의 가슴속에 일순위를 지킬 것이고, 다만 식구가 둘에서 셋으로 늘 뿐 삶은 여전할 것이다. 아홉 살짜리 소녀가 자신의 십대에 대해 '청결한 생활, 우수한 학업성적, 모든 악을 멀리하는 자제심, 부모와의 전반적인 조화'를 기대하는 것처럼, 초산을 앞둔 엄마는 미래를 예상하는 데 오로지 그녀 자신의 경험에만 의지할 수밖에 없다. 그러나 출산 전의 여성은 '엄마'와는 다르다.

60년대 이전의 그 옛날, 임신한 여성들은 곧 태어날 아기의 장래를 위해 스스로를 희생하는 데 그야말로 헌신적이었다. 물론 이와 관련한 대안책은 있을 수 없었고, 곧 엄마가 될 여성들은 태어날 때부터 인생행로가 운명지어진 또 다른 엄마들의 대규모적인 동료였다.

60년대에 남성은 일을 하고 여성은 가정에 남아 보금자리를 지키며, 집안을 깨끗이 하고, 자녀를 양육하는 존재였다. 이러한 구분은 우리가 알고 있는 것처럼 많은 여성들에게 다소 제약적이었지만, 대부분의 여성들은 곧 태어날 사랑스러운 아기를 위해서라면 어떠한 제약도 기꺼이 감수했다.

관념적인 모성이 하룻밤 사이에 육체적인 모성이 되면, 그 변화에 따라 삶의 우선순위가 대대적으로 재배열되었고, 여성은 '어머니' 라는 새로운 역할에 적응해나갔다. 60년대 이전엔 직장생활을 하는 여성이 그리 많지 않았기 때문에 출산을 통해 겪게 되는 사회적인 변화가 지금과는 많이 달랐다. 그 당시는 지금과 달리 한 아이의 어머니가 되었다는 이유만으로 직장을 잃거나, 좌천되거나, 고용주들의 눈치를 보는 등 직업적인 불이익을 당하지 않았으니 말이다.

반면, 직장과 가정이라는 두 세계에서 균형을 잡기 위해 전전긍긍하는 현대 여성들에겐 출산을 통한 변화가 실로 엄청나다. 예를 들어, 아이를 낳은 후 마음 편히 쉬어야 할 6주간의 출산휴가가 마치 똑딱똑딱 시간을 알려오는 시한폭탄처럼 느껴진다. 6주가 지나 폭탄이 터져버리면 그 여파가 가정의 평온함을 산산조각 내지는 않을지라도 마음의 평화를 날려버리기엔 충분하다. 일과 가사라는 두 개의 추를 달고 아슬아슬하게 균형을 잡고 있는 상태에서 '아이'라는 추 하나가 덧붙여진 셈이니 말이다.

어쨌거나, 60년대 이전이든 현재든 한 가지 사실만은 분명하다. 경험해본 사람이라면 누구나 증명할 수 있듯이, 임신은 치수에 맞는지 확인하기 위해 그저 한번 입어보는 옷이 아니다. 당신은 예기치 않은 일들을 예상하고 그 어떤 것에 대해서도 대비할 필요가 있다.

내가 행복스럽게 만삭이 되어 유아식에 관련된 상업광고에 관심을 갖게 되는 평범한 엄마가 될 운명이 아니라는 첫 번째 조짐은, 처음으로 임신한 지 약 6주 만에 찾아왔다. 하루 이틀이 지날수록 아침마다 침대 밖으로 뛰쳐나가야 할 만큼 메스꺼움이 밀려왔고, 의대생으로서의 생활에 막대한 지장이 생겼다. 구역질이 일상적인 일이 되었고, 기운은 점점 떨어졌다. 입덧과 같은 아침 구토증은 3개월 동안만 지속된다는 사실이 그나마 위안이 되었다. 물론, 내 경우엔 아침뿐만 아니라 하루 종일 구토 증세가 있었기에, 다음에 무슨 일이 일어날지 방심할 수 없었다. 나는 우스꽝스럽게 불룩해진 배로 이곳저곳을 다녀야 했고, 결국 비참해질 수밖에 없었다. 남편은 만일 내가 임신한 사실을 몰랐다면, 아마도 어떤 종류의 악성 암에 걸린 줄 알았을 거라고 말했다. 그리고 드디어 기적처럼—오랜 진통을 겪긴 했지만 얼마 지나지 않아—에일리언 코만도라고 생각했던 뱃속의 생물체가 태어났고, 나는 불편한 상태에서 해방되었다. 물론 그 생물체는 이질적이지도 메스껍지도 않은 존재로 밝혀졌다. 나는 예쁜 아기를 받아 안은 것이다. 나는 딸아이를 바네사(Vanessa)라고 이름지었고, 그 이후 내 인생은 변화되었다.

사람들이 아이를 갖는 것에 대해 말해왔던 모든 내용은 진실이다. 엄마의 육아일기에서 인용된 모든 말들, 축하카드에 적혀 있는 모든 감상적인 문구들, 시트콤에 나오는 모든 재치 있는 농담들, 할머니가 해주는 모든 지혜의 말들은 사실이다. 초보 엄마들이 아주 사소한 자극에도 흥분해서 주위 사람들이 좀 조용해달라고 부탁할 때까지 자신들이 겪었던 진통과 분만에 대해 떠들어대는 데는 이유가 있다. 자신의 특별한 경험을 나름대로 설명해보려는 것이다.

"내 정신, 내 마음은 쪼개져서 벌어져버리고, 내 모든 감정적인 감각들은 나를 동시에 백만 개의 다른 방향으로 데려가는 거야. 나는 어떻게 말하고, 어떻게 걷고, 이제는 어떻게 나 자신일 수 있는지조차 모르게 돼. 내가 하는 모든 행동의 동기들이 이 새로운 '말로 표현할 수 없을 만큼 행복에 넘치고, 근심스럽고, 침착하고, 상처받기 쉽고, 미칠 듯이 흥분되는' 상태에 빠져버리기 때문에, 나는 내가 여전히 나 자신이라는 것을 확신할 수 없게 되는 거지."

이것은 좀 알아듣기 어려운 애매한 말일지도 모르겠다. 그러나 대부분의 초보 엄마들은 산모들이 출산 후의 예기치 않은 당황스러움에 대해 그들을 비난할까봐 두려워서 이렇게 말하는 것이 아니다. 그것이 그들이 느꼈던 바를 가장 정확히 설명해주는 표현이기 때문이다. 대신, 그들은 보다 온전하고 구체적으로 설명될 수 있는 것에 대해 이야기한다. 근육수축에 대해, 양수가 터졌을 때 그들이 무엇을 하였는지에 대해, 그들의 남편이 얼마나 필요했는지에 대해, 그리고 그들이 어떻게 갑자기 남편으로부터 팽개쳐진 느낌을 받았는지에 대해 이야기한다. 제정신이라고 평가받기 위해서, 그들은 스스로도 이해할 수 없는 경험에 대해 최대한 이성적으로 말하는 것이다.

엄마가 된다는 것은 기진맥진할 정도로 소모적인 일임에도, 대부분의 여성들이 그러한 일을 기꺼이 떠맡는 이유는 출산 후에 얻게 되는 '활기'와 변화에 적응하는 '심리적인 유동성' 때문이다. 그러나 그 활기와 심리적 유동성은 동시에 "아이를 갖는다는 것은 자신의 인생을 기어오르는 데 있어 사용하는 튼튼한 사다리의 가로막대 하나에 불과하다"고 믿는 이들의 갑옷에 틈새를 만들어놓는다. "나는 무엇이든 할 수 있다"는 신념으로 살아온 여성들이 가장 크게 좌절하는 곳은 대학교육이나 대학원 또는 변호사 시험에 직면해서가 아니라, 슈퍼엄마의 존재로 한 단계 올라설 때이다.

게다가 슈퍼엄마라는 꼬리표에서 '슈퍼'라는 자격을 위한 직업상의 성공에 비해 '엄마'라는 부분이 훨씬 더 헌신적인 비율을 취하는 만큼, 출산 이후의 경험은 힘겨운 것이다. 아이에 대한 어머니의 본성을 '모성 본능'이라고 하자. 그 본능은 아무도 예측할 수 없는 방법으로 아이의 양육에 막대한 영향을 미치게 된다. 얼마나 많은 여성들이 아이를 낳고 있든, 또 당신이 아이로 인해 변하게 될 모든 상황에 얼마나 준비가 되어 있든 상관없이 말이다.

자신을 기만하지 말라

여성이 출산 후 한숨 돌리자마자, 그녀가 알고 있는 모든 사람들이 그녀에게 충고하기 시작한다. 소아과 의사는 그녀에게 아기가 잠들 때마다 짬짬이 자둬야 한다고 말한다. 그녀는 의무적으로 그 충고를 따르려 하지만, 곧 그것이 불가능하다는 사실을 깨닫게 된다. 그녀의 친정엄마, 시어머니, 친구들, 고용주, 형제자매, 남편은, "엄마가 되는 것, 즉 가족이 는다는 것은 떠들썩하게 기뻐할 만한 일이며 이제 당신은 '출산 전의 이론'에 잘 따라야 한다"고 말한다. 비튼(Beeton) 여사가 저술한 『가정살림에 관한 책 Book of Household Management』는 이러한 현상에 대해 묘사되어 있다. 헌정사에 의하면 이 책은 1934년 선물처럼 주어진 것이며, 내 어머니는 그것을 1974년 중고품 할인점에서 찾아내셨다.

아기를 돌보는 것에 관한 지식은, 제 새끼에 대한 어미의 사랑처럼 아이가 태어나는 바로 그 순간부터 자연스럽게 습득되고 이해되는 것이다. 여성에게 어떻게 그녀의 아기를 양육하는지에 대해 충고하는 것은 그녀에게 아기를 사랑하는 방법에 대해 훈계하는 것처럼 모순적이고 주제넘은 일처럼 보인다. 그러나 모성본능이 단연코 가장 훌륭한 유모일지라도, 기술은 훌륭한 엄마를 만드는 데 꽤 도움이 된다. 다시 말해, 여자라면 누구나 엄마가 되는 데 필요한 지식을 본능적으로 알고 있기 마련이지만, 교육을 통해 얻게 되는 지식과 기술도 분명 도움이 된다. 지각 있는 여성이라면 아이를 키우는 데 있어서, 부모가 되는 수습기간에 배워둔 '기술의 충고'나 '경험의 교훈'들을 거부하지 않을 것이다.

위의 책에서 비톤 여사는 아기를 다루는 기술과 육아에 관련된 초보적인 지식들을 한꺼번에 다루고 있다. 물론 이것은 초보 엄마들의 주요 관심사이다. 그리고 비톤 여사의 지적대로, 이러한 기술들은 교육으로써 가능하다. 하지만 오늘날 아이를 출산한 많은 여성들은 교육받은 지침에 잘 따를 수 없게 되었고, 그런 사실로 인해 당황하게 된다. 물론 '출산 후의 논리'가 '출산 전의 논리'를 따르는 것이 합리적으로 보인다. 그러나 초보 엄마들이 따르게 되는 '출산 후의 논리'는 임신한 여성들이 따랐던 '출산 전의 논리'와 구분되며, 더구나 그러한 이론상의 변화는 예측할 수도 없다.

내가 첫 아이를 출산한 후 퇴원해서 집으로 돌아온 날, 아기는 5시간 동안 잠들어 있었다. 그것은 대단한 횡재였다. 나는 저녁상을 차리고, 양초를 켜고, 심지어 남편과 잔을 부딪히며 건배까지 했다. 남편과 나 자신의 분신으로서 하나의 생명을 창조하고, 비참했던 임신 과정에서 살아남고, 여전히 이런 세련된 매너로 함께 저녁식사 자리에 앉을 수 있다는 사실에 우리의 능숙함을 축하했던 것이다. 그러나 내가 입 속의 음식을 막 한 입 깨문 순간 이상한—어쨌든 우리집에서는 처음 듣는 새로운—소리가 아기방으로부터 새어나왔다. 이날부터 나는 방해받지 않는 식사를 당연하게 여길 수 있는 '대단한 기쁨'을 한 번도 맛본 적이 없다. 나는 재빨리 내 몫의 음식을 먹는 일에 감사하는 법을 배웠고, 오른팔로 딸아이를 받치며 젖을 물리는 동안 왼팔로는 음식을 먹을 수 있는 기막힌 기술을 익히게 되었다.

아기들은 어른들의 스케줄에 따라주지 않는다. 직업에 있어서 절호의 기회가 찾아왔을 때 하필이면 기저귀들이 가득 차버린다. 아기들은 자고, 깨고, 변덕스럽게 칭얼댄다. 결국 기진맥진해져버린 어른들은 아기들의 조그마한 영혼이 발달하기 시작할 때 한 발 물러서고 싶어진다. 어떤 초보 엄마들에겐 이러한 마구잡이식, 즉 계획표나 예정표대로가 아니라 닥치는 대로 벌어지는 일들이 황야의 발자국을 따라 걷다가 돌아오는 길에 놀랄 만큼 화려한 어떤 식물이나 동물을 발견하는 것처럼 재미있게 느껴진다. 또 어떤 이들에게 그것은 실망과 좌절이라는 느린 고문과도 같다. 그러한 일은 대체로 예측할 수 없는 '고통과 환희'가 뒤섞인 것이다.

초보 엄마들은 출산 후에 갖가지 다양한 감정을 경험한다. 그에 따른 반응 또한 각양각색이며 그것은 수많은 연구의 주제가 되어왔다. 예를 들어, 출산 후 우울증을 경험했던 여성들은 다음에도 똑같은 증세를 나타내기 쉽다. 연구자들은 예전과 같은 증세를 보이는 여성들, 다시 말해 심각한 우울증을 보이는 여성들에게 출산 직후 에스트로겐을 투약하고, 그 투여량을 점차적으로 줄임으로써 증상을 호전시킬 수 있었다. 이러한 현상은 출산 후에 갑작스럽게 이루어지는 호르몬 변화가 출산 후의 우울증에 대한 유일한 원인처럼 보이게 한다. 그러나 이것은 전체 스토리의 일면일 뿐이다. 어떤 여성들은 슬픔과, 심지어 오랜 기간 동안 정신이상에 시달리다가 결국 그것에 굴복하는 반면, 또 어떤 여성들은 자신의 감정을 재빨리 통제하기도 하는데 그 상반된 결과가 무엇 때문인지는 아직까지 정확히 밝혀지지 않았다. 한 여성이 아이를 낳으면 주위 사람들이 의도적으로 축하카드와 온갖 선물로 산모의 사기를 북돋우고 그녀를 격려하는데, 그것은 좋은 효과를 낼 수도 있지만 역효과를 가져오기도 한다. 분명한 것은, 초보 엄마들이 출산 후 겪게 되는 갖가지 감정변화가 호르몬뿐만 아니라 무수한 외부적 요인들에 의해서도 영향을 받는다는 사실이다.

나는 첫아이 바네사를 집으로 데려오던 날 아침, 병실에서의 장면을 결코 잊을 수 없다. 나는 어떻게 동시에 그렇게 행복하고 또 슬플 수 있는지를 이해하려고 애쓰면서 침대 끝에 걸터앉아 있었다. 내가 있던 곳은 2∼3인용 병실이었고, 커튼이 칸막이 노릇을 하고 있었다. 그 커튼의 다른 편에서 나지막한 흐느낌이 있었지만, 난 내 슬픔을 그녀의 것과 연결시키진 않았다. 나는 너무나 피곤할 뿐이었다. 주치의가 잠깐 다녀갔는데, 그는 무언가를 알고 있는 듯했지만 동정적인 모습을 보일 뿐 어떤 위로나 충고의 말은 하지 않았다.

첫아이를 임신했던 시절 나는 의대 4학년생이었고, 산과학과 소아과학에 관련해 내가 배웠던 모든 것에 세심한 주의를 기울이고 있었다. 나는 내 정신과 주치의와 함께 신생아 정서발달에 심리학이 왜 필요한가에 관해 대화를 나누며 태아심리학, 신생아심리학 등에 대해 배웠다. 또 신생아실 직원들이 제공하는 아기 목욕과 수유에 관한 모든 수업에 참여하고서 그날 내가 배웠던 것을 실습하기 위해 교실에 남아 있곤 했다. 나는 태교를 위해 좋은 음악을 듣고, 좋은 음식만 골라먹었다. 자동차에 설치할 유아 보조석에 대해 알아보고, 분만과 유아발달에 관해 구할 수 있는 모든 책을 구해 읽었다. 라마즈 분만법 등의 임신과 출산에 대한 일반적인 지식을 익히고, 임산부 체조, 호흡, 명상들을 꾸준히 따라했으며, 출산 준비에 필요한 다양한 정보를 수집했다. 나는 만반의 준비가 되어 있었다.

하지만 이 모든 학습적인 노력에도 불구하고, 나는 앞으로 내가 겪게 될 일에 대해서는 아무런 준비도 되어 있지 않았다. 나는 '아기'에 관한 모든 것을 알았지만, '엄마'에 대해서는 거의 무지했다. 나는 그 모든 훈련과 독서에 얼마나 열심이었던가. 하지만 그 어떤 것도 아기를 낳은 후 직면하게 될 현실에 대해서는 전혀 가르쳐주지 않았다. 한 아이를 낳음으로써 내 자신이 그 연약한 생명체의 '생존을 위한 첫 번째 수단'이면서 '걷고 말하는 취사마차'인 동시에 '호르몬 본부'로서의 존재가 된다는 '현실'에 대해서 말이다.

할리우드에서 TV 시청자들에게 전해지는 것은 말할 것도 없고, 대대로 전해져 내려온 '초보 엄마가 된다는 것'에 대한 버전은 "출산 후에 즉시 엄마와 아기 사이에 기쁨에 찬 유대감이 나타난다"고 말한다. 그러나 머리가 기형이거나 우둔하거나 얼굴이 짓이겨진 아기가 태어나면, 여성들은 움찔 놀랄 수밖에 없다.

신생아실 창문 밖에서 자신의 아기를 보기 위해 줄지어 서 있는 사람들을 대상으로 설문조사한 바에 의하면, 대부분의 사람들이 은연중 자신의 아기가 사진첩에서 보는 아기 모델들보다 훨씬 더 멋지길 바란다는 것이다. 그러므로 최소한의 실망이나 놀람조차도 자식에 대한 죄책감과 좌절감을 맛보게 만든다.

"나는 당신이 우리 아기를 만나봤으면 좋겠어. 아기가 당신이 예상했던 것만큼 예쁘지 않을지도 모르지만, 모든 아기는 다르기 마련이잖아. 무엇을 기대한다 해도 그것을 미리 예언할 수는 없는 거야. 아기는 당신의 보살핌과 관심이 즉시 필요하겠지만…… 그래, 당신이 자신을 사랑하게 되는 데 시간이 걸린다 해도 아기는 이해할 거야."

훌륭한 말이지만, 아무도 이렇게 말한 적은 없다. 훌륭한 엄마들조차 고개를 돌리면서도 그들의 마음은 뒤에서 미적거린다. 이때 생기는 죄책감은 이미 호르몬 변화의 여파에 시달리고 감정적으로 불안정한 '초보 엄마' 들의 상황을 더욱 악화시킨다.

초보 엄마가 아기에 대한 자신의 감정을 이해하게 되자마자, 남편에 대한 그녀의 이해 또한 빠른 변화를 겪게 된다. 출산 이전에 부부가 육아분업에 대해 논리적으로 동의했다 하더라도, 평등에 대한 기대감들은 아이가 태어남으로써 크게 변화한다. 아빠는 새로 태어난 아들이나 딸을 안아 올리면서 자식과의 결속과정을 시작한다.

그런데 그가 흐뭇한 미소를 떠올리자마자, 2세는 다급하게 울어대는 것이다. 그가 사진처럼 완벽해 보이는 경외감과 자식에 대한 헌신을 불러일으키려는 찰나에 말이다. 이것은 교황이라 해도 위로할 수 없는 일이다. 그런데 엄마가 젖을 물리면 말할 것도 없고, 그녀가 한 번 꼭 안아주기만 해도 아기는 대단히 만족스러워하며 방긋거리는 것이 아닌가. 물론, 아빠가 '자식과의 결속' 을 위한 노력을 다시 시도하지만 않는다면 말이다. 이 새로운 분업과 권력분립에 직면해서, 많은 아버지들이—때로는 의식적으로, 또 때로는 무의식적으로—아기 돌보기의 참여에서 뒷걸음치기 시작한다.

수년 전, 나는 '가족의 미래'라는 이름으로 작은 모임 하나를 이끌었다. 그 모임에 열심이었던 한 아버지가 위와 같은 경우에 관해 자신의 경험담을 이야기한 적이 있다. "마치 내 아내와 아이들이 거대한 유리벽 뒤에서 행복하게 함께 놀고 있는 것 같았어요. 저한테는 그렇게 느껴졌죠. 나는 즐거워하는 그들의 모습을 볼 수도 들을 수도 있었지만, 그들은 오직 서로만 원하는 것 같았어요. 나는 그들 사이에 끼어들고 싶어서 유리벽에 얼굴을 힘껏 밀어붙였지만 그들은 나를 알아차리지도 못했지요. 나는 정말이지 분노하지 않으려고 노력해야 했죠."

아기가 태어나자마자 시작되는 '헌신의 대상'에 대한 재배열은, 종종 어머니와 아버지에게 적의와 분노를 심어주곤 한다. 아버지들은 그들 주위에서 일어나는 변화에서 자신만 제외되었다고 느끼게 된다. 그러면 그는 아내와 자식들로부터뿐만 아니라 평등이라는 명목으로 결혼에 바쳐왔던 집안의 다른 의무들로부터도 물러날지 모른다. 여성이 그의 도움과 지지, 이해를 가장 필요로 할 때, 갑자기 그녀는 남편의 존재, 신뢰성, 혹은 좋은 유머 감각이 걷잡을 수 없게 되어버렸다는 사실을 깨닫게 되는 것이다.

출산 후 좌절감에 시달리는 여성들이 지난 20년 동안 말해왔듯이, 그들이 감정적으로 궁지에 몰린 것처럼 느끼게 되는 한 요인으로써 남편에 대한 적개심과 분노를 지적한다. 이 분노는 그들의 배우자가 아이 돌보기와 집안일에 있어서의 의무를 기꺼이 분담하지 않는다는 인식에서 비롯된다.

또 하나의 문제는, 엄마가 행복해 보인다 해도 그녀는 종종 슬픔을 느끼고, 아빠가 유능해 보인다 해도 그는 종종 새로운 상황에 적응하는 데 난처함을 느낀다는 것이다. 겉으로는 아무 문제없는 것처럼 '행복한 척' 하기 때문에, 사람들은 흔히 이제 갓 부모가 된 이들이 느끼는 죄책감과 분노 같은 감정이 조용히 지나가는 것으로 느낀다. 초보 엄마 아빠는 새로운 아기의 존재로 인해 어떠한 행동들이 요구되는지에 관한 한 '출산 전의 이론'에 근거한 사회적 통념들을 참고할 수 있다. 하지만 '출산에 따른 환경 변화'에 의해 비롯되는 죄책감과 분노 또한 가장 필요한 순간에 가장 솔직한 대화를 이끌어낼 수 있을 것이다. 아버지와 어머니는 그 변화를 다르게 경험하기 때문에, 적응기간 동안 서로의 생각을 비교하고 서로를 어떻게 도울 수 있을지 알아야만 한다. 결국, 이것은 새로운—심지어 그들의 결혼식보다도 훨씬 중요한—시작일 뿐이다.

남편이 아버지 역할에 행복해 하는지 살펴보라

대부분의 초보 아빠들은 아기가 태어났을 때 매우 활기차 보인다. 그런데 이러한 활기는 모든 사람들이 기대하는 것처럼 행복에 의해서 발생하는 것이 아니다. 그들이 비록 근심에 싸여 있다 해도 겉으로는 활기를 띤다. 그리고 내가 이러한 사실을 깨닫는 데는 수년이라는 시간이 걸렸다. 오래 기다렸던 사건이 벌어지고, 드디어 한 생명체가 세상의 빛을 보게 된다. 그러면 새로 태어난 아기에게 홀딱 반한 친척들과 친구들이 서로 아기를 안아보려 하기 때문에 아기는 당연히 이 손에서 저 손으로 건네어진다. 그러는 동안, 아이의 아빠는 대체로 그런 상황에서 아버지들이 할 만한 행동—그가 알고 있는 유일한 행동—을 취한다. 그는 영화나 주위의 선배 아빠들로부터 배웠던 '행복에 겨운 아버지' 역할을 훌륭히 연기해내는 것이다. 그는 행복해 보인다. 그리고 행복한 것처럼 행동한다. 그가 연기하고 있는 바에 따르면, 그는 중심인물이다. 하지만 그는 가끔 자신이 카메라의 포커스에서 벗어난 듯한 느낌을 받곤 한다.

물론 그는 무시무시한 진통을 겪는 아내의 모습을 지켜보던 정신적 쇼크에서 해방된다. 그리고 출산이 무사히 끝나고 아내와 아기가 모두 건강하다는 사실에 전율을 느끼며 감동한다. 그러나 아내의 임신 기간 내내 그가 가족을 물심양면으로 부양했다 해도, 또 그가 새로 태어난 아기에게 즉시 온갖 관심과 사랑을 쏟아부었다 해도, 그의 몸은 그 과정에서 어떠한 변화도 겪지 않은 채 그대로이고 아기가 원하는 것을 줄 수 있는 그의 능력 또한 제한된 채 그대로이다.

그가 출산 전에 항상 아내와 함께 산부인과 의사를 방문했고, 그때마다 뱃속 태아의 작은 발길질을 경험했을지라도, 아기가 태어난 지금 결과적으로 그는 소외감을 느끼기 시작한다. 그러나 그는 계속해서 미소짓는다.

그와 동시에, 사랑하고 결실을 맺고 아이를 낳는 과정에서 처음부터 끝까지 그와 함께 했던 파트너는 갑자기, 그리고 강력하게 그의 곤경으로부터 마음을 돌린다. 그는 이것을 오직 멀리서만 인식할 수 있다. 진통과 분만이라는 힘든 과정을 겪었음에도 불구하고, 회음부 절개자

국, 자궁의 고통, 젖가슴의 통증, 혹은 제왕절개로 인한 수술자국에도
불구하고 아내는 여전히 활기차기 때문에 그가 자신의 불안과 걱정을
그녀에게 짐지운다는 것은 생각할 수 없는 일이 되어버린다. 그들 관
계의 틀은 극적으로 다시 짜여지기 시작하고, 남편은 무슨 일인가 벌
어지고 있다고 느끼는 반면, 아내는 자신의 몸과 아기를 제외하고는
그 어떤 것도 제대로 알아채지 못한다. 즉 그들의 생각과 꿈은 각각
다른 천체 속에서 회전하기 시작하는 것이다. 그럴 의도가 전혀 없었
음에도 아내는 남편을 초인처럼 취급해버린다. 그리고 그는 그러한
존재인 척하며 계속해서 미소짓는다.

게다가 그가 알고 있는 모든 사람들이 아내와 아기에 대해 묻는다.
하지만 어째서 그에 대해서는 묻지 않는가? 그는 어떤 처지에 있는가?
그가 아내의 손발이 되어 시중을 들고 있다는 사실, 한동안 아내의 돈
벌이가 중지되었기 때문에 줄어든 생활비로 어떻게 생계를 꾸려가야
할지에 대해 그가 두려워한다는 사실, 그가 이틀 동안 한숨도 못 잤
다는 사실, 그 자신이 빨래를 하는 데 얼마나 서툰지를 결코 깨닫지
못한다는 사실들은 어떠한가?

그는 자신이 하기로 되어 있는 역할이 무엇인지, 그가 무엇을 제대
로 할 수 있는지, 또 이 새로 태어난 아기와 연관해서 생각될 수 있는
지 확신하지 못한다. 뿐만 아니라, 함께하는 이틀만으로도 그를 미치
게 하기에 충분한 장모가 찾아와 두 주 동안이나 그들과 함께 머문다.
그러나 그는 계속해서 미소짓는다.

결국 그는 자신의 걱정으로부터 벗어나기 위해 맹렬하게 일에 매달
린다. 그는 두 사람 몫의 일을 하고, 두 배의 수입을 올리며, 아내와 아

이들을 부양할 것이다. 그는 곧 이것에 능숙해진다. 게다가 언제나 그가 집에 돌아와서 하는 일이란 단지 '더 이상 예전의 그녀가 아닌' 아내와 '예전 그대로인' 장모 사이를 불편하게 움직이는 것뿐이다. 이럴 때, 일이라는 것은 매우 유용하다. 그것은 그가 계속해서 미소짓도록 하기 때문이다.

만일 새로 태어난 아기가 두 번째 혹은 세 번째 아이라면, 아빠는 첫 아이가 태어났을 때 자신의 존재가 얼마나 비참했었던가를 기억한다. 그러면 예상되는 근심이 피곤과 고립감 위에 켜켜이 쌓인다. 그와 아내 사이는 이 아이로 인해 더 멀어질 것인가? 섹스는 자주, 그리고 즐겁게 이루어질 것인가? 이런 것은 생각하지 말자, 그는 스스로 다짐한다. 그리고는 계속해서 미소짓는다.

하지만 그도 어쩔 도리가 없다. 그는 아내와 다시 섹스를 할 수 있을지 궁금해지기 시작한다. 의사는 적어도 출산 후 3주 동안 이루어지는 산모검진이 끝날 때까지, 어쩌면 6주 동안 기다려야 할지도 모른다고 충고한다. 세상에, 3주도 끔찍한데 6주라니! 그는 자신이 살아남을 것 같지 않다. 하지만…… 그는 기억한다. '신경써야 할 새로운 아기가 있지 않은가!'

그리고 그가 확신하는 만큼 아기가 그를 필요로 한다는 사실이 시간이 지날수록 분명해진다. 만일 그가 자신의 아버지와 좋은 관계였다면, 결말에 대한 그의 믿음이 이러한 변화가 이루어지는 동안에 그를 지지해줄 것이다. 그러나 만일 그렇지 않았다면, 아무도 알아차리지 못하겠지만 그의 감정적 분노는 더 심화될 것이다. 왜냐하면 그는 자신이 보았던 다른 행복한 아버지들을 훌륭히 흉내내고 있을 뿐이기 때문이다. 그는 단지 "그럴 때 자신은 계속해서 미소짓고 있어야 한다"는 사실만 알고 있다.

어쨌든 그의 미소는 하나의 목적을 감탄할 정도로 만족시킨다. 평화가 필요할 때 그의 미소는 가족의 평화를 유지하도록 돕는다. 초보 아빠가 자신의 새로운, 또는 늘어난 가족을 위해 자신의 요구들을 제쳐놓을 수 있다면, 그는 사랑이라는 필수불가결한 노동을 수행하는 셈이다. 하지만 그의 노고를 인정해주는 누군가가 있다면, 그의 수고는 한결 수월해질 것이다. 남편의 얼굴표정에서 두려움을 보았을 때 그가 어떤 어려움을 겪고 있는지 이해한다는 사실을 그에게 알릴 수 있다면, 초보 엄마는 그들 사이의 오해와 분노를 누그러뜨릴 수 있다. 배우자 사이에서 오가는 친절하고 따뜻한 말 한마디는 모든 사람—엄마, 아빠, 그리고 아기—이 함께, 계속해서 미소짓게 하는 데 대단히 효과적이다.

탱고는 두 사람이 추는 것이다

아기가 태어남으로써 부모가 되는 사람들이 경험하게 되는 미묘하고 복잡한 감정변화는, 꼭 그만큼은 아닐지라도 미묘한 행동 변화를 초래한다. 주어진 관계에 온전히 영향을 미치는 이론이든 아니든 페미니즘은 60년대 이후의 모든 세대들에게 여성과 남성 사이의 평등을 정의했다. 나의 동료 여성들은 '보수, 휴가, 직위, 성충동, 집안일, 아이들에 대한 애착' 등에서의 남녀평등을 확고히 믿으며 '어머니'가 된다. 그러나 집안일을 비롯한 모든 일에 있어서 '분업'에 직면하게 되면, 사회뿐만 아니라 여성 자신의 의식에까지 뿌리깊이 박혀 있는 성역할에 대한 이데올로기가 흘러나온다. 예를 들어, 아기들이 남편보다는 여성들의 손길, 냄새, 자장가를 더 좋아한다는 사실을 깨닫게 될 때, 우리는 어쩔 수 없이 생물학적인 진실에 직면하게 된다. 그리고 너무도 쉽게 벗어났다고 생각한 전 시대로 주춤주춤 물러서는 것이다. 나와 같은 세대의 여성들에게 팀워크란, 부부가 서로 유연한 태도로 직업적인 일과 집안일을 함께 이루어내고 또 조화를 이루는 것을 의미했다. 이때 이루어지는 업무분담이란, 우리의 부모들이 했던 방식이 아닌 무엇이 서로에게 가장 수월한지에 따라 이루어지는 것이었다. 그러나 아기에 관한 한 우리는 각각의 기준, 혹은 적어도 그것의 상당 부분을 기꺼이 포기해야만 했다.

나는 의과대학을 다니던 마지막 해에 첫아이를 갖게 되었다. 그때 나는 그 누구보다도 의학에 헌신적이었다. 그러나 남편이 출근하고 나면 새로 태어난 아기와 함께 집에 있던 나는 의학 저널 하나도 제대로 읽을 수 없었고, 회음부 절개로 인한 상처와 젖가슴 통증 치료, 그리고 아기를 직접 양육하는 것 외에는 의학과 관련한 어떤 문제에 대해서도 주의를 기울일 수 없었다.

하지만 남편은 여전히 훌륭한 의사 노릇을 하고 있었다. 그는 진단을 하고, 멋진 처방전들을 쓰고, 나의 동료이기도 한 친구들과 함께 점심식사를 하며 유익한 대화를 나누었다. 그 동안 내가 할 수 있는 일이란, 어서 빨리 일로 돌아갈 수 있기를 고대하며 젖을 뽑아 말려버리고, 갓난아기의 대변 색깔과 구성성분 때문에 안달하면서, 아기가 불편한 기색을 내비치는 통에 한쪽 다리를 면도하는 일을 제외하고는 아침 샤워를 포기해버리는 것이 전부였다. 일이 끝난 후 집에 돌아온 남편은 자신의 옷을 입은 채 엉망으로 흐트러져 있는 내 모습을 봐야 했고, 나는 포대기로 아기를 싸서 그의 가슴에 비끄러매고는 저녁을 차리느라 애써야 했다. 나는 모든 상황이 그의 탓인 양 점차 그에게 짜증이 나기 시작했고, 그는 이해할 수 없는 내 태도 때문에 점차 내게 실망하고 있었다. 하지만 다행히도 우리는 TV 시트콤들을 통해 겉으로는 아무렇지도 않은 척하는 법을 충분히 배워두었다. 정말 서로의 하루 일과를 듣고 싶어하는지의 여부와는 상관없이 서로에게, "안녕, 여보. 오늘 하루는 어땠어?"라고 묻는 법을 말이다.

서로에 대한 우리의 기대감들은 점차 변해갔다. 그는 아기 기저귀를 갈거나, 아기를 달래는 등, 아기에게 자신을 헌신하는 일에는 거의 관심이 없었다. 반면, 나는 그것들을 제외하고는 어떤 일이든 거의 무관심했다. 하지만 우리는 서로가 어떻게 느끼는지 확신할 수는 없었을지라도 우리에게 일어나는 변화를 거부하고 계속해서 예전의 방식으로 행동하려고 노력했다. 적어도 처음에는 말이다.

내가 의과대학의 병원실습 과정을 마치기 위해 병원으로 돌아갔을 때, 나는 남편이 '일단 직업환경이 회복되기만 하면 예전의 내 모습으로 돌아갈 것'이라고 생각하면서 안도의 한숨을 내쉬는 것을 느낄 수 있었다. 나는 결코 예전의 내가 될 수 없었다. 엄마가 된다는 것은 너무도 많은 것을 변화시키기 때문이다.

아이가 태어남으로써 새로 부모가 되는 사람들이 겪게 되는 여러 가지 문제들 중 핵심이 되는 부분은 아마도 '그들 각각의 리비도(libido : 성충동, 성욕─옮긴이)에 무슨 일이 벌어지는가' 일 것이다. 조셉

캠벨(Joseph Campbell)은 리비도를 '삶충동'이라고 불렀다. 이 개념은 새로운 부모들이 어떠한 스토리를 겪게 되는가를 단적으로 말해준다. 초보 엄마의 '삶충동'은 아이의 탄생으로 방향이 바뀌어진다. 아기가 모성애를 꾸준히 자극하는 지휘봉을 교묘하게 휘두르기 때문이다. 그러나 신체적으로나 감정적으로 초보 아빠는 변하지 않으며, 비록 변한다 해도 그것은 외부적인 동기에서 유발된다.

그는 아기를 돌보는 데 있어서 더 높은 수준의 의무감을 따를 것이다. 그러나 그의 근본적인 정체성은, 적어도 처음엔 배우자만큼 심원하게 변화하지 않는다. 심지어 아이들을 돌보는 일에 있어서 제1인자가 되기 위해 집에 머물기로 결심한 아버지들조차 새로운 정체성에 붙들리긴 하지만 초보 엄마들을 강타한 그 정신적·신체적 개조를 똑같이 겪지는 않는다. 테스토스테론(남성호르몬의 일종-옮긴이)은 여전히 아버지가 되기 이전과 똑같은 방법으로 '성충동'을 일으킨다. 초보 엄마 아빠들이 예전에 들어본 적 있는 섹스와 결혼한 부부에 관한 모든 농담들을 새롭게 인식하고 이해하는 데는 그리 오래 걸리지 않는다. 그것이 비록 달갑지 않은 일일지라도 말이다.

남성과 여성이 아이의 탄생을 다르게 경험한다는 명백한 사실과 관련해서 여성의 '헌신'은 그 대상을 바꾸거나 나뉘어진다. 갑자기 그녀는 잠이 부족해지고, 수유가 계속되는 동안 호르몬은 이상한 변화를 겪는다. 그녀의 충만한 관심과 삶충동은 그녀의 갓난아기에게 집중된다. 그러므로 많은 여성들이 아이를 출산한 후 한동안은 예전만큼 섹스에 관심을 갖지 못한다.

따라서 여성들은 이에 대해 죄책감을 느끼게 된다. 그런데 이것을 남편들이 이해하지 못할 때 이미 존재하고 있던 분노는 한층 더 심화된다. 이러한 악순환은 심지어 평온한 관계를 유지하려는 노력 속에서도 나타날 수 있다. 그것은 배우자 모두를 당황시킨다.

부부가 자녀를 출산함으로써 한 가족을 이룬다는 데 있어서 공통적인 주제들을 도출할 수 있을지라도, 그 어떤 부부도 똑같은 과정을 겪는 것은 아니다. 어떤 여성들은 자신의 삶, 시간, 그리고 애정을 온통 그 새로운 생명체에게 쏟아붓는 반면, 또 다른 여성들은 이런저런 이유로 가능한 빨리 자신의 일로 되돌아간다. 아기에게 젖을 주고 돌보는 일에 불편함을 느껴서, 재정적인 이유로 장기적인 출산휴가를 보낼 여유가 없어서, 또는 '어머니가 된다'는 것보다 '자신의 직업적인 상황에 충실하다'는 것에 보다 큰 동기부여를 해서 등등, 이유는 여러 가지이다.

하지만 황급히 일로 돌아갔다고 해서 상황이 나아지거나 부담이 덜어지는 것은 아니다. 오히려 상황은 좀더 복잡해지고 부담은 한층 더해질 뿐이다. 어찌 됐든 어머니라는 현실이 바뀔 수는 없을 테니 말이다. 그럴 때 대부분의 여성들은 '일과 가정생활' 사이에서 적절한 타협점을 찾으려고 노력한다. 비록 한꺼번에 너무 많은 일들을 하려고 시도함으로써 행복을 망칠지라도.

이러한 종류의 이야기는 여성만큼이나 남성에 관해서도 다양하다. 하지만 모든 남성이 아버지로서의 역할을 다르게 보는 것은 아니다. 남성으로부터 '아버지다움'을 이끌어내기 위해서 흔히 '아이'라는 말 한마디가 취해지기는 하지만, 점점 더 많은 아버지들이 아이가 태어나자마자 바로 어버이로서의 의무에 충실해지고 있다. 오늘날 가족들 중 17퍼센트 정도는 아내가 집안 생계를 꾸리고 남편이 살림을 한다. 한편 70년대와 80년대에 가족을 이루었던 내 동료들은 '부모'라는 각각의 성역할에 관하여 한 가지 이론을 가지고 있었고, 뒤이은 세대들은 우리가 만들어낸 '아빠는 일하러 나가'고 '엄마는 가정에 머문다'는 공식을 실제적으로 수행했다.

하지만 현재 어린 남자아이들 중 몇몇은 가정에서 아버지들과 함께 지내며 성장하고 있다. 미래의 또 한 세대의 남성이 될 우리의 아들들이 자신의 아버지가 살림하는 모습을 지켜보며 자라고 있는 것이다. 이것은 30년 동안의 이데올로기적 묵상(페미니즘-옮긴이)보다도 여성들에게 좀더 많은 선택권을 베풀 수 있게 될지도 모른다. 그러나 가정의 성역할 배치의 변화는 느리게 발전하고 있으며, 그것은 페미니즘적인 접근보다도 더 오랜 시간이 걸릴 것이다.

현재까지도 가정 꾸리기의 주역은 여전히 여성들의 몫이다. '바나나를 으깨서 이유식을 만드는 남성들, 베이비시터(아기 돌봐주는 사람-옮긴이) 목록을 작성해나가는 아빠들, 집안 청소를 하는 남편들, 엄마보다도 먼저 아이의 병을 알아채는 아빠들'은 여전히 예외적인 것이 현실이다.

하지만 연구조사에 따르면, 아빠들이 집안살림에 점점 더 많이 참여할수록 여성과 아이들이 이익을 얻을 뿐만 아니라 남성들 스스로도 보람과 만족을 얻게 된다는 것이다. 이러한 사실은 (비록 짧은 시간 동안이라도) 집에 머무는 아빠들의 수가 점점 증가하는 이유와, 그들이 수세기 동안 여성들이 따분하게 생각해왔던 집안일들에 관해서 책 한 권을 쓸 수 있을 만큼 정통하게 되는 이유를 설명해줄 것이다.

이러한 성역할의 구분 없이 양손잡이 가족이 되는 데 있어서 가장 큰 방해물은 '일터의 요구'와 '변하지 않는 사회 관념'이다. 이 요인들은 '가장 짧은 시간 동안 가장 많은 돈을 벌 수 있는 사람'이 가장의 위치에 머물기를 바라며, 대부분의 경우 그러한 사람은 '남성'이 된다.

그러나 배우자들이 자녀 출산을 통해 가족을 이룬 후 서로의 역할을 정하고자 고심할 때 좀더 미묘한 장애물들이 나타나는데, 이들 중 하나가 초보 엄마들이 아이 돌보는 일을 남편에게 전적으로 떠맡기는 것을 꺼린다는 사실이다. 아기에 관한 한 다른 사람에게—비록 아기의 아빠일지라도—전적으로 떠넘긴다는 것이 몇몇 여성들에겐 거의 불가능하다. 이것은 아기 아빠의 관점에서 보면, 소외감 위에 모욕감을 더해준다. 그는 스스로 묻는다. "뭐가 어때서?"

새로 부모가 된 부부가 처음 1년 동안 느끼는 두 사람의 '차이'라는 문제가 심각해졌을 때, 부부관계를 안정시키기 위해서는 앞서 언급한 '좋은 결합이 되기 위해 어떠한 요건들을 갖추어야 하는가'를 기억해야 한다.

좋은 결합의 부부가 되기 위해서는 상호존중, 상호신뢰, 행복해지려는 마음가짐, 기꺼이 타협하고 양보하는 마음 등이 필요하다고 말한 바 있다. 그 요건들은 임신기간 동안에도 대단한 효력을 발휘할 뿐만 아니라, 아이가 태어난 이후에도 새로운 힘을 샘솟게 할 것이다. 출산 후의 부부관계는 결코 아이들이 태어나기 전과 동일해질 수 없고, 그것이 '더 나은' 상황이라고 말할 수 있는 것도 아니지만, 아이는 분명 부부관계에 있어 중요한 몫을 차지한다.

자녀를 출산하고 그 아이들의 대학교육 뒷바라지까지 할 정도로 오랜 시간을 함께 보낸 부모들은 흔히 '아이 없는 부부들이 결혼의 틈새와 조각들에 아이들이라는 접착제를 밀어넣지 않고서도 어떻게 그 기나긴 시간 동안 함께할 수 있는지' 의아해한다.

아기가 태어남으로써 야기되는 복잡한 시간들을 완화시키기 위해서는 결혼에 대한 배우자 각각의 긍정적인 성향에 덧붙여, 다른 요인들도 필요하다. 결혼의 건전함을 신뢰할 수 있는 능력은 한 부부가 오랜 길을 함께 갈 수 있도록 해준다. 자녀의 심리발달에 있어서 각각의 배우자가 얼마나 소중한지를 깨닫는 것은 스트레스로 꽉 찬 시간들을 협동하며 헤쳐나갈 수 있게 도와준다. 일이 계획대로 되지 않을 때, 단지 유머 감각을 유지하는 것만으로도 불행에 빠진 결혼생활을 거뜬히 구할 수 있다.

자, 탱고를 춘다고 생각하라! 몸을 확 끌어당겨 밀착시키고 앞으로 나아갈 수 있는 능력, 새로운 음악—가족을 위한 음악, 즉 가족이 공유하는 음악—에 맞춰 새로운 스텝을 배울 수 있는 능력은 모든 새로운 부모들이 잘 연마할 수 있는 '기술'이다. 그러나 기억해야 할 것은, 새로운 페미니스트들이 발견해낸 것처럼 "탱고를 추기 위해서는 반드시 하나가 아닌 두 사람이 필요하다"는 사실이다.

마음의 소리를 듣고, 머리를 사용하라

아기가 태어나면 초보 엄마는 변화된 결혼생활을 재검토하면서 아기가 무엇을 원하는지 스스로 판독해내야 한다. 게다가 주변에서 쏟아내는 이러저러한 충고와 기대들 때문에, 그녀는 번갈아 용기를 얻었다가 또다시 기가 죽곤 한다. 그녀의 출산휴가가 서서히 끝나갈 때즈음, 문제는 더 이상 '어떤 벽지로 아기방을 예쁘게 꾸며야 할지' 나 '어떤 음식으로 저녁상을 차려야 할지' 만큼 단순하지 않다. 모든 일이 조금 더 복잡해진다.

축하 전화를 한 그녀의 고용주(또는 직장 상사)는 그녀가 언제 일터로 복귀할 것인지에 대해 궁금해한다. 만일 그녀가 직원을 부리는 위치에 있다면, 부하 직원들은 선물과 꽃을 보내고 축하 전화를 해댈 것이다. 하지만 "아기 이름을 뭐라고 지었어요?" 라고 물은 후, 그녀가 새로운 프로젝트를 채택할 것인지 말 것인지, 괜찮다면 언제 그들의 프로젝트를 시작할 것인지에 대해 알고 싶어한다.

앞서 언급했듯이, 아이가 태어나면 많은 것이 변한다. 변화되는 결혼생활, 변화되는 부부관계, 그리고 그들의 감정과 신체적인 변화들……. 이 무수한 변화 속에서 초보 엄마는 진지하게 고민하고, 마음의 소리를 통해 변화에 적응하는 법을 배운다.

그런데 종종 다른 이들의 기대가 그녀의 솔직한 영혼탐구를 당황하게 만든다. 그녀가 요구하지 않아도 불필요한 판단과 충고들이 그녀에게 퍼부어지기 때문이다. 심지어 할머니들은 어떠한가. 자신의 딸들이 출산을 겪고 적응해나가는 데 가장 동정적이거나, 최소한 민감해야 할 '어머니들의 어머니들' 은 딸들을 위해 어떠한 새로운 정보도 수집하지 않는 듯하다.

그들은 딸들에 앞서 이미 똑같은 경험을 한 선배 엄마이기 때문에 앞으로 딸들이 부딪쳐 나가야 할 현실에 대해 유용한 충고들을 제공할 수 있다. 딸들은 바로 그것을 기대한다. 하지만 그들이 아주 잘 기억하는 것이란, '자신이 딸의 대학이나 대학원 교육비로 얼마를 지불했는지', '손주를 낳은 딸이 다시 일터로 돌아가게 되자, 자신이 언제 아기를 돌봐주기로 했는지', '자신의 딸이 가져왔던 직업적인 기회들을 자신도 얼마나 절실히 (항상) 원해왔는지' 등이다.

어떤 보수적인 할머니들은 자신의 딸이 직업생활을 다시 하겠다고 말할 때 깜짝 놀란다. 그녀는 아마도, "여자에게 어머니가 된다는 것이 얼마나 중요한 일인지 아니? 나 땐 그게 여자 인생의 전부였어. 엄마 노릇을 잘하는 것도 네가 지금 말하는 일만큼이나 충분히 전문적인 일이었다. 그리고 너도 곧 그걸 증명하게 될 거야. 결국엔 다 그런 거지"라는 식으로 끊임없이 잔소리를 해댈지 모른다. 게다가 딸아이가 자신의 손주를 잘 알지도 못하는 사람에게 맡기려 한다는 것은 그녀에겐 상상도 할 수 없는 일이다. 그녀는 그러한 딸의 생각을 돌리기 위해서 재정적인 도움도 마다하지 않을 것이다.

한 여성이 '자신이 무엇을 원하는지', '자신이 무엇을 해야 하는지'에 대해 결정할 때, 그녀는 예측할 수 없는 미래에 대해 불안을 느끼므로 정신적인 동요를 격게 된다. 출산 후 6주간의 산모검진을 받기 위해 산부인과 대기실에서 차례를 기다리며, 그녀는 잡지 하나를 집어들어 읽기 시작한다.

'퀼트를 만들고, 십자수를 놓고, 좋은 목적으로 행사중인 비스킷 세일에 쫓아다니며, 새로 태어난 아기와 행복하게 살기 위해 보금자리로 돌아간 전문직 여성'에 관한 기사를 읽는다. 초보 엄마가 검사실로 들어갈 차례가 될 때쯤, 그녀는 다른 잡지의 페이지를 넘기고 있다.

흠잡을 데 없이 멋지게 옷을 차려입고 머리를 손질한 CEO의 사진이 화려하게 기사를 장식하고 있다. 그 여성은 매일 아침마다 세련되게 꾸며져 있는 가정에서 자신의 고소득 직장으로 출근하기 전, 한 시간 동안 운동을 한다고 했다. 사진 속에는 그녀의 사랑하는 남편과, 세 명의 완벽하게 훌륭한 아이들과, 그녀의 책상 주변에서 항상 '엄마'를 따라다니는 골든리트리버(영국산의 새 사냥개 - 옮긴이)가 그녀와 함께 웃고 있다. 심지어 개마저도 미소짓고 있는 것이다.

우리의 초보 엄마는 기가 죽는다. 그녀는 검진을 마치고 다시 대기실로 들어서다가 갑자기 아기가 칭얼대는 바람에 대기실 밖으로 뛰쳐나간다. 그녀가 아기를 달래는 동안, 십대 딸아이와 함께 온 고상해 보이는 중년부인이 다가와 그녀의 아기를 보고 감탄한다. "당신은 참 운이 좋군요. 세상에 아기만큼 소중한 건 없죠. 지금 충분히 즐기세요. 왜냐하면 아기는 어느새 자라서, 당신이 알기도 전에 남자친구에게 홀딱 반하여 임신해버리거든요." 부인의 딸로 보이는 십대 여자아이가 엄마의 말에 눈을 흘기지만, 이내 그녀의 아기를 보며 예쁘게 미소짓는다.

방금 전까지만 해도 심란했던 우리의 초보 엄마는 금세 기분이 좋아진다. 그녀의 머리와 가슴속에서 들끓고 있던 모순된 감정들은 어느새 차분히 가라앉아 버린다. 그녀는 부인의 친절한 말에 감사하고, 소녀에게 웃으며 인사한다. 그리고는 짐을 꾸려 주차장으로 향한다.

차를 몰고 집으로 돌아오는 길에, 아기는 유아 보조석에서 곤히 잠들어 있고, 우리의 초보 엄마는 심리치료 전문가가 진행하는 라디오 쇼의 청취자 전화 참가 프로를 듣고 있다. 방송에 전화가 연결되고,

그녀는 아기와 일 사이에서의 저글링에 관해 상담한다. 그녀는 다급하게 해결책을 요구하며 자신이 어떠한 상태에 있는지 구구절절 설명하려 하지만, 심리치료 전문가는 그녀의 말을 중간에 잘라버린다. 그리고 아기를 가지고 저글링할 일은 없다고 말한다.

하지만 아기가 학교에 다니기 전까지는 그녀나 그녀의 남편이 아이와 함께 집에 있어줄 방법에 대하여 해결책을 찾아야 한다고 충고한다. 세상에, 누가 그것을 모른단 말인가! 아이가 없어진 우리의 초보 엄마는 전화를 끊고서 라디오를 멍하니 쳐다보고 있다. 그리고 아기가 칭얼대기 시작하고 나서야 자신이 빨간 신호등에 멈추었고, 이제 신호등이 초록빛으로 바뀌었다는 사실을 알아차린다.

집에 도착한 우리의 초보 엄마는 단지 고지서 뭉치를 찾기 위해 우편함을 체크한다. 맞벌이를 하고 있던 그들 부부는 임신으로 인해 그녀가 쉴 수밖에 없었기 때문에 수입이 반으로 줄어들었다. 물론 그것에 대비해 약간의 돈을 모아두었지만, 그 돈마저 출산휴가 동안 이미 바닥나버렸다. 그녀는 두툼히 쌓인 고지서 뭉치를 받아들고서 현실을 직시하게 된다. 그 중 몇 장은 자신의 대학원 학비 융자금에 대한 납입영수증이라는 사실도 별도움이 못 된다. 그 돈은 그녀가 벌어왔던 액수에 비하면 그야말로 구우일모(九牛一毛)에 불과하다.

그녀는 스스로에게 묻는다. 살아가며 겪게 되는 모든 일들이 나와 남편이 계획했던 것처럼 그렇게 단순하지만은 않다는 사실을 나는 왜 짐작조차 못 했을까? 나는 엄마가 된다는 것이 세상일에 대한 내 시선마저 변화시킬 것이라는 사실을 모른 채 어떻게 30년이라는 세월을 살아왔을까? 내 삶에 있어서 우선순위는 대대적으로 재배열되었는데,

내 남편은 그렇지 않은 것일까? 도대체 나는 앞으로 무엇을 해야 하는 것일까?

바로 그때, 전화벨이 울린다. 그녀가 '여보세요'라고 말하자마자, 친구는 집으로 전화한 것에 미안해하며, 그녀의 전문적인 충고를 필요로 하는 긴급한 문제가 생겼다고 얘기한다. 우리의 초보 엄마는 한쪽 어깨에 아기를 안고 다른 쪽 어깨엔 수화기를 들고서, 친구의 문제에 대해 10분 정도 조언해주고 나서, 친구와 몇 마디 더 담소를 나눈다. 전화를 끊고나서 그녀는 설명할 수 없을 정도로 기분이 좋아진 것을 느낀다. 그녀의 전문적인 재능을 필요로 하고 그것을 가치 있게 평가해주는 세상이 있다. 친구로부터 걸려온 전화 한 통이 그녀가 자신의 직업에서 얻는 만족감을 다시 일깨워준 것이다.

그녀가 부딪히게 되는 현실은 그녀의 엄마가 알고 있는 것처럼 보수적인 것도 그렇다고 해서 진보적인 것도 아니다. 그녀가 부딪히게 되는 수많은 딜레마들은 그녀의 고용주, 부하 직원, 동료, 그리고 어떤 잡지 기사도 대신 풀어줄 수 있는 성질의 것이 아니다. 또한 그것은 토크쇼 진행자가 흑백논리에 따라 정해놓은 이러저러한 도덕주의적 훈계를 견뎌내야 하는 문제도 아니다. 그녀의 딜레마는 오직 자신만의 것이다. 그녀의 모성본능, 금전적인 상황, 남편의 직업, 자녀들의 건강과 요구 사항들, 유용한 수당, 그리고 자신의 직업이 해결책을 보여줄 수 있다. 다른 사람들이 그 해결책에 대해 시기하거나 비판할 수도 있겠지만, 그들의 문제가 아니다.

반드시 기억해야 할 것은, '자신의 마음의 소리를 듣고, 자신의 머리를 사용하는 것'이 그녀가 부딪히게 되는 현실적인 딜레마들을 헤쳐나가는 데 가장 중요한 열쇠라는 사실이다.

아이를 현명하게 키워라, 공동체가 발전할 것이다

재치가 풍부한 한 시사 해설자가 방송에서 점잖게 표현하기 위해, 지금은 널리 알려진 옛 아프리카의 격언을 말한 이후로, 이 표현의 효과가 90년대의 대화에서 핫 토픽이 되었다. "아이를 키우기 위해서는 마을이 필요하다"는 말은 어느 누구의 기준에서도 사랑스럽다. 하지만 이 표현은 들리는 것에 비해 훨씬 더 순진하다.

예를 들어, '마을'은 우리에게 가치 저하된 공교육 체계와 가치 저하된 복지, 그리고 인종차별의 원인이 되는 민족적 우월감들을 제공해왔다. 또 요즘엔 폭력적이거나 불경스럽고 적나라한 표현들을 가려내기 위한 TV의 방송 검열, 인터넷 검열 등을 제공하고 있다. 무슨 일이 있어도 공동체를 너무나 신뢰하는 사람들이 있다. 하지만 그보다는 '공동체를 세우기 위해서는 훌륭한 부모들이 필요하다' 는 사실을 믿는 편이 훨씬 더 안전할 것이다.

1950년대에 롱아일랜드에서 성장했던 하버드 대학의 역사학자 도리스 키언 굿윈(Doris Kearns Goodwin)은 자신의 회고록『내년까지 기다려라 Wait Till Next Year』에서, 마음을 따뜻하게 해주는 자신의 경험을 바탕으로 '대부분의 엄마들이 가정을 지키며 집에 남아 있고 아이들이 자유롭게 이집 저집으로 놀러 다닐 수 있을 때, 삶이란 아이들에게 어떠할 것인지' 에 대해 묘사한다.

비록 굿윈의 엄마는 자주 아팠고, 병치레 때문에 많이 움직일 수도 없었지만, 그럼에도 불구하고 그녀는 행복한 어린 시절을 보낼 수 있었다. 많은 이웃과 친척들이 그녀에게 용기와 도움을 주었고, 마을 어른들이 그녀를 친절히 돌봐주었기 때문이다.

하지만 이것은 무언가 간과한 부분이 있다. 그렇다면 아이들의 행복한 유년을 위해 대부분의 엄마들은 가정을 지키며 집에 남아 있어야 한다는 소린가? 사실, 보수적인 성역할을 고수하는 많은 이들이 그렇게 믿고 있다. 그리고 그 믿음은 알게 모르게 여성들을 가정이라는 울타리에 가두어버린다. 행복한 유년 시절이 보장될 수 있는 50년대 마을의 화목한 모습을 빛에 비유한다면, 그로 인해 제약될 수밖에 없는 여성들의 삶은 그 빛 뒷면에 가려진 그늘에 비유될 것이다.

그 어두운 면은 초기 페미니즘 이래로 탐구되어온 많은 주제 중 하나에 해당한다. 부모 가운데 누군가 집에 남아 가정에서 아이들을 돌보는 것은 더할 나위 없이 훌륭하다. 아이들은 포근한 엄마의 품에서 정서적인 안정을 얻을 수 있을 것이다. 혹시 부모가 동시에 집을 비우게 된다 해도 마을에 다른 어른이 남아 있다면, 아이는 굿윈의 경우처럼 여전히 따뜻한 손길에 의해 보살핌을 받을 것이다.

하지만 그러한 긍정적인 측면에도 불구하고, 현대의 변화된 가족 형태에서 그것이 항상 가능한 것은 아니다. 이제는 한 부모가 자신의 아이를 잠시 돌봐달라고 도움을 청하려 해도 그들을 기꺼이 도와줄 만한 사람은 좀처럼 나타나지 않는다. 모든 사람들은 시간에 쫓기고 있으며, 마을은 지나치게 확장되어 마을에 대해 우리가 기억하고 있는 옛 개념은 무색해져버렸다. 한때 마을 어른들이 기꺼이 이웃 아이들을 돌봐주었던 작은 친절들은 이제 공공기관을 통해 이루어진다. 그리고 우리는 그에 대해 세금을 지불해야만 한다.

그렇게 불완전한 공동체에서도 어떤 부모들은 여전히 자녀들을 철저한 관리하에 키우고 있다. 그들의 재력이나 권력이 그것을 가능하게 해준다. 전도유망한 자녀를 위해 물심양면으로 온갖 노력을 아끼지 않는 것이다. 하지만 충분한 수입과 지위가 보장되지 못한 그 외의 다른 부모들은 어떠한가? 그들은 자녀를 올바른 길로 이끌어나가는데 도움이 될 만한 몇몇 건설적인 보조수단을 이용할 수 있다. 이제까지 이 보조수단들은 전반적으로 잘 조직되어왔다. 하지만 그것이 자녀의 올바른 교육엔 효과적이라 해도 어떤 문제가 생긴 이후 치료상의 노력들엔 별도움이 못 되고 있는 실정이다.

그러므로 문제를 미연에 방지하는 것이, 이미 확실하게 굳어진 후에 해결하려고 노력하는 것보다 훨씬 더 효과적이다. 십대 임신이 일어난 후까지, 결혼이 파탄 지경에 이르기까지, 아이들이 학교에서 문제를 일으키고 담배를 피기 시작하고 혹은 학대 당하기 전에 이러저러한 노력들이 이루어져야 한다는 것이다. 그리고 공동체는 부모들에게 이에 관한 사전교육을 시켜야 한다. 아이들을 올바르게 가르치기 위해서는 교육자부터 제대로 서야 하므로. 그럼으로써 최소한의 유해한 문제들까지 예방할 수 있게 될 것이다.

어떻든 몇몇 건설적인 보조수단의 대표적인 예로 유치원을 들 수 있다. 옛날 옛적, 부모나 마을 어른들을 통해 이루어졌던 '어린이 교육'이 이제 현대의 좀더 커진 마을에서 공적으로 운영되는 것이다. 유아기는 발달의 기초가 이루어지는 시기이다. 유아들은 이 시기에 신체적으로 성장하고, 지적 능력과 감성이 발달하며, 친구 사귀는 기술을 익히고, 학습태도와 기본적인 생활습관을 형성한다.

그러므로 이 시기에 질적 수준이 높은 유아교육을 받는 것은 매우 중요하다. 마을 어른들은 가족에게 말할 것이다. "우리가 당신이 자녀들을 좋은 유치원에 보낼 수 있도록 보증인이 되어주겠다"라고. 그리고 당신의 자녀를 훌륭한 유치원에 보내기 위해서, 당신은 단지 '집에서 가깝고 좋은 환경에서 좋은 교육내용을 좋은 교사가 가르치는 유치원'을 선택하기만 하면 된다. 그러한 방법으로, 당신은 매일 아침마다 자녀를 신경쓰이는 장소에 두고 출근하지 않아도 된다. 위험한 찻길이나, 무슨 일이 벌어질지 모르는 동네 놀이터나, 아이들이 하루 종일 TV만 보지 않을까 의심하게 되는 장소들 말이다.

단, 당신이 다음 모든 것을 할 여유가 있어야 한다. 당신들은 번갈아가며 매주 학부모 교육강좌에 한 시간씩(혹은 두세 시간) 참석할 필요가 있다. 자, 이것이 양쪽에 다 유리한 진정한 거래라는 것이다. 아이들은 모든 아이들이 가져야 할 것들—하루 종일 보살핌을 받는 것뿐 아니라 훌륭한 조기교육—을 받게 되고, 엄마 아빠는 모든 부모들이 가져야 하는 것들—부모 교육—을 얻게 되는 것이다. 물론, 부모들은 다른 영역에서도 지대한 관심으로 아이들이 올바르게 자랄 수 있도록 자녀들을 지지하고 도와줘야 할 것이다.

'나라가 바로 서기 위해서는 가정부터 바로 서야 한다'고 했던가. 다시 말하면, 훌륭한 교육이 이루어지기 위해서는 사회적인 노력이 더해져야 한다는 얘기다. 주기적으로 시행되는 보충교육 기간에 결혼에 대한 기초 준비로 이런저런 상담이 활발히 이루어져야 한다.

자녀 교육을 위해 부모들부터 부모 교육 강좌에 열심히 참여해야 한다. 부모가 집에 있어야 할 출산휴가 기간에도 계속해서 임금이 지급되어야 한다. 그리고 현대과학의 발달로 인해 산아제한이 용이해졌다는 것도 이에 도움이 된다. 부모들이 자녀들에게 최상의 교육과 더 나은 미래를 제공할 수 있는 수단과 방편이 있을 때, '희망'이라는 것이 '절망'을 대체하게 될 것이다. 자칫 비극으로 소용돌이치며 하강해버릴 슬픈 가족 이야기를 손질해 해피엔딩으로 고쳐놓은 시나리오 안에서 주인공은 부모와 아이들만이 아니다. 그 행복의 수혜자는 가족이다. 그리고 궁극적으로는 마을이 발전하게 될 것이다.

환상을 다스려라

아내와 어머니로서의 삶을 예상하면서, 여성들은 아이 갖는 것을 상상하기 마련이다. 아이를 갖고, 출산을 하고, 또 그 아이를 키우는 일이 대부분의 여성들이 상상하듯 항상 그렇게 행복한 것만은 아님에도 불구하고, 아기와 함께하는 삶의 풍경이 기분좋게 마음속에 그려지는 것이다. 게다가 방대한 분량의 연구보고서, 엄청나게 많은 단체조직, 수많은 교훈들이 한 여성이 처음 몇 년 동안 '엄마'라는 역할을 잘 해내도록 돕기 위해서 존재한다. 물론, 이론과 현실 사이엔 틈이 있기 마련이고, 그 틈새들이 눈에 띄게 분명함에도 불구하고, '자녀를 둔다'는 것에 관련해서는 환상을 유지시키고, 가까운 미래에 대해서 낙관적으로만 바라보게 만드는 무언가가 있다.

현실 속에서는 아이들에 관한 한 엄마들이 꿈꾸는 대로 되지 않기 때문에, 그 예상치 않은 결과에 항상 놀라게 된다. 병든 아이들, 허약한 조카들, 의붓자식들, 그리고 십대의 반항하는 아이들은 엄마들이 마음속으로 그려보았던 존재와는 거리가 멀다. 한 여성이 자신의 배우자와 함께 살아갈 날들을 마음속에 그릴 때, 아이들은 그 그림에 전혀 등장하지 않는다. 이와 관련해 예상치 못한 놀라운 일들이 흔히 그러하듯, 남성보다는 여성에게 훨씬 더 큰 영향을 미친다.

예상치 못한 놀라운 일들이란, "당신의 아이가 놀이기구에서 떨어져 응급실로 실려갔다"고 학교로부터 걸려온 전화를 받는 것처럼 허둥댈 수밖에 없는 일들이 대부분이다. 좀더 그럴듯한 비유를 하자면, 웅덩이 옆에 아이를 놓아두는 것과 비슷하다. 내 결혼 초기 몇 년을 생각해보면, 나는 수영하는 법을 알았지만 다른 누군가를 등에 업고 물 밖으로 빠져나오는 법은 알지 못했다.

내가 남편을 처음 만났을 때, 그에겐 전처와의 사이에서 낳은 세 살 된 딸아이가 있었다. 그가 전처와 이혼했을 때 이 작은 꼬마는 채 두 살도 되지 않았다고 한다. 남편은 가능한 한 딸아이를 자주 보고 싶어 했고 그에 대해 아주 성실한 사람이었기 때문에, 자연히 그와 데이트할 때면 셋이 함께하는 시간이 많을 수밖에 없었다. 그때 나는 어렸고, 앞서 말한 '예상치 못한 일들' 에 관해서는 거의 무지했다.

나는 여러 가지 이유로 이 꼬마 숙녀를 무척 좋아하게 되었는데, 그 꼬마가 너무 총명하고 사랑스러워서라거나 그애가 항상 남편과 함께 나타나기 때문만은 아니었다. 나는 단지 우리 모두 영원히 행복하게 살아갈 것이라고 생각했기 때문에, 그 아이가 내 미래에 어떻게 등장하게 될 것인지에 대해서는 전혀 염려하지 않았던 것이다. 결혼식에서 이 꼬마 숙녀는 내 조카와 함께 짝을 맞추어 웨딩마치를 할 때 내

앞길에 꽃을 뿌려주었고, 우리에게 결혼반지를 전달해주었다. 그리고 내 머릿속에는 환상이 흐르고 있었다.

일년도 채 지나지 않아, 나는 첫아이를 낳았고 모든 것은 변했다. 그 무렵 나는 의과대학 졸업반이었고, 다음의 레지던트 실습기간에 대한 걱정으로 항상 마음이 복잡했다. 게다가 그때까지도 여전히 등교를 위해 해안 사이를 왕복하면서, 나는 아기와 함께 있는 시간을 내는 것에도 상당히 버거워하고 있었다. 결과적으로, 내 몸과 마음은 항상 의학과정과 아기에게만 집중되어 있었다. 순수하기만 했던 내 의붓딸아이가 항상 누려왔던 삶의 틀은 변화를 겪고 있었고, 내가 깨닫지 못하는 사이에 이 꼬마 숙녀는 그 당시 내가 남편에 대해 겪었던 좌절감의 상징이 되었다. 물론, 그녀의 잘못은 아니었다.

하지만 내가 기대했던 만큼 남편이 우리의 아기에게 온전히 관심을 기울이지 않는 데 대한 실망감이 갑자기 그녀의 탓인 냥 되어버렸다. 남편이 기저귀 하나 갈지 않으려 했다거나, 아기를 가슴에 안고 다니지 않으려 했다는 의미가 아니다. 단지 아기에 대한 그의 관심이 내가 아이에게 쏟아붓는 흥분만큼 절실하지 않은 듯했다. 더구나 남편은 그러한 과정을 전에 모두 겪어봤기 때문에, 아버지가 된다는 것이 내 경우만큼 그렇게 색다른 경험이 아니었던 것이다. 남성이 아버지가 되고 여성이 어머니가 된다는 데엔 분명 차이가 있었고, 나는 그것을 처음으로 실감하게 되었다.

내가 왜 의붓딸에 대한 환상을 깨게 되었는지, 그 이유는 아무도 짐작하지 못한다. 예전에, 어떤 심리학자가 어린 여자아이를 키우는 데 대한 '영원히 행복하였더라' 부류의 환상들에는 의붓자식이 포함되지 않는다는 사실을 지적한 적이 있다. 정말로 기본적인 수준에서 여성들에게 이것이 의미하는 바는, "의붓자식들이 자신의 핵가족 환상에 있어서 걸림돌이 되기 때문에 자신의 인생에서는 그러한 존재가 없길 바란다"는 뜻이다. 흔히, 새댁이나 초보 엄마들이 남편에 대해 느끼는 불만은 곧장 아무 의심 없이 순진하기만 한 의붓자식에게 향하기 쉽다. 결국, 의붓자식은 감정전이의 편리한 희생자가 되는 것이다. 게다가 어떤 의붓자식들은 무심코 반항함으로써 이러한 문제를 더욱 악화시킨다. 비록 내 의붓딸은 어떠한 반항도 하지 않았고 변함없이 밝은 모습으로 나와 예전의 관계를 회복하려 노력했지만, 내 친자식이 그녀의 자리를 대신하게 된 후론 상황은 나아지지 않았다. 한 명의 아이에 불과한 그녀가 그러한 상황에 대처하는 모습은, 어른으로서의 나보다도 훨씬 나았다.

이것은 슬픈 이야기지만, 또 흔한 이야기이기도 하다. 연구조사들은 반복해서, 여성이 의붓어미가 되는 것보다 남성이 의붓아비가 되는데 좀더 수월한 시간을 보낸다는 사실을 지적하고 있다. 이 문제에 대한 부분적인 해결책으로서, 남성을 좀더 온전히 '여성들이 우세하게 차지해왔던' 가정이란 영역과 집안 돌보는 역할에 끌어들이는 것은 어떨까. 남성들이 기꺼이, 열광적으로, 수월하게, 그리고 편안하게 아이들을 돌보게 된다면 여성들은 좀더 여유를 가질 수 있을 것이고 상황은 호전될 것이다. 또한 재미있는 것은, 이런 경우 아이들은 누군가의 의붓자식이 되지 않아도 된다는 사실이다. 결과적으로, 가족 사이로 끼어드는 의붓자식의 숫자는 줄어들게 될 것이다. 결혼 초기에 비틀거렸던 진퇴양난의 상황을 되돌아보면서, 나는 종종 '내가 어떻게 세상일을 보다 분명하게 볼 수 있었겠는가 라는 생각을 하게 된다. 무슨 일이 벌어지고 있는지 누가 내게 말해줄 수 있었겠는가. 내 어머니는 의붓자식을 가져본 적이 없고, 남편은 나와 마찬가지로 최선만을 원하고 있었으며, 친구들이 그러한 일에 대해 나보다 더 많이 알고 있는 것도 아니었다.

내가 남편과 함께 결혼허가증을 신청하러 갔을 때, 혼인신고 담당 직원이 판에 박힌 듯 "딸린 아이가 있나요"라고 물었다. 내가 그렇다고 하자, 그녀는 두 개의 팸플릿을 카운터에 놓으며 말했다. "하나는 부인 것, 또 하나는 남편분 것이구요. 제가 결혼허가증을 내주기 전에 두 분 모두 팸플릿을 읽어보셔야 해요. 다 읽고 거기 적혀 있는 정보에 모두 동의하시면 사인해주셔야 합니다."

팸플릿엔 어떤 내용이 들어 있었을까? 적어도 이혼·재혼 등으로 의붓자녀가 포함되는 가족들에 관한 연구결과들, 그들에게 있을 법한 일들, 실제 사례들, 정신과 전문의의 충고와 제안들이 있었을 것이다. 물론, 그런 부류의 정보들이 어느 정도 도움을 주긴 했을 것이다. 하지만 그럼에도 불구하고, 나는 나의 환상들을 형편없게 만들어버린 다른 문제들을 수없이 겪어야 했다.

어떠한 문제에 대해 부모로서의 시각을 열고, 그 사실들에 머리를 돌린다는 것이 결과적으로 마음까지 열린다는 것을 의미하지는 않는다. 그러나 부부가 결혼생활을 하면서 서로의 환상들이 어떤 현실을 겪게 되는지 직시하고, 또 그것을 어느 정도 감쌀 수 있다면, 조만간 후회하거나 밤에 벌떡 일어날 만큼 스트레스를 받는 일 따위는 크게 줄어들 것이다. 또한 서로의 기대들을 훨씬 더 포용하기 쉬워질지도 모른다.

3

선택은 해야만 하고
대가는 치러져야 한다

인간 성장에 있어서 가장 강력한 규칙은 '선택' 이라는 것이다.

— 조지 엘리엇

모든 엄마들이 일을 하지만, 그들 중 몇몇은(사실, 오늘날엔 거의 대부분) 가족을 위한 집안일만큼이나 생계를 위해서도 일해야 한다. 얼마나 많은 수입이 요구되느냐는 제쳐두고서라도, '가정과 일' 사이에서 갈등하는 여성이 그 나름의 균형을 갖추는 데는 많은 변수가 작용할 것이다. 부부가 함께 결혼생활을 해나가는 협동 스타일, 자녀수와 자녀 나이, 환경이 얼마나 자주 바뀌는가, 육아의 유용성·비용·질적 수준, 이 모든 것이 맞벌이 가족의 딜레마를 푸는 무수한 해결책에 영향을 미친다. 하나의 해결책이 어떠한 때, 또는 어떠한 여성에게는 매우 훌륭하게 적용되는 반면, 그 이후에는 유용성을 잃어버리거나 다른 엄마에게는 전혀 만족스럽지 않을 수도 있다. 맞벌이 부부가 가족의 평안을 유지하기 위해 그 많은 해결책들 중 어떤 것을 선택하느냐에 따라, 각각의 선택에는 장·단점이 따르게 마련이다. 하지만 어떠한 엄마의 경우에도, 그녀 자신과 가족을 위해 할 수 있는 최선은 하나의 해답으로 요약될 수 있다. 다른 누군가의 이데올로기나 해결책을 따르기보다는 자신이 처한 개인적인 상황과 나름의 문제에 대해 독자적으로 충분히 고려함으로써 해결책의 실마리를 얻는 것 말이다.

당신만의 스토리를 만들라

많은 남녀가 페미니즘과 함께 성장하면서 결혼의 정의에 대해 몇몇 기본적인 가정들을 만들어내었다. 그와 관련하여 결혼에서 자녀가 어떤 위치를 차지하는가에 대해서는 남녀의 견해가 일치했다. 하지만 일반적으로 남성과 여성의 결혼에 대한 기대에는 큰 차이가 있다. 여성들은 남성을 진정한 협력자로 여기며 결혼 후엔 그 '진정한 협력자'와 함께 자신의 꿈을 추구하는 데 있어서 무한한 자유를 누릴 수 있을 것이라 믿는 반면, 남성들에게 결혼이란 "섹스 파트너와 맞벌이 상대를 동시에 얻는 일석이조"라는 식이다.

여성들은 자신의 어머니가 결코 그러하지 못했던 존재가 되기를 바라고, 남성들은 구애받지 않는 섹스와 생활비를 버는 데 도움을 바라는 것이다. 그리고 결혼과 동시에 이 남녀 사이의 매우 다른 기대들이 융합하기 때문에, 이에 따라 결혼과정이 어떠할지 짐작할 수 있다.

대체로 결혼 직후의 잠깐 동안은 이 기대들 사이의 균열이 수많은 요인들의 영향으로 다리 놓아진다. 부부 사이의 공통 관심사, 빈번하고 창조적이고 정중하게 이루어지는 '연애시절'과 똑같은 섹스의 지속, 젊은 에너지, 시간 압박으로 인한 스트레스의 현저한 감소 등으로 말이다.

그런데 때로 이 다리는 출산으로 인해 자녀들의 무게를 지탱해야만 할 때가 되면, 오랜 사용의 결과로서 손상 부분을 보여주기 시작한다. 그 시점에서 약간의 교량(橋梁) 공사가 이루어져야 하는데, 어떤 부부들은 이것을 할 수 있지만 또 다른 부부들은 그렇지 못하다. 단지 다리의 약한 부분들만 대충 손봐서 계속 사용하거나, 툭 끊어져버린 케이블들이 다리를 아주 못쓰게 만들지 않기만을 바란다.

이 다리의 손상 부분을 보수공사 하는 데에는 꽤 많은 방법들이 있다. 하지만 반드시 기억해야 할 점은, 자신의 상황을 다른 이의 상황과 비교해서는 안 된다는 것이다. 부부는 그들만의 특정한 관계의 문맥 안에서 자신들의 상충하는 기대들에 대해 해결책을 얻어야 한다. 친구는 당신과 달리, 더 부유하거나 자녀수가 적거나 배우자의 나이가 좀더 지긋할 수도 있다.

하지만 그래서 어떻단 말인가. 친구는 친구일 뿐이다. 각각의 결혼에는 나름대로 고유한 특성이 있고, 그에 따라 막대한 변수가 작용한다. 게다가 아무도 결혼이라는 닫힌 문들 뒤에서 무슨 일이 벌어지고 있는지 진정으로 알지 못한다. 가장 이상적으로 보이는 부부조차도 실상 다른 누구나와 마찬가지로 충분히 감정적인 고통을 느끼는 관계일 수 있다. 당신의 결혼을 다른 누구의 것과 비교하지 말라. 단지 당신 자신의 다리(bridge) 어디에 흠이 있는지, 어디가 손상되었는지 잘 살펴보고, 충실히 보수공사를 하면 된다. 반복해서 말하지만, 결혼이란 서로 다른 기대를 가진 남녀가 함께하는 것이므로 당연히 그 기대들은 상충되게 마련이고 어쩌면 삐걱거릴 수도 있다.

그리고 당신이 결혼에 대해 가졌던 기대들이 삐걱거릴 때, 그 일부를 눈감아주는 것이 이 교량 보수공사 과정에서 가장 어려운 첫단계가 될 것이다. 이것은 당신이 자신에게 무엇이 중요한지를 묵과하고, 당신의 가치관을 손상시키고, 혹은 심지어 실망해야 된다는 것을 의미하지는 않는다. 정확히 말하자면, 환경이 변함에 따라 당신의 기대도 변해야 한다는 뜻이다.

예를 늘어, 만일 내가 최고의 혈관 외과의사가 될 수 없었다는 데 대해 상심한 채로 결혼생활 내내 비통해했다면, 나는 같이 살기엔 형편 없는 인간이 되어 현재까지 혼자 지내야만 했을 것이다. 하지만 어쨌든 내가 어머니가 되기 이전에 가졌던 야망들은 가족을 이루고, 전문직을 갖고, 남편을 잘 다루는 일들과는 맞지 않았다. 물론, 나나 남편에게 이 모든 것이 한 번에 명확해지지는 않았다. 결혼에 관한 의무가 증가하면서, 우리 둘 다 점차적으로 결혼에 있어서의 업무들과 역할들에 마음 편히 적응하게 되었다. 그 결과 우리의 결혼은 20년 전에 우리 부부가 예상했던 것보다 훨씬 더 전통적인 결혼이 되어버렸다. 단지, 아이들을 위한 넓은 방이 만들어졌고, 우리는 그 애들을 키우면서 이런저런 보상감을 맛볼 수 있었다.

게다가 어머니가 된다는 데 있어서 속박으로 여겨질 수도 있는 것들이 실제로는 오히려 나에게 더 많은 기회를 선사해주었다. 나는 전문직에 종사한다는 것이 희생을 뿌리며 가야 하는 길이라고 생각하지 않는다. 그보다는 오히려 흥미진진한 도전들로 가득 찬 길이라고 생각한다. 나에겐 아이들이 있었다. 그리고 그 애들을 돌보는 데 필요한 충분한 시간을 만들기 위해, 나는 내 의학적 재능을 발휘하기에 적당한 또 다른 길을 찾아내야만 했다. 결국 나는 병원 진료실에서 매일 10~20명의 환자를 진찰하는 대신, 진료나 임상실습이 불가능한 기간 동안 신문과 잡지에 자녀 양육과 예방 차원의 건강관리에 관한 글을 쓰게 되었다. 그리고 결과적으로, 나는 좀더 많은 시간을 절약하고 보다 더 많은 사람들을 접할 수 있었다.

그 외에도 의학학위를 활용하는 데는 리서치, 진료실습, 의학경영, 의학교육 등을 포함하여 수많은 방법이 있다. 만일 내게 아이들이 없었다면, 나는 결코 '어떻게 외과의가 되는가'에 대한 지극히 평범한 버전을 벗어나지 못했을 것이다. 결국 아이들 덕분에, 나는 단순히 의사 노릇을 하는 데만 매달리지 않고 내게 숨겨져 있던 재능을 찾아냈고, 또 그것을 충분히 활용할 수 있었다. 나는 어머니라는 존재가 됨으로써 다른 어떤 길에서도 얻기 힘든 다양한 경험과 미래에 대한 새로운 전망을 제공받았던 것이다.

그와 동시에, 남편과 나는 '누가 얼마나 많은 생활비를 계속해서 벌어올 것인지', '누가 보수도 없는 가사노동을 계속할 것인지'에 대한 우리의 기대들을 수정하느라 지속적인 협상을 벌어야만 했다. 그리고 당연하게도, 우리가 실행 가능한 타협안을 찾아냈다고 생각할 때마다 항상 무언가가 변해버렸는데, 그것은 '부부가 함께 탱고를 출 수 있는 능력'이 필요하다는 징조였다. 결혼생활에 있어서의 문제들을 부부가 함께 헤쳐나가는 능력 말이다. 그리고 그때마다 배워둔 기술들이 축적되어 이후의 결혼생활에 대한 노하우가 되어주었다.

맞벌이 가족에게도 언젠가 한번은 불가피하게 자녀가 나타나게 되는데, 그럴 때 떠안게 되는 딜레마의 유형은 주로 다섯 개의 카테고리로 분류될 수 있다. 지극히 전통적인 역할분담, 조금 완화된 전통적인 역할분담, 동등한 역할분담, 전통적인 부류에서 조금 역전된 역할분담, 지극히 역전된 역할분담 등이 그것이다. 시대가 바뀜에 따라 여성들은 일터로 대거 이동하고 있다. 이로 인해 '아빠가 생활비를 벌어오고, 엄마는 전적으로 가정과 아이들을 떠맡는다'는 50년대식의 지극히 전통적인 역할분담은 점차 드물어지고 있다.

동시에 그것의 완화된 '아빠가 풀타임 업무에 종사하는 동안, 엄마는 파트타임 일을 하고 가사를 돌본다'는 식의 버전은 매우 흔해지게 되었다. 또한, '돈벌이와 가사에 대한 관심이 남녀 서로 균형을 이루는 결혼'은 생각보다 일반화되어 있지 않은 반면, '엄마가 막대한 생활비를 벌어오는 동안, 아빠가 가사의 대부분 혹은 전부를 돌본다'는 부류의 다른 두 가지 경우는 점점 증가하는 추세이다.

결혼에서의 협동을 위해 이상 '다섯 가지의 부류 중 무엇을 선택하느냐'에 관해서 가장 중요한 점은 관계자들(부부)과 그들의 개인적인 환경이 고려되어야 한다는 것이다. 기형이나 불구의 아이가 태어나면 '동등한 역할분담'의 결혼은 비틀어질 것이다. '전통적인 역할분담'의 결혼은 아빠나 엄마의 건강이 나빠질 경우 재배열되어야 한다. '완화된 전통적인 역할분담'의 결혼은 흔히 자녀가 한 명씩 태어날 때마다 점점 더 전통적이 되어버린다. 어쩌면 단지 함께 산다는 문제에 있어서, 결혼생활은 해가 거듭될수록 이 다섯 가지의 경우를 차례로 겪을 수도 있다. 결혼의 외형은 상황과 처지에 따라 변화된다.

'동등한 업무에 대한 동등한 급여'를 확립시키기 위해 페미니스트의 편파성이 지나치게 밀어붙여졌다고 비난받고 있음에도 불구하고, 가정문제에 관한 한 적어도 한 가지 면에서는 기여한 바가 크다. '여성과 남성이 동등하게 생활비를 벌고, 집안일을 하고, 자녀를 돌본다'는 생각은 이제 매우 잘 받아들여지고 있다. 그러나 그러한 문화적인 수용이 실제 삶의 문제에 있어서도 널리 받아들여진 평등으로 변모할지는 누구도 예측할 수 없다. 시간이라는 것이 그들이 꿈꾸었던 원본 시나리오를 변경할 때, 부부는 그들 자신의 필요에 가장 적합한 협동의 도식을 협정하고, 그런 후에도 계속해서 협상해나가야 한다. 결국, 몸소 체험을 통한 학습의 결과가 그들의 미래를 밝혀줄지의 여부는 부부 각자의 몫으로 남게 된다.

당신이 보는 것을 믿으라

우리 중 많은 사람들이 '어머니가 되기 전에 자신의 전문직에서 분명히 입지를 굳힐' 만큼의 선견지명을 지니지 못했었다. 또한, 자녀를 출산하기 전에 자신의 일에서 확실한 기반을 잡았던 여성들조차 일단 어머니가 되고 나서는 '일과 가사'에 대한 이중의 역할에 대처하거나, 불가피하게 일어나는 갈등과 분쟁을 무시할 수 있을 만큼의 마법 같은 능력도 소유하지 못했다. 얼마나 명철한지, 부유한지, 교양을 갖추었는지와는 상관없이, 대부분의 전문직에 종사하는 엄마들은 '그들의 직업이 요구하는 것'에 반하여 '그들의 자녀가 무엇을 원하는지'를 알기 위해 고군분투한다.

많은 여성들이 '어떻게 하면 바깥일을 하면서도 여전히 좋은 엄마로 남을 수 있는가'에 대해 고심한다. 그리고 그에 관한 한 닥치는 대로 이런저런 정보를 수집한다. 그런데 불행히도 그 정보는 보수적인 흐름까지도 포함한다.

일하는 여성들의 경우, 아이를 위해 자신의 직업적인 목표를 인생의 뒷전으로 미루는 엄마들이 있는가 하면, 어린 자녀들을 돌보며 집안에 머물러야 한다는 사실에 불행해하는 엄마들도 있다. 매스컴에서 "나는 내 아이와 함께 가정에 머물렀어요. 그러니 당신도 그래야만 해요!"라고 말하는 여성들이 있다. 그 태도의 불손함은 제쳐두고라도, 이러한 부류의 백래쉬(backlash: 반동-옮긴이) 이론은 '일과 육아'라는 문제가 논란이 될 때마다 행해지는 그저 평범한 나쁜 충고에 불과하다.

페미니즘에 대항하는 반발이론의 많은 결함들 가운데 하나는, 그것이 너무 극단적으로 흐른다는 것이다. 자신의 직업적 목표나 일생의 소망들을 실현하는 데 유용할 '행복한 방편'을 충실하게 찾기보다, 어머니가 되어보지도 않은 채 단지 백래쉬 사상가가 되고 싶어하는 이들은 새로이 양자택일의 상황을 만들어냈다.

이 새로운 투사들은 "풀타임으로 일하는 엄마를 둔 아이들은 비록 육체적인 것은 아니라 해도 돌이킬 수 없는 심리적 손상을 입게 된다"는 사실을 여성들에게 확신시키려고 함으로써, 적어도 원래 '육아에 매달리는' 페미니즘만큼이나 순진한 이데올로기를 만들어낸 것이다. 수십 년 전부터 의사들은 인생에 있어서 처음 두세 살 동안 아이들이 겪는 경험들이 이후의 감성적이고 지성적인 무대의 기반이 된다는 사실을 알고 있었다. 일관성, 예측 가능성, 안전성을 확신하는 것이 아이의 안전감각에 기여하는 핵심요소가 될 것이다. 게다가 그 자신이 건강한 부모를 둔 사람이라면, 누구도 그들의 부모보다 한 아이의 행복만을 고집스럽게 유념하지는 않을 것이다.

그러나 그 결과들은 이 간단한 교의로 예측한 것보다 훨씬 더 복잡하다. 어떤 믿을 만한 테스트도 완전한 결과가 도출되기 전까지는 엄청나게 여러 번 이루어진다. '누가, 어떻게, 얼마나 오랫동안, 언제' 아이를 돌보는지가 그 아이에게 미치는 영향에 대해서 말이다. 사실, 어떤 어린애들은 '전전긍긍하고 좌절감에 시달리며 풀타임으로 일하는 엄마' 보다 베이비시터와 함께 있을 때 실질적으로 더 행복해할지도 모른다. 물론 이것은 외부적인 만족에 집착하는 엄마는 아이를 갖지 말아야 한다는 이야기가 아니다.

엄마와 아기에게 있어서 '일'의 영향은 대단히 세부적으로 고려되어왔다. 이에 관한 연구조사들의 대다수가 아이 돌보기가 순조롭고 여성이 자신의 일을 즐길 수 있을 때, 그 연쇄적인 결과는 '아기와 엄마' 둘 다에게 이롭다는 사실을 증명해준다. 예를 들어, 3~6세의 유아들을 관찰한 어떤 연구는, 자녀의 초년기 동안 가정에 머무는 것이 진부하고 단조로운 직업을 가졌던 엄마들에게나 이롭다는 사실을 발견했다. 그러한 엄마들은 결국 나중에 일을 그만두기 때문이다. 반면, 엄마들이 흥미진진하고 도전으로 가득 찬 직업을 가졌을 경우, 출산 후 곧 일터로 되돌아갈 수 없게 되면 아이들은 불행한 결과를 겪어야만 했다. 또한 이 연구는 엄마나 아빠가 일을 과도하게 오랫동안 할 경우 아이들은 보다 많은 문제를 겪게 되며, 엄마가 한 주당 20∼34시간 일하는 것이 아이들에게 가장 좋다는 결과를 보여주었다.

어린아이들에 대한 어떠한 연구도 완벽하거나 완전하지 않다. '다양한 육아방법', '아동발달 기록자가 관찰한 것들', '가정과 육아상황들에 있어서의 개인적인 변수들', '아이들의 어린 나이', '자녀들의 다양한 성격과 기질들'은 이러한 연구로부터 포괄적인 이론을 추정해내기 어렵게 만든다. 그러나 상식적으로, '총명하고 적응력이 좋은 아이들은 그들이 어릴 때 대리보호를 경험한 후에도 잘—몇몇은 예외적일 정도로 잘—자란다'는 사실을 말해준다.

심리학적인 이론들은 우왕좌왕하는 편이다. 현대심리학은 '프로이트의 업적'에 의존하는데, 이제 조금씩 그 '허와 실'의 정체가 폭로되고 있다. 한때 자폐성은 어머니가 자식을 제대로 기르지 못한 결과로 여겨졌지만, 이제는 그 둘이 아무 관계도 없다는 사실이 밝혀졌다. 아이가 잠결에 오줌을 싸는 증세도 부모의 부적절한 양육 때문이라고 비난받곤 했지만, 이 또한 아무런 관련이 없음이 밝혀졌다. 강박관념에 사로잡힌 정신착란은 한때 어떠한 불운을 경험했기 때문이라고 여겨졌지만, 이 역시 거의 관련이 없다고 밝혀졌다. 자녀 양육의 복잡성은 '완벽하게 객관적인' 테스트를 방해하는 큰 요인이다. 한편, 이러한 주제에 관해 백래쉬 이론의 결정적인 약점은 불가피하게도 '완벽한 결과 같은 것은 존재하지 않는다'는 것이다.

한 개인이 어른이 되기까지의 성격발달과 인격형성, 정서적인 안정에 영향을 미치는 요인은 수없이 많다. 그리고 '헌신적인 엄마의 아이 돌보기'는 그 수많은 요인들 가운데 하나에 불과하다. 나처럼 풀타임으로 일하는 엄마를 둔 세대들을 단지 지켜보는 것만으로도 그 사실을 확신하기에 충분하다. 중년의 베이비 부머(baby boomer: 베이비 붐 시대의 부모 - 옮긴이)들이 항울성 약물치료, 물리치료, 휴식을 절실히 필요로 한다는 사실은 50~60년대에 엄마를 둔 아이들의 경우, '엄마가 온갖 정성과 사랑으로 간식을 차려 내놓는' 환상에서 깨어나야만 한다는 것에 대해 변명거리가 되어준다. 이제 풀타임으로 일하는 엄마를 둔 아이에 대해 백래쉬 이론가들이 말해왔던 주장은 그 온당함을 증명해 보일 수 없게 된 것이다.

그러나 일하는 엄마의 변명보다는 아기를 유모에게 맡겨야 하느냐에 대한 논의가 좀더 활발한 것이 사실이다. 아동발달에 관한 자료들을 살펴보면, '아이들이 어떻게 배우고, 대처하고, 수행하는가'에 관련해서 유아기나 아동기가 가장 결정적인 시기라는 사실을 알 수 있다. 아마도 지난 반세기 동안 유치원이 완성된 육아방법에 있어서 지엽적인 흐름을 상징하기 때문에, 초등교육기 이전의 학생들을 좀더 효율적으로 가르치기 위해서는 잠시 교육체계가 필요하기 때문에, 또는 심지어 '조기교육'에 열광하는 엄마들 때문에 등등, 어떤 이유로든 오늘날 대부분의 부모들은 '육아'를 위해 아이들을 집으로부터 멀리 떨어진 장소, 즉 유치원에 맡기는 것을 고집하고 있다.

내 아이들은 18개월이 된 이후로 몬테소리 학교에 다녔고, 그곳에서 이루어지는 다양한 교육을 통해 읽기능력과 수리능력이 발달하게 되었다. 그러나 그러한 정규교육 외에도 또 다른 요인들이 그들의 학습능력과 학구열에 영향을 끼쳤다. 그들은—그리고 나는—대단한 베이비시터들을 만났던 것이다.

내 가장 어린 딸 프란체스카는 8개월이 되던 때, 로렐(Laurel)에게 맡겨졌다. 로렐은 프란체스카에게 자신의 음악, 미술, 운동에 대한 애호심을 나누어주었다. 뿐만 아니라, 그 당시 로렐의 남자친구(지금은 그녀의 남편이 되었다)가 록그룹의 리드싱어였기 때문에, 로렐이 가는 곳마다 음악과 춤이 따라다녔다. 그 기간 동안 또 한 명의 베이비시터가 매주 토요일마다 우리집에 찾아왔다. 그녀의 이름은 아드리아나(Adriana)였는데, 그녀는 집에 오면 항상 낡은 상아색 피아노를 연주하곤 했다. 그 영향으로 프란체스카는 별다른 노력 없이 피아노를 연주할 수 있게 되었고, 오늘날까지도 그녀에겐 오로지 춤, 춤, 춤뿐, 그 어떤 것도 그보다 더 사랑하지 않게 된 것이다.

내 둘째 딸 매덜린은 로렐의 남자친구에게 좀더 많은 관심을 가졌던 듯하다. 몇 년이 지나자, 그 영향력의 결과로서—우리 이웃들은 대경실색했지만—매덜린은 드럼을 치기 시작했고, 중학교 시절 마지막 2년 동안은 재즈밴드의 타악기 그룹에서 활동하게 되었다.

그리고 히서(Heather)도 있었다. 그 아가씨의 동물사육에 대한 지식은 우리 아이들에게 전수되었고, 우리집 뒷마당엔 토끼와 다람쥐가 살게 되었다. 내 첫째 딸 바네사가 6학년이 되던 해, '한 명의 전문가를 하루 동안 관찰하는 과제'를 맡게 된 적이 있다. 그때 오래 전에 헤어진 히서의 영향력이 마침내 힘을 발휘하게 되었고 바네사는 그 하루를 우리 가족의 수의사와 함께 보내기로 결정했다.

바네사가 한 살 반이 되던 해 우리와 함께 살게 된 바네사의 첫 번째 유모 레슬리(Leslie)가 없었다면, 바네사는 지금처럼 그렇게 미술을 즐기지 않았을 것이라고 나는 확신한다. 레슬리의 인내심과 상상력, 그리고 예술적인 재능이 내 딸을 이끌어준 것이다. 바네사가 세 살이 되던 해, 이미 기본이 갖추어진 그녀의 창조성을 새로운 높이로 끌어올려줄 비범한 미술 선생이 고용되었다. 내가 이 글을 쓰고 있는 지금, 이제 열다섯 살이 된 바네사가 여름미술학교를 위해 10명의 어린아이들을 우리집 차고에 집합시키고 있다. 바네사는 이것을 내게서 얻은 것이 아니다. 오히려 내가 일하느라 바빴던 것이 행운이었는지도 모른다.

당신이 느끼는 것을 믿으라

맞벌이를 하는 엄마들 중 많은 수가 풀타임으로 근무하고 있다. 그런데 이러한 풀타임 근무가 그들에게 별로 지불하고 싶어하지 않는 대가를 무리하게 요구하는 때가 찾아오게 된다. 사실, 어떤 엄마들은 그럴 때 가정 밖에서 어떤 일도 할 수 없게 된다. 심지어 지독한 일중독자들조차 아이의 요구사항들에 자신의 근무 스케줄을 맞추느라 갈팡질팡하게 되고, 그러한 딜레마를 해결해보기 위해 강박적으로 노력을 쏟아붓다가 결국엔 뒷걸음질치는 것이다.

이러한 현상은 다양한 모습으로 나타난다. 어떤 여성들은 미래를 점치는 수정구슬을 들고 스트레스 괴물보다 한 발 앞서 나가는 듯하다. 반면, 또 어떤 여성들은 단지 '제정신'의 거리를 비명을 지르며 쫓겨다니다가 불을 뿜어내는 괴물의 습격으로부터 도망칠 가능성이 없어 진퇴양난에 빠져버리면 결국 집안일에 항복해버린다. 내 환자들 중에서 맞벌이 엄마들이 가장 일반적으로 늘어놓는 불평은 그들이 만성적으로 매사에 짓눌린 듯한 느낌을 받는다는 것이다. 결과적으로 점점 더 많은 수의 여성들이 풀타임 근무에서 멀어져간다.

하지만 그러한 상황에서 자녀와 함께 가정에 머물기로 선택한 여성들은 흔히 그들의 결정에 대해 변명하듯이 말한다. 한때 열정을 쏟아부었던 일로부터 손을 뗀다는 것은 인생에서 그들 자신의 위신에 대한 열등감으로 작용한다. 내 경우를 말하자면, 나는 지난 15년 동안 몇 차례에 걸쳐 '의학'이라는 길에서 오락가락해야만 했다. 나는 병원일에서 물러설 때마다 마치 내 안의 누군가를 엉망으로 좌절시킨 것처럼 느끼곤 했다. 나는 분명 페미니즘과 함께 성장하였고, 내 의식 또한 한창 페미니즘의 절정기에 프로그램된 것이다.

그러므로 나는 생활비 중 내 몫의 분담액을 벌어들이지 못할까봐 고심하고, 의과대학에서 발붙이고 설 자리를 만들기 위해 남자들에게 길을 내주지 않으려고 전전긍긍했다. 게다가 내가 잠시 병원일에서 물러난 동안 내 환자들이 불평이라도 하면, 나는 오히려 그들에게 감사한 마음까지 들곤 했다.

하지만 어머니들이 어떤 근심으로 고생한다 해도 현실은 가차없기 마련이다. 마침내 나는, 남편이 아이들의 축구 유니폼을 찾아내어 두 시간 후에 시작되는 경기를 위해 그것이 깨끗한지의 여부를 결코 확인하지 않을 것이라는 사실을 터득하게 되었다. 내 남편으로 말할 것 같으면, 그는 정말이지 유능한 의사다. 단지 내 판단에 의해서뿐만 아니라 누구나 인정하는 바다. 하지만 그는 집안일을 도우며 자란 사람이 아니었던 것이다.

오늘 식탁 메뉴를 궁리하고, 집안에 어떤 물건이 필요한지 살피고, 생활비가 어떤 품목에 소비되는지 점검하고, 그리고 가장 중요한 아이들의 삶과 그들의 스케줄을 보살피는 일에 대해 남편은 경험도 별로 없을 뿐더러, 거의 관심도 없었다. 그는 의학분야에서만큼은 더할 나위 없이 박식했지만, 그 '박식함' 도 실제 삶의 지혜들과는 무관했던 것이다. 나는 이 사실 때문에 몇 년 동안 고군분투한 후에야, "그는 그가 할 수 있는 최선을 다하고 나는 그 나머지의 것, 즉 내게 유연성과 융통성을 제공해주는 역할들에 충실했을 때, 모든 이들이 좀더 행복해한다"는 사실을 받아들였다. 그렇게 함으로써 나는 결국 어머니이면서 동시에 의사가 될 수 있었고, 각각의 역할이 나에게 요구하는 일들을 조금씩이나마 수월하게 해낼 수 있었다.

하지만 여전히 나의 뇌세포들 중 활동을 멈춘 어떤 부분에선 '아이들과 함께 있는 것' 은 '의학에서의 활동' 만큼 명예롭지—그것이 무엇을 의미하든—못하다고 믿는 버릇이 있다. 이 열등감의 본부가 어머니가 되는 과정을 하나 둘 겪어나가면서 희미해졌음에도 불구하고 말이다. 나는 때때로 현실이 어떻게 돌아가고 있는지 흘끗 보게 되는데, 한 번은 인턴기간 동안 내가 훈련시켰던 한 동료로 인해 그것을 경험한 적이 있다. 그녀는 당시 어린 두 아들을 키우고 있었고, 의학으로부터 몇 주 이상 떨어져본 적이 없을 정도로 자신의 일에 굉장히 열성적인 어머니였다.

나는 평소, 내가 아이를 가질 때마다 의학을 반쯤 포기하는 것에 대해 그녀가 반대하리라 생각했지만, 내가 네 번째 아이를 낳은 후에 남은 2년 동안의 인턴 실습을 다시 시작할 계획이라고 말하자, 그녀는 실망하는 듯 보였다. 그녀는 내가 '끝까지 버텨내길' 바랐고, 내가 가족을 최우선으로 하는 것에 대해 항상 감탄해왔다는 것이다.

어머니가 되어서도 일의 스케줄에 매여 있는 여성들 중 몇몇은 '일 양이 줄어든 후에도 계속해서 풀타임으로 일하는 것처럼 보이거나, 일을 그만둔 후에도 일하는 것처럼 보일 수 있는' 방법들을 찾는다. 그와 관련해 내 친구 하나가 좋은 예가 될 듯싶다.

세 아이의 엄마이면서 동시에 법률가인 이 친구는 어느 날 내게 자신의 속사정을 털어놓았다. 그녀는 자녀들에게 필요한 것을 부족함 없이 제공해주기 위해 주당 20시간씩 직업에 헌신하려고 노력해왔지만, 판사나 고객들이 그 사실을 알아차리는 것은 결코 원하지 않는다는 것이었다. 내 친구는 큰 규모의 법률회사에 사무실을 임대하고, 자신의 이름을 간판으로 내걸고, 전화를 놓고, 자신은 언제나 쓸모있는 유능한 법률가라는 환상을 유지시켰다. 하지만 그녀는 혼자 일했고, 그녀는 일을 하는 데 시간을 상당히 제한했다.

이러한 사실을 말하면서, 내 친구는 마치 들킬지도 모른다는 듯이 목소리를 낮추었다. 이 친구가 자신을 위해 꾸며낸 이러한 눈속임은 전문적인 일에 있어서 나이든 남자의 공적만 인정하는 우리문화의 편파성뿐만 아니라 전문직 여성들이 모양새를 유지하기 위해 전전긍긍하는 현실에 대해서도 적나라하게 말해주는 것이다. 전문직에 종사하는 많은 여성들이 이와 비슷한 처지에 놓여 있다. 이것은 마치 규칙처럼 그런 부류의 여성들에게 복종을 강요한다.

진보라는 것이 흔히 알아보기 힘들다 해도, 우리는 이 지점에서 '진보'라는 이름에 도달하게 된다. 대체로 열악한 근무환경과 조건 속에서 일하고, 배우자가 집안일을 거의 도와주지 않거나, 혹은 재정적으로 빈털터리인 여성들은 '과중한 업무'와 '고달픈 가사' 사이에서 마치 덫에 걸린 것처럼 느낀다. 이 모든 스트레스 요인들은 심지어 가장 낙관적이고 활기찬 여성들까지도 나가떨어지게 만들 만큼 끔찍한 영향력을 행사한다. 더군다나 어떤 여성들은 재정적으로 근근이 유지해 나가기 위해서 선택의 여지도 없는 경우가 허다하다.

현실이란 그런 것이다. 만일 우리가 이상세계에서 살았다면, 어머니 아버지들은 가족의 편의를 도모하기 위해 기쁜 마음으로 기꺼이 그들의 업무 스케줄을 수정할 수 있었을 것이다. 하지만 그렇게 되기까지는 많은 시간이 걸릴 것이기에, 우리가 할 수 있는 최선의 일이란 어떠한 타협점이 가족 각각의 필요에 가장 적합할지 찾아내는 것이다. 세상은 점점 변하고 있다. 만일 당신이 맞벌이 엄마들에 관한 잡지들을 충분히 읽었다면, 이 세상엔 당신 남편보다 훨씬 더 많은 돈을 버는 여성들이 굉장히 많다는 사실을 잘 알고 있을 것이다.

그러나 사실 이것은 일반적인 경우라기보다 예외적인 경우에 해당한다. 훨씬 더 많은 경우, 부부가 가정에서 육아시간이 좀더 필요하다는 데 의견일치를 보게 되면, 가족을 위해 재정적으로 편리한 방편은 '엄마'는 가사를 돌보고, '아빠'는 상당한 두께의 돈봉투를 계속해서 집으로 들고 들어오는 멋쟁이가 되는 것이다.

이것은 페미니즘의 관점에서 보자면 악순환이지만, 가장 일반적이고 편리한 방편이기에 내 딸들이 아이를 가질 때까지도 변함없이 시행될지 모른다. 남자가 아기를 낳게 되는 날까지 대부분의 부부들은 진정으로 공정한 육아분담의 해결책을 손에 넣기 힘들 것이다. 그렇다고 이것을 끔찍한 불공평으로 볼 필요는 없다. 그 이유 가운데 하나는, 세상에는 셀 수 없이 많은 역할분담 방법이 있으며, 위의 것은 그 중 일시적인 배열일 뿐 그 배열은 얼마든지 치환될 수 있기 때문이다. 또 다른 이유는, 매일 일하러 나가는 배우자들에겐 유용하지 않은 것들이 주부들에겐 유쾌한 기회가 될 수도 있기 때문이다.

나는 세 번째 아이를 임신했을 때, 우리 애들의 학교를 위한 자금마련 모금활동에 앞장섰다. 네 명의 다른 여성들과 함께 운영위원회를 만들고, 25년 전통의 학교 역사상 최초로 큰 규모의 펀드레이저(fund-raiser: 자금조달을 위한 모임 - 옮긴이)를 창설했다. 그리고 나는 그곳에서 의장직을 맡았다. 그 당시를 되돌아보면, '홍보활동, 사업방침, 연설, 뛰어난 통솔력, 단체활동력'에 대한 내 첫 번째의 실제적인 노력이 그때 이루어졌다는 사실을 새삼 깨닫게 된다. 자신이 마음대로 쓸 수 있는 여윳돈을 자녀의 교육비로 돌리는 데 인색한 부모들의 관심을 끄는 일은 생각보다 힘겨운 일이었다.

그러나 그런 어려움에도 불구하고, 우리는 하룻밤의 행사만으로도 3만 5천달러가 넘는 돈을 끌어모았다. 10년 후인 지금도 나는 여전히 그때 경매에서 일하는 동안 배웠던 기술과 통찰력을 사용한다.

집안일에 엄청난 시간을 헌신하는 어떤 여성에 대해서도 비슷한 이야기를 할 수 있다. 콜롬비아 법률학교(Columbia Law School)의 초대 여성 총장으로서 바바라 아론스타인 블랙(Barbara Aronstein Black)이 내세웠던 공약 연설문에는 다음과 같은 대목이 있다.

이것은 단지 콜롬비아 법률학교의 총장으로서 한 여성이 약속하는 메시지가 아니다. 이것은 전통적인 본분과 의무에 충실했고, 여성으로서의 역할을 즐겼으며, 자신이 원하는 직업으로 되돌아가기 위해 끔찍이도 머나 먼 에움길을 여행해야 했던, 때문에 좀더 직접적인 길로 갈 수 있었던 남성들이 생산해내는 업무량을 따라잡을 수 없었던 한 여성이 약속하는 메시지이다. 이러한 인생경험은 전문직의 세계에 어쩌면 지극히 중요하게, 또 어쩌면 지극히 비판적으로 관련되는 것이리라. 오늘의 내가 있기까지는 전문직에 악착같이 매달리며 소비했던 수년이라는 시간의 모든 경험이 관련되어 있다고 나는 진정으로 믿는다.

집안일, 특히 육아문제로 옴짝달싹 못할 정도로 곤경에 처한 직업여성은 그녀의 업무 스케줄에서 잠시 쉬거나, 또는 가정으로 돌아가야 한다고들 충고할 것이다. 그것이 일반적인 경우라는 것을 부정하지는 않겠다. 그러나 나의 경우를 말하자면, 나는 네 번째 아이가 태어난 후에 일회용 종이 기저귀를 가는 것보다 더 빨리 베이비시터와 유모들을 갈아치웠던 것이 사실이다. 7세 미만의 네 아이들이 자라는 우리집은 그야말로(적어도 그 당시에는) 난장판이었고, 혼돈 그 자체였다. 그래서 나는 약간의 혼란이 가라앉을 때까지 내 일로 돌아가 스웨터, 청바지, 서류철과 술병들을 꼭 붙들고 있어야겠다는 계획을 세웠다. 내가 우리 아이들을 위해 해주었던 최선이란 어느 엄마라도 해줄 수 있는 것이었다. 다른 누군가의 이데올로기가 아니라, 나 스스로가 고려한 사항들에 따라 해결책의 실마리를 얻는 것 말이다.

연속적으로 생각하고, 어떤 것에 대해서든 대비하라

내가 가지고 있는 사전에, 연속이란 '순서에 따라 하나의 것이 다음의 것에 끊임없이 연결되는 일련'이라고 정의되어 있다. 합리적인 순서에 따라 한 번에 하나씩을 취하는 연속적인 스타일 안에서 '일하는 어머니'라는 철로를 걸어가는 미덕에 관하여 수많은 글이 씌어져 있다. 이 책의 앞부분에서 언급했던 몇 가지 충고들도 그러한 부류의 접근을 용이하게 해준다. 결혼하기 전에 우선 어른이 되어라. 아이를 갖기 전에 자신이 꿈꾸었던 일에 최선을 다하라.

아이를 가졌을 땐 일을 잠시 쉬어라, 하지만 곧 돌아갈 준비를 하라. 지극히 짧은 문구이지만, 이 제안들은 모두 유용하고 그럴듯하지 않은가. 그러나 어머니라는 역할과 직업을 병행하면서, 그와 관련해 '순서의 규칙'을 찾아내기란 어려운 일일지도 모른다.

첫아이를 가진 이래, 나는 되풀이하여 다음에 하려는 일들에 순서를 부여하거나, 내 직업적인 활동을 차례로 나열해보려고 노력해왔다. 하지만 늘 내가 어떠한 계획을 세우는 바로 그때, 그것을 바꾸어버리는 일들이 일어났다. 직업적인 일을 하는 데 있어서 연속성을 성취하려고 시도하는 것은 페리스 휠(Ferris wheel: 미국의 발명자 이름에서 따온 페리스 대회전 관람차. 우리 나라에서는 공중전망차, 또는 대관람차라고 부른다-옮긴이)을 타는 것과 비슷하다. 그것은 사람이 탔건 안 탔건 멈추고 출발하지만, 결코 앞으로 나아가지는 않는다.

내가 때때로 병원일을 하지 않는 것에 대해 사람들에게 그 이유를 설명하려고 시도하다가 지쳐버리면, 나는 임상의학(실지로 환자를 접하여 병치료와 함께 그 예방을 위해 의학을 사용하는 것-옮긴이)으로부터의 내 휴지기를 설명할 사랑스러운 표현 하나를 채택하는데, 바로 '휴식'이라는 것이다. 나는 스스로에게 물었다. 만일 한 전문직 남자가 인생에서 휴가를 얻어 티베트로 여행갈 수 있다면, 나라고 왜 아이를 갖고, 장래성 있는 아이들을 양육하고, 또 가정을 일구기 위해 휴가를 가질 수 없겠는가? 어쩌면 여행이 좀더 로맨틱하고, 또는 훨씬 자아실현적일지도 모르겠다. 하지만 어머니라는 역할을 위한 나의 '휴식'은 지금 당장에도 큰 의미를 지닐뿐더러, 동시에 궁극적으로 세상을 보다 살기 좋은 곳으로 만들 수 있지 않겠는가.

아마도 '한 명의 어머니가 되기 위해 전문직에서 쉬는 것'과 관련해 좀더 유용한 순서의 규칙은 '이 휴식 동안 우리가 무엇을 성취하길 바라는가'에 의해 정해질 수 있을 것이다. 예를 들어, 나도 처음엔 아기들이 갓 태어난 처음 일년 동안 직접 아기를 돌보고 싶었고, 아이들의 정서적 안정을 위해 그들과 함께 충분한 시간을 보내고 싶었다. 아이가 하나였을 때는 스케줄에 융통성이 있어서 그것이 가능했고, 나는 여전히 풀타임으로 일할 수 있었다.

하지만 아이가 둘, 셋, 넷으로 늘어나자 내가 가정에 할애하는 시간은 점점 쪼개어졌고 내 목표들은 성장하는 아이들에게 발맞추기 위해 늘 변하고 있었기 때문에, 엄마로서의 본분과 바깥일을 조화시키는 것은 좀더 미묘한 문제가 되었다. 여성이 가정과 일에 대한 수지를 맞추는 데 있어서의 문제는 두 세계가 매우 다른 의무에 기반한다는 것이다. 가정이 요구하는 의무는 예측 불허하기로 악명 높은 반면, 직업적인 의무는 거의 노예근성적으로 예측 가능하다.

그런데 임신 등으로 인한 여성의 일시적인 직장업무의 중단은 가장 집약적이고 체계적인 스케줄을 망쳐버릴 수 있다. 가정은 사과이고 일은 오렌지이기에, 당신이 그 둘을 합치려고 시도한다면 기괴한 합계가 나올 수밖에 없다. 그러나 배우자가 진정으로 그 딜레마를 이해하고 그들을 뒷받침해줄 때, 또는 그들에게 재정적 능력이 충분해서 자신이 맞닥뜨린 틈새들을 메우는 데 도움을 줄 수 있는 훌륭한 조력자를 고용할 수 있을 때, 많은 여성들은 이 합계의 수지를 맞추는 방법을 고안해낼 수 있다.

아내들이 힘겨워할 때 자기 시간의 절반을 기꺼이 소비하려는 배우자들은 생각보다 그렇게 많지 않다. 그러므로 유모들을 훈련하고 알선해주는 것과 관련된 산업이 성장해왔다. 유모협회가 발행하는 회보에서는 고용주와 고용인들을 대상으로 어떻게 불쾌한 감정들을 피하는가에 대해서만큼이나 어느 정도의 보수를 받고 언제, 얼마나 쉴 수 있는가에 대해서도 논의된다.

또한, 유모를 면접하는 방법에서부터 모든 베이비시터들이 알아두어야 할 보모로서의 기본수칙을 다룬 비디오테이프들이 판매되고 있으며, 특정한 가족의 요구에 딱 들어맞는 유모를 연결시켜주는 데 전문화된 직업소개소들도 있다. 이러한 산업들은 부모들이 다른 것에 매여 있을 때 누군가가 아이들을 돌봐야 한다는 요구에 부응하기 위해 파생되어 나온 것이다.

그러나 이 산업은 메리 포핀스 같은 평생 유모는 다루지 않는다. 메리 포핀스는 결혼 전 여성의 환상들 위로 떠다니며, 우리의 일과 가족에 관한 신화들을 가속화시키는 데 기여했다. 영국은 사회 전반적으로 '하나의 계급에 속한 개개인은 누구나 다른 계급의 이들에게 헌신적으로 봉사해야 한다'는 계급체계를 가지고 있었다. 이것은 비허구적인 사실임에도 불구하고 그 사회의 산물인 포핀스는 허구적인 인물이다. 그러나 어떻든 이론상으로는, 이제 이 세상이 계급 없는 사회가 되었으므로 다른 사람의 아이를 키우는 데 자신의 삶을 자발적으로 바치는 여성들은 더 이상 생산되지 않는다. 그런데도 흔히 전문직 여성들은 자신의 자녀들을 대신 돌봐줄 사람들이 많아서 필요할 때는 언제든지 도움받을 수 있기를 기대한다.

우리의—사회적·경제적 지위의—향상 지향의 사회에서, '가정에서의 아이 돌보기'는 대체로 아직 자신의 가정을 꾸리지 않은 젊은 여성이나 제대로 된 가정을 일구는 데 실패한 원숙한 여성의 몫으로 떠넘겨지는 경향이 있다. 그러나 두 경우 모두 지속적인 보살핌을 기대하기엔 한계가 있다.

젊은 여성들은 시집가서 더 좋은 직장, 남편, 아이들, 또는 이 모든 것을 얻기 위해 유모로서의 직업을 그만두게 된다. 그리고 나이든 여성들은 자신의 건강을 돌보기 위해, 또는 그들의 보살핌을 필요로 하는 고령의 친척이나 어린 조카들을 떠맡게 된다. 따라서 결과적으로, 어린아들이 자라는 가정이라면 어디서나 스티키 플로어(sticky floor: 여러 일들이 난무하지만 끈끈이 바닥처럼 빼도 박도 못하는 거추장스럽고 난처한 일상 - 옮긴이) 현상이 나타난다.

정각에 약속장소에 도착하는 것은 번번이 방해받고, 밤중에 셀 수도 없이 잠에서 깨어나고, 가장 아끼는 옷들이 못쓰게 되고, 양말은 제짝을 잃어버려 짝짝이가 되고, 새로 산 고급 카펫에 레모네이드를 엎지르고, 아기를 데리고 외출하려고 준비를 막 마쳤을 때 아기가 잠들어버리고, 이런저런 손해에 대처하는 우리의 가장 멋진 계획조차 무산되어버리는 것이다.

내가 고용했던 베이비시터들에 관한 무용담은 그리 별나지 않다. 처음에 백발의 퇴직자 메리(Mary)가 왔었는데, 그녀는 면접하는 동안 복통을 일으킨 아기를 기적처럼 달래주었다. 메리는 처음 일년 동안 우리집으로 통근하며, 내가 인턴 생활을 시작하고 집에 거주할 수 있는 유모가 필요해질 때까지 아기를 돌보았다. 다음으로 혈기왕성한 스무 살의 아가씨 레슬리가 왔는데, 나는 그녀의 예의바른 모습 때문에 그녀를 채용했다. 레슬리는 내가 레지던트 1년차를 마칠 때까지 함께 살다가 1년 후에 자신의 아기를 가졌다.

레슬리가 떠난 몇 달 뒤에 두 번째 아기가 태어났고, 나는 스물두 살의 하프디스를 고용했다. 그녀는 아이슬란드 사람이었는데 남편이 학교에 다니는 동안 이곳에 머물고 있던 참이었다. 그녀는 4년 후 남편이 졸업할 때까지 우리집에 머물렀고, 그후엔 또 다른 아이슬란드 여성 레프나가 6개월 동안 우리와 함께 살았다. 레프나는 나의 네 번째 아기가 태어나기 한달 전쯤에 비자가 만료되어 떠났다.

그 이후에도 수많은 유모들을 겪었지만, 캔디스만큼 우리집의 난장판 속에서 오래 버텨냈던 사람은 전무후무했다. 하지만 캔디스는 어느 날 일하러 오지 않았고, 얼마 후 다른 도시에서 자신이 음식을 제대로 먹지 못하고 있으니 의사로서의 내 조언이 필요하다는 내용이 적힌 편지를 한 통 보내왔다. 결과적으로 로렐이 그 자리를 대신하게 되었고, 그녀 역시 결혼해서 아이를 갖게 될 때까지(로렐은 그녀의 아이에게 내 막내아이의 이름을 붙여주었다) 우리집에 머물렀다. 로렐이 아직 우리집을 나가지 않았을 때 히서가 함께 고용되었고, 그녀가 대학을 졸업해서 영어를 가르치기 위해 일본으로 가기 전까지 2~3년 동안 우리집에 머물면서 우리를 곤경에서 구해주었다.

베이비시터들의 도움이 그다지 필요치 않게 될 무렵, 발레리가 가끔 찾아와 우리를 위해 일해주었다. 그 무렵엔 우리집에 더 이상 유모를 필요로 하는 어린애가 없었고, 한창 전성기를 구가했던 유모사업도 쇠락해지고 있었다. 게다가 터놓고 말해서 내 벌이가 좀더 좋아졌고, 따라서 그 외의 대안책들이 가능했기에 내가 집안에서 보내야 하는 시간 또한 좀더 예측 가능해졌던 것이다.

일하는 여성들이 유모와 베이비시터를 필요로 하는 이유는 동일하다. 많은 여성들이 돈을 벌기 위해, 그리고 자신의 삶을 구애받지 않고 살기 위해서 유모나 베이비시터를 필요로 하는 것이다. 물론, 차이가 있다면 베이비시터는 아기들의 삶을 돌보는 반면, 유모는 어머니의 삶을 구해준다.

대부분의 유모들은 한 아이와 오랜 기간을 함께할 수 없다. 대체로 아이들이 어렸을 때 완벽하게 임무완수를 해왔던 대리인이 아이들이 자랐을 때도 여전히 유모 노릇을 한다는 것은 시대착오적일 수밖에 없다.

조그마한(그렇지만 엄청나게 비싼) 스웨덴산 면제품 아기 놀이복에서 침으로 인한 얼룩을 빼는 데 대단한 능력을 가지고 있고, 당신 자녀들이 다쳤을 때 "호~"해달라고 달려가고 싶을 만큼 다정다감한 여성이 애들 싸움을 잘 다루고 아이의 읽기 능력을 향상시키고, 또 마구 졸라대는 아이들을 달래는 데 있어서는 무능력할 수도 있는 것이다. 그리고 이 사실은 대부분의 엄마들을 놀라게 만든다.

내 친구 가운데 하나는 아이들이 다섯 살과 여덟 살이 되었을 때, 그녀가 꿈에 그리던 큰 엔터테인먼트사의 경영간부가 되었다. 그녀는 언제나 일했고, 죽어서 천국에 온 것이 아닌가 생각할 정도로 그 일에 만족했다. 그 일로 인해 얻게 되는 이익과 보수 또한 너무도 훌륭해서 잔업과 출장이 잦았음에도 불구하고, 그녀는 승진한 후에 전속력으로 척척 일처리를 해나갔다.

몇 년 동안 가족과 함께 살았던 유모가 아이들을 학교에 데려다주고, 방과후에 다시 집으로 데려오고, 저녁상을 차리는 것을 물론이고, 남편과 여행 중일 때 그 자리를 대신해서 아이들에게 '엄마'와 '아빠'가 되어주는 등 자신이 평소 해왔던 일상의 일들을 변함없이 계속해주었다. 그런데 내 친구는 꿈에 그리던 직업을 갖게 된 지 1년 반 만에 사직을 고려 중이라고 했다. 그리고는 "나는 근사한 남편, 깜찍한 아이들, 꿈에 그리던 직업, 그리고 훌륭한 조력자를 소유했지. 그런데도 왜 이렇게 전혀 행복하지 않은지 이해할 수 없단 말이야."

그후로 몇 달 동안 고심한 끝에, 그녀는 자녀들의 삶이 매우 흥미진진해졌지만 자신은 그것으로부터 소외되었다는 사실을 깨닫게 되었다. 그래서 그녀는 집에 있을 때면 자녀들에게 시간을 할애하려고 노력했고, 아이들은 유모보다는 그녀와 함께 있는 시간을 점점 좋아하게 되었다. 결국 일을 그만두었을 때, 그녀는 마침내 한시름 놓은 듯했다. 유모는 자신의 늙어가는 언니를 돌보기 위해 이사갔고, 내 친구는 아이들이 태어난 이래 처음으로 풀타임 엄마가 되었다. 대단한 재능을 지닌 데다 수완이 비상했던 그녀는 결국 자기 인생의 중요한 부분들을 컨트롤할 수 있는 프리랜스 컨설턴트가 되었다.

그녀도 처음엔 우리 대부분이 그렇듯이, 자녀들이 자라면 자신의 일에 대한 능력과 열망도 함께 자랄 것이라고 믿었다. 그러나 그녀는 결국 한 자녀 이상을 둔 대부분의 일하는 엄마들이 발견하는 사실을 깨닫게 되었다. 우리가 기대하는 '연속'은 우리가 좀처럼 얻기 힘든 것이고, 모든 훌륭한 연속은 '끊임들'을 필요로 한다는 사실 말이다.

유연성을 길러라

아이를 키우며 바깥일을 해본 경험이 있는 어머니라면 누구나 예상 밖의 일에 적응하고 문제를 조속히 매듭짓는 해결책들에 관해 나름대로 스토리 하나쯤은 가지고 있을 것이다. 아마도 과학의 길이 몇 년 더 진행된다면, 어쩌면 남자가 임신을 하고, 유전공학의 조작으로 결코 병에 걸리지 않고 상처도 입지 않는 아이들이 생산될지도 모른다. 하지만 그때까지 아이 딸린 부부들은 매일 일하러 나가기 위해 '윙 앤 프레이어 테크닉(wing-and-prayer technique: 되는 대로 닥치는 대로 운명에 맡기고 임기응변 식으로 그때그때 상황을 모면하는 기술 – 옮긴이)'을 쓸 것이다.

이 기술은 직업의 세계에서 당신이 아니라면 누구에게도 통하지 않는 당신 나름의 유연성에 크게 의존하는 경향이 있다. 자, 하나보다는 두 개의 유연성 있는 직업이 훨씬 나은 것이다. 만일 엄마가 직장을 그만두어야 할 경우 아빠가 그 자리를 메운다면 엄마는 집안에 들어앉을 수 있으며, 반대로 아빠가 일을 그만두었을 경우 엄마가 대신 생계비를 벌어오고 아빠가 살림꾼 노릇을 할 수 있다. 물론, 이러한 유연성 있는 역할분담은 엄마와 아빠가 상호존중적인 부모일 경우에 가능하다. 그렇지 않을 경우, 대부분의 여성은 무지막지한 병원균이 자녀를 습격했을 때 중요한 사업상의 업무를 마지막 순간에 취소해야만 하는 등 직장생활에 막대한 피해를 입게 된다.

우리의 자본주의 문화에서 널리 유행하는 주기도문은 "생산성이 거룩히 여김을 받으시오며……"이기 때문에, 업무수행을 방해하는 어떤 것도—심지어 아픈 아이들조차도—사회적인 배경에서는 정신착란을 일으킬 만큼 아주 불쾌하고 성가신 것일 뿐이다. 아이들이 아플 때마다 나는 직업 스케줄을 조절해야만 했다. 지금 회상해보면 그것은 내가 예상했던 육아계획에서 결코 달갑지 않은 일이었지만, 그럼에도 불구하고 나는 결코 내 아이들 중 하나를 소아과 병동에 내팽개쳐둘 만큼 절망한 적은 없다고 말할 수 있다. 내 아이들이 자라서 2010년에 자신들의 성장배경(육아과정)에 대해 그들의 주치의의 말을 참조할 때, 나는 그 애들이 다소 불평을 하게 된다 해도, 적어도 자신들이 집에서 병이 났을 때 어떠했던가를 기억해내어 균형을 잃지 않는 판단을 하길 바란다. 어쨌든 아이들이 병이 났을 때 나는 나 자신이 엄마로서 집에서 간호했던 것이다.

나는 아이들이 자라면서 자신들이 유별나다고 생각하기를 바란 적이 없다. 그것은 아이들이 다 자랐을 때도 여전할 것이고, 내가 죽을 때까지 마찬가지일 것이다. 하지만 어쨌든, 나는 병이 다 나은 아이를 (내 근무지인) 병원에 데리고 간 사람으로 알려져 있다. 여기서 말하는 '병이 다 나은 아이'란, 며칠 내내 아팠거나 밤마다 구역질을 하다가 어느 날 아침 팔팔한 모습으로 침대 밖으로 기어나온 아이를 말한다. 아마 당신도 경험해보았다면 알 것이다. 만일 이 아이를 학교에 보내면, 꼬마는 한두 시간 안에 쓰러져버려서 당신은 갑자기 교무실로부터 걸려온 전화를 받고 자제심을 잃은 채 허둥지둥하게 될 것이다. 반면에 혹시나 염려스러워 아이를 집에서 쉬게 하면, 꼬마는 하루 종일 당신 주위를 뱅뱅 돌며 춤을 출 것이다.

그러나 내가 아는 것은 아이 하나가 열이 나고 발진, 귀앓이, 배앓이로 그날 계획대로 학교에 갈 수 없는데, 유모까지 차에 문제가 생겨서, 남자 친구와 싸워서, 또는 이런저런 문제를 겪고 있어서 늦게 달려오거나 아파서 못 오겠다고 전화했다는 사실만 알게 된 채로 스케줄이 꽉 찬 하루를 맞이하는 것만큼 비참하고, 기가 막히고, 맥빠지는 일이 없다는 것이다. 때때로 이와 같은 일이 벌어졌을 때 내 마음속에 떠오르는 생각은 기발하거나 독창적인 것이 아니며, 다른 좌절한 엄마들에 의해 몇천 번이나 심사숙고된 것들이다.

자, 따져보자구. 아이는 아파보이지 않잖아. 아마도 나는 이 꼬마를 학교에 보낼 수 있을 테고, 아무도 양쪽 아이의 콧구멍에서 누런 콧물이 흘러내리는 것을 알아차리지 못할 거야. 안 돼, 그래도 그렇게는 못 하겠어.

그럼 이건 어떨까? 마지막 순간에 내 환자들의 진료를 취소한다면, 그들은 이해해주겠지. 단지 내가 이렇게 해야만 했던 것이 이번 달 들어 벌써 세 번째라는 이유만으로 나를 영원히 신뢰할 수 없는 사람으로 기억하지는 않을 거라구. 흠, 하지만 이건 너무 위험해. 그럼 남편한테 전화한다면, 그는 즉시 집으로 달려와서 나를 이 난감한 상황에서 구해줄까? 하지만 그것은 거의 가망 없는 일일 테지.

결국, 나는 그 동안 기록해두었던 '빗금쳐지고, 지워지고, 다시 적히고, 적어둔 지 오랜 시간이 지나고, 대체로 이미 연락이 끊어진 지 오래인' 베이비시터의 목록을 찾아들고서 그 안에 적혀 있는 이름과 번호들마다 전화를 해댈 것이다. 그리고 이렇게 말할 것이다. "여보세요. 저예요. 지금 시간 좀 있어요? …… 네, 지금 당장요…… 아, 오늘 저녁 5시까지만 봐주면 되는데요. …… 아, 볼일이 있다구요 ……아, 그래요, 어쩔 수 없죠. 그래요, 그럼 다음에 또 연락할게요."

만일, 이런 상황에 처하게 된 일하는 엄마들이 제정신을 잃을 만큼 당황했다면, 그들은 품위를 유지하기 위해 몇 가지 차선책들 중 하나를 선택할 것이다. 어찌 됐든 그러한 경험들을 통해 많이 발전된(혹은 적어도 발전된 체하는) 뻔뻔스러움은 그들의 고용주, 부하 직원, 직장 동료, 그리고 유모들에게 향할지언정 자신의 아이들에겐 향하지 않을 것이다. 시치미를 떼고 둘러대면서, 임기응변을 통해 그 난감한 순간들을 헤쳐나가면서, 모든 여성들은 세상일이라는 게 그들이 바라는 만큼 예측 가능한 것이 아니라는 사실을 깨닫게 될 것이다.

하지만 그때야 비로서 '여성들은 그들이 하는 일에서 절반이라도 인정받기 위해서는 두 배 더 훌륭히 해내야만 한다' 는 오래된 속담이 떠오르는 것은 참으로 씁쓸한 일이 아닐 수 없다. 이 강경노선을 선택한 어머니는 자신이 일하고 있는 분야에서 가치가 있는 사람으로서 입지를 굳혀야 하는데, 그것은 멋진 일인 반면에 엄청난 시간과 에너지가 소비되는 과정이기도 하다.

어떤 여성들은 그러한 상태를 유지하는 데만 전력을 쏟을 뿐, 어떻게 하면 상황이 좀더 나아질지에 대해서 미리 점검하고 숙고하는 데는 충분히 오랜 시간을 투자하지 않는다. 그들은 꿈에도 생각지 못했던 절망스러운 상황들 속을 사과와 변명으로, 그리고 늘 최선을 바라면서 비틀거리며 걸어간다. 아이가 하나일 때는 이 방법이 나름대로 효과를 발휘할 수 있다. 그러나 아이들 수가 점점 늘어나게 되면, 고통의 시간은 몇 년간 연장된다. 심지어 우리 엄마들 중 가장 운좋고 행복한 여성들조차 이러한 상황에 처하게 되면 당황하다 못해 낙담해 버리기 일쑤다.

또 어떤 여성들은 직업이라는 황소의 뿔을 움켜잡고서 다른 길로 돌아가기보다 그들의 가정생활 주위를 맴도는 방법을 모색하고 그 두 가지의 일을 짜맞춘다. 이러한 접근법은 필연적으로 아이가 딸린 여성에게 가장 멋진 유연성을 제공한다. 가족들이 아직 깨어나지 않은 새벽녘에, 낮잠 자는 시간에, 또는 밤 깊은 시간에, 심지어 임신복을 입고서도 일을 할 수 있고 당신 자신의 페이스를 유지할 수 있다는 것은 그 자체만으로도 자녀들을 좀더 쉽게 다루는 데 큰 도움이 된다. 그러나 이것은 즉시 가능한 것이 아니라 현실적으로 효과를 발휘할 만큼 정착하기까지 수년이 걸릴지도 모를 일이다.

하지만 유연성을 창조하는 것은—심지어 아이들이 둥지를 떠난 후에도—일을 하는 데 있어서 매우 안전한 방법이 될 수 있다. 며칠 전, 나는 점심식사를 하기 위해 간이음식점에 들렀다가 그곳에서 대학 때 유기화학을 가르쳤던 교수님을 마주치게 되었다. 내가 수업을 듣던 당시, 그녀는 캠퍼스 내에서 가장 아름답고 총명하며 매력있고 품위 있는 교수로 명성이 자자했다. 사실 많은 남자 교수들이 그녀의 스타일과 매력, 학생들로부터의 인기, 그리고 교수로서의 성공을 질투했었다. 유기화학이라는 과목을 단순히 맛깔스러울 뿐만 아니라 진정한 진미의 것으로 만들 수 있는 교수는 흔치 않았고, 그녀가 바로 그런 교수였던 것이다.

그런데 그날 칠면조 샌드위치를 주문하면서 주의 깊게 살펴보니, 나의 우상과 같은 지도자는 지저분해 보일 정도로 차림새가 엉망이었다. 내가 반가워하며 인사를 건네자, 그녀는 특유의 음악 같은 웃음소리로 키득거리며 응답했다. "난 제발 아는 사람과 마주치지 않길 바라고 있었는데 말야. 난 요즘 유기화학 교과서를 저술하고 있는데, 화요일하고 목요일엔 거의 옷도 제대로 입지 않는 경우가 많아." 나는 괜찮으니 신경쓰지 말라고 그녀를 안심시키면서, 그녀에게 세 아이의 엄마인 내 친구 얘기를 들려주었다.

그 친구는 '자신의 인생목표는 파자마를 입은 채로 자신이 할 수 있는 최대한의 돈을 버는 것'이라고 결심했던 것이다. 그런 내 친구의 생각을 얘기해주자 교수는 두 눈을 반짝거리며 말했다. "바로 그거야! 그럴듯하잖아. 나한테는 멋지게 들리는 걸."

물론 이 꿈같은 이야기에서 '파자마'라는 대목은 '직업적인 성공을 위한 옷차림'과 '아이들을 훌륭히 키우는 데 있어서 성공하기 위한 옷차림' 사이에 존재하는 묘한 불일치에 대한 상징일 뿐이다. 단지 시간뿐만 아니라 옷차림에 있어서도, 아이들에 관한 한 모든 것이 유연성을 요구한다.

아이들이 아주 어렸을 때, 나는 애들을 유모에게 맡기면서 먼저 작별인사를 하고는 그날 출근복으로 갈아입기 위해 방으로 달려갔다. 출근 준비를 마친 상태에서 버젓이 거실을 통해 현관으로 걸어가는 것은 위험천만한 일이었다. 다시 한차례 아이들과 입맞추고 포옹하다보면 옷에 아이들의 침이 묻거나, 아이들이 무언가를 뚝뚝 떨어뜨리거나 엎지르거나 던져서 외출복을 망쳐버리기 일쑤였던 것이다.

때문에 나는 내 방에서 옷을 갈아입고 뒷문으로 살금살금 빠져나가서 차에 올랐다. 오늘까지도 나는 아이들과 함께 있기에 적당한 옷보다 좀더 좋은 옷을 입었을 경우엔 아이들을 데리러 학교에 가는 것이 꺼려진다. 애들 자전거를 자동차 뒤에 딸린 스포츠용품 운반기구에 싣느라 씨름을 하다가는 고급 스타킹의 올이 나가버리고, 뛰어노느라 땀흘린 아이들이 반갑다고 나를 꼭 끌어안으면 실크 옷이 망가져버리기 때문이다.

그럼에도 불구하고, 옷에 관련된 사항은 유연성에 있어서 아주 사소한 부분일 뿐이다. 가장 중요한 것은 가정과 일의 요구들에 대해 유연성을 가지고 생각해보는 것이다.

한 번에 하나의 방법으로 일처리를 하는 것, 그리고 나서 주변상황들이 요구에 융통성 있게 대처하는 것은 아이들을 키우는 동안 대단한 효과를 발휘하게 될 멋진 방법이며, 당신의 발 위에 도달한 '기회'들을 극대화시키는 방법이기도 하다. 만일, 남녀 모두 앞으로의 일들이 자신이 예상했던 대로 벌어질 것이라는 헛된 기대를 버리고, 하나하나 몸소 겪으면서 새로운 사실들을 발견하고 깨닫고 배우겠다는 마음가짐으로 부모라는 위치에 들어선다면, 좀더 행복하게 앞날을 헤쳐나가게 될 것이다.

"이것은 내게 결코 일어나지 않을 일이야"라고 말하기보다는 "이 상황이 무엇을 요구하는지 이해해보자"라고 말할 수 있다면 당신 자신, 당신의 아이들, 당신의 배우자, 그리고 당신의 직업을 위한 세계들 중 가장 최고의 것을 만들어낼 것이다.

당신의 손안에 달려 있다

일의 세계와 관련된 스케줄로부터 자유로워지는 것은 언제나 일해 왔던 누군가에겐 맥빠지는 일일지도 모른다. 당신은 이제 이른 아침에 사업 미팅을 갖거나, 첫 환자를 맞이하거나, 공술서를 작성하거나, 사업상 중요한 사항을 협의하기 위해 간부들과 조반을 들기보다는, 한낮에 파자마 차림으로 어슬렁대는 자신을 발견할 수 있을 것이다. 그리고 그 남은 하루 동안 낮잠을 자고, 끼니를 챙겨먹고, 샤워나 야간의 운동을 하고, 또는 식료품 가게에 쇼핑하러 가는 것 따위의 사소한 일들이 중요하게 보이기 시작한다.

이제 당신이 머무는 세계는 배경이 바뀌어버렸다. 한때 아침에 당신을 잠자리에서 벌떡 일어나게 만들었던 일들, 또는 그것과 관련된 문제에서 당신이 하나의 주제를 놓고 고심했던 일들이 점점 기억의 뒷전으로 물러나기 시작한다.

그리고 새로운 주제들과 당신이 꿈꿔본 적도 없던 일들이 당신의 열정을 요구하고 우선시된다. 한때 다우존스 산업지수(Dow Jones Industrial Average: 미국 증권시장에서 가장 전통 있고 널리 사용되는 주가지수 중 하나. 다우라고도 불린다 - 옮긴이)를 구성하는 주식들과, 그것들이 어느 날 어떻게 매매되었는지에 대해 줄줄 늘어놓을 수 있었던 당신은 이제 시장물가에 민감해지고, 모든 상표명과 제품가격에 정통하게 된다. 한때 당신은 배심원들 앞에서 사건과 판례들의 세부사항에 대해 가장 설득력 있게 주장함으로써 그것들의 관련성과 타당성을 입증했지만, 이제는 아동발달의 세부사항들이 당신의 대뇌피질 구석에 자리잡는다. 당신이 늘 침대맡에 놓아두는 책 더미는 더 이상 최근 유행 소설들이 아니며, 당신이 지친 몸으로 잠자리에서 읽기엔 너무도 고리타분한 크고 묵직한 육아 관련 책으로 대체된다. 심지어 어떤 여성들은 이를 위해 대학원까지 가지 않았던가!

사실, 어떤 여성들은 이러한 생활을 견딜 수 없어한다. 반면, 또 어떤 여성들은 그러한 변화에 익숙해질 뿐만 아니라, 오히려 일의 세계를 두려워하게 되고 그곳으로 돌아가는 것을 끔찍하게 여긴다. '일하지 않는' 것의 문제는 '너무 많이 일하는' 것의 문제와 마찬가지다. 우리 대부분은 무엇에든지 빠르게 익숙해지고, 그러다보면 우리가 무엇을 놓치고 있는지 살펴보는 능력을 포기해버리는 것이다. 이것은 한 가족 안에서 장기간에 걸쳐 조금씩 축적되다가 잠시 후엔 무대장치의 예상했던 부분이 되어버리는 잡동사니와 같다.

의과대학 동창인 친한 친구 하나는 8년 동안 세 아이를 키우면서 쉬지 않고 일해왔다. 그녀의 막내둥이가 세 살이 되었을 때, 10년 동안 유모 노릇을 해온 안젤라가 자신의 가정을 꾸미기 위해서 그만두었다. 믿을 만한 유모를 새로 구하기 위해 수없이 노력하다가 결국 포기해버린 내 친구는 , 아이들의 학교 스케줄에 맞추느라 자신의 근무시간을 토막낼 수밖에 없었다.

친구는 어느 날 내게 전화를 걸어 이렇게 고백했다. "나는 안젤라와 함께 지냈던 10년이란 세월 동안 내가 그녀 덕분에 얼마나 편하게 생활해왔는지 한 번도 깨닫지 못했어. 또한 내가 아이들의 삶에 있어서

놓친 부분들이 얼마나 많았는지도 결코 알지 못했지." 그런데 반대의 경우도 마찬가지다. 당신이 밖에서 일을 하느라 가정에서 무엇을 놓치고 있는지 잊어버리는 것처럼, 가정에 머물면서 직업적인 일에서 손을 떼게 되면 당신이 무엇을 놓쳐버리고 있는지 잊어버린다.

풀타임, 또는 파트타임으로 엄마 노릇을 하는 것은 흔히 한 여성의 전문직 행로를 바꿔놓는 계기가 될 수 있다. 바깥일을 줄이고 집에 있는 시간을 늘리는 것과 관련해 새로운 전망이 제시되면서, 많은 여성들이 전엔 결코 고려해본 적이 없는 일의 선택권들을 살펴보기 시작했다.

내 경우를 예로 들어보자. 나는 네 번째 아이를 낳은 후 그 아이를 돌보기 위해, 또 이러저러한 사정으로 병원일을 그만둬야만 했다. 그리고 그 '휴지기'는 몇 달뿐만이 아니라 몇 년 동안 이어질 예정이었다. 나는 의사 노릇을 전혀 하지 못한다는 사실 때문에 고통스런 나날을 보내야 했다. 너무도 오랜 세월 동안 나는 자신을 의사로서 인식해왔고, 남편도 나에 대해 그 밖의 다른 무언가로 여겨본 적이 없었다. 병원에서 의술을 행하는 것이 내가 생각했던 가족의 삶과 전혀 맞아떨어지지 않았다.

나는 그 둘을 조화시키기 위해 내 시간들을 쪼개고 단축시켜야만 했고, 그 두 세계 사이에서 균형을 잡기 위해 온갖 노력을 쏟아부었지만, 내 모습은 항상 위태위태해 보였다. 하지만 그럼에도 어찌 된 일인지 일의 요구로부터 떠나는 것이 내게는 무척이나 어려웠다.

사람들은 일반적으로 임상의학을 위해 의학박사 학위를 사용하지만, 나는 이미 육아문제로 임상의학에서 손을 떼고 있었기 때문에 그

외의 다른 많은 것들에 관심을 쏟기 시작했다. 나는 많은 의학 연구원들, 행정가들, 심지어 작가들도 의학박사 학위를 이용한다는 사실을 발견했다. 내 의사로서의 정체성을 유지하면서 나의 아이들의 편의를 도모하는 데 필요한 유연성을 가질 수 있다는 장점 때문에, 나는 대도시에서 발행되는 신문에 아동건강 칼럼을 기고하기 시작했고, 그 재판본들을 몇몇 육아 관련 잡지들에도 팔았다. 보수는 꽤 훌륭해서 다른 것에도 한번 손대볼까 하는 욕심이 생기게 만들었고, 또 한편으로는 그 일을 통해 내 몫의 생활비를 충분히 벌 수 있었기 때문에 풀타임 엄마 노릇을 해보는 것은 어떨까도 싶었다.

매주 의학과 관련해 절대적이고, 교육적이고, 계몽적인 무엇인가를 말해야만 한다는 것은 적어도 나를 의학의 한 분야에서 최고에 머물도록 해주었다. 나는 임상의학으로 돌아간 후에도 의학 칼럼 기고를 계속했다. 엄마 노릇과 의학 분야의 일을 병행하는 것이 병원일에만 매달리는 것보다는 좀더 구미가 당기는 일이었기 때문이다.

여성들이 이제 가장 큰 규모의 기업가 그룹으로 언급되는 것도 전혀 이상한 일이 아니다. 모든 세대의 여성들이 '자신이 원하는 것은 무엇이든지 할 수 있다'는 기대를 가지고 성장한다. 이 여성들이 전통적인 길(사회 관습적으로 강요되어온 길)은 '자신이 가고자 했던 곳'으로 데려다주지 않는다는 사실을 발견했을 때, 그들 분야에서 새로운 영역을 재편성하고 계획하게 되는 것은 당연할 수밖에 없다.

게다가 당장 일과 관련된 문제를 떠나 가정에 머물러야만 한다는 절박한 사실이 때때로 삶과 생계에 대해 온전히 새로운 방법들을 제공해줄 수도 있는 것이다.

상당히 긴 시간 동안 가정에 머물기로 결심한 여성들은 다양한 이유로 인해 전문직 분야에서의 성공에 견줄 수 있을 만큼 집안일도 잘해나게 될 것이다. 비록 대부분의 전문직 여성들이 결코 가정으로 되돌아가지 않을 생각으로 일하는 것을 멈추지 않는다 하더라도 말이다. 세월이 흐르면서 자녀수가 늘어나고, 그에 따라 살림계획을 꾸리고, 가족의 크고 작은 일들을 겪다보면, 당신이 가지고 있던 기존의 예상과 기대들은 그 형태를 달리하게 된다.

출산휴가가 얼마나 긴가에 상관없이, 출산 초기엔 대개 약간의 변덕스러운 시기를 맞게 된다. 그리고 대부분의 엄마들은 자녀들이 젖을 떼거나 놀이방에 다니게 되거나 유치원에 들어가게 되면, 그때가 직업세계로 되돌아갈 시기라고 생각한다. 하지만 세상일이란 좀처럼 쉬워지지 않는 법이다.

자녀들이 다 자라서 결국 집을 떠나게 되었을 때에야 예전에 몸담았던 전문직에 대한 관심, 또는 아이들의 빈자리를 채우기에 적당해 보이는 새로운 직업에 대한 흥미가 그들의 주의를 끌기 시작한다.

여성들의 또 다른 선택, 재택근무

만일 재택근무에 관한 책이 아직까지 출판되지 않았다면, 누군가는 그에 관한 이야기를 한 권의 책으로 엮어내야만 한다. 집에서도 일을 할 수 있다는 것은 '일과 가정'이라는 두 세계를 동시에 움켜잡는 멋진 기회일 뿐만 아니라, 동시에 수많은 공을 공중에 띄우고 있어야만 하는 것으로 인해 자주 스트레스를 받을 수밖에 없는 상황에서 그에 필요한 유쾌한 휴식을 꽤 많이 제공해준다.

물론, 여성들은 태곳적부터 집에서 일해왔다. 바느질, 요리, 빨래, 사무, 사서, 혹은 현재와 같은 발달된 공장이 없던 때 수작업이 가능한 어떤 일에 대해서도 여성들이 몸소 그 역할을 수행해왔다.

그런데 집안에 들어앉아서 돈을 벌어들이려는 노력은 컴퓨터, 팩스, 복사기 등이 출현함에 따라 사무적인 색채를 띠게 되었다. 거실에 놓인 재봉틀이 한달에 수백 달러를 벌어들인다 해도 실제로 객실에 놓아둔 사무기기들만큼 남성다움을 발산하지는 못한다. 심지어 그 사무기기들이 재봉틀만큼 돈벌이가 되지 않을 때조차도 말이다. 하지만 재봉틀은 가정이란 곳에서도 일을 할 수 있다는 개념을 실현시키는 계기를 마련해주었다.

영겁 동안 아이들을 혹처럼 매달고 일을 해야만 했던 여성들이 특히 이러한 재택근무의 개념에 안성맞춤이다. 재택근무를 함으로써 여성들은 아이들을 품에 안고서도 가능한 가장 먼 걸음의 일도 할 수 있게 되었다. 결국, 아이들이 주방용 큰 가위를 가져갔는지 확인하기 위해 트리 하우스(tree house: 아이들이 놀기 위해 나무 위에 조그맣게 만들어놓은 집 – 옮긴이)를 뒤지는 것과, 아이들이 종이 비행기를 만드느라 프린트에 있는 종이를 모두 꺼내갔는지 확인하기 위해 단지 리포트를 하나 출력해보는 것은 얼마나 달라진 일인가.

정말이지 '인생이란 아이들이 염려되는 바닷가이고, 집은 단지 자세히 점검되기를 기다리고 있는 일련의 물결치는 웅덩이다' 라는 이 태곳적부터의 변함없는 사실에 관해서 말이다.

일에 대한 야망을 포기할 수 없는 여성들은 가족을 우선순위에 두면서 동시에 돈벌이도 해야 한다는 딜레마를 떠안게 된다. 이때 재택근무가 그 둘 사이의 갈라진 틈을 다리 놓아주는 방법이 될 수 있다. 그러나 재택근무라는 것이 직접 사람을 만나거나 전화로 공적인 일을 처리해야만 되는 경우라면, 함정투성이의 일이 될 수도 있다. 아이들은 사무용 기계들의 현란함에 겁을 먹기보다는 오히려 그 모든 것을 자신들의 수준으로 끌어내리는 경향이 있다. 자신이 갖고 싶은 것은 수단방법을 가리지 않고 얻어내고야 마는 영악한 아이들에겐 금기사항을 깨뜨릴 기회가 하나 더 추가되었을 뿐이다.

나는 이 모든 것을 너무도 잘 알고 있다. 몇 년 전, 나는 동부에 있는 대도시 신문사의 한 편집자와 함께 그 신문에 정규 칼럼을 기고하는 사안을 검토하기 위해 서신 왕래를 하고 있었다. 많은 토의 끝에, 우리는 그 아이디어를 막 진행시키려던 참이었고, 나는 마지막 결정을 듣기 위해 기다리고 있었다. 하지만 9세 미만의 네 아이들이 딸린 채 시간제로 병원일을 하고 있던 나에겐 전화를 받기 위해 얌전히 앉아 있는다는 것이 거의 불가능했다.

캘리포니아 시간으로 저녁 6시경, 내가 막 아이들에게 저녁을 먹이려 하고 있을 때 전화벨이 울렸다. 특히 이날 밤, 나는 남편과 함께 친구 생일 파티를 위한 저녁만찬에 가야 했기 때문에 맥도날드에서 사온 음식으로 아이들의 저녁상을 차려주고 있었다.

내가 봉지에서 음식을 꺼내놓기가 무섭게 아이들이 옆에서 조그만 손을 뻗어 자꾸만 집어먹으려 했고, 그것을 피해 플라스틱 접시에 먹음직스런 음식을 바쁘게 담아내고 있을 때 갑작스럽게 전화가 걸려와 하던 일을 방해했던 것이다. 배고픈 네 명의 아이들이 자꾸만 음식을 집어가는 바람에 정신이 없던 나는 계속 울려대는 전화벨 소리를 무시하고 저녁상을 마저 차리는 것이 낫지 않을까 생각했지만, 통화를 짧게 끝내자는 생각으로 수화기를 집어들었다.

나는 손을 자유롭게 하기 위해 수화기를 한쪽 어깨에 올려놓고 머리를 그쪽으로 잔뜩 웅크린 채 가정주부다운 목소리로 "여보세요"라고 말하면서 두 손으로는 하던 일을 계속했다. 내가 있는 곳의 시간으로 보통 오후 5시 30분이면 신문사가 있는 곳에서도 퇴근시간인지라 (지은이가 있는 캘리포니아는 서부에 속하고 신문사가 위치한 곳은 동부이므로 시차가 꽤 크다-옮긴이) 나는 그날은 신문사에서 전화 올 일이 없겠다고 생각했고, 때문에 경계를 풀고 있었다.

그런데 신문사의 편집자가 다음달부터 내 칼럼을 싣기로 결정했다는 소식을 전하며 축하 전화를 한 것이었다. 나는 "그래요, 정말 잘됐군요"라고 말하면서도, 그곳 시간으로는 저녁 9시일 텐데 왜 이 편집자가 퇴근시간이 지난 후에도 아직까지 사무실에 남아 있는 것일까 의아스러웠다. 그런데, 맙소사! 아이들이 옆에서 내 전화 받는 목소리가 금세 사무적인 톤으로 바뀌는 것을 놓치지 않고 듣고 있었던 것이다. 나는 가정주부다운 목소리 톤을 유지해야만 했다.

아이들은 부모가 전화를 받을 때마다 아주 못된 행동을 하는 데다, 엄마 목소리를 유심히 들어보고 사무적인 용건으로 전화 통화하는 것이라는 판단이 서면 그 못된 행동은 도가 지나치다 못해 아주 망나니 수준이 되어버리도록 프로그램되어 있기 때문이다.

아무튼, 그러한 상황에서 드디어 일은 벌어지고야 말았다. 여섯 살 먹은 딸아이가 실수로 혹은 고의로(딸에게 물으면 실수라고 대답할 테고, 아들에게 물으면 고의라고 대답할 테니까) 네 살짜리 아들의 셔츠에 케첩을 물총 쏘듯 쏘아버린 것이다. 갑자기 케첩세례를 받은 아들놈은 꼬마 헐크로 둔갑해서 딸아이를 주먹으로 때리고 발로 차며 마구 비명을 질러댔다. 그리고 자신의 라이트급 권투 실력으로는 분이 안 풀리자, 결국 딸아이에게 두 배나 되는 케첩을 쏘아대는 것으로 앙갚음을 마무리지었다. 그런데 그 시점에서, 막내둥이와 첫째 아이가 단지 그것이 재미있어 보인다는 이유만으로 그 케첩싸움에 끼어들었고, 금세 식탁 주위는 난장판이 되어버렸다.

나는 거실에서 전화를 받고 있었는데, 소동을 피하고 싶어도 전화선 때문에 다른 곳으로 이동할 수도 없었던 터라 내가 할 수 있는 유일한 행동을 해야만 했다. 그 상황에서 "아, 그래요. 네…… 죄송하지만 잠깐만요"라고 정중하게 말하면서 한두 차례 수화기를 손으로 가리는 것 외에 내가 무슨 일을 할 수 있었겠는가.

나는 일상을 벗어난 어떤 일도 벌어지고 있지 않은 것처럼 시치미를 뗄 수밖에 없었다. 내 주위 사방팔방에서 전면적인 케첩전투가 벌어지고 있음에도 불구하고 어쨌든 신문사와의 거래는 일단락되었다. '그래, 끝이 좋으면 다 좋은 거지 뭘 그래.' 나는 스스로를 위안하며 화가 치미는 것을 꾹 참아야 했다. 결국 거실 카펫에 케첩 얼룩이 남는 것보다는 칼럼 기고 여부가 더 중요했던 것이다.

나는 그렇게 각각의 에피소드에서 나름대로 교훈을 얻었다. 그후 나는 집에서 일을 하면서 케첩이 날아다니는 따위의 진퇴양난에 빠지지 않기 위해 전화기에 무선 헤드셋을 설치했다. 이 깜찍한 장치는 나에게 전화 마법사같이 경이로웠고, 일하는 데 필요한 전자기기들 중에서 내가 가장 애지중지하는 것이다. 몇십 년 동안이나 사용해왔던 전화기에 이 간단한 조작을 함으로써, 나는 전화기를 떨어뜨리거나 목을 갈고리처럼 잔뜩 구부릴 필요 없이 엄마에서 의사로, 작가로, 친구로, 축구감독으로 자유자재로 탈바꿈할 수 있었다. 뿐만 아니라, 전화 통화를 하는 중에도 양손이 자유롭기 때문에 언제든지 필요한 모든 일을 할 수 있게 되었다.

내가 50년대의 전화교환원 같은 모습으로 온 집안을 돌아다닌다면 조금 우습게 들릴지도 모르겠다. 가족들은 내가 통화를 하고 있는 것인지 전화를 끊은 것인지 결코 알 수 없기 때문에 간혹 이렇게 묻기도 한다. "엄마, 지금 저한테 말씀하신 거예요?" 하지만 헤드셋을 머리에 쓴 채로 돌아다니는 것이 일의 능률을 올리는 데 도움을 줄 수는 있어도 사람들을 상대해야 할 경우엔 모양새가 그리 좋아보이지 않는다. 또한, 가정에서 한꺼번에 여러 가지 일에 손대면서 능률에 대해 말할 만한 일은 얼마든지 있다.

한편, 나는 사무기기 중독자가 되었음에도 불구하고 여전히 참을 수 없는 것이 있다. 나는 비디오폰은 결코 사지 않을 것이다. 내 침착하고 냉정하고 대외적인 목소리 뒤에서 실지로는 어떤 일이 벌어지고 있는지, 우연히 전화 건 사람들이 은밀하게 들여다볼 수 있다는 것은 상상만으로도 끔찍한 일이다. 나는 현재 2년 동안이나 울며불며 내게 아쉬운 소리를 해대는 사업체들과 장기적인 거래를 해오고 있다.

그런데 솔직히 말해, 나는 아침 다섯 시 반에 뉴욕과 전화로 사업 얘기를 하면서 잠옷 바람에 머리에 수건을 두르고 앉아 있었고, 전화 인터뷰를 하는 동안 튀김반죽을 젓거나 빨래를 개고 있었다. 게다가 샤위를 하다 말고 전화를 받기 위해 곧장 뛰어나온 적도 있다. 물론 아무도 눈치챌 수 없었지만 말이다. 하지만 비디오폰이 생긴다면……
아이고, 비디오폰은 절대 사양이다.

그래도 집에서 일을 할 수 있다는 것은 내가 사라진 주방기기들을 찾기 위해 아이들의 나무집을 뒤지러 가지 않아도 되는 은혜로운 일임엔 분명하다. 나는 모든 사무용 기계들과 현재의 과학기술에 경배를 드린다. 그 덕분에, 아침 9시에 기계수리공 청년이 식기세척기를 고치러 왔을 때, 내 여덟 살짜리 꼬마가 아프다고 학교에서 전화가 걸려왔을 때, 정오에 우리집 개가 담장 밖으로 뛰쳐나갔을 때, 열다섯 살 먹은 딸아이가 1시 30분에 있는 수영교실에 자신이 속한 수영팀을 데려다줄 수 있느냐고 전화했을 때, 내 아이들이 방과후에 집으로 친구들을 잔뜩 몰고 왔을 때, 나는 집에 있을 수 있었다.

내가 수많은 병원 차트를 완성시킬 수 있고, 집안 책상에 앉아 나머지 업무를 처리할 수 있고, 주말에 축구경기를 참관하러 갈 수 있는 것은 어디까지나 현재의 과학기술 덕분이다. '일과 가족' 양쪽 모두에게 관심을 쏟아야 할 때, 재택근무는 다음 속담에 새로운 의미를 부여한다. "마음이 머무는 곳이 바로 집이다."

일의 노예가 되지 않도록 주의하라

아주 달콤한 유연성을 제공해주는 데도 불구하고, 재택근무에서의 '일'은 위험스러울 정도로 유혹적이다. 당신이 일하는 책상까지의 거리가 집안 현관까지의 거리 정도에 불과할 때, 가정과 사무실을 구분해주는 경계선은 훨씬 더 알아보기 힘들어진다. 자신의 일을 너무도 사랑하거나, 천성적으로 야심만만하거나, 일 욕심 때문에 자녀를 갖기보다 다른 길을 택한 사람들의 경우엔 누구보다도 일에 대한 유혹에 흔들리기 쉽다.

하지만 유혹을 느낀다 하더라도 가족들과 함께하는 값진 시간에까지 일을 끌고 들어오지 않도록 주의해야 한다. 당신이 앞서 말한 사항들에서 멀어지지 않는 한, 그리고 만일 근무복을 입고 있다면 그것을 벗어놓지 않는 한 시종일관 일에만 매달리기 십상이다.

수백 년 동안 일중독증은 압도적으로 남성적인 현상이었지만, 여성들이 일의 세계에서 활약하게 되면서 이제 전반적인 현상이 되었다. 상당한 두께의 돈봉투를 들고 들어오고 주위 동료들에게 존경을 받는다는 것은 분명 의기충천할 만한 일이지만, 그것도 '일, 그리고 더 많은 일'이 없다면 불가능하다.

재택근무가 가능해지면서 틀에 박힌 일을 하는 것보다는 일을 하지 않는 것이 더 어렵게 되었다. '가정'이라는 환경에 놓이게 되면 언제나 아이들의 뒤치다꺼리와 가사노동이 하루가 시작되어 끝날 때까지 계속되고 또한 끊임없이 손짓을 해댄다. 이 끝없는 가사노동에 대한 보수를 따져보자면 "여자의 일이란 끝이 없다"라는 말은 훨씬 함축적인 의미가 된다.

재택근무를 하게 되었을 때, 가정생활 속으로 일이 스며든다는 것은 개선이 가능한 문제들 중 하나일 뿐이다. 그 외에 또 다른 문제가 있다. 시대에 따라 사회의 움직임이 어떻게 변하는가에 대해 문화적인 기록들을 살펴보면 가정이 우리의 일에 잠복해오기 시작한 동시에,

우리의 일이 우리를 가정으로부터 피난시키기 시작했다는 사실을 발견할 수 있다. 이 또한 수년간 남성의 영역에 속하는 현상이었다. 하지만 맞벌이가 필요한 가족들의 경우, 점차적으로 가사에 대한 스트레스가 증가하기 때문에 돈을 벌어오는 두 사람 모두 결혼생활로 인한 혼란, 또는 자녀를 둔 채 이혼하는 것으로 인한 혼란으로부터 그들의 일에서 위안을 찾게 되는 것이다.

근무지를 집안에 마련하게 되면, 부엌이나 침실에서 무언가 일이 벌어졌을 때 위성 사무실은 피난처로서 지독히도 좋아보인다. 가족의 무질서한 활동무대에서 직업의 질서정연한 활동무대로 마음이 끌리는 것은 자연스러운 현상이지만, 그것은 다른 한편으로 갈등을 피하기보다는 오히려 더 많은 갈등을 야기시킬 수 있다. 결국 누군가는 울며 겨자 먹는 심정으로 아이들을 떠맡아야만 하는 것이다.

그럼에도 불구하고, 여성들은 자녀들을 우선시하고 일은 뒷전으로 미루는 데 있어서 놀라울 정도로 악명 높은 것이 사실이다. 하지만 '가정을 보다 편리하게 만드는' 과학기술과 '아이들을 그들이 당연히 받아야 할 관심으로부터 교묘하게 소외시키는' 과학기술 사이에서 균형을 갖추어야 한다. 컴퓨터는 글쓰기, 삽화 그리기, 투자, 리서치, 신속한 커뮤니케이션을 가능하게 한 반면, 또한 그러한 것들을 제쳐두기 힘들만큼 구미가 당기는 오락거리로 변화시켰다.

팩스는 우편과 등기 서비스마저도 한물간 것으로 만들어버렸고, 밤낮을 가리지 않고 수취를 요구하며 벨을 울려댄다. 또한, 노트북 컴퓨터는 일마저도 휴대가 가능하도록 만들어버렸다. 게다가, 부모들은 휴대 전화기 덕분에 아이들과 떨어져 있는 시간에도 안심할 수 있게 되었지만, 그 감사해 마지않을 휴대 전화기가 홀로 남겨진 아이들에게도 똑같은 안전감을 제공해주는 것은 아니다. 부모의 휴대폰 번호를 지금 당장 누를 자세가 되어 있다고 해도 말이다.

여성들이 일터로 뛰어든 이후 30년 동안의 여행 끝에, 이제 여성들은 일의 전통적인 유형을—아침에 출근해서 저녁에 퇴근할 때까지 풀타임으로 일하는 것—변화시키고 있다. 여성들은 자유자재로 조절이 가능한 근무시간, 파트타임 스케줄, 그리고 가족과 함께 하는 휴가 시간을 요구하고, 또 얻고 있다.

그러나 일거리를 집으로 끌고 들어오게 되면(재택근무를 하게 되면-옮긴이) '일의 전통적인 유형'이 그들의 거실에까지 바짝 따라붙을지도 모른다. 아마도 재택근무의 가장 위험스러운 면은 주의가 산만해지는 것을 어찌할 수 없다는 것이다. 일에 임할 때는 어떤 경우에도 다른 것에 정신이 팔려서는 안 되지만, 가정과 일터를 분명하게 구분 짓는 정신적인 훈련이 되어 있지 않는 한 케첩전투 같은 것이 당신을 방해할지도 모를 일이다.

재택근무의 존재 이유를 당신 마음속에 유념해두는 것이 일과 가사를 구별하는 좋은 방법이 될 것이다. 결국 재택근무의 궁극적인 목적은 당신의 일이 가족에게 좀더 많이 유용하도록 하는 것이 아닌가. 그러니 단지 몸으로만 그럴 것이 아니라 마음으로 명심해야 한다.

아이를 키우기 위해서는 대가를 치러야 한다

당신이 일과 가정이라는 세계에 양쪽 발을 하나씩 걸치고 버티려고 노력하면서 너무 많은 아이들 때문에 무엇을 해야 할지 모르게 될 때, 사실 그렇게 많은 것이 요구되는 것은 아니다. 아이들에게 적당한 음식을 먹이고, 그 아이들이 무언가 잘못했을 땐 엉덩이를 찰싹 소리가 나게 때리고, 밤에 그 아이들을 잠자리에 들게 하는 것은 사회사업가나 경찰들이 당신 집 문을 두드리길 바라지 않는 한 선택의 여지가 없는 일이다.

성공한 여성에 관한 이야기를 읽을 때마다 내가 가장 먼저 하는 일은 아이들에 관한 부분을 대충 훑어보는 것이다. 어떤 애들이라구? 몇 명? 몇 살인데? 나는 내 직업에서 자리를 잡아가는 동안 아이들에게 얼마나 많은 주의를 기울여야 했는지 알기 때문에 궁금증이 마음속을 파고드는 것이다. 또한 나는 돈을 벌고, 자녀 부양에 꾸준히 힘쓰고, 내가 아는 한 가장 좋은 방법으로 살아오기 위해 직업에서 어떤 대가를 치러야 했는지에 대해서도 아주 잘 기억하고 있다.

그러나 '아이들과 직업에 대한 일을 병행해나가는 방법'이 항상 분명한 것은 아니며, 아이들과 같은 매개변수들 때문에 그 방법은 계속 변화게 된다. 그것은 마치 둘 중 하나를 선택하는 흥정과도 같다. 나는 그것에 대해 남편과 '끝없는' 대화를 계속하고 있다.

우리 가족이 최고의 삶을 누릴 수 있도록 내가 좀더 많은 일을 해야 하는가, 아니면 빡빡하게 예산을 세우고 근검절약하는 것이 더 중요한가? 만일 내가 직업적인 의무에 충실하기 위해 일주일에 몇 번씩 밖에서 사온 음식으로 저녁 식탁을 차린다면 우리 가족에게 피해를 주는 일일까, 아니면 가족의 단란함과 영양적인 면을 고려해서 집에서 직접 요리하는 것이 내 직업에 있어서 무리한 요구일까? 내가 좀더 오랜 시간 동안 일할 수 있도록 내 아이들을 방과후 집에까지 안전히 데려다줄 누군가를 고용해야 하는가, 아니면 아이들의 삶에서 무슨 일이 벌어지고 있는지 놓치지 않기 위해 내 직업에 있어서의 최고의 순간들을 놓쳐야 하는가?

당연히 이러한 질문들에 대해 정답은 없다. 단지 내 가족과 나 자신에게 좋은 결과가 되도록 균형을 맞추기 위해 스스로 끊임없이 노력하는 것밖에는. 누구도 나와 똑같은 환경 속에서 살아가지 않으므로 나 이외의 다른 누구도 이에 대해 결정을 내릴 수 없다.

성공한 맞벌이 엄마들의 분석표로부터 몇 가지 공통점을 발견할 수 있다. 유연성이 거의 없는 엄격한 직업에서 자신의 위치를 세우고 또 유지하는 여성들에겐 거의 언제나 매우 협조적이고 유연성 있는 직업을 지닌 배우자들이 있다. 아내의 직업을 고려해줄 뿐만 아니라, 자녀가 있을 경우 육아와 살림살이의 상당 부분을 성심성의껏 도와주는 남편들 말이다. 게다가, 그들 중 어떤 이들은 매우 유능하고 정력적인 아내를 위해 가정에서의 역할분담을 기꺼이 바꿔주기도 한다.

그런데 그런 남편의 도움을 받고 있는 여성들이 자신의 자녀가 매우 어릴 때는 빠른 속도로 승진하면서 존경할 만한 성공을 이뤄나가다가, 아이들이 초등학교에 들어갈 즈음 뒤로 물러서는 새로운 경향을 보이고 있다. 이것은 아이들이 아주 어릴 때 집에 머물고 그 아이들이 학교에 들어갈 때쯤 일터로 되돌아가는 경향에 익숙해져 있던 당신에겐 분명 예상 밖의 일일 것이다.

그렇다면 과학 분야, 기업체, 정치세계에서 고위층의 여성 기근 현상이 여성의 발전을 저해하려는 남성 휘하의 어떤 사악한 의도라기보다는 일하는 엄마들이 필연적으로 직면하게 되는 '육아와 전문직에 대한 헌신이 동시에 요구되는 상황'과 더 많은 관련이 있다는 사실을 떠올려보라. 예를 들어 슬하에 자녀를 둔 한 여성이 회사에서 승진의 사다리를 한 단계 올라서기 위해 일에 매진하고 있다.

그녀는 아이들이 막 스포츠, 공연예술, 또는 음악 따위에 심취하게 되었을 때 자신이 꿈꾸던 경영간부의 자리로 승진하게 된다. 그러면 이제 그녀는 자신의시간들을 놓치고 있는 것이 아니라, 수영교실, 축구경기, 연극, 콘서트 등과 같은 자녀의 삶에 있어서 핵심이 되는 것들을 놓치고 있다는 사실을 깨닫게 되는 것이다.

내 친구는 딸아이가 초등학교에 다닐 무렵, 자신이 몸담고 있던 교육계에서 몇 년 동안이나 때를 기다리고 있었다. 딸애가 2학년이 되었을 때, 내 친구는 그녀의 목표 가운데 하나인 5년 임기의 의장직에 올랐다. 그런데 겨우 2년 동안만 자신의 직위를 지키다가 결국 사직하고 말았다. 내가 그녀의 결정에 대한 이유를 물었을 때, 친구는 이렇게 대답했다. "내가 밤마다 집으로 일거리를 싸들고 갈 뿐만 아니라, 더 중요한 건 말이지, 내가 앞일을 생각해보았더니 앞으로 남은 임기 동안 내내 딸의 모든 소프트볼 경기를 놓치겠더라구."

이러한 딜레마, 육아 스케줄이 끝났을 때 속도가 붙는 이런 직업상의 경향은 스티키 플로어 현상의 가장 근본적인 일례가 된다. 그런데 이것은 계획을 세워 대비할 수 있는 성질의 것이 아니다. 대부분의 여성들이 자신도 모르는 사이에 그런 상황에 걸려들게 되니 말이다.

성공한 여성들은 거의 대가족을 갖지 못한다. 이유를 따지자면 수없이 많겠지만, 어쨌든 스티키 플로어는 그 이유에 있어서 또 하나의 빈번하고 일반적인 공통요소가 된다. 이것은 당연한 일이다. 모든 아이들은 좀더 복잡한 결정을 내리게 만든다. 아이가 하나이고 매우 협조적인 남편을 둔 여성은 흔히 아이에 관한 모든 짐들을 기분좋게 나누어 질 수 있다. 아이가 둘이 되면, 스케줄 관리요령은 이중고를 겪게 된다. 세 명의 아이는 언제나 맞벌이 부모들에게 돈봉투를 요구할 것이고, 네 명의 아이는 직업전선에서 승승장구하는 부모들에게 강력한 제재를 가할 수 있다. 아이들의 수가 하나씩 증가될 때마다 그 상황을 감당할 만한 경제의 평형이란 존재하지 않는다.

당신은 바겐세일하는 때와 장소를 쫓아 쇼핑을 하고, 창고형 매장에서 물건을 대량으로 구입할 수 있다. 하지만 아이들에 관한 일을 공평하게 두 부류로 나누어 처리한다는 것은 불가능하다. 쌍둥이가 아닌 한 아이들의 학예회나 학부모 모임에서 두 아이의 반에 동시에 참석할 수는 없다. 심지어 쌍둥이일지라도 당신의 주의는 한 방향이 아닌 두 개의 다른 방향으로 끌리게 될 것이다.

또한, 가족 규모의 패키지들에도 불구하고, 균형잡힌 돈관리란 거의 존재하지 않는다. 자녀들에 관한 육아비, 교육비, 여름 캠프 참가비, 의료보험료, 식대, 치과 진료비, 생활비, 그 외에 이러저러한 잡비들이 당신이 가족 인원수를 하나씩 늘릴 때마다 현저하게 오를 것이다. 일단 당신은 두 번째 또는 세 번째 아이를 당신 방에 딸린 골방의 아기 바구니 안에 밀어넣을 수는 있겠지만 얼마 안 가 아기는 더 많은 공간과 보다 많은 시간을 요구하게 될 것이다.

시간과 돈 사이에는 정반대의 방향으로 척력이 작용하는 경향이 있다. 무슨 얘긴지 이해가 안 된다면 예를 들어 설명해보겠다. 어린애들을 키우다보면 그 육아비가 결코 만만치 않다는 것을 알게 된다(내 남편은 우리 애들 육아예산을 '2천 파운드의 고릴라' 라고 부르곤 했다). 그리고 그러한 사실이 여성들을 이런저런 일거리에 손대도록 유혹한다. 육아에 드는 비용을 충당하기 위해서 많은 엄마들이 돈벌이의 필요성을 절감하기 때문이다. 그런데 아이 하나 추가되면, 이번엔 엄마의 관심을 필요로 하는 그 새로 태어난 아기가 그녀가 돈버는 일에서부터 멀어지도록 한다.

또한 우리가 자녀에게 금전계획을 가르치기 위해 초보적 노력을 하는 동안, 가족규모와 역학에 관한 정보가 교육정책에 의해 아이들에게 주입된다 하지만 모조리 되뱉어질 것이다. 아이들은 그렇게 복잡한 문제에 대해 고민하지 않는다. 아이들은 동전, 오렌지, 거리 단위에 관련된 수학문제는 풀지만, 결코 자녀의 수에 관련된 골치 아픈 주제는 곰곰이 생각하지 않는다. 후자에 속하는 부류의 노력이 더 많은 수의 자녀를 원하는 부모를 겨냥할 필요는 없다.

미래를 예측해보는 것은 실수, 실망, 그리고 좌절로 가득 찬 하나의 노력이다. 그러나 미래에 있을 법한 일들에 대해 예견하고 준비하는 것은 육아에 있어서 반드시 필요하다. 역량 있는 자녀들을 키우면서 벌어지는 많은 일들이 바로 우리 눈앞에 놓여 있다. 남은 일은 선택하는 것이다. 그리고 자녀를 두기로 선택한 이들은 '이 선택에 대가가 따른다' 는 사실을 이해해야만 한다. 우리의 시간, 우리의 돈, 우리의 감정, 그리고 우리의 미래라는 대가 말이다.

4
아버지는 어머니와 다르다

인간에 대한 기본적인 발견이란 결국 남녀 관계에 관한 것이다.

— 펄 벅

페미니즘을 기꺼이 받아들이고 자신의 삶이 남편과 동등할 것이라고 상상했던 어머니들은 일과 가사에 관한 모든 것이 똑같이 나누어질 것이라는 엄청난 전제를 만들어내었다. 그런데 이 가정을 실현시키는 데에는 몇 가지 문제가 있다는 사실이 밝혀졌다. 남성들은 그와 똑같이 가정하지 않았던 것이다. 남성과 여성은 많은 부분에서 근본적으로 다르다. 게다가 문화적으로 정착된 성역할을 바꾸는 것은 몇 세대가 걸리는 일이다. 평등에 대한 이론이 현실과 얼마나 다른가를 이해하는 것이 좌절과 욕구불만을 방지하는 데 도움이 될 수 있다.

하지만 그 이론과 현실을 좀더 가깝게 화해시키는 일은 미래의 어머니 아버지들이 현재 어떻게 길러지느냐에 달려 있을 것이다.

부모로서의 견해를 같이하라

만일 당신이 내게 어떤 식으로 시간을 활용하고 있는지 그려보라고 한다면, 아마도 그 그림은 유치원에 다니는 꼬마들이 만들어놓은 색종이 고리들로 짜여진 냄비받침 모양일 것이다. 그물 모양은 울퉁불퉁하고, 색채 배합은 마구잡이인 데다, 제구실을 다할 만큼 크지도 못하다. 다시 말해, 그 결과는 결국 목적에 미치지 못하는 것이다. 소기의 목적은 뜨거운 냄비를 받칠 수 있는 실용성과 그것을 만듦으로 해서 느낄 수 있는 작은 즐거움들인데도 말이다.

반면 내 남편의 그림은, 확신하건대 내 것과는 무척이나 다른 모양일 것이다. 그는 당신에게 하루 일과를 그려보이거나, 아니면 그의 업무 약속 스케줄을 보여줄지도 모른다. 어떤 경우이든, 그것은 분명 매끈한 선으로 이루어진 그림일 것이다. 아마도 그 그림 속엔 생일선물을 포장하고, 전날 밤에 아이들 책가방을 싸놓고, 딸아이의 머리칼을 땋아주고, 마지막 순간에 식기세척기 시작 버튼을 누르는 일 따위는 포함되어 있지 않을 것이다.

그는 그러한 방식으로 시간을 보내지 않기 때문이다. 그보다는 오히려 세워둔 차를 향해 걸어가거나, 운전석에 앉아서 도대체 무슨 일로 아내가 그리도 꾸물거리는지 의아해하면서 시간을 보내는 편이니까 말이다. 사실, 대부분의 어머니와 아버지가 시간을 보내는 방법은 무척이나 다르다. 일단, 왜 그리도 많은 남성들이 여성들에 비해 골프를 즐기는지 그 이유를 이해하게 된다면, 이 '성역할에 따른 시간 활용 차이'의 본질도 이해할 수 있을 것이다.

남성들은 비즈니스 방식 안에서 움직이는 경향이 있다. 다시 말해, 대부분의 남성들은 일하는 시간을 벌기 위해 그 외의 모든 것을 뒷전으로 밀어놓는 데 능숙하다. 이러한 처리방식은 일에 대한 철저함과 업무완수를 쉽게 해주므로 일의 세계에서는 존경받을 뿐더러 그에 대해 보상도 받게 된다. 그런데 일단 업무가 완수되면, 남성들은 골프 따위의 여가를 위해 모든 것을 제쳐놓는 데도 능숙하다.

하지만 어머니들은 이러한 방식으로 시간을 보낼 만큼 호사를 누리는 일이 거의 없다. 물론, 오늘날 대부분의 여성들이 남성들과 마찬가지로 자신의 인생에 있어서 필요한 일을 해내기 위해 다른 것들을 제쳐놓기도 한다. 하지만 어머니와 아버지 사이의 커다란 차이는 일을 끝내고 났을 때 나타난다. 어머니들이 마주하는 것은 다섯 시간짜리의 골프 코스가 아니라 다섯 시간이 걸리는 또 다른 부류의 '일'이라는 사실이다. "남자는 하루해가 떠서 하루해가 질 때까지 일하면 그만이지만, 여자의 일이란 결코 끝나는 법이 없다"라는 오래된 속담은 사실 그렇게 한물간 소리가 아니라는 얘기다.

'성역할에 따른 시간 활용 차이'는 필연적으로 결혼생활에서 긴장과 불화를 만들어낸다. 남자가 그날 하루의 일과를 마쳤다고 생각하는 시간에, 여자에겐 앞으로도 해야 할 허드렛일이 수두룩하다. 여자가 하루 온종일 일터에서 다리를 혹사시키고 집으로 돌아와 마침내 소파에 등을 붙이고 앉아 귀중한 짬을 내어 책이라도 읽을라치면, 그 순간 남자는 돈 얘기를 하고 싶어한다. 남자는 주말을 자신만의 시간으로 여기는 반면, 여자는 주말을 가족의 시간으로 여긴다. 여자가 기진맥진해서 침대 위로 쓰러져버리면, 잠시 책을 읽으며 침대에 누워 있던 남자는 '사랑'하고 싶어한다.

하지만 제각각의 개인적인 시간 활용 차이보다는 자신의 직업에 전념하는 아버지와 어머니의 능력 사이에서 점차 벌어지고 있는 격차가 훨씬 더 의미심장하다. 시간이란 타고난 욕구와 야망 이상으로, 누군가가 자신의 분야에서 뛰어난 인물이 되기 위해 필요한 가외의 거리를 가도록 해주는 원동력이 된다. '성역할에 따른 시간 활용 차이'에서 보면 어머니 쪽은 온통 불규칙하고 제멋대로 헝클어져버린 시간들이 대부분이다. 이것은 대단히 규칙적인 직업세계에서 성공하고자 하는 어머니들을 좌절시킨다.

대개의 경우, 집에 전화를 걸어 "난 늦게까지 일해야 할 것 같아. 그러니까 기다리지 말고 먼저 저녁들 먹으라구"라고 말하는 것은 엄마가 아니라 아빠지만, 아이가 신열로 시달릴 때 옆에서 뜬눈으로 밤을 새며 간호하는 사람은 아빠가 아니라 엄마다. 대개 전근하게 되면 새로 발령난 곳으로 가족을 데리고 이사하는 사람은 아빠지만, 정기적으로 출장을 가야만 하는 자리라면 승진시켜 준다 해도 마다하는 사람은 엄마다.

대개의 경우, 가족에 관한 한 아무 문제 없이 잘 해나가고 있다고 확신하면서 연속적으로 놓인 '출세'라는 굴렁쇠를 자유롭게 뛰어넘는 사람은 아빠지만, 가족에게 시간을 할애하느라 자기 직업의 출발선에서 참으로 얌전히 서 있는 사람은 엄마다. 소위 여성의 출세가도(자녀와 함께 있는 시간을 더 많이 갖기 위해 승진, 승급을 지향함 – 옮긴이)란, '어떠한 직업에서의 목적지를 향한 경주로' 라기보다는 '모래가 스르르 빠져나가는 모래시계' 에 좀더 가까운 것이다.

모든 것이 그런 식이다. 어린 자녀들을 데리고 있으라고 하면 남자들은 흔히 그것을 '애보기' 라고 부르지만, 여자들은 결코 자신의 아이들에 대해 '애보기' 하는 것이 아니다. 이러한 상황에서의 한 시간은 많은 아빠들에게 영원과도 같은 시간이지만, 그들의 배우자들에게는 잠시 흘러가는 점과도 같은 시간일 뿐이다. 아마도 시간은 조직적으로 짜여 있을 때 좀더 무겁게 느껴지는 것이므로, 직장생활을 하는 대부분의 남성들은 흔히 자신의 아내보다 훨씬 더 절실하게 그리고 정기적으로 휴가의 필요성을 느끼게 된다.

그런데 심지어 휴가에서조차 휴양, 레크레이션, 기분전환을 위한 시간들이 어머니 아버지 각자에게 매우 다르게 경험되어진다. 아빠에게는 틀림없이 틀에 박힌 일상으로부터의 '휴식' 과 '자유' 시간이 엄마의 시각에서 보면 단지 배경만 바뀌었지 매일의 단조로운 고역이 좀더 늘어난 것일 뿐이다. 아빠는 일주일 동안 푹 쉬고 언제든지 일할 수 있을 정도로, 그야말로 원기회복되어서 일터로 돌아갈 것이다. 반면, 엄마는 일단 가족여행이 끝나면 자신만의 진정한 휴가를 한 번 더 가져야겠다고 느낀다. 아빠는 유유자적한 모습으로 일터를 향해 사라지겠지만, 엄마는 더러워진 빨랫감으로 가득 찬 옷가방들에 둘러싸여서 또다시 자신의 일로 돌아가야만 하는 것이다.

이러한 남성과 여성의 시간 활용 차이를 조정하는 것이 결과적으로 남녀평등을 이루도록 지시하고 있는 그 어떤 열 개의 법조항보다도 일터에서, 가정에서, 여가에서의 성차별을 중화시키는 데 좀더 효과적일 것이다. 남녀가 시간을 활용하는 데 있어서의 차이점들 중 몇몇은 조정이 불가능할지도 모른다. 그러나 남녀의 종합된 관점들을 조금이라도 더 가깝게 동조시키기 위해 노력하는 것, 그것이야말로 아내와 남편들, 어머니와 아버지들, 집안을 꾸려나가는 사람과 밖에서 생계비를 벌어오는 사람들의 감정을 상하게 하지 않으면서도 그들 모두에게 유익한 방법이 될 것이다.

솔직하게 말하라

한번은 두 명의 어린 자녀를 키우고 있는 한 내과의사가 일주일 동안 자신의 1차 진료 그룹에서의 바쁜 스케줄을 어떻게 해나가고 있는지 설명하고 있었다. "저는 본래 두 달에 한 번씩은 일주일 내내 뻗어버리죠. 그럴 땐 전 도시를 떠나 있는 거나 마찬가지예요. 그럼 제 남편이 걸어들어와서 대단한 수완으로 절 구출해내야만 해요. 사실 그이는 미리 알고 있죠. 그래서 자신의 근무 스케줄이 괜찮은지 확인한 후에, 그이와 아이들은 함께 시간을 즐기는 거예요."

그녀는 가볍게 웃고나서 덧붙였다. "물론, 그 한 주가 끝날 때쯤엔 집안이 온통 돼지우리가 되어버리지만요. 그럼 전 다음 일주일 내내 찬장과 과자상자 속에서 양말 따위를 끄집어내야 하구요. 하지만 어쩌겠어요? 그것이 바로 제가 이 힘든 생활을 해나가는 방법인걸요. 게다가 꽤 효과적이랍니다."

이것은 직장을 다니는 수많은 여성들의 심금을 울릴 만한 무용담이다. 맞벌이 부부의 경우, 아내가 가정을 돌볼 때 모든 일은 온전하게 마무리된다. 그러나 가사를 돌보는 일이 남편의 몫으로 돌아왔을 땐—특히 살림살이에 관련된—많은 일들이 제대로 마무리되지 못한다. 누구나 암묵적으로 인정하듯이, 아버지가 관심을 쏟을 만한, 그리고 시간을 투자할 만한 가치가 있는 집안일들에 대해서도 때때로 의도하지 못했던 장애물들이 나타나 가사분담이라는 묘약은 엎질러지고 마는 것이다.

그렇다고 해서 많은 부부들이 가사분담에 있어서 일이 꼬였을 때 그 장애물들을 해결하지 못하고 있다는 얘기는 아니다. 그럼에도 불구하고, 대부분의 부부들이 그럭저럭 헤쳐나가고 있으니까 말이다. 위에 묘사한 일화처럼 평등이 놓여야 할 자리를 변덕스러운 주부파업이 차지하는 경우는 극소수에 불과하다. 사회학자들의 말에 의하면, 우리는 이 분야에 있어서 진보하고 있다. 점점 더 많은 남성들이 아내가 일을 하거나 그들만의 시간을 즐길 수 있도록 가사를 떠맡고 있는 것이다. 만일 이것과 관련해서 설문조사를 한다면 정확히 어떤 문항들을 적어야 할까, 나는 가끔 궁금해진다. "매주 당신이 집안 청소를 하는 빈도수에 대해 적당한 대답에 동그라미 하시오: 10퍼센트, 50퍼센트, 90퍼센트, 전혀 없다"와 같은 것은 어떨까? 아니면 좀더 세부적인 것을 물어야 하나?

만일 내가 설문지를 만든다면, 나는 아주 사소한 일들에 대해 물을 것이고, 물론 남성들을 대상으로 할 것이다. "당신은 얼마나 여러 번 아이들의 축구경기를 위해 장을 보고, 먹을 것을 만들고, 그것을 운반해서, 얇게 저민 오렌지를 포함한 간식을 아이들에게 나누어주었습니까?" 이 사항들 중 일부에만 해당하는 대답은 셈에 넣을 수 없다. 그런 식으로 치자면 누구나 제각각의 대답을 할 수 있을 테니 말이다. 만일 한 여성이 "자기야, 만일 당신이 애들 경기에 간식거리를 가지고 가겠다면, 내가 지금 달려가서 장을 보고, 음식을 만들고, 오렌지도 적당히 잘라서 종이냅킨이랑 아기 손수건을 가방에 넣어서 예쁘게 싸줄게. 물론, 쓰레기 봉지도 잊으면 안 되지"라고 말한다면, 그 아빠는 내 앙케트의 '축구 간식' 질문란에 체크할 자격이 없다.

아니면, "당신은 얼마나 여러 번 머릿니에 관한 세부적인 일들을 해 보셨나요?"라는 질문은 어떤가? 추측하건대, 어떤 아빠들은 아내들에게 동정심을 느끼면서도 적당한 간격으로 자신의 손이 더러워질 거라는 생각에 몸서리칠 것이다. 당연히 내 설문지 대상에서 탈락이다. 적어도 "한 번"이라고 대답하기 위해서는, 대낮에 학교가 끝난 아이들을 데리러 가기 위해 당신이 하던 일을 제쳐놓았어야 한다. 치료제를 구하기 위해 의사나 약사를 찾아갔어야 한다. 애들의 머리를 감겨주고, 촘촘한 빗으로 서캐를 빗어내고, 이부자리를 바꿔주고, 자동차 안을 진공청소기로 청소하거나 아예 겉 커버를 뜯어내고, 박제한 동물들을 자루 속에 넣어 치워버렸어야 한다. 일주일 동안 매일같이 모든 아이들의 머리를 샅샅이 재검사했어야 한다. 그리고 적어도 이 모든 일을 몇 차례 반복했어야만 한다.

자원봉사는 누가 무엇을 하는가를 결정하는 데 유용한 또 하나의 카테고리가 될 수 있다. "당신은 매학기 당신 자녀의 학교에서 얼마나 많은 시간 동안 자원봉사를 했습니까?"라는 질문이 내 설문지에 오를 것이다. 미안하지만, 개학 전야제(back-to-school night: 매 학기가 시작되기 전날 학교 선생님들, 학부모들, 학생들이 모이는 오리엔테이션 행사-옮긴이), 선생님과 학부모의 협의회, 아이들의 봄소풍이나 가을 운동회, 학급 가을 캠프, 학예회, 자녀의 졸업식에 참석하는 것은 점수에 포함되지 않는다. 교실 창문 너머로 당신의 자녀가 공부를 열심히 하고 있는지 지켜보기 위해 잠깐 차에서 내린 것도 계산되지 않는다.

나는 지금 자발적으로, 황금 같은 토요일 아침에 애들 학교 운동장에 새 조합놀이대를 세우는 것을 도와주러 가거나, 학교를 위한 기금 마련 파티에서 사회자 노릇을 하거나, 운동회에서 경보 마라톤이 진행되는 동안 워터멜론 부스(수박을 잘라서 나누어주거나 파는 간이 매점-옮긴이)에 배치되어 일해주거나, 학부모회나 감독 부서에서 봉사하거나, 급식을 나누어주는 너무나도 영광스러운 일을 담당하는 것들에 대해 말하는 것이다.

많은 아버지들이 자기들이 관심을 가진 특정 분야에서 점수를 얻는 경향이 있는데, 가장 대표적인 경우가 스포츠다. 뭐, 좋다. 코치 노릇을 하고, 심판을 보고, 판정을 내리고, 수영대회에서 시간을 재고, 야구경기장에서 아이들을 훈련시키고, 경기가 진행되는 동안 중계를 했던 아빠들은 내 설문지에서 점수를 딸 수 있다.

그리고 대량 구입하면 가격이 저렴한 빵 할인 판매점이나 분식집에서 자신의 가족을 위해 간식거리를 준비했던 이들은 보너스 점수를 얻을 것이다. 보너스 점수는 '경기가 있는 날 음료수 가판대나 구내 매점 스탠드에서 3시간 동안 일하겠다' 는 자원봉사 신청서에 사인하는 경우에도 적용된다. 물론 나도 알고 있다. 남자들이란 뒤치다꺼리보다는 경기를 관람하는 쪽에 더 관심이 많다는 것을 말이다. 그런데 재미있는 건 나도 마찬가지라는 사실이다. 여자라고 그렇지 않는 법이라도 있는가.

계속해보자. 아이들 학예회에 필요한 의상과 소품을 만들어주는 일도 있다. 또, 단지 그러고 싶다는 단순한 마음에서가 아니라, 아내는 일이 늦게 끝나고 저녁 먹을 시간인데도 집에는 밥이 없고, 모든 이들이 배고파하기 때문에 아내가 집으로 달려오는 동안 저녁식사를 준비했던 남편들에게도 많은 점수를 매길 것이다.

애들 방을 구석구석 치운 경우에도 물론이다. 바비인형의 한쪽 신발을 찾아내고 침대 밑에 잔뜩 처박힌 잡동사니들을 몽땅 끌어내어 분류했던 아빠들, 레고나 브리오 따위의 블록 완구와 퍼즐 조각들을 찾아내고, 사라졌던 빌딩 모형 건물과 수집하던 지우개들, 여기저기 흩어져 있던 야구 카드들을 찾아내어 본래 있던 자리에 정리해두었던 아빠들은 높은 점수를 얻을 것이다. 만일 당신이 아이들을 불러 같이 방을 치우면서 그 어수선한 과정 속에서도 참을성을 잃지 않았다면 훨씬 더 많은 점수를 얻을 수 있다. 방이 깨끗해지고 난 다음에는 옷장을 모조리 열어젖히고 하루가 다르게 쑥쑥 자라는 아이들에게 더 이상 맞지 않는 옷들을 끄집어내서 입을 만한 옷들은 골목마다 놓인 의류함에 넣고 그렇지 않은 것들은 버려야 할 것이다.

1997년 노동부의 통계 자료는 '집안에서 누가 무슨 일을 하는지'에 대해 설문조사 자료만큼이나 일목요연하게 말해주고 있다. 1997년의 수치를 살펴보면 거의 20년 만에 처음으로 남녀의 임금격차가 벌어지고 있다. 1979년 여성 임금의 평균치는 남성의 62퍼센트에 달했다. 이 수치는 1993년 77퍼센트까지 오르다가 1997년 75퍼센트에서 조금씩

미끄러지기 시작한다.

이러한 수치들을 분석했던 전문가들은 왜 이러한 하락 현상이 페미니즘의 영향으로 돈벌이하는 여성들이 많아지고 경제적으로 한창 호황기를 누렸던 90년대 무렵에 나타나고 있는지 의아해했다.

이러한 현상은 '현실'과 '학습곡선'이라는 두 가지 요인으로 설명될 수 있을 것이다. 내 나이 또래의 여성들은 수년간 '유급직에 종사하는 어머니'라는 역할을 시험해보고 있었다. 그리고 불가피하게도 일터의 기대와 가족의 요구사항들 주변을 불안하게 맴돌아야 했다. 그러면서 우리가 겪어야 했던 경험들은 갑갑하게 느껴졌다.

페미니즘은 매우 짧은 시간 안에 여성들에게 직업 선택의 문을 활짝 열어주었지만, 그것이 전부는 아니었다. 우리는 자신이 선택한 거의 모든 직업의 문을 열고 들어갈 수 있었지만, 그것은 자유라기보다 어디까지나 대가가 따르는 선택일 뿐이라는 사실을 깨닫게 되었다. 대학, 대학원, 또는 결혼 후의 20년 동안, 전체 인구의 상당한 부분에 해당하는 사람들이 문화적으로 굳어진 성 역할을 극적으로 변화시켰을 때 나머지 사람들은 거의 변화 없이 기존의 성역할을 고수하고 있었고, 그에 따른 불협화음이 드디어 결과로써 분명해지기 시작했다. 인구통계학의 변천에서 예기치 않은 결과가 발생했고, 그에 반응하기 시작하는 데 20년이라는 오랜 시간이 걸렸던 것이다.

수입격차의 반전이 경제적인 호황기에 일어난 것은 그리 놀라운 일이 아니다. 1980년대의 경제적인 번영은 기꺼이 '어머니와 월급쟁이'라는 두 가지 역할을 맡고자 했던 여성들을 기반으로 이룩된 것이다. 그런데 80년대 후반에서 90년대 초반의 일시적인 불경기는 시장을 위축시켰고, 이로 인해 봉급이 삭감되었기 때문에 여성이 직업에서 물러서기란 쉬운 일이 아니었다. 오히려 경제적인 번영기로 되돌아갔을 때 여성들은 가족에게 에너지를 쏟을 수 있었는지 모른다.

상당수의 남성들이 이 기회를 이용하여 집안일의 전반을 떠맡음으로써 맞벌이 가족의 딜레마를 해결하는 기회로 삼았다면, 임금격차는 여성들에게 좀더 나아보였을 것이다.

그러나 그런 일은 일어나지 않았다. 남녀의 임금격차는 전통적인 성역할을 고수하는 사람들의 예를 본받은 것이기 때문에, 불경기에 남성들이 기꺼이 성역할을 바꾸어 가사를 떠맡는 일은 아마 내 아이들의 생애에서도 일어나지 않을 것이다. 여성들에게 아기가 딸려 있는 한, 앞으로도 계속 남성보다는 여성이 자신의 유용한 시간들을 가정에서의 시간과 맞바꿀 가능성이 크다. 아니, 아이가 없을지라도 가정에서 좀더 많은 시간을 필요로 한다면 자신의 시간을 쪼개서라도 가사에 시간을 투자할 사람은 남성보다는 여성일 가능성이 높다. 여성의 패기와 야망 덕분에 남녀의 임금격차를 줄이는 실질적인 진보가 이루어졌지만, 그것은 현재 상태까지만 가능할 수 있었다. 남녀의 임금격차를 훨씬 더 좁히기 위해서는, 남성들이 기꺼이 편한 마음으로 좀더 온전히 가사를 분담해주어야 할 것이다. 자, 이제 대답해보라. 누구 축구 간식 만들어줄 아빠 있나요?

실수하지 말라, 섹스는 중요하다

오래된 이야기지만 매우 잘 알려진 『세인펠드 Seinfeld』의 에피소드에서 모든 등장인물들은 누가 가장 오랫동안 섹스나 마스터베이션을 하지 않고 참을 수 있는지에 대해 내기를 한다. 그리고 모든 이들이 내기에서 이기기 위해 노력하면서 하나같이 짜증을 부리고, 안달복달하고, 절망하고, 아무도 모르게 머릿속에서 오르가슴을 상상한다. 나는 『세인펠드』의 열성 팬이다.

그 에피소드에 묘사된 익살스러운 모든 상황들과 표현들, 그리고 기본적인 전제조차 내겐 너무도 우스꽝스럽기만 하다. 하지만 나는 지난 30년 동안 미혼의 젊은이들이 '여성의 성적인 문제에 대한 협의사항들이 남성과 많이 다르다'는 사실에 대해 어떠한 통찰력도 얻지 못했다는 느낌을 지울 수가 없다.

거기에 등장하는 엘레인(Elaine)은 내 대학 동기들과 스무 살 무렵의 여자 친구들, 그리고 나를 포함한 우리 여성 모두가 결혼하기 전에 했던 것과 똑같은 행동을 취하고 있다. 자신의 성적 욕구, 그에 따른 예정표, 그리고 그 증상들을 남자들과 동등시하는 것이다. 당신이 그것을 뭐라고―여성다움, 간절한 소망, 헛된 몽상, 불경스러움, 쾌락에 대한 탐욕―부르든, 그것은 일단 허니문이 끝나고 나면 흔히 배우자들이 서로에 대해 오해하도록 만든다. 나는 이 『세인펠드』에서 묘사되고 있는 성적 경험을 '연애의 성(性)'이라고 부른다.

연애시절 남성들이 품게 되는 기대들은, 어떤 경우에도 여성들과는 다르다. 남성들은 적어도 여성들만큼, 아니 여성들보다 훨씬 더 많이 섹스에 관심을 갖는다. 그 이유는 감정적인 친밀감보다는 섹스가 제공해주는 육체적인 해방감을 맛보기 위해서일 경우가 많은데, 반면 여성들은 그 반대의 경향이 강하다. 여성의 삶과 육체가 직업, 결혼,

그리고 어머니라는 역할로 통하는 기복이 심한 코스를 따라가듯이, 성적 흥미에 있어서도 역시 마찬가지다. 반면, 남성들은 일반적으로 인생과 직업에서 그렇듯이 '성충동'에 관련해서도 좀더 평탄하고 예측 가능한 길을 따르기 마련이다.

이에 관한 증상들은 TV 토크쇼, 잡지기사, 유머, 라디오 대담, 의학 연구, 학술조사, 그리고 당신이 생각해낼 수 있는 하나의 주제를 탐구할 만한 다른 어떤 방법들에 있어서도 '이야깃거리'가 되어왔다. 하지만 그에 관한 나의 의견은 연구자료들이나 그 밖의 객관성이 부여된 관찰방식에서 비롯된 것이 아니다. 나는 다른 여성들, 더 정확히 말해 어머니들과 나누었던 대화에서 그에 관한 지혜로운 충고를 얻을 수 있었다. 한 번은 내 친구 중 하나인 부부 클리닉 전문가가 이렇게 말한 적이 있다. "그 문제에 관해서라면 이렇게 요약할 수 있지. 결혼생활 중에 어떤 문제가 일어난다고 해도 그 근본 원인은 대체로 하나란 말이야. 여성들은 배우자와의 좀더 많은 대화와 친구 같은 관계를 원하는 반면, 남성들은 단지 좀더 많은 섹스를 원한다는 거야." 이것은 '연애의 성'과 '결혼의 성' 사이의 단절에 대해서는 좀처럼 공개적으로 논의되지 않으면서 로맨틱한 섹스에 많은 관심이 집중되어 있는 우리 시대의 한 단면을 정확하게 꼬집는 얘기다.

결혼관계를 연구하는 수많은 전문가들이 "결혼생활에서의 섹스는 기질과도 같은 것이기 때문에 얼마나 궁합이 좋은 부부인가에 대해서는 이것과 관련해서 특별히 고려되어야 한다"라고 주장한다.

그러나 내가 대화를 나누었던 어머니들에게서 들은 바에 의하면 그렇지 않다. 진정으로 궁합이 좋은 부부처럼 보이게 하는 것은 근본적으로 잘못된 결합이나 성적으로 문제를 겪는 시간들을 참고 극복해나가면서 여전히 서로에게 예의바르고 호의적인 태도를 유지할 수 있는 배우자 각각의 능력과 훨씬 더 많은 관계가 있다. 또한 그러한 겉모습은 남편의 성적 욕구와 자신의 것을 일치시켜보고자 하는 여성들의 의지와도 관련이 있다.

게다가 좋은 궁합조차도 결혼생활 속에서 호르몬 변화, 심리적인 변화, 혹은 신체적인 변화들을 겪게 되면 이러저러한 상황에 따라 나빠질 수도 있다. 여성들의 경우, 그러한 변화를 일으키는 가장 주목할 만한 예로서 임신, 산후조리기, 폐경기를 지적할 수 있다. 시간순으로 봤을 때, 처음의 두 경우가 가장 빈번하게 부부의 성생활에 변화를 준다.

이 책의 앞부분에서 논의했듯이, 한 여성이 어머니가 되었을 때 그녀의 모든 관심은 새로운 방향으로 향하게 된다. 그녀가 남편에게 반응할 수 있는 능력은 저하되어 버리고 남편은 자신에 대한 아내의 관심이 너무도 부족하다고 느낄 것이다. 따라서 남편은 당황하게 되고 욕구불만을 느끼게 된다. 심지어 지극히 일상적인 관계에서조차도 지뢰밭을 기어가는 것처럼 위태롭게 느껴지기 시작한다.

그는 말한다. "이리 와서 오늘 하루 어땠는지 나랑 얘기 좀 해요." 하지만 그것은 '섹스하자'라는 뜻이다. 그녀는 대답한다. "너무 지쳤어요." 그것은 '난 기진맥진한 상태인 데다 아기가 언제 깰지도 모르잖아요. 그러니까 당신이 섹스하고 싶다는 생각이 아니길 바래요. 정말이지 진심이에요'라는 뜻이다. 이번엔 그녀가 "오늘 하루 어땠어요?"라고 묻는다면 그것은 '얘기 좀 해요'라는 뜻이다. 그러면 그는 "당신이 힘들었던 거에 비하면 가뿐한 하루였소"라고 대답하는데, 그것은 '섹스하자' 라는 뜻이다. 이런 상황은 남녀 모두에게 귀찮게 느껴지겠지만, 남성의 경우 훨씬 더 많이—『세인펠드』에서처럼—짜증나고, 안달복달하고, 심지어 절망하게 될지도 모른다.

이런 성적 흥미의 가변성에 관한 현상을 연구하는 사람들은 불가피하게 그들 자신의 성 정체성에 의해 편견을 가지고 있다. 나는 언젠가 일류 의과대학의 연구기관에서 〈갱년기 여성을 위한 구원〉이라는 제목으로 발표한 기사를 읽은 적이 있다. "성적 욕망이 감퇴해서 고통받고 있는 갱년기 여성들은 호르몬 대체 치료라는 대안으로 구원받을 수 있을 것이다." 이 문장에서 '고통'과 '구원'이라는 단어가 내 신경에 거슬렸다. "에스트로겐과 앤드로겐을 함께 주사했던 여성들은 치료가 시작된 지 3주도 채 안 되어 리비도가 향상되고 성적 만족을 느끼고 있다고 보고했다. …… 그들의 남편들도 똑같은 것을 보고하고 있다." 이 문장에서는 정확히 누구의 성적 상태가 연구되고 있다는 것인지 모호했다. 여성이라는 것인가, 아니면 남편이라는 것인가.

"섹스에 대한 흥미가 줄어들고 있는 여성들은 치료할 필요가 있다"는 가정은 다소 만연된 경향을 보인다. 몇 년 전, 한 남자 동료가 '성 충동이 줄고 있는 증상' 때문에 자신을 찾아온 한 환자에 대해서 내 의견을 구했던 적이 있다. 30대 중반인 그 환자는 결혼한 지 10년 만에 첫아이를 낳고 1년 후에 둘째 아이를 낳은 여성이었다.

그녀는 아이들을 낳을 때마다 몸을 추스르기가 무섭게 자신의 일로 돌아갔으며, 내 동료를 찾았을 땐 풀타임으로 근무하면서 동시에 한 살과 두 살배기 딸들의 엄마 노릇을 하고 있던 중이었다. 그녀는 매일같이, 거의 대부분 지쳐 있다고 말했다. 이 환자의 남편은 아내가 섹스에 무관심하다는 이유로 스트레스를 받고 있었다. 그래서 그녀는 의사를 찾은 것이다.

이렇게 환자 개인사의 전말을 자세히 설명한 후에, 내 동료는 몇 가지 테스트의 부정적인 결과들과 신체검사에서 발견한 이런저런 사항들에 대해 구구절절 늘어놓았다. 그리고는 이 문제에 대해 나라면 어떻게 진단할 것인지 물어보는 것이었다.

나는 그에게, 환자의 개인사에 관한 처음 몇 문장이 이 문제에 대한 진단이 될 수 있을 것 같다고 말해주었다. 그리고 그 여성에게는 아무런 도움도 줄 수 없으며, 아마도 그녀 남편으로부터 받는 약간의 도움과 휴가 정도로는 치료가 되지 않을 것이라고 말해주었다.

그녀는 좌절하는 듯했다. 그녀는 매력적이고 총명한 데다 사회적으로 역량 있는 여성이었다. 그런데 15년간의 결혼생활이 아마도 어느 한순간부터 잘못되기 시작해서 지금까지 적어도 몇 년 동안 위태로운 모습이었던 것이다. 많은 대화를 나눈 끝에, 나는 그녀의 남편이 아내에 대한 특별한 애정 때문이 아니라 특이한 성욕을 느끼기 때문에 빈번하게 섹스를 요구한다는 사실을 알아냈다. 아내의 의사와는 상관없이 말이다.

그녀는 수년 동안 부부 클리닉에서 상담치료를 받았고, 자신이 처한 곤경을 이해하려고 노력하면서 그 문제와 관련해 그녀가 얻을 수 있는 모든 자료들을 구해서 읽었다. 이 모든 노력에도 불구하고, 결국 그녀는 어느 날 어떻게 하면 자신의 성욕을 향상시킬 수 있는지 묻기 위해서 나를 찾아왔다. 그래서 나는 그녀에게 말해주었다. 내가 생각하기에 그녀는 개선될 필요가 없다고 말이다.

이와 비슷한 이야기들은 부지기수다. 남성과 여성, 그리고 부부들은 흔히 여성의 감소한 리비도를 '치료'라는 명목으로 의학이라는 틀 속에 내던지고 싶어한다. 하지만 나는 아직까지도 자신의 감소한 리비도를 아내의 욕구에 맞추기 위해 병원을 찾는다는 남성 환자 이야기를 들어본 적이 없다. 우리는 "남성의 성욕은 선천적으로 주어진 것이고, 만일 그에 관해 어떠한 적응이 이루어져야 한다면 그것은 여성의 몫이다"라는 문화적인 편견을 고수한다. 결국, 몇이나 되는 남성들이 오르가슴을 가장해본 적이 있겠는가?

이 문화적인 편견의 유별난 점은 여성의 성충동으로 인해 남성이 희생되는 일은 좀처럼 일어나지 않는다고 믿는 것이다. 규칙에 따르면, 여성은 남성을 강간하지 않는다. 어머니는 자신의 아들을 희롱하지 않는다. 여자 선생님과 여자 성직자는 자신을 신뢰하는 이에게 지분대지 않는다. 우리가 초대 여성 대통령을 선출했을 때, 그녀의 가장 심각한 고민거리가 자신이 관련된 치정 사건을 고소하기 위해 나타난 일련의 남성들일 확률은 거의 없다. 말하자면, 성적으로 공격적인 여성들로 인한 남성의 희생은 희박하지만 남성의 성폭행으로 인한 여성의 희생은 엄청나다. 게다가 우리는 여전히 남성의 성욕에 발맞추기 위해 여성의 성욕이 활기를 띠기 바라지 않는가.

남성 성욕의 일관된 본성은 결혼에 있어서 정치학적인 문제를 일으킬 수 있다. 그리고 문제의 당사자들조차 도대체 그 문제가 무엇으로부터 비롯되었는지 좀처럼 깨닫지 못한다는 사실이 이 문제를 더욱 심각하게 만든다. 그것은 나에게 1985년 로라 뉴머로프(Laura Numeroff)가 쓴 『꼬마 생쥐에게 과자를 주지 마세요 If You Give a

Mouse a Cookie』라는 제목의 그림 동화책을 생각나게 한다. 그 책에선 모든 것이 어디에서부터 시작되었는지 기억할 수 없을 정도로 사건이 연달아 일어난다.

한 여성이 풀타임, 또는 파트타임으로 일하고 나서 아이들과 가정을 돌보기 위해 집으로 돌아와야만 할 때, 그녀는 어쩔 수 없이 짜증이 난다. 그녀가 비굴하거나 순교자인 체하는 인간으로 자란 것이 아닌 한 말이다. 표면적으로 가사와 가족 부양 책임을 남편과 분담했다고 해도, 실제로 육아와 가사에 있어서 가장 큰 몫을 담당하는 사람은 여전히 엄마다. 더구나 남편은 어떻게 하면 아내를 도울 수 있을까 궁리해본 적도 없다. 그런 그녀가 마침내 기나긴 하루의 일과를 끝내고 밤이 되어서야 침대 위로 기어오를 수 있게 되었을 때, 남편에게 지독한 성욕을 느끼는 일이란 결코 없을 것이다. 그녀에게 섹스를 기억나게 하는 것은 상대에 대한 감정적인 애착과 친밀감이기 때문이다.

반면, 남편의 경우엔 반드시 그렇다고 할 수 없다. 이번엔 그녀의 남편이 아내가 섹스를 내켜하지 않는다는 데 짜증이 난다. 다음날 두 사람은 다시 깨어나고, 서로에 대한 감정이 조금 나아진 것처럼 느낀다. 아침엔 항상 모든 것이 더 밝고 더 좋아보이기 마련이니까. 하지만 그 모든 패턴은 또다시 반복되기 시작한다.

많은 결혼에 있어서 성(性)적인 불화에 대한 해결책이 있느냐라는 것은 백만 불짜리 질문이다. 그 해답을 찾기 위한 노력으로 적당한 치료전문가에게 부부 클리닉 상담을 하는 것이 귀중한 출발점이 될 수 있다. 나는 부부 클리닉 쿠폰이 모든 결혼허가증과 함께 나누어져야 한다고 믿는다. 집단상담을 통해, 비슷한 고민을 겪고 있는 부부들이 객관적 입장에서 서로의 의견을 교환할 수 있어야 한다.

그러한 자리가 마련되면, 사람들은 예전엔 말싸움을 일으킬까봐 두려워서 말하지 못했던 문제들을 비로소 꺼낼 수 있게 된다. 이 안전한 상황 설정 안에서, 지혜로운 대화기술이 훈련될 수 있다. 그리고 이 대화기술을 통해, 각각의 배우자는 하나의 주제에 대해 논의하면서 그것이 극단으로 흘러 말싸움이 되기 전에 스스로 자제할 수 있게 된다. 또한, 오해와 감정의 골이 치유될 수 없을 정도로 깊어지기 전에 상대방이 자신에게 무엇을 원하는지 묻는 법을 배울 수 있다. 자동차가 원활한 주행을 유지하기 위해서 때때로 시험 운행이 필요하듯이, 결혼 또한 정기적으로 치료의 힘이 있는 '중재'를 이용할 필요가 있다. 특히, 아이들이 그 그림에 등장했을 때 그 필요성은 더욱 절실해진다.

미혼의 젊은이들 또한 예방차원으로 결혼 전에 알아두어야 할 이러저러한 사전지식에 대해 상담을 받을 수 있다. 결혼을 경험해보지 않은 미혼자들은 흔히 남녀의 성문제에 있어 '연애의 성'이 전부인 것처럼 착각하기 쉽다. 하지만 수년간 결혼생활을 해온 사람들조차 그 생각에 고개를 끄덕이는 것은 황당한 일이다(그 오랜 기간 동안 결혼 생활을 해온 부부 중에서 남성 쪽이 연애시절 성의 방식을 고수하려는 경향이 있기 때문이라면 예외지만 말이다). 미혼의 남녀가 '결혼의 성'을 '연애의 성'과 다른 개념이라고 믿는 일은 어려울 것이다. 하지만 약간의 준비를 한 채 그러한 현상을 맞이하게 된다면 배우자들 중 누구도 배신당한 것처럼 느끼지는 않을 것이다.

그러나 결혼생활에서 부부의 마음가짐이 일치하지 않는 문제에 대한 가장 좋은 해결책은 아마도 미래의 세대에게 주어질 것이다. 현재의 소년들이 가사에 협조적이고 자녀들이 필요로 하는 것을 레이더처럼 감지해낼 수 있는 남성으로 성장했을 때, 결혼의 역학관계에서 많은 부분이 달라질 것이다. 나는 예전에 한 여성이 다음과 같이 말하는 것을 들은 적이 있다. "좋은 아버지, 자상한 남편, 또 기꺼이 앞치마를 두르고 최선을 다하려고 노력하는 남자들보다 더 섹시한 건 아마 없을 걸." 글쎄, 남성들에게 너무 많은 것을 바라는 것일까?

자녀에 대한 죄책감의 차이

분명히 어머니와 아버지는 다르다. 부모는 그들의 행동에서뿐만 아니라 자녀의 마음속에서도 구분된다. 그리고 어머니를 아버지와 구분 짓는 좀더 미묘한 점들 가운데 하나는, 부모 각자가 감정적으로 얼마나 깊이 죄책감을 느끼느냐이다. "죄책감을 느끼지 않는 여성이 있다면 보여달라, 나는 남성을 보여주겠다"라고 에리카 종(Erica Jong)도 말한 바 있다.

우리가 보아왔듯이, 죄책감에는 다양한 겉모습이 있다. 쓸모있는 죄책감이란 어린 시절에 배웠던 옳고 그름에 대한 건전한 판단력을 기반으로 마음으로부터 우러나온 것을 말한다. 거짓된 죄책감이란 다른 누군가가 만들어놓은 옳고 그름의 개념에 의해 외부로부터 강요된 것을 말한다. 한편, 죄책감의 거부라는 것은 우리 스스로 죄책감은 유용한 감각이 아니라고 확신하는 방식을 뜻한다.

죄책감에 관한 전체적인 주제는, 적어도 그것이 여성과 아동에 관련된 것이라면, 대부분의 남성들에게 매우 단순하고 외부적인 수준에 머문다. 단순한 금지사항들은 단순한 죄책감을 만든다. 남성이 가정 문제와 관련해 죄책감을 느끼게 되는 근거는 자신의 어린 시절의 경험이 바탕이 된다. 집안에 무언가 문제가 생겼을 때, 유년 시절 자신의 경험을 회상하거나 소년일 때 어머니에게서 들었던 꾸지람을 떠올리며 그것에 귀기울이는 것이다.

예를 들어, 아빠는 아이에게 오후에 동물원에 데려가겠다고 약속하고서 마지막 순간에 약속을 어겼을 때 죄책감을 느낀다. 그는 아기의 기저귀를 갈다가 잘못해서 옷핀으로 아기를 찌르게 되었을 때 죄책감을 느끼고, 아내에게 용서받은 것인지 확인하기 전까지 내내 스스로를 호되게 책망한다. 걸음마 수준의 어린 딸과 나란히 손잡고 단둘이 산책을 갔다가 새로 산 45달러짜리 고급 신발 한쪽을 잃어버린 채 아장아장 걷는 아기에게 달랑 한쪽 신발만 신겨서 집으로 돌아오게 되면 그는 죄책감을 느낀다. 또 테니스를 치느라 아이들의 축구시합에 늦게 나타나게 되면 죄책감을 느낀다.

그는 실제로 매우 죄책감을 느끼기 때문에 그날 밤 저녁 식탁을 정리하고 설거지를 하고 부엌을 깨끗이 치운다. 아빠의 "내 잘못이야"라는 엄살은 흔히 아내를 겨냥하는데, 이것은 때때로 부엌을 깨끗이 치우게 만드는 반면, 또한 죄책감의 차이를 남긴다.

그러나 여성들은 일반적으로 진심에서 우러나온 죄책감과 대면하게 된다. 그리고 그것은 다른 사람들에게 유용하다. 엄마는 자신의 양심, 자녀들, 남편, 혹은 일터—흔히 이 순서대로—가 좀더 편안할 수 있도록 자신의 생활을 배열한다. 이 남녀의 다른 성향은 엄마 아빠들 사이에 일어나는 불화의 근원이 된다. 엄마들은 어떻게 아빠들이 자녀의 피아노 독주회, 졸업식, 운동회, 생일 파티, 그리고 아이들에게 중요한 이런저런 행사에 늦게 도착하거나 심지어 나타나지 않고서도 양심의 가책을 느끼지 않을 수 있는지 이해하지 못한다.

반면, 아빠들은 엄마들이 그렇게 많은 아이들 행사에 일일이 체면을 차리려고 왜 그리도 열심인지 이해할 수 없다. 어머니들은 이러한 행사에 참석해서 자녀의 모습을 지켜보는 것이 부모로서 마땅히 해야 할 이라고 여기고, 그에 대해 자신이 인정받지 못했을 때 죄책감을 느낀다. 하지만 아버지들은—특히 어린 자녀가 관계된 일에서—이러한 행사에 대한 엄마들의 타고난 감수성을 함께 나누지 않는다.

죄책감의 차이를 보여주는 또 다른 점은 다음과 같다. 엄마는 더 좋고, 더 건전하고, 더 일할 만한 상황을 원한다. 반면, 아빠는 엄마가 행복해져서 자신의 섹스가 부정적인 영향을 받지 않기 바란다. 엄마는 상황이 개선되기를 바라기 때문에 자신의 언짢은 기분에 대해 아빠와 의논하고 싶어한다. 하지만 아빠는 자신이 면목을 잃거나 아내의 미움을 샀다는 것에 대해서만 얘기한다. 바로 이 점이 '어머니의 죄책감과 아버지의 죄책감 사이의 커다란 차이' 이다.

그러나 재미있는 일은 아이들이 좀더 성장했을 때 벌어진다. 엄마는 흔히 자녀가 자신이 원하는 바를 분명히 요구할 수 있게 되었을 때, 착한 경찰관 노릇을 그만둔다.

예를 들어, 나는 예전에 남편이 내 죄책감 레퍼토리에 보조를 맞추게 하려고 시도하면서 거의 미칠 지경이 되곤 했었다. 결국, 나는 결코 휴일이나 특별한 행사에 내가 느끼는 것과 똑같은 방식으로 남편에게 느끼게 만들 수 없다는 사실을 받아들였다. '나와 같은 방식' 으로 세상일을 바라보도록 요구하면서 그를 죄책감의 여행으로 몰아대는 것은 그의 양심이 나의 것과 같은 방식으로 배선되어 있지 않는 한 희망 없는 일이었다. 그리고 내가 바랄 수 있는 최선이란 남편 스스로 우리 사이의 '죄책감의 차이'를 조화시키는 데 관심을 가질지도 모른다는 것뿐이었다.

그런데 내가 마침내 그러한 시도로부터 물러섰을 때쯤, 아이들이 자신들의 대의명분을 위해 말대꾸를 하기 시작했다. 우리가 아이들에 관해 어떠한 죄책감을 느끼기도 전에, 그리고 내가 남편에게 죄책감을 강요하기도 전에, 아이들 스스로 부당하다고 생각하는 것에 대해 따지기 시작했던 것이다. 나는 남편이 아이들과의 관계를 형성하는 데 있어서 자신만의 방식을 스스로 고안해내야만 한다는 것을 이해하게 되었다.

죄책감의 차이는 주로 "자신의 인생에서 가사에 관련된 부분은 신경 쓰지 않아도 된다"는 사실을 즐겨왔던 '해방된' 소년들과 성인 남자들로부터 비롯된다. 이미 잘 처리될 것임을 알고 있는 일에 대해 무엇 때문에 걱정하겠는가? 이것은 수백 년의 명맥을 이어온 현상이기 때문에 그것을 호전시키는 데 얼마나 오랜 시간이 걸릴지는 예측하기조차 불가능하다.

역사적으로, (그리고 요즘에도) 남성들은 일과 가정 사이의 단절이 조화되리라 기대하지 않기 때문에, 아이들이 '충분한 과일과 야채를 먹고 있는지, 학예회에 필요한 의상을 마련했는지, 다음날 입을 깨끗한 속옷이 준비되어 있는지, 욕실에 치약은 있는지, 혹은 학교 가기 전에 이부자리를 잘 개어놓았는지'에 대해 신경쓸 필요가 없다.

아버지들은 '무엇을 걱정해야 하고 무엇은 걱정하지 않아도 된다'
는 식으로 자신이 걱정할 필요가 있는 일들을 따로 분류할 정도의 사
치를 누리고 있다. 하지만 어머니들은, 특히 돈을 벌 필요가 있는 어
머니들은 그와 같은 여유를 누릴 수 없다. 결국, 최종 책임은 어머니
들의 손에 넘겨지는 것이다. 더 정확히 말해, '집 밖의 삶을 원활히 조
화시키는 방법' 뿐만 아니라 '가정생활의 무수한 면들'에 주의를 기울
이고 또한 그것을 관리하는 엄마의 능력에 말이다.

집안일에 관련해서 아빠들에게 기대를 거는 일은 드물기 때문에, 아
빠들은 매일 일하기 위해 집 밖으로 걸어나가는 일에 대해 의문을 제
기하지 않으며, 자신의 빈자리를 어떤 대리인이 대신해줄 것인지에
대해 안달하지도 않는다. 많은 아버지들이 '그들의 아내가 하려는 일
을 자신이 하지 않더라도', '설사 아내가 그 일을 할 수 없을지라도'
결국엔 그녀가 다른 누군가를 고용해서 그 사람에게 일을 시킬 것이
라고 생각하기 때문에 어떠한 일이 벌어진다 하더라도 신경쓰지 않는
다. 이것은 매우 간단해 보일 것임에 틀림없다. 그러나 그러한 아빠의
결백에 의해 많은 일들이 '죄책감의 차이' 속에 쌓여간다. 그리고 이
것에 어떻게 반응하느냐에 따라 '풍부하게 채색된 가족생활'과 '흑백
으로 대강 스케치된 가족생활' 사이에 차이가 날 수 있다.

이처럼 자신이 중단했던 일들을 남편이 떠맡아 해주지는 않을 것이
라는 사실 때문에 많은 전문직 여성들이 직업의 가장자리로 물러서게
되고, 자녀가 어릴 때 가정으로 다시 돌아갈 수밖에 없다.

이와 동시에, 가정의 빈자리는 어떤 경우에도 어머니들이 최전방에
서 채울 것이라는 사실 때문에 남성들이 별다른 참회의 노력을 않고

서도, 필요하다면 어떤 경우에는 용서를 바라며, 예로부터 그들 남성이 가진 방향으로 여전히 나아가는 것이다. 그렇다면 이러한 상황에서 양쪽 부모의 몫을 다할 만큼 충분히 죄책감을 느끼는 여성을 누가 비난할 수 있겠는가?

남편이 부엌일에 무지하다는 사실에 이의를 제기하라

다음의 상황을 상상해보라. 당신은 저녁상을 차리려는 중이고, 몹시 배가 고픈 아이들은 쉴 새 없이 낑낑거리며 저희들끼리 말다툼을 하고 있다. 그때, 텔레마케터가 아이들의 미래를 보장하고 그 애들의 꿈을 실현시키는 데 도움이 될 자녀의 건강보험과 교육보험에 들라고 당신을 설득하기 위해 전화를 걸어온다. 그런데 당신이 전화를 받고 있는 동안 강아지가 펄쩍 뛰어올라, 조리대 위에 잠시 얹어두었던 햄버거 고기의 마지막 덩어리를 덥석 물어채서는 한 입 가득 우물거리고 있다.

이렇게 정신없는 상황에서, 당신은 한쪽 손으로 수화기를 가린 채 간이탁자 앞에 앉아 신문을 읽느라 이런 혼란은 알아채지도 못하는 남편에게로 몸을 돌린다. "여보, 식탁에 케첩 좀 놓아주시겠어요." 당신은 애교스럽게 속삭이지만, 당신이 가능한 한 외교적인 수완을 충분히 발휘해서 걸려온 전화로부터 자신을 구출해내려고 애쓰는 사이 당신의 남편은 냉장고 문을 열고서 아내가 요구한 양념통을 찾느라 두리번거리며 영원처럼 느껴지는 시간 동안 그 앞에서 서성댈 것이다. 당신이 마침내 전화를 끊고서 냉장고 앞으로 성큼성큼 걸어가서는 맨 위칸의 가장 눈에 잘 띄게 놓여 있는 양념통에 손을 뻗어 패밀리 사이즈의 케첩병을 남편에게 집어주면, 당신 남편은 그만 얼떨떨해져서 어깨를 으쓱한다. "왜 나는 그걸 못 봤지?"

그는 바로 노라 에프론(Nora Ephron)이 자신의 경험을 바탕으로 한 실화 소설 『가슴앓이 Heartburn』에서 언급하고 있는 바로 그 '부엌일에 대한 무지(kitchen blindness)'를 소유한 사람이다. 어떤 연구도 이러한 현상을 조사해본 적은 없지만, 일반적으로 이것의 유전 성분이 Y 염색체의 어딘가에 놓여져 세습된다고 알려져 있다. 그러나 우리에게는 '부엌일에 대한 무지'를 과학적으로 설명할 수 있는 어떤 근거도 없기 때문에, 그것은 무엇보다도 '남편처럼' 행동하는 이들 고유의 별자리(constellation: 공통적인 특성을 묶어 어떠한 개념에 대해 설명하지만 그것이 신빙성 없는 경우에 대한 지은이 나름의 표현인 듯하다 - 옮긴이)를 상징한다. 이와 관련해 어머니들이 농담거리로 삼는 아버지들의 바보 같은 행동은 모든 부분에서 나타난다.

그는 어린 딸에게 옷을 입히지만 거꾸로이거나 뒤집어져 있기 일쑤다. 장볼 목록을 불러주면 사과 얘기에 이르렀을 때 그는 "몇 개나?" 하고 물어야만 한다. 베이비시터가 오기 전에 무엇을 준비하고, 그가 왔을 때 무엇을 주지시켜야 하는지도 모른다. 아기를 안은 채 동시에 수화기 잡는 법을 모르기 때문에 아기를 안고 있으면 결코 전화를 받는 일이 없다. 아이를 재우면서 동화책을 읽어주다가 자신이 먼저 잠들어버린다. 혹시라도 친구 자녀의 생일 파티에 갈라치면, 발을 떼기 전에 그곳에서 즐거운 시간을 보낼 수 있는지 보장받기를 원한다.

아마도 당신은 이러한 것들을 문화적으로 결정된 성향이라고 여길 것이다. 그러나 그렇게 단정짓기에는 좀 까다로운 문제이다. 페미니스트들은 남녀의 근본적인 차이는 없다고 말한다. 물론 신체적인 차이는 예외로 하고 말이다. 또 한편, 최근의 수많은 과학적 탐구들은 남녀의 성향이 각각 다른 호르몬의 영향에 의해 다르게 결정된다고 말한다. 다른 성향들이 편재해 있다는 사실은 당신을 '남녀 성향의 차이'라는 것이 양육만큼이나 천성에 의해서도 영향받은 것이 아닌지 궁금하게 만든다.

70년대를 회상해보면, 우리는 문화적인 성차별을 극복해내는 데 페미니스트들이 크게 기여했다고 확신했다. 직업에 있어서뿐만 아니라, 위에 언급한 사항들에 관해서도 말이다. 우리 중 출산을 앞둔 여성들은 아들들에게 가지고 놀라고 인형을 주기만 하면, 그 애들이 우리가 미혼일 때 이상형으로 꿈꾸었던 다정다감하고, 공평한 사고방식을 가지고 있으며, 부엌일에 능숙한 사내들로 자랄 것이라고 확신했을지도 모른다. 그러나 나는 그것이 엄청난 착각이었음을 경험을 통해 알게 되었다.

내가 스무 살이었을 때, 나는 여덟 살 먹은 의붓딸에게 크리스마스 선물로 모형 비행기를 사주었다. 확신하건대 그애가 8년이라는 일생 동안 복종해야만 했던 편견에 치우친 모든 대우에 대한 보상이라고 생각하면서 말이다. 딸애는 선물상자를 열어보고는 울면서 방을 뛰쳐나갔고 나는 그녀를 달래느라 애를 먹었지만, 내심 그녀도 머지않아 내가 세상을 보는 방식으로 의견을 바꾸게 될 것이라고 확신했다.

하지만 나는 그 에피소드를 생각하면 여전히 움찔하게 된다. 나는 자신의 아이를 갖고 나서야 그것이 얼마나 심각한 계산착오였던가를 완전히 깨닫게 되었다. 양육에 의한 것인지 천성에 의한 것인지, 여덟 살 때까지 내 동료(지은이가 페미니스트이기에 모든 여성을 동료로 여기는 듯하다-옮긴이)로서의 어린 딸은 모형 비행기에 관심을 갖게 될 어떠한 가능성으로부터도 멀찌감치 떨어져 있었던 것이다.

그러나 나의 시도는 거기서 그치지 않았다. 나는 여전히 문화적으로 조건지워진 성역할에 대해 곰곰이 생각하면서, 내 첫째 아이가 아장아장 걸을 무렵 트랜스포머(Transformers)—그 당시 남자아이 장난감이었다—라는 나무 기차 조립세트와 인형들을 사주었다. 딸애는 그 모두를 가지고 놀았지만 어떤 것에 대해서도 인형만큼 신이 나서 상상력까지 동원해가며 재미있어하지는 않았다. 그 딸애보다 두 살 어린 아들이 태어났을 때, 아무도 그애에게 인형을 사줄 필요가 없었다. 인형이라면 우리집 도처에 깔려 있었으니 말이다. 그런데 아들이 기어다닐 수 있게 되자마자 그애는 인형이 아니라 기차세트가 들어 있는 바구니를 찾아냈다. 아들놈은 바구니를 뒤집어엎고서 그 안에 들어 있는 것을 보고는 굉장히 기뻐하면서 만족감에 가르랑거리는 소리를 냈다. 그리고 그애가 혼자 일어설 수 있게 되자, 그애가 맡은 첫 번째 특명은 나무로 된 기찻길 조각들을 커피 테이블에 집어던지고서 (정말이지 그 소나무 탁자는 엄청난 괴롭힘을 당했다) 다시 그것들을 그러모으는 것이었다.

예전에 그의 행동을 지켜보던 어떤 사람의 말대로, 내 아들놈은 정말 몸 속에 모터를 달고 태어났는지 수년 동안 소란스럽게 돌아다녔다. 그 녀석의 행동은 두 딸애의 엄마 노릇을 한 나를 완전히 놀라게 만들었지만, 다행히 나는 그애를 너무나 사랑했으므로 그의 어떠한 행동도 문제가 되지 않았다.

이 꼬마 사내는 그의 엄마에게 무엇이 우리 인간이라는 종(種)의 남성을 만드는지에 대해 가르쳐주었다. 나는 때때로 아들이 없는 여성들은 이 모든 것을 어떻게 이해할 수 있을지 궁금해진다.

그러나 이러한 종류의 관찰을 통해 우리가 남녀, 특히 어머니 아버지의 성역할이 대개 유전적 특질에 의해 결정된다고 확신하게되자마자, 우리는 또다시 의문에 빠지게 된다. 그렇다면 청소 대행업에 종사하고, 온 세계를 돌아다니며 저녁 만찬을 위한 음식을 만들고, 아이들을 가르치고, 또는 소방대원으로서 돈을 버는 남성들에 대해서는 어떻게 설명한단 말인가. 그러한 직업 안에서 그들은 요리하고, 청소하고, 규칙적으로 개를 산책시켜야 하는데 말이다. 결국 우리는 남성들을 조르고, 구슬리고, 잔소리하지 않아도 그들은 청소하고, 요리하고, 다른 세부적인 가사를 도울 수 있다고 판단하게 되었다. 적어도 그러한 행동이 정책에 의해 요구되거나 주어진 상황에서 수지맞을 가능성이 있을 경우, 다시 말해 그것들이 직업이라는 항목으로 열거되고 봉급으로 대가를 받을 경우에는 말이다.

그렇다면 집안에서 엄마들이 하는 가사에 대해서도 보다 구체적인 용어들로 새롭게 설명하는 일이 필요할 것이다. 비록 '봉급'이라는 대가는 없다 해도, 가정주부라는 나름의 직업으로서 말이다. 한때 여성들이 대단한 결심과 솜씨로 직업의 항목에 대해 연구하고 그에 따라 생활하며 일의 영역으로 밀려들어왔듯이, 이제 남성들이 가사노동이 공평하게 분배되어야 할 영역에서 그들에게 요구되는 것을 연구하고 그 항목들에 대해 매우 상세하게 알 필요가 있다.

그런데 가사를 직업으로 묘사하는 일은 결혼 이후에도 손을 뗄 수 없는 일이다. 돈벌이하는 근로자로 자란 소녀들이 그것을 아주 어렸을 때부터 자신의 잠재력으로 여겨왔듯이, 그리고 가사에 대한 기대들과 나란히 일의 세계에 대한 장래 희망을 꿈꾸었듯이, 많은 남성들도 어릴 때부터 자신의 미래에 대해 이와 동일한 이중의 전망을 지녀왔기 때문이다.

하지만 이러한 얘기는 실제보다 훨씬 간단하게 들린다. '가사의 평등'과 같은 것을 성취하기에, 현실은 이보다 훨씬 더 복잡하다. 현실은 어떠한가. 우리가 깨닫기도 전에, 남자아이들과 여자아이들은 어릴 때부터 부모 사이의 상호작용을 지켜본다. 남자아이들은 자신을 아빠와 동일시하고 여자아이들은 자신을 엄마와 동일시한다. 뿐만 아니라 두 성(性) 모두 자신들이 관찰한 부모 사이의 상호작용을 그들의 세계관으로 통합한다. 이렇게 남성과 여성 모두 눈치 채지 못하는 사이에 문화적인 바리케이드를 구성하는 일련의 잘 위장된 올가미에 걸려들게 되는 것이다.

'부엌일에 대한 무지'의 원인을 설명하는 데 좀더 명확하고도 효과적인 방법이 있다. 아내에 대한 구타가 다음 세대의 남성들(아들들)에게 너무도 완고하고 분명하게 학습된다는 사실을 떠올려보라. 집안일에 대해서도 그와 동일한 학습과정이 일어날 수 있다. 이런 식으로 생각한다면 그것은 더 이상 그렇게 단순한 문제가 아니다.

이러한 순환고리는 끊을 수 있는가? 아내를 때리는 사내들은 감옥에 가고 그룹 치료에 참여하고 12단계의 교화 프로그램에 참석하지만, 그 모든 것이 그들의 행동을 변화시키는 데 항상 성공적이지는 않다.

어릴 때 배우는 것이 학습적으로는 매우 효과적이다.

소리 높여 부르짖기에는 다소 하찮은 문제로 들리는 것들을 변화시키기 위해 여성 혹은 남성들을 그런 강도 높은 행동 교화 시나리오— 부엌일에 대한 안목을 키우기 위한 12단계 교화 프로그램—에 몰아넣는 것이 대체로 온건한 이성을 가지고 있는 관찰자들에게는 다소 지나친 처사로 여겨질지도 모른다. 그러나 결혼을 정치적인 전쟁으로 느끼게 만들 수 있는 것은 분명 방대한 범위에 걸친 바로 그 사소한 문제들이다.

모든 종류를 다 포함한 가사 의무를 서서히 가르쳐주는 데 있어 보다 온전한 방법은 아들딸들을 성의 중립적인 분위기 속에서 그들 스스로를, 그들의 부모를, 그리고 서로를 돕도록 키우는 것이다. 모든 이들이 쓰레기통을 비우고, 부엌 대청소를 돕고, 자신의 빨랫감을 세탁하고, 엄마가 저녁상을 차리는 동안 아기를 어르게 하는 일들 말이다. 그러나 문제는 매일 밤 저녁상을 차리는 사람이 '엄마'일 때, 아이들에겐 '누가 집안에서 요리해야 하는가'에 대해 부정적인 고정관념이 형성될 수 있다. 그것은 온 집안 식구에게 성 중립성을 고취시키려 애써왔던 어떠한 노력보다도 훨씬 더 강력한 힘을 발휘하게 된다. 어쩌면 아들은 이러한 성장 배경으로부터 파생된 대단한 요리 솜씨들을 직업적으로 발휘하면서도 여전히 그의 아내가 가정에서 음식을 만들길 기대할지도 모른다.

이것은 가장 마음에 드는 환경하에 벌어지는 고약하기 짝이 없는 악순환이다. 뿐만 아니라, 이에 관해서는 '무엇이 가장 효과적인가'에 대한 문화적인 동의도 없다. 전통적인 가사 역할은 여전히 많은 분야에서 바람직한 것으로 여겨지고 있다. 비록 위와 같은 문화를 배경으로 성장한 대부분의 여성들이 그들의 삶에서 언젠가 돈벌이 직업을 갖도록 기대될 테지만 말이다. 집안일에 대한 능력에 있어서도 직업적인 능력에서처럼 동일한 문화적 보증이 주어져야 한다.

그러기 전까지는 남녀 모두 '무엇이, 왜 문제인가'를 알면서도 그 문제를 해결하지 못해 전전긍긍해야만 할 것이다. 그러나 문화적 보증을 얻어내기란 까다로운 일이 아닐 수 없다. 그에 관한 여러 연구활동들 또한 우리에게 해결책 없이 정보만 전해주고 있다. 게다가 막강한 경제적인 힘이 보수주의자들 편에서 강력한 바리케이드를 제공해줄 때 기존과 다른 세계관이 얼마나 많은 의미를 만들어내는가는 문제도 되지 않는다. 그리고 많은 돈(Money)과 힘(Power)은 남성을 가사의 영역으로 온전히 이끄는 데 있어서 매우 중요한 길목이 된다.

이 시대의 소녀들을 위한 이 모든 것에 약간의 희망이라도 있는가, 아니면 그들도 자신의 엄마들과 똑같은 이중 구속에 묶여 결혼과 직업 생활로 향하도록 운명지워졌는가? 그 대답은 추측할 수 있을 뿐이다. 어머니의 좌절들을 지켜보며 자란 세대는 좀더 잘 생각하여 완성된 방향으로 다음 세대의 어머니 과정을 밟아나갈 것이다.

그 대답은 또한 오늘날의 어머니들이 다음 세대의 어머니들을 위해 현재 어떠한 노력을 기울이고 있느냐에 달려 있다. 어머니들은 우리의 아들들을 편견 없는 사고방식을 지닌, 유능하고, 다정다감하고, 또한 생활비를 벌어오는 사람으로서의 역할만큼이나 아버지와 가정주부로서의 역할에도 많은 가치를 둘 남성으로 키우는 데 최선을 다하려 노력하고 있다. 그러나 문화적인 변화들은 한두 방울 떨어지는 물방울이 바윗돌의 모양을 만들 듯이 더디게 이루어질 것이다. 그러나 희망을 가져야 한다. 비록 더딜지라도 틀림없이 그렇게 될 것이라고.

아들을 어떻게 키우느냐에 따라 미래가 달라진다

자녀를 둔 여성과 그렇지 않은 여성 사이의 커다란 차이점 가운데 하나는 그들이 자신의 생일에 배우자에게 무엇을 바라느냐이다. 아이가 없는 여성들은 감사와 애정에 대한 표시로서 기발하면서도 사려 깊은 선물을 원한다. 물론 어머니들도 이것을 원한다. 누구인들 그렇지 않겠는가? 하지만 어머니들은 '아빠'가 무언가를 함으로써 자녀들에게 모범을 보이는 한 그것이 어떤 것이든 기꺼이 만족할 것이다. 나는 여태껏 남편의 생일을 성공적으로 치러내지 못해서 자녀들에게 모범을 보이지 못한 아내에 대해 남성이 불평하는 소리를 들어본 적이 없다. 그러나 어머니들은 남편이 자신의 생일을 망쳐놓았을 때 단순히 서운해하기보다는 그 사실을 좀더 심각하게 받아들인다. 그에 대한 이유는 매우 다양하며, 다른 어떤 것들만큼이나 남녀 사이의 근본적인 차이들과 많은 관계가 있다.

엄마의 고마움을 당연한 것으로 알고 소홀히 대하는 아빠의 모습을 지켜보는 딸은 남성에게 그 이상은 아무것도 기대하지 않으며 자랄 것이다. 생일 때마다 이러저런 핑계를 대며 발뺌하는 아빠를 지켜보는 아들은 그의 인생에서 '특별한 여성들'에게 둘러댈 변명 레퍼토리를 가지게 될 것이다. 이렇게 '치명적으로 학습된 유산'은 그것이 의도하지 않은 것이라 하더라도 우리가 다음 세대의 자녀들에게 릴레이로 물려줄 바통이 된다.

　실제적으로, 아들은 페미니스트 엄마들에게 '훌륭한 프로젝트'로 선발되는 경향이 있다. 다시 말해 페미니스트 엄마들은 자신의 이념을 실현하기 위해서 '아들'이라는 과제물을 훌륭하게 헤쳐나가야 한다는 뜻이다. 만일 우리가 이 소년들을 다정다감하고, 타인을 배려할 줄 알고, 가사에 재능 있는 남성들이 되도록 가르칠 수만 있다면 우리의 딸들은 우리가 소망해왔던 것을 가질 수 있게 될 것이다. 하지만 말하는 것과 실행에 옮기는 것은 전적으로 별개의 문제이다. 결국 우리는 엄마이고, 아들들은 우리의 작은 사내들인 것이다. 우리가 우리의 아들들을 자기 충족적인 사람들로 키우는 데 얼마나 성공할 수 있는가는 그들의 삶을 지극히 편안하게 만들어주고 싶어하는 '모성충동'에 우리가 얼마나 저항하느냐에 달려 있다.

　몇 년 전 남편을 여의고 십대 아들 둘을 키우는 내 친구는 이 문제에 관해서 신랄하게 말한다. 그녀와 비슷한 처지에 놓인 많은 여성들이 자신의 자녀들에게 어머니이자 아버지가 되어주어야 한다고 느끼는 반면, 내 친구는 자신은 단지 '엄마'일 뿐이라는 사실을 잘 알고 있다. 그녀는 두 아들을 훌륭한 남자 코치들의 손에서 자라게 하려고 가히 칭찬할 만한 노력들을 쏟아부으면서도, 자신이 아이들이 던지는 공을 받아줄 포수 노릇을 해야 한다고 생각하지는 않는다. 이 친구는 아이들 삶의 모든 너저분하고 세세한 일들을 돌봐줌으로써 두 아들의 '남성'을 쉽게 만족시켜줄 수 있는 온화하고, 예절 바르고, 부드러운 말씨를 지닌 여성이다.

　하지만 그녀는 될 수 있는 한 강인해지려고 노력한다. 그녀의 아이들은 요리하고, 청소하고, 빨래하고, 장을 보는 등 자기 스스로 할 수 있는 일들을 엄마가 대신 해주길 바라지 않는다. 그녀는 아이들이 느끼는 감정에 대해 자유롭게, 자주 얘기하도록 격려하고, 그 애들이 학교에서의 학습 과정에 충실하도록 보살핀다. 그리고 그녀는—내내 유머 감각을 유지하면서 말하길—아이들이 아빠를 대신해 그녀를 만족시킬 만한 선물과 특별행사들을 생각해낸다고 주장하는 것이다.

그녀는 아이들의 삶을 안락함과 특권, 혹은 어머니의 포근함으로 채워 줌으로써 아버지를 잃은 것에 대해 보상해주려고 노력하기보다는, 그들 모두를 강인하게 키움으로써 비극을 승리로 바꾸어놓았다. 이로써 그녀는 아이들 아버지의 삶과 유산을 명예롭게 한 것이다.

그러나 상냥하고 유능한 남성들을 기워내는 것이 분명 위대한 업적이긴 하지만 결코 쉬운 일은 아니다. 아들에겐 어머니의 깊은 애정을 무자비하게 가지고 놀 수 있는 무언가가 있다. 만일 엄마가 주의 깊지 않다면 말이다.

총인구의 다른 49퍼센트에 이르는 소녀들의 육체적인 취약성에도 불구하고, 나는 항상 내 딸들을 강한 녀석들로 여겨왔다. 반면, 아들은 어느 날부터 나에게 과보호를 받으며 키워졌다. 아들녀석이 유치원에 다니던 초기에 그는 골칫거리라는 명성을 얻었고(그들은 내 아들을 말썽꾸러기라고 불렀다), 나는 그가 잘 다루어지고 있는지 확인하기 위해 항상 아들 가까이에서 배회하곤 했다. 나는 교실 구석에서 아들을 지켜보았고, 교외견학이나 현지답사를 따라갔으며, 생일 파티가 열리는 동안 남아서 기다렸고, 그애가 참여한 첫 번째 축구팀의 코치 노릇을 했으며, 그애에게 '골치 아픈 아이'라는 꼬리표를 붙여서 퇴짜놓는 어떤 경우에 대해서도 단호히 대처했다.

때로는 나의 주의 깊은 보살핌이 과보호보다는 지독한 애정에서 비롯된 것이 아니었는가 싶다. 그의 두 누나들은 아이들이라면 흔히 그러할 것이라고 기대되는 행동의 범위를 크게 벗어나지 않았기 때문에 내가 느끼게 되는 감정은 그다지 유별난 것이 아니었다.

반면, 내 아들의 경우엔 그 감정이 참으로 강렬해서 나의 능력범위 안에서 묘사될 수 있는 성질의 것이 아니었다. 흔히 '부주의 패턴'으로 더 잘 알려진, 주의력 결핍 과잉행동장애(Attention Deficit Hyperactivity Disorder: 주의력이 부족하고 활동성이 지나치게 강한 장애-옮긴이)는 그 징후에 대해서도 과도하게 관심이 집중되는 경향이 있다. 나는 내 아들의 특이하고 유별난 행동들을 지켜보면서 흔히 말하는 '주의력 결핍' 증상을 목격하고 있는 것이 아닌지 염려하게 되었다. 육아에 있어서의 안내지침들 중 하나를 유념해보자면, '이 작은 사람이 정말 누구인지 발견해내야만 하는 어떠한 정해진 길' 안에서 아이를 다루려 하기보다는(나는 내 아들이 초등학교에 다닐 무렵까지 계속 그애를 따라다녔다) 부모가 아이를 지켜보면서 길을 걷는 동안 그의 특성과 됨됨이를 발견해내야 한다는 것이다.

하지만 이것이 항상 공원을 산책하듯이 여유롭기만 한 일은 아니었다. 나는 내 아들에게 아이로서, 또 한 사람의 남성으로서 자기 좋을 대로 행동하도록 충분한 자유를 주기 위해, 계속해서 다른 누군가에게 그에 대해 해명할 수 있어야만 했다.

때로는 심각하게 좌절한 나머지 그애에 대한 내 간절한 소망을 포기해야만 하지 않을까 하는 생각이 들기도 했다. '그애가 무언가를 엎지르지 않고서 음식을 먹으며 식탁에 앉아 있기를', '파티에서 케이크를 자르기도 전에 손가락으로 헤집어대지 않기를', '무대공연이 벌어지는 동안 얌전히 앉아 있기를', '장난감 가게에 들어가서 내가 사주지 않을 장난감 총에 대해 생떼쓰지 않기를', '삼진아웃을 당하고서도 홈 플레이트에서 예의바르게 물러서기를', 혹은 '그애가 계획했던 어떤 것에 대해 순순히 마음을 고쳐먹기를' 등등 말이다.

하지만 내 아들은 그애의 누나들 중 누구도 아니었기에 그와 같은 나이에 누나들이 했던 행동들을 하리라고 기대하는 것은 어리석은 생각이었고, 나는 그 사실을 분명히 깨닫게 되었다. 또한, 나는 그가 굉장한 아이이고 멋진 남성으로 자라리라는 확신을 포기한 적이 없다.

내 아들이 여덟 살이었을 때의 일이다. 어느 날, 나는 아들의 야구연습이 끝나길 기다리고 있었는데 나와 같이 야구장 울타리 옆에서 기다리던 아버지들 중 한 사람이 내게 "당신이 얼마나 굉장한 아들을 두었는지 말해주고 싶군요"라고 말하는 것이었다. 나는 그를 와락 끌어안고 싶은 충동을 참아내고는 그 이후 몇주 동안이나 혼자 미소짓곤 했다. 하지만 그것은 그 이후 다른 사람들—코치들, 선생님들, 친구들의 부모들—에게 들었던 내 아들에 대한 수많은 칭찬들 중 첫 번째에 불과했다. 또한, 그것은 결국 그애를 위해 진행 중인 나의 모든 노력들에 대한 행운의 평가였던 셈이다.

사실, 내 아들의 특이한 행동을 지켜보던 많은 사람들이 "저 아이에겐 의학적인 도움이 필요하다"고 충고하곤 했었다. 아마도 다른 많은 부모들은 이미 수년 전에 그 충고에 따라 결국 리탈린(Ritalin: methylphenidate이라고도 함. 과잉행동 아동의 중추신경 각성제 가운데 하나로, 주의력이 부족하고 활동성이 지나치게 강한 장애를 치료하는 데 쓰인다—옮긴이)에 이르렀을 것이다. 그들이 생각하는 '아이상'에 자신의 아이를 맞추기 위해서 말이다. 하지만 나는 내가 보고 있는 것이 비정상적인 것이 아니라 오히려 남성 성장의 훈훈한 징후라고 생각했다. 그리고 그것은 다행히 현명한 판단이었음이 밝혀졌다.

하지만 어느 경우에나 항상 그런 것은 아니다. 주의력 결핍 과잉행동장애(ADHD)는 정확한 진단이 어려울 뿐만 아니라, 결핍이라는 것 또한 객관적인 근거로 측정할 수 있는 것이 아니기에 ADHD의 개념은 여전히 불완전한 증상에 대한 별자리로 남아 있다. 부모들은 자기의 아이에게 치료가 필요하다고 판단하는 데 있어서 두 가지 실수 중 하나를 저지를 수 있으며, 두 실수 모두 자신의 아이가 '누가 되어야 하는지'에 너무도 많은 관심을 기울이는 데서 비롯된다.

두 가지 실수란 무엇을 말하는가. 우리는 다른 종류의 중재가 필요한데도 의료의 도움을 받기 위해 달려가거나, 혹은 그에 대한 확실한 조짐이 보일 때까지 약물치료를 미룰 수 있다. 두 실수 모두 아이에게 해로운 것이다. 항상 분명하지 않은 선택을 하는 데 있어서, '아이를 좋아보이도록 돕는 것은 부모의 일이지 부모를 좋아보이도록 하는 것이 아이의 할 일은 아니라는 사실'을 기억하는 것이 도움이 된다.

한 명의 아들을 훌륭하게 키우기 위해서는 어머니의 강한 손길만큼이나 부드러운 손길도 필요하다. 어머니들은 이에 관한 센스를 키워야만 한다. 그리고 이 문제에 있어서 가장 어려운 부분은 '시간'이다. 아들을 자세히 지켜보는 데 드는 시간, 소년의 눈으로 세상을 바라볼 수 있게 되는 데 걸리는 시간, 그리고 그럴 필요가 있을 때 아이에 관한 것이면 무엇이든 마음대로 조절할 수 있게 되는 데 걸리는 시간 말이다. 물론, 이에 관한 진실은 소녀들에게도 적용될 수 있다. 하지만 흔히 딸들의 경우보다 아들들이 훨씬 풀기 어려운 수수께끼다.

한 아이의 잠재력은—만일 누군가 그것을 지켜볼 시간이 있다면 알게되겠지만—처음 출발부터 어느 정도 명백해진다 내가 아들의 초년기에 그애를 따라다니고 또 이끌면서 보낸 많은 시간들은 대부분 그 가치를 인정받았다. 하지만 그 어떤 경우도 그애가 여섯 살 때 '어떤 특별한 행사에 무엇이 내 마음을 기쁘게 하는지'를 알아냈을 때만큼 유쾌한 적은 없다.

그애가 성인이 되어서도 계속 간직하길 바라는 기발함, 사려 깊음, 그리고 애정으로, 심지어 그의 아비지에게도 좋은 본보기가 될 만한 '진심'으로서 아들은 그 행사를 축하해주었다. 그애가 나에게 장서표를 만들어준 것이다. 그 고사리 같은 손으로 손수 말이다. 아들은 내게 줄 장서표의 한쪽 면에 엄청나게 커다란 눈, 함박웃음, 그리고 발목까지 치렁거리는 머리칼의 내 초상화를 그려놓고, 다른 면에는 정성 들여 또박또박 쓴 글씨로 '어머니날에 행복하세요. 마는(많은) 포옹과 키스를 드릴게요. 사랑하는 갈렌'이라고 써놓았다.

정말 내 생애 최고의 마더스데이(Mother's Day: 어머니의 날. 5월의 둘째 일요일-옮긴이)였다.

5
결혼생활은 꿈이 아닌 현실이다

가족이란 단순히 그 부분들의 합계로 이루어지는 것이 아니다. 하나의 가족 안에서 이루어지는 상호작용, 상호관계, 매일의 삶의 짜임새들은 '엄마 더하기 아빠 더하기 아이 더하기 아이' 보다 훨씬 큰 의미를 지닌다. 그리고 이 모두가 긍정적인 흐름을 유지하기 위해서는 누군가의 지대한 관심이 필요한데, 우리의 문화에서 그 누군가는 가장 흔히 '엄마' 이다.

그런데 자잘한 일들로 인해 일상적으로 소비되는 시간과 에너지의 규모가 과연 어느 정도인지 가늠하는 것은 어머니들이 아닌 다른 사람들에겐 여전히 어려운 일이다. 그리고 어머니가 떠맡고 있는 그 셀

수 없이 많은, 작은 일들이 '한 가족의 영혼에 생명을 불어넣을 수 있
는' 매우 중대한 일이라는 사실을 인정하는 것은 훨씬 더 어려운 일이
다. 그것이 비록 수세대 동안 삶의 진실이었다 해도 말이다.

주부도 직업이다

우리집 막내가 여덟 살이 되던 해의 일이다. 어느 날, 아이는 내게
"엄마는 어떻게 지금 하고 있는 그 모든 직업들을 다 해낼 수 있어
요?"라고 물었다. 겉으로는 무심코 말한 것처럼 보였지만 그 질문을
입 밖으로 내놓기 전에 여러 번 머릿속에서 생각해보며 궁금해했을
것이라고 짐작할 수 있었다. "네가 생각하는 직업들이란 어떤 것을 말
하는 거지?" 내가 묻자, "어, 엄마도 아시지만요……" 하고 딸아이는
여전히 그 문제에 대해 곰곰이 생각하면서 대답했다.

"엄마는 네 개의 직업을 갖고 있죠. 어머니, 의사, 칼럼 기고가, 그리
고 축구 선생님이요." 그녀는 마치 자신이 그 모든 것을 다 셈한 것인
지 확인이라도 하듯 잠시 멈추었다가 덧붙였다. "'어머니'라는 것도
하나의 직업이잖아요." "그래, 사실 그렇지." 나는 고개를 끄덕이며
대답했다. "어머니가 된다는 건 대단한 직업이지."

딸아이와 주고받은 이 대화에서 몇 가지 사실이 내 마음을 훈훈하
게 했다. 우선 무엇보다도 내가 하루 종일 무엇을 했는지 누가 알아주
기라도 할까 하고 의문을 가졌던 것에 대해, 이제 나는 자신의 노고가
당연한 듯이 소홀히 여겨지지 않는다고 확신할 수 있었다. 다행히 여
덟 살 먹은 딸애가 내 '사명'들을 하나하나 셈해주고 있었던 것이다.

그러나 그보다 더 중요한 것은 이제 막 딸아이가 자신에게 펼쳐진 가능성들을 가려내고, 하루라는 시간 동안 무엇이 그 '시간' 을 다 써버리는가에 대해 주의를 기울이기 시작했다는 점이다.

그리고 이 작은 여자아이가 '어머니가 된다는 것' 이 어떠한 것인지 어렴풋하게나마 이해하고 있다는 사실이 나를 감동시켰다. 그것은 성인의 삶이라는 연극에서 있는 듯 없는 듯 그저 그렇게 묻혀지는 '배경' 이 아니라, 분명하게 보여지는 '연기' 의 중요하고도 커다란 한 부분이라는 사실을.

'일하는 엄마' 에 관한 주제를 설명하다보면 우리말에 얼마나 많은 한계가 있는지 새삼 깨닫게 된다. 모든 어머니들이 일을 한다. 누군가는 집에서, 또 다른 누군가는 밖에서 일한다. 누군가는 유급으로 일하지만, 다른 많은 경우엔 별다른 이익 없이 일한다.

우리는 유급직에 고용된 어머니들에 대해 얘기할 수는 있지만, 이것은 좀 어색하게 들린다. 그 상황의 어색함을 반영하는 어휘구사로서의 어색함 말이다. 유급직에 고용되었다면, 집 밖에서 일하는 것과 집 안에서 일하는 것에는 어떤 차이가 있는가. 굳이 벌이가 되지 않는다 하더라도 그만큼의 값어치가 있는 집안일들은 또 어떤가. 우리는 일의 모든 유형들로부터 여성의 일을 구분해보려고 시도하지만, 그 중 어느 것도 진정으로 기대한 만큼의 성과를 올리지 못한다.

나는 이 이중의 구속에 대해 잘 알고 있다. 나는 집 밖에서는 병원 진료실에서 일하고, 집 안에서는 가정 사무실에서 일한다. 또한 집 밖에서 가족에게 무엇이 필요한가를 돌보고, 집 안에서도 같은 일을 한다. 그리고 그 모든 일들이 봉급으로 환산되지는 않지만 분명 내 매일의 스케줄 안에 들어 있는 것이다. 내 인생에 있어서 하루 동안의 이야기가 다음과 같이 묘사해주고 있듯이 말이다.

그날은 나 자신을 최대한 쓸모있게 활용해보고자 마음먹었다. 돈벌이가 되는 일뿐만 아니라 집안일에 대해서도. 그날 하루는 집에서 일하기로 계획을 세웠다. 하지만 내가 커피포트의 자동 타이머를 아침 시 30분에 맞춰놓기도 전에 사무실 책상 위에 놓인 일감들 외에도 그날 하루 내가 해야 할 일들이 마음속으로 셈할 수 있는 내 능력의 범위를 이미 넘어서고 있었다. 리스트가 필요했다.

나는 신문을 읽으며 토스트와 포도로 아침을 때우면서, 머릿속에서 대강의 리스트를 세워보았다. 마우스, 수탉, 전화 걸기, 식료품들……그리고 일. 나는 일단 그 리스트들을 제쳐두고 매일같이 해오던 일상적인 집안일로 그날 '나의 하루'를 시작했다. 개를 산책시키고, 식기세척기에서 그릇을 꺼내 차곡차곡 정리해두고, 빨래를 개고, 아이들 점심 도시락을 싸고, 현관의 신발들을 정리하고, 아이들의 말다툼을 말리고, 아이들을 차에 태워 두 학교로 향하기 전에 그 애들이 모두 양치질을 했는지 확인했다. 그렇게 그날 아침나절 세 시간 동안 쉴 틈없이 부산하게 움직였지만 일은 아직 시작도 하지 못했다. 일, 그래일은 다음 차례였다.

아이들을 학교에 태워다주고 집에 돌아와서 나는 곧장 집 안에 마련된 사무실로 향했다. 돈벌이가 되는 일에 손을 댄 지 채 몇 분도 지나지 않아, 나는 팩스가 그날 하루의 내 계획에 협조해주지 않고 있다는 사실을 발견했다. 고장이 난 것이다. 이 기계는 내가 재택근무를 할 때 절대적으로 필요한 것이었기에 나는 하던 일을 멈추고 그것을

살펴봐야 했다. 안된 얘기지만, 당신이 집에서 일할 때는 심각한 단점
이 한 가지 있다. 회사 사무실에서 일할 경우엔 문제가 생겼을 때 옆
방에 있는 조수를 불러 도움을 구할 수 있다. 하지만 집에서 일할 경
우 기계 고장으로 인해 당신의 돈벌이 일이 갑자기 중단되었다는 이
유만으로 조수를 부를 수는 없다.

나는 팩스의 전원을 끄면서 문득 키보드 옆에 놓여 있는 마우스를
보았다. 아차, 오늘 아침 리스트에 저게 있었지. 물론 오늘 리스트에
포함되어 있는 마우스는 우리 가족의 애완동물이 아니라 고장난 전자
기기 중 하나이다. 첫째 딸이 내게 새것으로 바꿔놓으라고 신신당부
했던 애들 컴퓨터에 딸린 마우스 말이다.

겨우 일에 착수하려는 찰나 팩스기계가 갑작스럽게 고장났다는 사
실은 그날 하루의 내 작업 스케줄이 엉망으로 꼬일 징조가 아닌가 싶
어 막 낙담하려는 순간, 뒤뜰에 있는 수탉의 요란스런 꼬끼오 소리가
주의를 끌었다. 맞아, 저것도 리스트에 있었지. 원래 우리집 뒤뜰에서
키우기로 한 것은 암탉이었다. 그런데 이 암탉이 어느 날 어떤 수놈이
랑 교미를 한 후로 닭의 숫자가 불어났고, 지금 우리집 뒷마당에선 저
시끄럽기 짝이 없는 수탉이 빈둥대는 것이다. 이 소란스런 붉은색 '가
금류'도 내 리스트에 올라 있었다.

우리 애들의 그림책에 나오는 점잖은 수탉과는 달리 이 유별난 놈
은 나를 포함한 주변 사람들을 수면 부족에 걸리게 할 정도로 밤낮 구
분 없이 시끄럽게 울어댔기 때문에 나는 내 침실 창문과 이웃의 이목
으로부터 멀리 떨어진 교외에 그의 보금자리를 찾아줘야만 했다. 하
지만 그 약삭빠른 수탉은 분명 이리저리 도망다닐 것이고, 나는 그놈

을 잡기 위해 엄청난 에너지를 소비할 게 뻔하다. 결국 나는 수탉 잡
는 일을 잠시 미뤄두기로 했다.

나는 기계수리점으로 향하기 전에 몇 군데 전화를 걸었다. 몇몇은
돈벌이를 위해서였고, 다른 몇몇은 그다지 돈벌이가 되지 않는 것이
었지만 그 모두가 꼭 필요한 전화였다. 나는 두서너 명의 환자에게 전
화를 걸어 검진 결과를 알려주고, 아이들이 다니는 학교에 전화를 걸
어 학부모회 참석 여부를 알렸다.

또 신문사에 전화를 걸어 편집자에게 마감 기한을 늦춰달라고 사정
하고, 애들을 위해 치과에 전화해 진료시간을 예약하고, 내가 코치로
있는 축구팀의 어머니회 부장에게 전화를 걸어 다른 사람들에게도 경
기시간을 알려달라고 부탁했다. 나는 마침내 아침나절 네 시간 동안
실제로 무언가 일다운 일을 한 것이다. 하지만 그때까지 내가 한 모든
일에 대해 대가가 있는지의 여부는 신경쓸 틈도 없었다.

나는 자동차로 향했다. 팩스기계를 샘의 전자기기 수리소에 맡기고
마우스는 컴퓨터 가게에 맡겼다(이럴 때 품질보증서는 얼마나 유용한
가!). 그리고 수탉에 대한 처벌은 잠시 미뤄두었다. 하지만 시내를 돌
아다닌 지 얼마 되지도 않아 바로 전날 수리한 자동차의 브레이크가
말썽을 일으켰고, 속도계 바늘이 시속 35마일을 넘어설 때마다 자동
차는 무시무시할 정도로 흔들렸다. 결국 나는 차를 알버트의 자동차
수리소에 맡겨야만 했다.

"두 시간은 족히 걸리겠는데요." 맙소사! 산 넘어 산이라더니. 차를
수리하는 데 두 시간이나 걸린다는 알버트의 말에 나는 완전히 맥이
빠져버렸다. 그나마 자동차 수리소 맞은편에 대형 슈퍼마켓이 있어서

다행이었다. 마침 집에 먹을 것이 없다고 불만이 쌓여가던 터라, 그 참에 장을 보기로 한 것이다. 흡족할 만큼 질 좋은 먹거리들로 커다란 장바구니 두 개를 가득 채운 후, 나는 알버트의 가게로 다시 가서 차를 찾아 짐을 싣고 집으로 돌아왔다.

장본 것을 끝으로 그날 하루의 '집안'의 볼일은 일단 마무리되었다. 일이라 해도 벌이가 되는 것은 아닌지라 그 시간까지 해놓은 것이 그다지 생산적이었다고 할 수는 없지만, 어쨌든 시간은 시간이고 끝난 건 끝난 것이다. 자, 이번엔 그 돈벌이 안 되는 일 중에서 '바깥'일을 할 차례이다. 나는 그것의 시작으로 아이들의 학교로 향했고, 학교수업을 마친 아이들에게 간식을 먹인 후 피아노학원, 하키 링크, 치과 진료실로 이리저리 누비고 다녔다.

그 다음으로 다시 돈벌이 안 되는 집안일로 돌아왔다. 저녁식사 준비를 하고, 애들 숙제를 검사하고(새로 산 마우스는 이럴 때 아주 쓸만하다), 설거지를 하고, 빨래를 하고, 잠자리를 봐주는 지극히 일상적인 일들 말이다. 하지만 어제와 오늘이 같은 이 판에 박힌 일상에서 나는 잠시 한 발 물러서야 했다. 아들녀석이 하키 링크에 신발을 놓고 왔다고 말했던 것이다.

이런 것을 머피의 법칙이라고 하던가. 하루 종일 꼬이는 일투성이다. 하지만 이럴 때 울고 있다고 해서 뭐가 달라지겠는가. 차라리 웃어버리는 게 낫지. 나는 깊이 한숨을 내쉬고, 솥 안에서 불어버릴 파스타를 뒤로한 채 신발을 가지러 5마일이나 되는 거리를 부랴부랴 달려갔다. 그런데 이 모든 일에 대가가 있었던가? 국세청에서는 지금까지 열거한 이 모든 일에서 무엇이 일이고 무엇이 일이 아닌지의 차이를 찾아낼 수 있을지 모르지만, 나는 아직까지 그 차이를 명확히 구분할 수 없다. 내가 보기엔 벌이의 여부를 떠나서 모든 것이 다 그만큼의 가치를 지닌 중요한 일들이니 말이다.

어쩌면 당신은 이러한 일들이 벌어지는 동안 남편은 어디에 있었느냐고 물을지도 모른다. 물론 그는 일하고 있었다. 그렇다고 나 역시 남편처럼 자신의 일에 최선을 다하느라 가족을 돌보지 않는다면 내 가족들은 어떻게 될 것인가? 나는 그에 대해 대답할 수 없다. 내가 겪어야 하는 처지가 그다지 유쾌한 것은 아닐지라도 어쩔 도리가 없기 때문이다. 아니, 오히려 꽤 괜찮은 기분이 들기도 한다.

가정을 돌보고 아이들을 보살피는 일이 예측할 수 없고 산만한 일들투성일지라도, 내 가족에게 무엇이 필요한가를 캐치하고 관리하는 것은 분명한 '일'이며, 그것도 지극히 중대한 일이기 때문이다. 누군가 그 일을 해야 한다면 그게 나라는 사실에 자부심마저 느낀다.

하지만 그날 밤 아이들에게 『찬장 속의 인디언 The Indian in the Cupboard』을 읽어주다가 꾸벅꾸벅 졸고 있는 나를 아들이 "엄마, 책 읽어주세요"라고 말하며 흔들어 깨웠을 때, 나는 그날 하루 동안 '도대체 내가 무슨 일을 해놓았는가' 라는 생각이 들면서 순간적인 공포를 느꼈다. 나는 도움이 필요했다.

하지만 결국 이 모든 것은 가정주부가 맡아야 할 일이다. 왜냐하면 솔직히 말해 당신이 다른 누군가―엄청난 능력을 지닌 가정부나 만능인 조수―를 부른다 해도 그 사람이 남자건 여자건 꽤 많은 보수를 요구할 것이기 때문이다. 하지만 다른 누군가가 모든 문제를 해결해 줄 것이라 믿고 마음 편히 내 일에만 신경쓸 수 있다는 것은 꿈같은 얘기 아닌가. 나는 책상 앞에 앉아서 밀린 일감을 처리하고, 팩스를 보내고, 모든 마감 기한을 지킬 수 있을 것이다. 또한 내가 아닌 다른 누군가뒤뜰로 나가 그 빌어먹을 수탉을 잡아줄 것이라고 믿으며 나는 내 환자들의 기록을 살펴볼 수도 있을 것이다. 흠, 정말이지 꿈같은 얘기다.

작은 일에 최선을 다하라

"아, 그대 소소한 일상의 달콤함이여! 친절한 그대는 인생의 길을 평탄하게 만들어준다." 1768년 로렌스 스턴(Laurence Stern)이 자신의 작품에 써놓은 말이다. 그러나 지난 두 세기 동안 이러한 의견은 좀더 단순하게 축약되었고, 덜 달콤한 문장이 되어버렸다. "인생에 있어 중요한 것은 사소한 일들이다"라고 말이다.

그런데 우리가 어떤 인간관계에든 적용시킬 수 있는 이 기본적인 진리를 주의 깊게 살펴보자마자 우리는 사소한 일에 연연하지 말고, 더 나아가 그 모든 것이 신경쓸 만한 가치도 없는 지극히 사소한 일이라고 믿도록 강요당한다. 그렇다면 도대체 어느 것이 맞는 말인가? 우리가 매일같이 느끼는 일상적인 욕구를 보살피고 나날이 겪게 되는 인간관계에 있어서의 사소한 일들을 소중히 여기고 돌봐야 하는가, 아니면 그저 어깨 한번 으쓱하고는 자잘한 일들에 대한 어떠한 의무든 무시해야 하는가?

어머니는 하루에도 수천 번씩 이러한 질문을 스스로에게 던진다. 어머니가 돌봐야 하는 가정살림의 대부분은 그런 사소한 일들로 이루어져 있기 때문이다. 그녀는 아이들에게 먹이기 위해 호박 모양의 파스타를 끓는 물에 넣으며, 아이의 도시락 가방 안에 그 아이가 가장 좋아하는 간식거리를 살짝 감춰넣으며 위의 질문을 떠올린다. 또한 그녀가 가족들의 기호를 가장 잘 알기 때문에 선물, 옷, 식료품 등 가족에게 필요한 물건들을 사러 가서 가장 탁월한 선택을 하면서, 깜빡 잊어버렸던 금붕어에게 먹이를 주고 달아난 햄스터를 잡고 개를 산책시키고 성가신 수탉을 쫓으면서 스스로에게 묻는다.

이런 사소한 일들에 최선을 다한다고 해서 누가 그 노고를 알아줄 것인가. 하지만 우리의 어머니는 그에 대해 그리 오랫동안 궁금해하지 않는다. 그럴 짬도 없을뿐더러, 사소하고 자질구레한 것들을 돌보는 일이 비록 시시하고 하찮게 보일지라도 누군가는 그 일을 해야만 한다는 것을 알기 때문이다. 그것이 별다른 인정을 받지 못하는 하찮은 일이라고 해서 누구나 나 몰라라 한다면 집안 살림은 누가 꾸려나갈 것이며, 우리 가족은 어떻게 될 것인가. 또 그 일들을 대신 해줄 누군가를 기다리는 것은 오히려 더 못마땅한 일에 신경써야만 하는 꼴이 될 게 뻔하다.

결국, 내 인생을 양적으로 질적으로 더 낫게 만들어주는 것은 '매일'이라는 시간을 소비하는 작은 일들이고, 또 그 작은 일들에 최선을 다하다보면 나름대로 보람을 느끼기도 한다. 누군가는 사소한 일을 잘 챙기는 것이 잘사는 길이라고 말하지 않았던가. 아침식사로 시리얼을 타먹을 우유가 준비되어 있는지, 아이들의 야외 견학 동의서에 사인을 했는지, 드라이클리닝한 세탁물을 찾아왔는지, 기기 수리공을 맞기 위해 제시간에 맞춰 돌아올 수 있는지, 오늘 수의사와 약속은 되어 있는지 따위의 작고 사소한 일들 말이다. 만일 내 시간의 일부를 바쳐 내가 하는 일들에 대해 직업명을 붙인다면, 나는 내 자신을 '사소한 일의 전문가'라고 부르겠다. 금요일에 아이들의 학교수업이 있는지, 연수기에 소금이 충분한지, 새로 산 골프 글러브가 어떻게 되었는지, 도서관에서 대여한 책 반납일이 언제인지, 오늘 밤 식사 메뉴가 무엇인지, 우리 가족 한달 식비가 얼마인지 다른 누가 일일이 신경쓰겠는가? 한 가족을 하루에서 다음날로 이끄는 추진 장치는 '사소한 일의 전문가'라는 윤활유가 없으면 제 기능을 다 하지 못하고 시도 때도 없이 삐걱거릴 것이다.

옛날 옛적엔 중대한 일들과 사소한 일들이 좀더 쉽게 정의되었고, 더 나아가 쉽게 구분되어 할당되었다. 여성들은 그 '달콤한 일상'의 사소한 일들에 공손하고 예의바르게 봉사했던 반면, 남성들은 보다 중대한 일들에 신경쓰기 위해 사소한 일들은 거들떠보지도 않았다. 그러나 이젠 적어도 이론적인 관점에서 보자면, 그 오래된 역할분담 방식은 폐지되었고 현대의 역할분담은 다소 마구잡이에다 분명치 않은 것으로 대체되었다. 그런데 누가 무엇을 해야 하는가의 개념이 분명히 구분되어 있지 않다면 누가 기꺼이 세세한 일들에 신경을 쓰면서 자부심을 느끼겠는가?

이 질문은 많은 부부의 결혼생활에서 명확하게 확인되지 않으며, 그에 관해서 어떠한 방향도 틀도 없다. 더구나 그 대답이 엄청난 중요성을 가지고 있다는 사실은 좀처럼 고려되지 않는다. 자녀, 애완동물, 정원, 집, 취미 등과 같이 삶에서 가장 멋진 것들 중 몇몇은 일상의 밑바닥에 짙게 깔려 '사소한 일'이라는 층을 형성한다. 그리고 그것은 그다지 중요하게 여겨지지 않을지라도, 흔히 많은 시간과 생각과 에너지를 요구한다. '사소한 일의 전문가'라는 역할이 매일의 삶을 기분 좋게 유지하기 위해 얼마나 절대적으로 필요한 것인지 그 중요성을 제대로 이해하지 못한 채 소홀히 여긴다면, 삶을 가치 있게 만드는 것은 모두 사라져버리고 삶은 그 생기를 잃어버릴 것이다.

사실 조화로운 역할분담에 이르는 길은 그리 쉬운 것이 아니다. 그것은 형제자매간의 경쟁은 말할 것도 없고, 부부 불화를 만드는 요인이 되기도 한다. 어쨌든 잠자리를 정리하고, 쓰레기를 내다버리고, 개를 산책시키는 따위의 이런저런 작은 일들은 누군가의 몫이 될 것이다. 그리고 누가 무엇을 담당하든, 또 누구 차례든, 서로의 노고에 대해 감사를 표현할 줄 알아야 한다. 어떤 이들은 그런 일들에 대한 분명하고도 실행 가능한 시스템이 마련될 때까지 노력과 실패를 거듭하면서 단지 현재 상태를 유지하기만 한다.

또 어떤 이들은 죽을 때까지 그 일들에 대해 논쟁을 벌인다. 가장 절망적인 경우는, 남성과 여성이 생물학적으로 얼마나 다른지에 관해 이런저런 명제들을 인용하면서 과학이 그들의 딱한 처지를 입증해주길 호소하는 것이다.

어쨌든 더러운 얼룩을 빼고, 가족 중에서 누가 땅콩이 들어 있는 빵을 싫어하는지 기억하고, 베이비시터의 전화번호를 기억하고, 장볼 목록에는 없어도 화장실의 휴지가 필요하다는 사실을 기억해내는 능력은 비록 대단한 것은 아닐지라도 인생의 황혼 무렵에 되돌아보았을 때 자신이 이루어낸 업적의 기반이 된 재능으로서 감사히 인정받게 될 것이다. 이러한 기술들은 이력서와 아무 관계도 없지만 문명화된 생존을 위해서는 필수적인 것이다. 과학자, 예술가, 정치가, 문학의 대가들이 대단한 일을 한다는 명목으로 실생활의 영역에서 형편없는 무능력을 용서받았다는 사실에 대해서는 신경쓰지 말라. 그들도 결국 자신의 더러운 빨랫감을 손질해줄 누군가를 필요로 했다.

나는 이러한 것들을 남몰래 심사숙고해왔다. 비록 강요된 것은 아닐지라도 암묵적인 약속에 의해 나는 우리집에서 '사소한 일의 전문가'이지만 그 문제에 관해 너무 많은 논의가 이루어지면 그 수고로운 친절에서 '달콤함'을 지워버릴 수도 있기 때문이다. 내 가족들은 사소한 일에 관련된 자신의 욕구가 누군가에 의해 채워지는 것을 즐긴다. 그들이 큰소리로 인정하지는 않더라도 그것은 분명한 사실이다. 예를 들어, 나 자신은 혹사당하는 것처럼 느낄지라도 사온 음식을 내놓는 것보다는 내가 정성들여 파스타를 만들어내는 것을 그들은 훨씬 더 좋아할 것이다. 자, 그렇다면 생각해보자. 그러한 세세한 일들에 주의를 기울이고 보살피는 것은 중대한 일인가, 아니면 하찮은 일인가? 나는 모르겠다. 글쎄, 혹시 금붕어는 알려나?

자녀들을 올바르게 교육시키는 방법

누구나 결혼에 대한 환상이 있다. 그러나 대부분의 여성들은 결혼한 지 10년 후, 그리고 어머니가 된 후에 그들이 본래 꿈꾸었던 기대들이 현재 어떻게 되었느냐는 질문을 받으면 쉽게 대답하지 못한다. 분명 그들의 기대와 현실은 괴리되어 있지만 그 차이가 얼마나 큰지를 설명하기란 좀처럼 쉽지 않다. 어디서부터 어긋나기 시작한 것일까. "이럴 것이라고는 정말이지 꿈에도 몰랐죠……." 이것이 대부분의 여성들이 자신의 결혼 전의 환상을 현재 상황에 맞추기 위해 어느 정도까지 포기해야 했는가를 여실히 말해주는 가장 일반적인 표현이다. 결혼 전엔 전혀 예상하지 못했던 이러저러한 순간들, 그리고 그에 따르는 수많은 감정들. 꿈꾸었던 환상을 접어두고 현실을 헤쳐나가면서 겪게 되는 좌절과 성취, 고통과 기쁨, 번민과 희열은 비유하자면 삶이라는 수업에 있어서 박사학위 과정이나 다름없다.

그런데 대부분의 여성들이 이 학위를 얻기 위해 충실히 매달리는 학업 스케줄은 날마다 변한다. 유아를 돌보는 어머니들은 인내심을 가지고 한밤중에 깨어 아이에게 젖을 먹여야 하고, 수면 부족과 같은 생물학적인 고통을 감수해야 한다. 또, 취학 전의 어린이를 키우는 어머니들은 그 학위를 따기 위해 수십 권에 달하는 아동심리 전집을 읽는 따위의 과제를 수행해야만 한다. 그리고 한 학기를 마칠 때마다 치러야 하는 시험은 6개월마다 다른 대답을 요구할 수 있다. 그러한 시험문제들 중 하나는 "왜 우리 세 살짜리 애가 두 살이었을 때보다 지금 훨씬 더 별나게 구는가, 어째서 이렇게도 나를 힘들게 하는가?" 따위일 것이다.

또한, 자녀의 십대 시절을 거치면서 어머니는 구술시험을 치러야 한다. 어떻게 질풍노도기 자녀들의 불 같은 성질을 다루는지, 문제에 부딪히게 되는 경우 어떻게 자녀들이 서로 협력하도록 격려하는지, 어떻게 그 애들이 올바른 판단을 할 수 있도록 훌륭한 동기를 부여하고, 또 십대 임신과 같은 최악의 경우를 예방하는지에 대해서 말이다. 이러한 구술시험은 어머니가 도시를 종횡무진 뛰어다니며 아이들이 갖가지 레슨과 과외활동들을 마치길 기다리면서 그녀 자신의 혼잣말로 이루어진다. 그리고 이 박사학위 과정에서 그녀의 교수는 다름 아닌 그녀의 아이들이다. 어느 학위 과정이나 마찬가지이지만 학업능력을 향상시키기 위해서는 담당교수와의 상호작용이 불가피하다.

그러므로 어머니는 '어머니로서의 능력'을 향상시키기 위해 자신의 교수인 아이들과 대화를 나누어야 하고(때에 따라서는 언쟁이 될 수도 있다), 자신의 성적을 점검하는 데 있어 그들의 견해를 참고하고 진지한 태도로 좋은 관계를 유지하도록 힘써야만 한다. 이 박사학위 과정에서 때때로 제출해야만 하는 페이퍼는 다소 빈약할지도 모르지만, 그 과정의 최종 지점에 쓰게 되는 논문의 질적 수준은 일류대학을 능가할 것이다.

가족이란 '높은 수준의 교육기관'이며, 가정에서 이루어지는 교육은 자녀들뿐만 아니라 부모들에게도 해당된다. 삶이라는 박사학위 코스는 늘 변하지만 그 요구사항들에 자신의 시간을 투자하는 사람들은 가정으로부터 지혜의 '족보'를 물려받는다. 어쨌든 자동차 열쇠를 갖는 특혜에 으레 따르기 마련인 책임과 의무에 대해 자녀들과 토론을 벌이면서, 객관적인 거리를 유지한 채 참을성 있게 아이들이 말하는 바의 요점을 이해하는 부모는 즉시 학년이 올라갈 것이다. 학위를 수료하기 위해 논문 주제를 잡는 데 있어서, 아장아장 걸을 무렵의 아이가 TV 시간에 짜증내는 것을 달래는 일에서부터 십대 아이들의 반항을 자제시키는 데 이르기까지 각각의 논제들을 취할 수 있다.

그런데 그것은 때로는 보람도 있지만, 또 때로는 전혀 그렇지 못한 과정일 수도 있다. 하지만 결혼생활과 부모 역할이라는 것은 보람의 기미가 전혀 보이지 않을 때조차 그 과정을 끈기 있게 계속해나가는 확신과 믿음이 필요하다. 지금 당장은 아무 보람이 없을지라도 언젠가는 보상받게 되리라는 믿음과, 어떠한 대가가 없을지라도 가족의 가치를 계산 없이 인정할 수 있는 서로에 대한 신뢰 말이다.

자, 이번엔 학위 코스 중 '가정교육'에 대해 살펴보기로 하자. 부모는 이 강의를 훌륭한 성적으로 수료하기 위해서 자신의 모습을 먼저 점검해보아야 한다. 부모가 자녀들을 교육시키기 위해 훈계하는 어떤 말보다 더 중요한 것은 그들이 모범을 보이는 것이다. 자신은 운전할 때 빨간 신호등을 무시하고, 음주운전을 하고, 안전벨트를 매지 않으면서 자녀들에게 운전 조심하라고 잔소리하는 것은 그야말로 어불성설이다. 부모들은 모두 자신들이 행동한 대로가 아니라 말한 대로 자녀들이 따라줄 것이라고 믿고 싶겠지만, 그것은 완전한 착각인 동시에 진정한 교육이 어떠해야 하는가를 너무 안이하게 생각하는 것이다. 어떤 부모든 "애야, 너는 훌륭한 사람이 되어라"라고 말할 수 있으려면 그들 스스로 모범을 보여야 한다.

모든 가정에서 가정교육이 이루어진다. 어느 정도의 수준으로 이루어지든, 훌륭하든 형편없든, 아이들은 인생의 기본적인 것들을 일차적으로 가정에서 배우게 된다. 아이가 학교에서 얼마나 많은 시간을 보내고, 부모가 매일 얼마나 많은 시간을 밖에서 일하는가는 중요하지 않다. 의무교육에 드는 교육비도 문제가 되지 않는다.

아이들은 가정환경과 부모들의 영향 속에서 대부분의 인성을 형성한다. 아이들은 학교에서 2학년 수학문제로 '2 더하기 2는 4'라는 공식을 배울 테지만, 매일의 삶을 통해 그들이 형성해나가는 인간 관계에 있어서 2 더하기 2에 대한 해답은 가정에서 마스터되는 것이다. 정도의 차이는 있겠지만, 부모는 육체적으로나 정서적으로 아이들의 성장에 꽤 큰 영향을 미친다. 아이들은 세상에 대해 품게 되는 모든 의문에 대한 기본적인 해답을 가정에서 얻는다. 또한 모든 위험과 평범한 일들이 어떻게 다루어지는가를 가정에서 보고 배운다. 이 모든 것들이 쌓여 아이들이 세상을 살아가는 방법으로 학습되는 것이다.

지금까지 살펴본 바에 의하면, 고등교육 기관으로서의 가족은 부모들에게 '결혼생활과 부모 역할을 해나가는 데 있어서의 실용적인 지혜'라는 박사학위를 수여하는 것 외에도 두 가지의 기능을 더 하고 있다. 첫째, 아이들에게 일생 동안 배움을 사랑하는 마음을 키워주고, 둘째, 정서적인 총명함을 키워준다.

첫 번째 것을 위해서 부모는 자녀에게 교육환경을 제공하고, 바람직한 본보기로서 모범을 보여야 한다. 또한, 자녀에게 얼만큼의 기대를 걸었던 간에 자녀들이 이루어놓은 것을 진심으로 자랑스러워할 줄 알아야 한다. 아이들이 숙제를 할 때 실질적인 도움을 주고, 식사시간에 가족의 대화를 이끌고, 자녀에게 TV보다 우선적인 존재가 되는 것이 '성공하는 법'에 관한 수많은 어떤 강의보다도 훨씬 효과적이다.

또한 어려운 환경에서도 굴하지 않고 당당하게 역경을 딛고 일어선 성공 사례들을 반복해서 들려주는 것은 부모의 가르침에 신빙성을 더해준다. 그것은 아이들이 대항할 수 없는 난관에 직면했을 때 용기를 잃지 않고 꿋꿋하게 그 상황을 헤쳐나갈 수 있는 힘의 밑거름이 되어줄 것이다. 자, 이렇게 제대로 갖추어진 가정환경에 정식 의무교육이 더해졌을 때 그 시너지 효과는 가히 엄청날 수밖에 없다.

가족과 가정환경은 그 외에 개인의 감성지수 발달에 있어서도 중요한 역할을 한다. 감성지수 또한 학습과 마찬가지로 외부적인 자극에 의해 향상될 수 있다. 그리고 학습의 모든 요소에서처럼, 감성지수가 빨리 촉진될수록 아이가 자신의 정서적인 재능들을 활용하는 데 훨씬 더 능숙해질 수 있다. 감성지능이 뛰어난 아이는 다양한 상황에서 대인관계의 흐름을 재빨리 읽을 줄 알고, 타인의 감정을 존중하고, 자신의 감정이 스스로의 행동에 어떻게 영향을 미치는지 제대로 인식한다. 이런 아이들은 매우 다정다감하다.

다시 말해, 감수성이 풍부해서 어느 상황에서건 감정이입이 가능하다. 또한 자신의 충동을 자제할 줄 알고, 인간관계에서 상호존중을 중시하는 만큼 자신도 존중받기를 원한다. 더구나 밝고 명랑한 데다 융통성이 있어서 타인에게 호감을 주고 또 타인에게 친절하다. 아이에게 자연스레 생긴 이러한 요소는 어릴 때부터 아이와 함께 성장해야 한다. 그러기 위해서는 부모로부터 보강되고 격려될 필요가 있다.

몇 년 전 다니엘 골만(Daniel Goleman)이 그의 저술을 통해 감성지수의 개념을 대중에게 보급시킨 이래 감성능력(EQ)은 교육의 한 측면으로 평가받고 있으며, 보다 많은 관심이 집중되고 있다. 이에 따라 일부 학교에서는 교과과정 안에 학생들의 감성지수를 키우고, 학생에게 본인의 감정을 제대로 인식하는 법을 가르치는 데 도움이 될 만한 다양한 프로그램을 도입하고 있다.

그리고 엄격한 학업 감각에서만 매우 뛰어난 능력을 보이는 아이들은 높은 감성지수까지 겸비한 아이들에 비해 인생의 성공과 행복에서 그다지 능력을 발휘하지 못한다는 사실이 이러한 노력의 가치를 입증해주고 있다. 책 읽는 것을 좋아하는 아이는 학교생활을 잘 해나갈 것이다. 하지만 평생의 관점에서 보면, 독서만 좋아하는 아이보다는 독서를 좋아하면서 더불어 어떻게 역경을 헤쳐나가야 하는가를 아는 아이가 인생에서 좀더 나은 기회들을 얻을 수 있다.

가족은 하나의 수준 높은 학습기관이기 때문에 학습능력(IQ)과 감성능력(EQ)이라는 두 개념은 끊임없이 자연스럽게 가정 안에서 혼합되어 아이들에게 교육된다. 이것은 부모가 밤낮으로 교육자의 기능을 해야 한다는 뜻이다. 두 살짜리가 "왜요?"라고 물을 때부터 십대 아이가 "왜 안 돼요?"라고 물을 때까지, 부모들은 최대한 현명함을 유지해야 한다. 엄마는 자녀에게 옳고 그름의 가치판단을 심어주고, 엄격한 단련을 통해 자제심을 키워주어야 한다. 또한, 엄마 특유의 포근함으로 아이의 감성을 자극하고 정서적인 안정을 제공함으로써 자녀의 감성능력을 배양시켜야 한다. 이와 같이 균형 잡힌 가정교육을 통해 아이는 바람직한 인격을 형성해나갈 것이다.

그 교육은 부모(엄마)의 '말'과 '행동'이라는 두 가지 형태로 이루어진다. 그러므로 대부분의 여성들이 좀더 재치있고 정서적으로 더욱 현명해짐에 따라 그 교육 수준은 높아질 것이다. 앞서 말한 바와 같이, 결혼생활과 어머니 역할을 해나가는 데 있어서 더 높은 학위(박사학위)를 취득하기 위한 과정 속에 가정교육은 필수과목인 셈이다.

꿈과 현실은 다르다

아이를 키우다보면 흔히 '꿈과 현실'이라는 표현에 이르게 된다. 그리고 그 현실이라는 것이 꿈꾸었던 기대에 어긋났을 때, 대부분의 어머니들은 당황하게 되고 상황은 곤란해져버린다. 우리는 할리우드 영화와 육아에 관한 문학작품들에 길들여졌기 때문에 '일어나리라 여겼던 일'과 '마침내 실제로 일어난 일' 사이에 존재하는 괴리된 현실에 대해 전혀 준비되어 있지 못하다. 그 '일'이라는 것이 아이들, 배우자, 가정, 애완동물 따위의 어머니가 관심을 집중시켜야 하는 것일 경우엔 특히 더 그렇다.

내 아이들의 경우를 예로 들어보자. 내 아이들은 그 또래 아이들로서 지극히 평범하고 정상적이다. 그런데 이 녀석들은 홈비디오를 무척 좋아한다. 그래서 아이들과 함께 장을 보러 가게 되면 우리는 언제나 마지막 지점에서 신경전을 벌여야만 한다. 내 생각에, 그 비디오 케이스들은 전략적으로 어머니들이 지나다니는 길목에 진열되어 있는 것 같다. 어쨌든 장본 것을 담아놓은 수레를 끌고 그 옆을 지나칠 때 곧 폐품이 될 만큼 진부한 비디오 한두 편이 아이들 손에 들려 결국 수레 속에 숨겨지는 것이다.

나는 대체로 계산대에 도착할 때까지 그 사실을 알아차리지 못하기 때문에 우리가 일단 계산대 앞에 서게 되면 내 아이들 중 한둘은 종종 그 비디오들을 원래 놓여 있던 선반에 얌전히 다시 갖다놓아야 한다. 물론 나도 가끔은 아이들이 골라놓은 비디오를 그대로 묵인해주는 자비를 베풀기도 한다. 하지만 가격표가 15달러 이하인 경우일 때만이다. 그럴 경우 그 비디오는 장본 물건들과 함께 나란히 봉투에 담긴다. 내가 수년간 겪은 후에 내린 결론이지만, 나중에 벌어질 일들을 생각할 때 그렇게 하는 것이 오히려 수지에 맞기 때문이다.

무슨 소리인지 제대로 이해가 되지 않는다면 좀더 구체적으로 설명해보겠다. 뭐, 애들이 굳이 그 비디오를 보고 싶어한다면 나는 동네에서 가장 저렴한 값으로 대여해주는 비디오 가게를 찾아가 하루 3달러 이하의 가격으로 빌릴 수 있다. 그런데 실제로 내가 비디오를 빌리면 아이들은 그것을 적어도 한 번 이상 볼 것이고, 그러면 그 비디오에 대한 기억은 내 뇌리에서 잠시 사라지게 된다.

결국 비디오테이프가 VCR 안에 그대로 들어 있는 채 케이스는 소파 밑으로 들어가고, 일주일 후엔 비디오 반납을 독촉하는 전화가 걸려오게 된다. 그리고 나는 그 곤란한 순간에 그놈의 비디오가 내 집 어딘가에서 여전히 굴러다니고 있다는 사실을 기억해내는 것이다.

내게 너무 무책임하다고 비난할 경우에 대비해 굳이 자신을 변명해보자면, 때로는 나도 이보다는 체계가 잡혀 있다고 말하고 싶다. 온 동네 비디오 가게에 신용을 지키기 위해 나도 나름대로 노력을 한다는 얘기다. 나는 아이들이 비디오를 보고 나면 바로 다음날 잊지 않고 반납하기 위해 그 비디오를 VCR에서 꺼내 차에 갖다둔다.

아이들이 한 번 더 보겠다고 떼를 써도 소용없다. 그럼에도 불구하고 나는 일주일 후에 여전히 비디오 가게에서 걸려온 전화를 받아야 한다. 그러면 나는 곧장 내 차로 달려가 차 안 구석구석을 뒤져야 한다. 말하자면 그 비디오는 내가 그것을 차 안에 놓아둔 지 몇 분 만에 좌석 밑으로 굴러떨어져 내 시야에서 사라진 후 내 기억에서도 사라져버린 것이다. 자동차 좌석 밑을 더듬다보면 온갖 잡동사니와 쓰레기들이 손안에 잡히는데, 간혹 도서관에서 빌렸다가 잃어버려서 반납 기한을 넘긴 책을 건져내기도 한다. 하지만 그 연체료를 다 합친다 해도 비디오 대여비의 절반도 안 된다. 나는 엄청난 비디오 연체료에 치를 떨며 내 손에 잡히는 것이 그 잃어버린 비디오라는 사실이 확실해질 때까지 자동차 좌석 밑의 쓰레기들 사이를 계속해서 헤집어대는 것이다. 이런 상황에 비하면 내 장바구니에 담기는 비디오는 거저일 뿐만 아니라, 내 관대함의 값까지 높아지는 것이다.

나는 몇 년 전에 9달러 99센트짜리의 〈미세스 다웃파이어〉라는 새 비디오를 골라잡은 기억이 있다(사실, 내가 골라잡은 것이 아니라 우리집 아이들이 집어들어서 내 수레에 슬쩍 넣어둔 것이다). 내가 가족영화를 좋아하는 이유는, 누구나 볼 수 있을 뿐만 아니라 가족의 삶이 어떠해야 하는가에 대해 아이들에게 그림을 그려 보여주듯 친절히 설명해준다는 것이다.

예를 들어, 〈미세스 다웃파이어〉에서 미랜다가 아이들의 유모가 되기 위해 찾아온 미세스 다웃파이어를 면접하는 장면이 있다. 그녀는 우리 아이들과 별반 다를 게 없는 자신의 세 아이들에게 명랑하게 말한다. "이리 와보렴, 너희들에게 새로 온 베이비시터를 소개해주고 싶은데 만나보고 너희들의 생각은 어떤지 엄마한테 얘기해줄래?" 아이들은 차례로 줄을 서서 최대한 예의바르게 행동하지만, 마침내 첫째 딸이 아빠가 있어야 할 자리에 베이비시터를 들인다는 사실에 이의를 제기하자 나머지 아이들까지 합세해 그 의견을 지지한다.

아이들의 반항이 그다지 격렬한 것은 아니었지만 이 얌전한 폭발에 어머니는 당황하게 된다. 어머니에게 그것은 분명 난처한 순간일 것이다. 하지만 나는 그 장면을 보면서 속으로 생각했다. '이봐, 미랜다(기드젯), 그 정도는 약과라구.'

나는 그 대목에서 베이비시터가 면접보러 왔던 일이 생각났다. 그 날 저녁, 내가 그 아가씨를 면접하는 동안 5일 후에 열다섯 살이 되는 첫째 딸아이가 자신이 생각해낼 수 있는 최대한 음탕하고 불쾌한 단어들에 운율을 맞춰 노래를 불러댔는데, 딸아이는 자신이 말하고 있는 것이 무슨 뜻인지 전혀 개의치 않았지만 그애의 형편없는 노래에 베이비시터는 얼굴을 붉히고 말았다. 그러는 동안, 아홉 살짜리 아들 녀석이 풍선들을 우리가 있는 방안에 던져넣으면서 뛰어다니다가 풍선들이 하나씩 터질 때마다 "빵!" 하고 소리를 질러댔다.

나는 그런 상황 속에서도 최대한 냉정한 모습을 유지한 채 예의바르게 행동하려 했지만, 열두 살짜리 딸아이가 우리 옆으로 진지하게 다가와 앉아 두 개의 커다란 풍선을 자신의 셔츠 속에 집어넣고 기괴한 표정으로 우스꽝스런 몸짓을 했을 때, 단정한 모습을 되찾으려던 내 모든 노력은 수포로 돌아가고 말았다. 에헴! 나는 계속해서 아이들에게 헛기침을 해댔던 것이다.

스물한 살의 아가씨가 이 모든 것을 침착한 모습으로 미소지으면서 참아내는 것을 보고 나는 그 자리에서 그녀를 고용했다. 내 기억으로 스물한 살이라는 나이는 인생의 황금기에 해당한다. 나는 한때 영원히 스물한 살의 나이로 살아갈 수 있기를 꿈꾸었던 적이 있다.

어쨌든 그 나이는 자신의 경험에 대한 생생한 기억을 바탕으로 아이들이 무엇을 생각하고 무엇을 바라는지 이해할 수 있을뿐더러 동시에 어른으로서의 특권도 함께 누리는, 아이와 어른의 중간 단계이다. 게다가 아직 다른 누군가의 엄마가 된 것도 아니니 내 아이들의 베이비시터로서는 금상첨화가 아닌가.

이 외에도 나는 아이들 때문에 쥐구멍에라도 숨고 싶었던 적이 몇 차례 더 있었다. 어느 새해 아침에 나는 작은 아이 둘을 데리고 아침 식사로 외식을 하러 갔었다. 레스토랑에 들어갔을 때 그곳은 만원이었고, 우리는 로비에 앉아서 자리가 나기를 기다려야만 했다.

우리처럼 자리가 나기를 기다리며 로비에 앉아 있던 한 부인이 다섯 살짜리 막내둥이에게 말을 걸었다. "얘야, 꼬까옷이 참 예쁘구나." 그리고는 내게 미소지으며 "설빔인가 보죠?"라고 말했을 때, 딸아이가 불쑥 "이거 어제 입고 잔 옷인데요?"라고 씩씩하게 대답했다. 그런데다 "그리고 어젯밤에 나 이빨도 안 닦았대요"라고 물어보지도 않은 사실을 있는 그대로 다 말해버리는 것이었다.

나는 순간 당황해서 누군가 "컷!"하고 외쳐주기를 바랐다. 그리하여 그 전체 장면을 편집에서 다 삭제해버리고 처음부터 다시 시작하고 싶었다. 하지만 아무리 할리우드 영화라 해도 그것은 너무 즉흥적인 일이지 않은가. 난처한 상황이라고 해서 모두 편집해버리기엔 그 모든 일들이 지극히도 현실적이었다. 이렇게 '일어나리라 여겼던 일'이 '실제로 일어난 일'과 불협화음을 이룰 때면, 때때로 어머니들조차 얼굴을 붉히게 된다. 으흠, 꿈과 현실은 지독히도 다른 것이다.

6

돈이란 매우 근사한 것이다

나는 실제로 돈을 주머니에 넣으면서 지난날의 고됨을 기억해내고는,
'고정된 수입이 초래하는 변화가 이렇게 크구나!' 라고 생각했다.
— 버지니아 울프

돈으로 건강, 행복한 결혼생활, 정신적 안정, 예의바른 아이들을 살 수 있는 것은 아니다. 그럼에도 불구하고 경제적 근심이 가족들의 존재 사이로 비집고 들어오게 되면, 돈은 이 모든 것들에 부정적인 영향을 미친다. '여성의 일'에 쓰여지는 시간이 생계유지에 관련된 문제는 아니기 때문에, 또 점점 커지고 복잡해지는 가족들의 요구를 예상하는 데 분명한 공식이 있는 것도 아니기 때문에 수입과 지출의 빈틈없는 휴전을 협정하는 것은 까다로운 일일 수도 있다. 긴 안목에서 보면, 결국 한 가정이 시간과 돈 사이에 균형을 이루어나가는 방식이 그 가족에 대한 초상화를 그리는 일이 될 것이

다. 다른 어떤 가족 사진보다도 그 가족에 대해 훨씬 더 많은 것을 말해주는 초상화 말이다.

평등하지 않다면 대항하라

우리에게는 큰 희망이 있었다. 60,70년대 페미니즘의 자극적인 시대는 성인이 되어가는 우리들에게 어머니의 길이 아닌 아버지의 길을 갈 수 있는 기회를 약속하였다. 그 목표는 너무나 정당하고 타당하며, 또 명백해 보였다. 우리는 같은 직업에 대해 같은 보수를 기대했다. 마치 어떤 책에선가 나왔던 뇌 없는 사람처럼 말이다.

우리는 외모가 아닌 우리가 지닌 장점으로 평가받기를 기대했다. 그리고 언젠가 우리가 이러한 것들을 쟁취할 것이며, 우리의 성적 전망은 남성들과 전혀 다르지 않다고 확신했다(그리고 대부분 어떤 점에서는 이미 쟁취했다고 생각했다). 온 시대가 콩코드 제트기처럼 도약했다. 시간 안에 그 종착지에 닿기를 희망하면서 말이다.

하지만 그것은 멋지게 도약한 이후 끔찍한 지체를 경험하기 시작했다. 거의 모든 분야에서, '평등'의 개념은 다양한 활주로를 빙빙 돌며 착륙 허가가 내려지기를 기다려야만 했다. 그리고 그 기다림은 끝없이 계속되었는데, 심지어 30년이 지난 지금까지도 계속되고 있다. 물론, 어떤 여성들은 용감하게 낙하산 하강을 시도하기도 하지만 말이다. 여성 조종사들은 뛰어난 이륙 기술을 보인 후에도 관제탑과 효율적인 소통을 할 수가 없었다. 관제탑을 관리하는 사람들이 남성이었기 때문이다. 남성들은 조종사나 승객들과는 다른 암호책을 사용하고 있었던 것이다. 여성 조종사들은 몇십 년 동안이나 빙빙 날아다닌 후에야 그 상황을 알아차렸다. 관제탑이, "착륙이 허가되었습니다" 하고 말하면, 여성 조종사는 내려다보고 "감사합니다. 그런데 이 비행기는 그 활주로에 적합하지 않습니다"라고 답한다. 그러나 이러한 상황은 누군가 고의적으로 계획한 것이라기보다 오히려 너무나 자명한 서로 간의 계산 착오에 의한 것이다.

이러한 '계산 착오' 중 몇몇은 30,40년 전과 크게 다를 바 없다 할지라도, 이제는 많은 것들이 바뀌었다. 그 무렵엔 여성들이 '책임이 따르는 위치'에 발붙이는 일이 지금보다 훨씬 더 어려웠다. 그러한 위치에 있는 남성 문지기들이 여성은 남성에 비해 규칙에 따르거나 책임지는 일에 적합하지 않다고 생각했기 때문이다. 모성은 가장 장래성 있는 여성조차도 전도유망한 길에서 탈선시킬 것이라고 믿었다. 이 '만일의 경우'라는 가능성 때문에, 여성보다는 남성에게 투자하는 것이 좀더 현명한 일이라고 생각되었던 것이다.

페미니즘은 이러한 생각의 타개를 목표로 삼았다. 만일 그 '생각'이 대단한 영향을 미치지 않았다면, 페미니즘은 모성과 관련한 그런 유형의 사고방식이 수용되는 것을 효과적으로 막을 수 있었을 것이다. 하지만 그 영향력은 생각보다 훨씬 더 대단했다. 심지어 대학 입학처장, 대학원 학장, 변호사, 또는 경영 최고책임자까지도 이런 식으로 생각하고 있으니, 안타까운 일이 아닐 수 없다.

이와 동시에 여성은 전문직에서 자신의 능력이 남성과 동등하다는 사실을 증명해야만 했다. 하지만 앞서 예견되었던 것처럼, 모성은 남성의 직업에 도전하는 여성들의 능력에 거대한 장애물을 던져놓았다.

모유 육아를 예로 들어보자. 50, 60년대에는 모유의 영양학적 가치가 많이 인식되지 못했기 때문에, 집으로부터 멀리 떨어진 곳에 직장이 있는 어머니들도 자식의 영양문제로 고민하지는 않았다. 조제분유가 모유보다 좋지는 않더라도 최소한 영양적으로는 비슷하다고 생각했기 때문이다. 그런데 모유가 단지 칼로리 뿐만 아니라 항체, 전염병 방어제, 높은 IQ, 청소년기까지도 지속되는 보다 나은 학업 수행 능력, 감정적 유대 측면에서도 분유보다 훨씬 좋다는 사실이 알려지면서, 여성들은 남성의 영역이 그들에게 갖는 기대치와 이러한 정보를 잘 조화시키기 위해 엄청난 노력을 기울여야만 했다.

오늘날까지도 아기를 키우는 많은 어머니들이 아기의 영양상태를 최적으로 유지하면서 동시에 일을 계속하기 위해 어떠한 고초를 겪고 있는가. 그들은 점심시간이나 휴식시간에 아이에게 젖을 먹이기 위해 화장실이나 그 밖의 장소로 밀려나고 있다.

나는 첫딸 바네사를 낳고 임상실습을 마치기 위해 의과대학으로 돌아왔을 때 호출기를 들고 다녔다. 일하던 곳이 병원이었기 때문에 나는 호출기를 눈에 띄지 않게 가지고 다니면서 바네사에게 젖을 먹이기 위해 정기적으로 달려나갈 수 있었다. 몇 년 후 갈렌이 태어났고, 그 아이가 젖먹이였을 때 내 동생은 옆마을에서 진료활동을 하고 있던 나에게 일하는 14시간 동안 적어도 한 번은 갈렌을 데리고 왔다. 나는 자신의 상황에 따라 처신하는 법을 배웠다. 의학적 성취도에 대해 칭찬을 듣는 것과, 내가 그런 식으로 행동할 때 동료들이 달가워하지 않는다는 사실에 대해서는 그다지 신경쓰지 않았다.

여성들은 기죽지 않고 꿋꿋하게, 자신에게 맞지도 않는 남성들의 신발을 신고 이리저리 부딪히거나 물집을 싸매면서도 앞으로 나아갔다. 자신의 신발을 신고서도 여전히 직업을 가질 수 있다는 사실을 여성들이 깨닫기 전까지는 말이다. 아마도 그들은 어떤 회사나 단체에서 장(長)이 될 필요는 없었을 것이다. 아마도 여성 외과의사에게는 개인 병원보다 종합병원의 외래환자 클리닉이 더 나았을 것이다.

일은 집에서도 할 수 있었을 것이다. 또 혼자 모든 일을 다 해내기 위해 전전긍긍하기보다는 누군가의 도움을 청할 수도 있었을 것이다. 이러한 집합적인 통찰은 60년대 페미니즘에 의해 시작된 사회적 시험에 30년을 더한 지금에야 겨우 받아들여지고 있다. 여성들은 다른 누군가의 것이 아닌 그들 자신의 관점에서 일터에 접근해야 했던 것이다. 모든 거대 주식회사들이 '최고로 가족처럼 편안한 회사'라는 타이틀을 놓고 다투는 것이 이에 대한 증거가 될 것이다.

업무에 있어서 협조적인 태도도 중요하지만 같이 일하는 상대방 개개인의 태도도 중요하다. 의대 수업과 결혼, 그리고 임신을 조화시키는 힘겨운 전쟁터에서 몇몇 우호적인 남성 동료들을 만난 것이 나에게는 큰 행운이었다. 이 동료들 가운데 한 사람은 바로 내가 다니던 의과대학의 학생회장이었다. 그는 모든 학우들에게 '아빠'와 같은 역할을 했고, 신입생 환영회날부터 우리들에게 "열심히 일하고 열심히 놀아라"라고 훈계했다.

나는 수업이나 실습에 대해 주로 그에게 상담을 받았다. 그러므로 의과대학 마지막 해에 아이를 갖게 된 나는 자연히 출산 예정일 즈음해서 4학년을 어떻게 보내야 하는지에 대해 그와 의논하게 되었다. 내게는 아기의 출산을 예상해서 모아둔 6주간의 휴가가 있었는데, 그 휴가 날짜가 출산 예정일에 딱 들어맞을 수 있을지 매우 걱정스러웠다. 이 친절한 상담자는, 초산은 예정보다 출산이 늦어지는 경우가 많으므로 열흘 정도 늦추어 잡으라고 충고해주었다. 그리고 나는 그의 말대로 했다. 바네사는 협조를 잘 해주어 내 임상실습 마지막 날, 즉 출산휴가가 시작되기 하루 전날에 태어났다.

하지만 의식이 깨어 있는 법인체의 소유주나 우호적인 동료들이 여성의 '직업에 대한 열망'에 도움이 될 수는 있어도, 여전히 이러한 것은 전체 이야기 중에서 아주 작은 일부분만을 말해줄 뿐이다. 60년대에는 페미니즘이 불평등의 한 면만을 겨냥했다. 물론, 그것이 약간 포괄적으로 보이긴 했지만 말이다. 70,80년대에 들어 노동인구에 포함된 여성들은 엄청난 불안과 함께 한 가지 사실을 깨닫게 되었다. 자신들이 얻은 일에 대한 자유가 '집안일'로부터의 자유를 함께 보장해주지는 않는다는 사실을.

그러나 그들의 남편은 아내가 가질 수 없는 두 가지 '자유'를 너무도 당연하다는 듯 누리고 있지 않은가. 남성들에게 사무실에서의 8시간은 바로 누군가에 의해 준비된 저녁식사와 TV 앞 편안한 소파에서의 휴식이 뒤따르는 것이지만, 여성들은 일이 끝나고 집에 돌아와서도 가족들의 반응을 살피며 식사준비와 설거지, 집안 일, 그리고 세탁을 해야 한다. 이러한 가정의 이중 기준은 많은 여성들이 증언하는 것처럼 '분노'를 낳게 된다.

여성들이 모든 장소에서 남성들과 같은 일을 하고 그들과 동등한 보수를 받고 있다고 해도, 엄마들은 집에서 하는 일에 더 높은 가격을 지불해야만 한다. 이것은 아버지들과 비교해볼 때 어머니들에게는 순적자가 되는 일이다. 그럼에도 불구하고, 집안일의 가치에 대한 공식 계산 금액이나 확실한 문화적 합의가 없기 때문에, 이에 대한 불평등은 곧 사라질 성질의 것이 아니다. 추측컨대, 다음 세대를 이끌어갈 내 딸도 곧 우리들이 겪고 있는 똑같은 문제에 직면하게 될 것이다. '집안일'에 대한 헌신은 반드시 필요하며 칭찬할 만하지만 그 가치가 공식적으로 인정되는 것이 아니기 때문에 시간 낭비일 수밖에 없다. 이렇듯 현실이란 때로 문제의 본질과 무관해져버린다.

이것은 이상한 상황이 아닐 수 없다. 본래의 거래에서는 같은 일에 대해 같은 보수를 명기했고, 그것은 당시 상당히 의욕적인 일이었다. 하지만 무언가를 성취하는 길은 언제나 더 복잡하고 더 어려워진다. 이러한 사실을 알고 난 후 덧붙여진 추가항목은 '모든 유급노동에 대한 같은 보수', '모든 무보수 노동에 대한 평등한 참여'를 명시했다. 후자가 바로 가사일이다. 그런데 이것은 이중 문제를 겪는다. 거래가 수정되었을 뿐 아니라, 그 수정은 남성들에게 타협을 요구했고, 그것은 남성들에게 그리 달가운 것이 아니다.

그것은 자신들이 누리고 있던 제도적인 특권과 회사, 법률회사, 또는 우주비행사 프로그램 등이 여성들과 공유됨으로써, 기존의 경쟁사회에서 좀더 많은 수의 적을 맞아들여야 한다는 뜻이다. 그것은 또한 누군가 자신을 위해 속옷을 빨아주고, 아이를 돌보고, 냉장고를 채워놓고, 욕실을 청소해주는 것에 익숙하던 남성 병사들에게 타협을 요구하는 일이다. 이것은 여성들만 분개하는 것이 아니라, 남편들도 마찬가지라는 사실을 의미한다. 이러한 시나리오에서 가정의 맥박은 너무도 약해져서 거의 맥이 짚어지지 않는다.

그러나 이러한 상황을 치료하기 위한 최상의 선택이 무엇인지는 그리 명확하지 않다. 때로 가사노동의 불평등한 분배에 대한 연구를 인용한 기사가 신문의 앞면에 실리기도 한다. 그 기사는 그다지 선정적이지도 않고 사회적 현실을 있는 그대로 반영하려고 꽤 노력하는 듯 보인다. 우리가 필연적으로 듣게 되는 '진보'에 관한 이야기가 실렸고, 가사노동의 불평등 문제도 이제 어느 정도 개선되었다고 씌어 있다. 그리고 이 관점을 지지하기 위해 몇몇 인터뷰가 인용되어 있다. 그러나 이 기사를 읽는 대다수의 어머니들은 머리를 흔들고, 자신의 집 어디에 평등이 있는지 의아해진다.

몇몇 지각 있고 실정을 이해하는 부부는 가족을 부양하기 위해 상당한 시간이 요구된다는 사실을 인식했을 때, 역할분담에서 서로가 받아들일 수 있는 부분을 합의하에 결정한다. 이들 중 몇몇은 자녀가 어릴 때 아빠는 생활비를 벌어오고 엄마는 집안일을 담당하는 지극히 전통적인 길을 선택한다. 물론, 양쪽 부모가 이 선택에 동의하면 그것은 훌륭하게 이루어진다. 좀더 '자유로운' 시나리오를 원하는 경우, 집안일과 바깥일을 공평하게 둘로 나누기로 결정한다.

그러나 이러한 결정을 이끌어나가기 위해서는 끝없는 협상이 요구되고, 또 부모의 기준이 다를 수도 있기 때문에 꽤 까다로운 일이 된다. 많은 맞벌이 부부들이 두 가지 풀타임 노동에 이런—집안일과 바깥일을 공평하게 둘로 나누는—동등한 시간 기준을 적용시키는데, 그 상황에 한둘의 아이들이 더해지면, 이것은 보통 풀타임 스트레스를 의미하게 된다.

한편, 소수의 선구자적인 부부들은 여성이 밖에서 일을 하고 남성이 집에서 자녀를 돌보는 길을 택하기도 한다. 상호존중이 충분히 이루어진다면, 아주 효과적일 수 있다. 가정, 집, 아이들에게 많은 시간과 관심이 필요하다는 사실에 두 사람 모두 동의하기 때문이다. 하지만 이것은 아버지나 어머니가 가진 결혼에 대한 환상과는 잘 맞지 않기 때문에, 소수의 부부들만이 이러한 방식을 선택한다.

매년 여름이면 몇 주씩 우리 가족과 함께 지내기 위해 남편과 아이들을 데리고 찾아오는 내 친한 친구의 예를 들어보자. 그녀는 일정 기간의 출장이 요구되는 사무직에서 매일 9시간씩 일을 한다.

한편, 그녀의 남편은 집에서 프리랜서 상담을 하고 있다. 그는 아침마다 아이들을 유치원에 데려다주고 오후에 다시 데리고 온다. 그는 오후에 낮잠과 직업적인 일을 적절히 병행하며 대형 할인매장에서 장을 보기도 한다. 내 친구는 저녁 늦게 집에 와서 남편이 몇 시간 더 일을 하고 있는 동안 저녁식사 준비를 하고 욕실 정리와 취침 준비를 한다. 멋지지 않은가. 그 둘의 역할분담은 이상적이다.

하지만 이 빛나는 이야기 속에는 몇 가지 숨겨진 진실이 있다. 내 친구는 아이들과 좀더 많은 시간을 보낼 수 없다는 것에 계속해서 마음 아파한다. 친구는 그 문제에 대해 만성적으로 피로를 느끼며 스트레스를 받았고, 아이들 돌보는 시간을 벌기 위해 점점 자신의 운동 시간을 포기하게 되었다. 여전히 아이들과 함께하는 것은 희생을 요구하는 일이다.

게다가 그녀의 가족이 우리집에 올 때마다 친구가 하는 말이 항상 나를 혼란스럽게 한다. 그녀는 웃으며 여행 준비 때의 일을 얘기한다. 그녀가 아이들의 옷과 기저귀, 젖병, 유모차, 휴대용 아기 침대가 깨끗한지 확인하고, 또 그것들을 열심히 싸고 있는 동안 그녀의 남편은 자신의 가방만 달랑 싸들고서 "갑시다!"라고 말한다는 것이다. 그녀는 아이들과의 여행 중에 생길지도 모르는 모든 경우에 대한 '만반의 준비'를 갖추기 위해, 떠나기 전날부터 떠나는 그날 새벽까지 일해야만 한다. 그들의 역할분담 공식상 그가 기본적으로 자녀를 담당하는 위치에 있는데도 말이다. 그들 가족이 우리집에 도착할 때면 그녀는 항상 녹초가 되어 있다.

내가 일하는 여성들로부터 들은 이야기에 따르면 이러한 일은 다반사다. 어머니와 아버지는 자석의 양극과 같아서 중간지점에서 만나기에는 너무나 가까이 와버린다. 무언가 그 인력의 일직선을 흔들어놓기 전까지는 말이다. '동등한 업무에 대한 동등한 급여'라는 초기의 목적은 페미니스트의 노력의 결과 상당히 현실적이 되었다. 하지만 집안일에서도 그 동등함을 얻어내기엔 아직 가야 할 길이 멀다. 그것은 어떠한 제도적 해결책에 도달하는 것보다도 먼 길이다.

일터라는 맥락에서 평등의 개념은 꾸준히 진보해왔다. 직업의 평등을 확보하기 위해 전투태세에 있었던 많은 사령관들 덕분에, 이제 전통적으로 남성의 영역이었던 모든 곳에서 여성이 받아들여지고 있다. 하지만 일단 논의가 개인적인 환경으로 옮겨지면 사령관들의 지휘는 사라지고, 여성은 오랫동안 지속되어온 문화적 장애물에 직면해 혼자 힘으로 최상의 거래를 성사시켜야만 한다. 그러나 그것이 어디 쉬운 일인가. 모든 재판에서 승리를 얻어내는 여성 변호사조차 가정, 집, 남편이라는 사적인 분야에서는 실력을 발휘하지 못할 수도 있다.

가사분담에서의 문화적인 제약은 끈질긴 생명력을 자랑하면서 여성들이 성공적인 남성들과 같은 궤도에 오르지 못하도록 방해해왔다. 교활하게 조작된 제도상의 수많은 성차별주의가 여전히 여기저기에 남아 있고, 때로는 그것이 전통적으로 남성이 차지해왔던 위치에 오르려는 여성들을 끌어내리기도 한다. 하지만 승진에서 바탕으로 해야 할 황금 기준은 남녀의 성이 아닌 개인의 직무 수행 능력이다. 직무를 수행하는 데 방해가 되는 것들은 궁극적으로 한 개인이 발전할 수 있는 기회를 박탈하게 될 것이다. 지금까지 아버지들은 전통적으로 직무 수행이라는 구실로 집안일과 그 책임으로부터 자유로웠다.

하지만 어머니들에게는 그런 무조건적인 자유가 허락되지 않았고, 지금도 마찬가지다. 여가시간과 주말을 즐기는 능력, 말초적인 혼란과 방해 없이 일에 집중할 수 있는 능력, 봉사를 하는 능력, 일을 위해 다른 모든 것을 제쳐둘 수 있는 능력, 우선사항을 결정하는 능력, 이 모든 것들이 승진을 위해 권고되고 있다. 그리고 아이를 가진 대부분의 여성들은 이러한 점에서 남성과 맞설 수 없는 것이 현실이다.

몇몇 사람들은 이러한 불평등을 여성을 권력 밖으로 내몰려는 여성 혐오적 음모라고 생각한다. 하지만 이런 사고방식은 '여성들을 적대시하는 남성들이 몇몇 사악한 협잡에 의도적인 노력을 기울이고 있다'고 가정하는 것이다. 그러나 이것은 현실의 불평등만큼이나 극단에 치우친 발상이다. 이 모든 편견을 바로잡기 위해서는 남성과 여성 모두의 노력을 필요로 한다. 실제적인 노력 말이다.

이전에 금지되었던 직업에서 출입 허가를 얻기 위해 여성들은 이치에 닿지 않는 거래를 성사시켰다. 그들은 남성과 '같은 일'을 하겠다고 제안했고 (그 거래에 포함되어 있지는 않았지만) 집에서의 일들은 어떻게든 해결되기를 바랐다. 그러나 그런 일은 결코 일어나지 않았다. 그리고 그것은 '동등한 업무에 대한 동등한 급여' 라는 최초 거래의 불완전한 본질과 관련이 있다. 동등한 보수는 동등한 상황에서 동등한 일을 할 수 있는 능력에 따라 주어지는 것이다. 여기서 동등한 상황이란, 여성도 남성과 같이 속박되지 않는 상황 속에 있어야 한다는 뜻이다. 그러므로 남성이 집에서 동등하게 일하려고 하거나 누군가에게 보수를 주고 대신 그 일을 하게 하지 않는 한, 여성들은 그 거래에서 분명히 불리하다. 필요하다면 흥정할 준비가 되어 있는 사람조차도 말이다.

'가사를 포함한 모든 일이 동등한 보수를 받을 가치가 있고, 동등한 참여를 요구한다' 는 개념은 아직 먼 이야기이다. 여성들은 여전히 가사노동에 의해 성공의 사다리에서 끌어내려지고 있다. 그렇다. 유리천장(glass ceiling: 여성 승진의 최상한선 - 옮긴이)은 존재한다. 그러나 그것은 어떠한 여성혐오적 음모 때문이 아니라, 아이를 가진 여성들은 아이를 가진 남성들과는 달리 직업에 대해 무조건적인 자유를 누릴 수 없기 때문이다.

자신을 신뢰하라

재정적 근심은 결혼생활에 가장 큰 스트레스를 야기시킨다. 생계를 이끌어가던 사람이 직장을 잃거나 청구서가 쌓여갈 때, 세금이 예상을 초과할 때, 또는 지붕이 새기 시작할 때, 가정의 가계부가 다시 균형을 잡을 때까지는 그 어떤 것도—섹스조차도—상황을 나아지게 하지 않는다. 어떤 나쁜 소식이나 재난이 있기 전조차도, 일상적인 생활에서 수입과 지출의 균형을 맞추는 것은 두 개의 수입을 요구하고, 부부의 재정적 저축뿐만 아니라 감정적 저축까지 긴장시킨다. 그러나 이것은 현실이라는 그림의 한 부분일 뿐이다.

지난 20년 동안 우리는 주로 '부부 중 한 사람이 돈을 벌고 다른 한 사람은 아이를 돌보는 사회'에서 '부모 모두가 돈벌이를 하는 사회'로 옮겨왔다. 누군가 무언가를 하기 위해 어디로든 가려 하는 이러한 변화 하에서, 가정이란 영역은 중요하게 생각되지 않았다. 한때 대가족이 주류를 이루던 시절, 가정의 공백은 할머니나 친척에 의해 채워지기도 했지만, 최근에는 다양한 이름의 대리보호인에 의해 채워지고 있다. 베이비시터, 유모, 오 페어(au pairs: 외국 가정에 입주하여 집안일을 거들며 언어를 배우는 사람 - 옮긴이), 유치원과 탁아소의 보모 등이 그에 해당한다. 그런데 이들 중 몇몇은 '대리보호'라는 목적을 훌륭히 소화해내지만, 몇몇은 그렇지 못하다.

"어린 자녀의 올바른 정서발달을 위해 부모 중 누군가는 아이들을 돌봐야 한다"는 많은 사회학자들의 주장에도 불구하고, 맞벌이를 하게 만드는 요인은 무척이나 복잡하다. 중역이사의 위치에 서기 위해 단조로운 집안일을 포기하고, 한번 안아주는 것으로 아이를 떠나는 여성들이라고 해서 모두가 자기 중심적인 것은 아니다. 이성적으로 생각하면, "그럴 때 아빠는 어디 있었나?"라고 묻는 것이 논리적인 질문일 것이다. 우리 사회는 이목을 끄는 단순한 문구를 선호하는 경향이 있다. 그러므로 우리는 흔히 길고 복잡한 이야기를 말해야 할 때, 단지 짧고 피상적인 캐치프레이즈를 사용한다.

아메리칸 드림의 대가가 꾸준히 상승하고, 모든 가정이 '한 사람 수입의 4분의 1을 가정살림에 지출하던 형태'에서 '두 사람 수입의 4분의 1을 지출하는 형태'로 옮겨가던 시기엔 경제적 안정감이 실제보다 훨씬 더 분명해 보였다고 말한다면 그것은 말이 안 되는 소리다. 하지만 문제가 생겼을 때 그 문제를 하나하나 분석하기보다는, 가족보다 자신의 야망에 더욱 신경을 쓰는 모든 꼴불견 여성들에게 가족의 불행에 대한 모든 책임이 있다고 말하는 것이 훨씬 더 웃기는 소리다. 아마도 여기에 대해서는 이렇게 말하면 될 것이다. "게다가 아빠들은 책임이 없는가?"

여성의 사회 진출은 (왜 그러한 현상이 일어나게 되었든지 간에) '무슨 일을 하기에는 누가 적격이다'라는 생각에 대한 대대적인 재조정을 필요로 한다. 오로지 국내총생산(GDP)의 건실함에 의해서만 경제가 평가받는 우리의 사회구조 안에서, '가사노동'이라는 거대한 노동집단은 무시되어버린다.

그리고는 "우리 사회구조의 건실함과 안녕에 대한 많은 측면은 (화폐를 읽는) 관습적인 방법에 의해 측정될 수 없다"는 따위의 위선적인 독서가 권장되고 있으니 웃기는 일이 아닌가. 부모의 이혼을 겪고, 교육을 제대로 받지 못하고, 돌보아주는 사람 없이 홀로 많은 시간을 보내야 하고, 가난이나 차별 등으로 인해 정서적인 문제를 겪고 있는 아이들이 국내총생산에 부정적으로 등록된다면, 아마 우리는 이러한 문제들을 더 빨리, 더 효과적으로 지적할 수 있을지도 모른다.

누가 일해야 하고 누가 일하지 않아야 하는가에 대해 정치적으로 정신분열증 환자같이 구는 것은 도움이 되지 않는다. 1997년 뉴잉글랜드의 한 맞벌이 부부가 그들의 아들을 죽게 만들었다며 십대 유모를 고소했을 때, 악의에 가득 찬 비난이 라디오 토크쇼를 통해 전국으로 방송되었다. 그 잘못은 유모가 아니라 아기를 놓아두고 일하러 간 엄마에게 있다고 극우파 엄마들이 외쳐댔던 것이다. 그러면서도 이 보수주의자들은, 엄마들이 일하기 위해 아이를 탁아소에 맡기든 말든, 생활 보호대상 어머니들에게 직업을 얻도록 함으로써 실업수당을 받지 못하도록 해왔다. 이 얼마나 웃기는 모순인가. 무엇이 되건 간에, 다음과 같이 묻기 십상이다. "일이냐 모성이냐?"

물론, 이것은 개인적인 수입에 연연할 필요가 없는 사람들에게는 간단한 문제다. 수입이 많은 남편에게 의존하는 여성들에게 있어 일하는 어머니들을 비판하는 것은 쉬운 일이다. 야망이 없는 여성들이 자신과는 다른 개인적 동기를 가지고 있다 해서 누군가를 공격한다면, 그 공격은 근거 없는 일일 뿐이다.

또한 유급 노동을 도덕적으로 부패한 자기방종으로 치부하거나, 일하는 시간을 자녀들에게 할애하는 시간보다 열등한 것으로 보는 것은 말도 안 된다. 이러한 이데올로기적 분열은 여성들이 '합리적인 선택'을 하는 것을 방해해왔다. 즉, 다른 방식으로 살아왔거나 단지 다른 행운을 가졌던 여성들에 의해 비판의 대상이 되지 않으면서, 가족들의 요구에 최상으로 부응할 수 있는 합리적인 선택 말이다.

우스운 것은, 남자들이 이 분열된 여성들 사이의 화해를 꿈꾸었을지도 모른다는 사실이다. 비록 수치는 미미할지라도 많은 아빠들이 집에서 아이들과 함께하는 쪽으로 방향을 선회하고 있다(여기서 '방향 선회'라고 표현한 것은, 장기간 또는 불변의 직업으로서 기꺼이 가사일을 떠맡는 아빠들은 보기 드물기 때문이다). 이러한 아버지들이 양육하는 즐거움을 알게 됨에 따라, 그들은 직업적 모델을 홈 대디(남성 가사도우미 - 옮긴이)에 적용시킨다. 아무래도 그들은 자신이 오랫동안 해왔던 일들을 거부할 수 없는 것 같다.

직업세계로 진출한 여성들이 초기에 곧장 남성의 역할에 발을 들여놓고, 남성의 관습을 따르고, 남성의 잣대에 의해 자신들을 평가하는 동안, 남성은 이러한 여성의 실수를 지켜보면서 '무엇이 문제인지'를 저절로 터득하게 되었다. 여성의 역할에 발을 들여놓으면서도, 남성은 여전히 자신들의 본래 자리를 고수하기로 마음먹었다.

홈 대디는 특정 홍보지를 출력하고, 웹 사이트를 만들고, 가사일 경험에 대한 책을 쓰고(때때로 그들은 단지 책을 쓰는 동안만 집에 있고, 책을 다 쓰고 나면 다시 본래의 일로 돌아간다), 심지어 남성이 보모 노릇을 하는 탁아소까지 꾸미면서, 그 어떤 시간도 빼앗기지 않는다. 그리고 괜찮은 직업이 모두 협회를 갖고 있듯이, 제2회 홈 대디 총회 또한 1997년 시카고에서 열렸다.

이것을 좋은 징조로 받아들임과 동시에, 여성이 몇 세기 동안 집안일을 해오며 줄곧 남성이 가사에 동참하기를 바라왔다는 사실을 유난스럽게 알리려고 하지만 않는다면, 우리는 이제껏 소유하지 못했던 서로에 대한 이해를 비로소 공유하게 될 것이다. 가정이라는 울타리 안에서, 가사의무에 충실하기 위해 자신의 출세와 직장을 희생해야 한다면 그(또는 그녀)는 불가피하게 스스로의 독립심을 재조정해야만 한다. 혹은 보완적인 노선을 취하며 직장을 갖는다 해도 그(또는 그녀)는 필연적으로 가사를 돌볼 누군가에게 의존해야만 한다. 이러한 상호의존적인 문제들을 어떻게 잘 해결해나가느냐 하는 것이 열쇠이다. 그러나 균형을 잘 유지하는 것은 까다롭다.

혼자 힘으로 크고, 혼자 힘으로 학교에 다녔으며, 집세와 수업료를 스스로 벌어서 내고, 몇십 년 동안 자기 나름의 재정적 결정과 생활 방식을 가지고 살아온 여성들이, 혹은 적어도 결혼 전까지는 그렇게 해왔던 여성들이 직장에 다니지 않는 생활에 적응하는 것은 쉬운 일이 아니다.

특히, 돈이라는 측면을 생각했을 때 말이다. 배우자에게 재정적으로 의존하는 것은, 가족을 대신하여 얼마나 힘들게 일하는지에 관계없이, 여성으로 하여금 자신이 마치 첩 같다는 생각을 하게 만든다. 또한 부부 공동 재산 법률에도 불구하고, 가사일에 대한 재정적 대가가 없다는 사실이 치우친 의존성을 만들어낼 수 있다.

나의 청년기는 오직 나 자신을 부양하기 위해 쓰여졌기 때문에, 나는 지금까지도 우리집 계좌에 돈을 예치할 때 남편 회사 계좌에 의존하는 것을 좋아하지 않는다. 새벽 5시 30분에 딸을 태워다주고 나서 마지막 저녁 설거지를 끝내는 11시까지 쉴 새 없이 일하는 날조차도, 나는 내 '몫'을 했다는 느낌을 가질 수가 없었다. 노동에 대한 보수가 없기 때문이다. 하지만 다행히 나는 잘 생각해보고 나서, 가족을 위해 매일 하는 그러한 일들이 비록 보수는 없지만 정말 가치 있는 일이라는 것을 확실히 깨닫게 된다.

반면, 남성들은 일반적으로 가족 부양자에게 요구되는 의존성을 가짐으로써 편한 시간을 누린다. 대다수의 남성들은 요리, 청소, 세탁, 육아에 있어서 어머니나 가정부, 또는 누나들에게 의존하도록 키워졌다. 아내에게 이러한 일들을 맡기는 것은 그들이 이미 익숙해져 있던 생활의 연장선일 뿐, 그들의 힘과 독립성에는 아무런 위협이 되지 않는다. 대부분의 경우 남성들이 너무 노골적으로 기대하지만 않는다면, "나는 돈을 벌어오니까, 대접받을 만해"라고 느낀다 해도 피차 그러려니 하게 된다. 그러므로 여성들이 불균형적으로 심하게 의존성을 느끼는 것도 이상할 게 없다.

가사를 돌보는 남성의 수가 여성의 수치와 비슷해지면, 상호의존성이라는 그림은 아마도 균형을 찾게 될 것이다. 하지만 그럼에도 불구하고, 가까운 미래에 가사노동이 유급노동과 동등하게 취급될 것 같지는 않다. 종교적이고 개인적인 맥락에서 오랜 기간 유지되어온 전통을 변화시키는 것은 쉬운 일이 아니다. 그것은 제쳐두고라도, 그러한 재배열이 가져올 정치적 파생물이 그 가능성을 차단해버린다. 따라서 그러한 것들을 재배열하는 데에는 몇 세대가 걸린다.

불가능한 일들이 시도되고, 집안일에 금전적 가치가 부여된다 할지라도 남성의 일과 여성의 일 사이의 구분은 잔존할 것이다. 알래스카 주가 생활보호대상자를 배정하는 과정에서 자급사냥을 급여노동으로 허용한다는 사실이 모든 것을 말해준다. 결국, 사냥은 남성의 일이다. 여성의 노동이 위와 같은 위상을 갖는다면, 생활보호대상자 어머니들은 굳이 직장을 갖기 위해 아이를 떠나려고 하지는 않을 것이다. 이미 '가정주부'라는 직업을 가지고 있으니 말이다.

어머니들에게는 자신이 집에서 하는 일에 대해 충분한 자신감을 갖는 일이 남아 있다(물론 그것은 아버지들에게도 마찬가지다). 언젠가 여성의 일을 하려는 남성의 수가 많아지면 혹은 그렇게 되기 전이라도, 어머니들과 아버지들은 현재 '노동의 진정한 실체'라고 여겨지는 국내총생산을 다른 각도에서 바라볼 수 있을 것이다. 그때까지 가족과 집을 돌보는 것은 보람된 일이긴 하지만, 힘들고 보수 없는 일로 남아 있을 것이다. 그리고 집안일의 가치를 아는 식견을 가진 누군가는 그 일을 계속해야만 할 것이다.

수지를 맞춰라

아이가 있는 직업여성이 '가족을 돌보기 위한 해결책'과 '영혼을 위한 해결책'을 함께 꿰매고 있는 장면을 상상해보라. 거기에 '사회학적인 그림'이 덧대어질 수 있다면, 그것은 정교한 디자인이라기보다는 좀 엉성하게 디자인된 기이한 모양의 퀼트가 될지도 모른다. 그것은 작고 고풍스러운 교사(schoolhouse)나 정교하게 만들어진 할머니의 부채, 또는 깔끔한 통나무 오두막 같은 모양은 아니다.

아들 하나를 둔 어머니이자 출판업자인 한 친구가 "지난 30년 동안 이루어진 문화적인 발전은 여성을 미치게 하기 위해 교묘하게 조작된 음모야!"라고 거의 자포자기하듯이 말했던 적이 있다.

비록 농담식으로 말한 것이기는 했지만 그 말에는 왠지 모를 확신이 깔려 있었다. 그녀는 아이를 낳음으로써 '어머니'가 된 후 일어날 일들에 대해서 아무런 준비도 하지 않은 채 자신의 일을 계속해오다가 어느 순간 깨닫게 되었던 것이다. 자신이 아무리 일을 사랑하고 또 그것을 투철한 직업의식으로 잘 처리해나가도 결국엔 좌절감에 빠질 수밖에 없는 '함정'에 걸려들었다는 사실을 말이다. 이것은 직업을 가진 어머니들 사이에서 흔히 볼 수 있는 현상이다.

'맞벌이 가족 딜레마'의 고질적인 좌절감은 마치 수많은 돈이 하수구로 쓸려내려가듯 그렇게 쉽게 없어지는 것이 아니다. 아이를 잘 돌보거나 잘 돌볼 수 있는 시설을 찾는 일에 포함된 감정적 소비는 그렇다 치더라도, 자신들의 분야에서 가장 성공한 사람들조차 직장에 계속 다니기 위한 총경비를 고려하게 된다. 세금을 공제한 후, 어머니들이 직장을 갖기 위해서는 대리보호인과 가정부에 대한 보수 등이 포함된다. 그리고 그에 필요한 경비를 최소한으로 책정했다 해도, 결국 미리 예상했던 것보다 더 많은 양의 돈을 쓰게 된다.

또 다른 친구의 얘기를 해보자. 이 친구는 일류대학에서 엔지니어링을 전공하고, 그 분야에서 박사학위를 취득한 여성으로, 내가 말하려는 요지의 적절한 사례가 될 수 있을 것이다. 그녀는 몇 년간 대학에서 일한 후, 네 명의 아이를 낳았다.

그리고 다시 다섯 번째 아이를 가졌을 때, 그녀는 회계사와 눈이 휘둥그레질 만한 상담을 하게 되었다. 그녀가 다시 직장에 나가기 위해 세금을 내고 베이비시터와 가정부에게 월급(세금 공제한 것)을 줘야만 하는 한, 재정적인 손실은 감수할 수밖에 없다고 그들은 결론을 내렸다. 게다가 그녀 자신이 해왔던 이른바 '취미' 활동을 계속하려면, 기존의 것을 포기하고 다른 적당한 일을 찾아봐야 했다.

두 번째 아이를 낳고 응급처치 클리닉에서 일주일에 20시간씩 일을 시작했을 때, 나 또한 그녀와 같은 생각을 했던 기억이 난다. 연방세금, 주세금, 지방세금, 자가고용세금을 내고, 베이비시터와 가정부에게 월급을 주고, 네 살배기 아들을 위한 사립 몬테소리 학교에 수업료를 내고 나면, 우리 가족에게는 매주 한 바구니의 식료품을 사기에도 빠듯한 돈이 남게 되는 것이었다. 내가 의, 식, 주, 교통 등의 기본적인 것들에서 우리 가족들을 위해 의미 있는 방식으로 기여하고 있다는 생각은, 보기에 따라 환상이고 망상일 수 있다. 한 바구니의 식료품 값으로 치기에 나의 20시간은 터무니없이 비싸다는 사실을 깨닫는 데는 그리 오래 걸리지 않았다.

이러한 상황을 피할 수 있는 방법은 없다. 아이가 있는 직업여성은 그들의 사회경제학적 위치나 직업에 관계없이, 가사일을 대신 맡기기 위해 대가를 지급하거나 이중 직업(직장과 가정)에 종지부를 찍어야 한다. 후자의 경우에도 비록 대차대조표나 급료에는 나오지 않지만, 반드시 지출이 따르게 마련이다.

대부분의 가정에서는 이런 재정적 타격을 최소화하기 위한 방법으로 흔히 입주 가정부나 유모에 관한 사항을 조정하게 된다. 방이나 식사를 제공하는 것은 보통 빠듯한 재정상태에 더 큰 타격이 되기 때문에 입주 가정부 대신 파출부를 고용하고 유모 대신 베이비시터를 고용하는 것이다. 그리고 이러한 조정은 꽤 효과적이다.

하지만 그렇지 못한 다른 가정에서는 그 여파로 상당한 곤란을 겪게 된다. 이것은 비유하자면, 여전히 어린아이를 바라면서도 십대 아이를 입양하는 것과 비슷하다. 매일 직장에 나가면서 느끼는 스트레스는 그런대로 감당할 만한 것이지만 당신은 이제—대부분의 십대 부모가 겪고 있는—전혀 생각지도 못하고, 어떻게 불러야 할지도 모르는 갖가지 스트레스들을 겪어나가게 되는 것이다.

그러나 내 또래의 여성들이 자라면서 들어온 이러저러한 기대들은 스트레스의 한 원인을 다른 원인들과 따로 떼어서 생각하기 어렵게 만든다. 우리는 흔히 곤란한 상황에 부딪쳤을 때 이성적이기보다는 감정적으로 대처하기 쉽다. 그러므로 문제가 생기면, 까다로운 남편, 성미가 안 맞는 직장 상사, 제대로 훈련받지 못한 유치원 선생님, 게으른 가정부, 실수투성이 베이비시터를 비난하기 일쑤다.

그들을 그 동안 의지할 수 있었던 집합적인 그림으로 보기보다는 당신의 길에 장애물을 놓는 방해꾼으로 생각하는 것이다. 그래서 여성들은 자신들만의 '돈을 갖는' 기대와 그들의 삶을 좀더 안락하게 해줄 '돈을 버는' 기대를 사들였고, 그에 따라 그 돈이 정말 어디에 쓰여져야 하는가에 대해 발언권을 얻게 되었다.

가정수입, 자녀의 수, 심리적인 안정 등을 중시하는 여성들에게, 그들이 벌어오는 수입은 삶을 좀더 안락하게 만들고 아이들이 필요로 하는 것을 충분히 채워줄 수 있는 재정적인 여유와 예전에 누리지 못했던 풍요로움을 제공해준다.

또 다른 여성들의 경우, 자신의 일에서 얻는 만족감과 자부심은 직장에 다니기 위해 드는 돈에 정당성을 부여하고, 일과 가사를 병행함으로써 받게 되는 온갖 스트레스를 훨씬 완화시켜 주며, 더불어 좀더 나은 엄마가 되게 해준다. 물론, 나의 엔지니어 친구 같은 몇몇 여성들은 여전히 모성의 요구에 충실하기 위해, 일을 함으로써 생기는 수입이나 만족감의 가치를 이따금씩 부인할 것이다.

그리고 이러한 시나리오 안에서는 맞벌이 가정의 딜레마가 여성을 좌절시키기 위한 사악한 음모나 함정으로 보일지도 모른다. 하지만 실제로 그것은 단지 어머니의 인생이라는 약간 독특하고 이상한 퀼트

위에 덧대어지는 헝겊조각일 뿐이다. 종종 꿰매져야 할 필요도 있고, 그렇지 않아야 할 필요도 있으며, 다른 헝겊조각들과 짜맞춰지기 전까지 꿰매서는 안 될 헝겊조각 말이다.

교육비용을 위한 계획의 중요성

오늘날의 가정은 수많은 사회적 문제들과 직면하게 되는데, 30년 전에는 이러한 문제들이 지금과 같은 중요성을 갖지 않았다. 그 사회적 문제들이 필연적으로 개인가격정가표(personal price tag)와 함께 등장하므로 오늘날 가정들이 직면하게 된 어려움을 가중시키는 결과를 가져왔다.

이러한 사회악들 가운데 대표적인 것 하나가 바로 '공교육의 퇴보'이다. 이것은 계층에 따른 각 가정의 감정적·재정적 고통을 야기시키고 있다. 하지만 그에 대해 이를 갈고 통곡하며 인생은 공평하지 않다는 입장으로 후퇴하려 해도 그것이 문제를 해결하거나 아이들이 좀 더 나은 교육을 받을 수 있도록 해주지는 않는다.

1970년대 중반 대학 시절, 내가 다닌 사립학교의 수업료는 연 3,000달러였다. 오늘날 사립학교는 대부분의 주립대학보다 더 많은 금액의 수업료를 책정한다. 1980년대 초, 조지 워싱턴 의학대학의 연간 수업료는 놀랍게도 12,000달러나 되었다. 오늘날 이 가격은 사립대학 수업료의 극히 일부에 지나지 않는다. 현재 아이를 사립 유치원에 보내는 데 드는 비용만 해도 연 5,000달러를 웃돌고 있다.

한편 사립 초등학교의 수업료는 연간 7,000달러에서 10,000달러에

육박한다. 데이브 베리(Dave Barry)라는 한 기고가는 그와 같은 딜레마에 대해 다음과 같이 말한 바 있다. "우리 부모들은 자녀가 열심히 공부하도록 독려함으로써, 그 애들이 부모인 우리가 감당할 수 없을 만큼 비싼 등록금을 내는 좋은 대학에 들어가도록 힘써야 한다."

이러한 교육적 난국은 부모가 되자마자 바로 시작된다. 게다가 그것은 부모의 방심을 틈타 일어난다. 미취학기에는 '탁아소'와 '초기 유년교육'이라는 두 종류의 프로그램이 존재한다. 질을 반영하는 가격과 관련하여, 각각의 범주가 모두 장단점을 가지고 있다. 교육과 관련해서는 "지불한 만큼 얻는다"라는 격언이 받아들여지고 있는 게 현실이다. 가격 이외의 또 다른 변수는 학교나 탁아소에게 취급하도록 인가되어진 '아이들의 연령층'이다.

어린아이의 초기 3년이 이후의 삶에 중요한 토대로 작용한다는 사실을 뒷받침해주는 증거들이 점점 늘어나고 있기 때문에, 많은 탁아소들이 '초기 유년교육 프로그램(몬테소리 학원이나 유치원 등이 이에 해당함-옮긴이)'의 교육자재와 기술들을 받아들인다. 일반적으로 이것은 아이들을 위해 바람직한 발전인 반면, 부모에게는 재정적인 부담이 될 수 있다. 부모들은 대개 아이가 어릴수록 더 다양한 교육 프로그램이 있으며, 그에 따라 교육비용은 더 비싸진다는 사실을 알게 되는 것이다.

부모들은 종종 자신의 아이를 집단적으로 고안된 시스템—교육적인 것이든 아니든—에 맡겨야 할지 어떨지에 대해 심각하게 고민한다. 우리 대부분은 이러한 결정을 위해 도움이 될 만한 어떠한 가족사나 개인적 경험이 없으며, 물론 전문가의 조언들은 찬반의 범주를 넘

나든다. 이것은 결국 당신의 재정상황, 자녀들의 기질과 건강, 집단교육 환경의 효용성, 그리고 대리보호의 필요성을 포함한 개인적인 여건에 따라 결정해야 할 사항이다.

의학적인 견지에서, 아이들을 단체 보호시설에 맡기는 것은 뚜렷한 단점을 갖고 있다. 아이의 발달학적 과제는 건강을 유지하고 자신의 보호인과 신뢰할 수 있는 관계를 형성하는 것이다. 그러므로 보모의 수가 많아질수록 아이는 더 많은 혼란과 병에 노출된다. 단체 보호시설의 보모들은 안 오는 경우가 종종 있을 뿐 아니라 자주 바뀌기 때문에 미취학 아동, 특히 유아들의 정서발달에 토대가 되는 일관성이 없게 된다.

결과적으로 예측성, 안전성, 그리고 건강이 우선적으로 고려되어야 할 사항이므로, 아이를 위한 대리보호의 가장 좋은 타입은 보통 아주 작은 집단이나 개인적으로 고안된 집단, 혹은 집으로 오는 베이비시터에 의해 제공되는 것이다.

재정상 여유가 있고, 아이의 보호인이 상냥하고 상상력이 풍부한 사람이라면, 그러한 부류의 대리보호는 오랜 기간 유지하기에 이상적인 형태이다. 하지만 아이가 18개월 정도 되면 걷는 능력과 의사소통 능력이 발달한다. 게다가 주위의 어른들에 의해 그 능력은 부추겨지기 때문에, 아기는 더욱 외향적이 되면서 점점 더 거침없는 호기심을 나타내기 시작한다.

많은 아이들에게 있어 이 시기는 새로운 자재들을 접하고, 다른 아이들과 함께 사회화를 시작하며, 부모나 보호인이 돌아올 것이라는 믿음을 배울 수 있도록 하루에 몇 시간 정도 집단교육 환경을 경험할

수 있는 시기이다. 반면, 유치원을 위시한 모든 집단교육환경이 가지
는 필연적인 단점은, 전염성 질병을 촉진하기 때문에 재발성 중이염
과 호흡기관계 전염병에 민감한 아이들은 좀더 클 때까지 집단 환경
을 피해야 한다는 사실이다.

하지만 유치원은 초등학교 교육비용에 비하면 빙산의 일각이다. 아
이가 초등학교에 들어갈 만한 나이가 되면, 장소와 비용의 선택은 미
취학 단계보다 훨씬 더 다양해진다. 그러나 언제나 그랬듯이, 결정은
간단하지 않다. 우리 큰딸이 한 살도 채 되기 전, 남편과 나는 그 당시
우리 지역에서 좀더 나은 공립학교 지구였던 곳에 집을 샀다.

하지만 4년 후 딸이 유치원에 갈 나이가 되었을 때, 그 학교는 더 이
상 남편과 내가 대부금을 갚기 시작한 때만큼 가치 있어 보이지 않았
다. 그곳이 실제로도 그러했는지는 분명히 말하기 힘들다.

하지만 어쨌든 우리의 시각은 우리가 선택한 유치원의 높은 수준에
의해 변경되었고, 또 그것이 우리 아이의 정식교육과 관련한 유일한
경험이었다. 그때도 여전히 몇몇 사람들이 공립학교를 신뢰하고 있었
지만 남편과 내가 바라본 공립학교는 초라하고 엉성하며 아이들만 바
글거리는 듯이 보였다. 우리 부부는 30명의 아이를 한 명의 선생님이
감당하는 공립학교가 아니라, 잘 훈련되고 경험 있는 두 명의 선생님
들이 24명의 학생들을 가르치는 사립학교의 환경에 익숙해져 있었던
것이다.

이러한 기본적인 차이점 이외에도, 공립학교는 각 교실당 학생수에
대한 정책에 일관성이 없으며, 다른 많은 사항과 관련한 규칙이나 규
정도 협상할 수 있는 성질의 것이 아니었다. 이 모든 요인이 합쳐진

결과, 우리 부부는 우리의 처음 계획이 사립학교 교육의 높은 질에 의해 망가졌다고 생각했지 우리가 선택한 높은 비용에 의해 망가졌다고는 조금도 생각지 않았다.

교육에 대해 점점 더 알아갈수록 궁금해진 것은 입학 학생당 배분된 실제 액수가 공립학교나 사립학교나 거의 비슷한가 하는 점이었다. 한때 우리가 사립학교 연간 수업료로 5,400달러를 내고 있을 때, 학교 영수증 문제는 우리 주(state) 선거에서 쟁점이 되었다. 토론이 진행되는 동안, 우리 주가 각 공립학교 지구에 학생 한 명당 지급하는 돈이 5,200달러라는 사실이 계속해서 언급되었다.

그러나 한편 사립학교에서는 내 아이들이 일년에 몇백 달러나 되는 돈의 대가로 정규수업 이외에 프랑스어, 음악, 드라마, 미술 등의 수업을 추가로 받고 있었다. 공립학교 옹호자는, 선택적 입학이라는 이점을 가진 사립학교는 '문제아' 들과 싸울 필요가 없기 때문에 모든 아이들에게 배당할 자산이 더 많을 것이라고 주장했다.

하지만 우리 애들이 다니던 몬테소리 학교는 공립학교에서 문제를 겪는 아이들이 잘 자랄 수 있는 환경이라고 여겨졌고, 또 그렇게 사용되었다. 결국, 공립학교와 사립학교의 '비용 · 효과' 상의 차이는 지대하지만 때문에 공립교육 과정이 좀더 현명하게 이루어질 것이라는 믿음을 불어넣어주지는 않았다.

한편, 이러한 논의의 대부분은 초등교육을 받는 데 돈이 거의 들지 않는 좋은—일반적으로 말해서 엄청나게 많은 수의 학교가 포함된—공립학교 지구에 사는 가정에게는 논쟁의 여지가 있다.

어쨌든 여전히 학교의 학부모-교사 연합과 관련된 활동을 얼마나 활발하게 하는지, 또 얼마나 다양한 자원봉사 활동을 할 수 있는지에 대한 '시간비용' 문제가 남는다. 학부모 참여는 공립과 사립 여하를 막론하고, 학교를 제대로 만들기 위해 매우 중요하다. 높은 수업료를 받는 사립학교도 역시 각 가정으로부터 최소한의 자원봉사 시간을 요구한다.

어느 날, 나는 한 여성이 자신의 남편에게 아이의 학교에서 요구하는 학부모의 다양한 자원봉사 활동에 대해 설명하는 것을 우연히 듣게 되었다. 그때도 생각한 것이지만, 학부모 참여의 필요와 목적은 아버지보다는 어머니에게 좀더 분명하게 인식되어 있는 것 같다.

그 아버지는 생각해보지도 않고, 자원봉사를 생각하기에는 자신과 아내 둘 다 직장과 집안일로 너무나 바쁘다고 잘라 말했다. 그에 의하면, 지금은 단지 그들이 그런 것을 '할 만한 여유가 없는' 시기였던 것이다. 남편의 말에 그의 아내는, 자식들의 학교에 관련된 활동을 하는 것은 '하지 않을 여유가 있는' 차원의 문제가 아니라고 대답했다. 자녀의 학교에서 몇 가지 자원봉사에 참여하는 일은 중요한 것이고, 그 중요성은 변하지 않는다.

그리고 아이가 성장함에 따라 그 중요성은 더욱 배가될 것이다. 중학교와 고등학교는 '자녀의 교육적 경험'이라는 맥박을 계속 손으로 느끼고 있어야 하는 중요한 시기가 될 수 있다.

하지만 중학교와 고등학교는 종종 어린아이를 가진 신참 부모와 사회보장제도의 거리만큼이나 동떨어져 있는 듯이 보인다. 부부가 자녀의 유치원과 초등학교 교육에 연금 저축을 쓰고 있다면, 머지않아 그들은 '어느 정도의 나이가 되어야 이러한 지출로부터 덕을 볼 수 있게 될지' 궁금해질 것이다. 나는 부모들이 자녀의 중·고등학교 또는 대학교에 보내기 위해 자금 보전의 필요성을 주장하며 자녀를 공립학교로 전학시킬 때, 항상 이러한 질문이 뒤따르는 것을 듣게 된다. 사실, 나 자신 또한 이러한 점이 의문이었다. 몇 년 동안 사립학교 수업료에 지출한 돈이 다른 경험들을 희생시켰고, 결과적으로 대학교 등록금에 맞먹는다는 사실을 깨달았을 때 말이다.

나는 네 명의 아이들이 유치원, 초·중·고등학교의 다양한 학교 시나리오를 거쳐 그들의 길로 나아가는 것을 지켜보면서, 때때로 내가 집을 실험실 삼아 교육지출에 대한 실험을 하고 있는 것은 아닌가 생각하게 된다. 만일, 그 실험의 결과 축적된 데이터에 기초해서 결론을 지어보라고 한다면, 교육 퍼즐에 있어서 가장 중대한 시기는 초등교육기라고 말하고 싶다.

이러한 결론, 다시 말해 '모든 수단을 동원해서 자녀교육의 착수금을 마련해놓는 것이 좋은 방법' 이라는 결론은 몇 가지 관찰에 근거한다. 하나는 처음 세 아이가 각각 18개월이 되었을 때, 몬테소리 유아 프로그램을 시작한 것과 상당히 관련이 있다. 네 번째 아이 프란체스카가 18개월이 되었을 때, 우리 부부는 이미 3개월치 수업료를 지불해놓고 있었다.

뿐만 아니라, 나는 가족들의 요구에 부응하기 위해 병원 근무 시간까지 현저하게 줄였는데, 이것은 내가 돈보다 시간을 더 많이 갖게 되었다는 것을 의미했다. 나는 우리 막내 또래의 자녀를 둔 다섯 명의 어머니들과 그룹을 만들었고, 각 어머니들이 일주일에 하루씩 맡아서 몇 시간 동안 아이들을 교육시켰다. 이 편리한 시스템은 몇 년간 잘 유지되었고, 아이들도 훌륭히 사회화되었다. 하지만 내 딸이 다섯 살이 되어 몬테소리를 시작했을 때, 그애는 수학과 읽기 능력에서 유치원을 다닌 친구들을 따라잡는 데 2, 3년을 소비해야만 했다. 이것은 초기에 정식교육을 시작하는 것이 어떠한 장점을 갖는가를 여실히 보여주는 좋은 예가 될 것이다.

또 다른 예는 우리 아이들이 몬테소리 학교에서 6학년을 마치고 나서의 일이었다. 아이들은 비싼 등록금의 사립 몬테소리를 졸업한 후, 공립 중학교를 거쳐 공립 고등학교로 진학했다. 나는 이 변화가 끊임없이 걱정되었다. 아이들이 어긋나기 쉬운 십대의 시기에 대비해 수업료를 모아두었어야 하나, 아이들이 친구들을 잘 사귈 수 있을까, 아이들이 결속감을 가장 필요로 할 때 오히려 고립감을 느끼지는 않을까, 수업방식의 변화에 잘 적응할 수 있을까, 그러한 넓은 환경에서 낙오자가 되는 건 아닐까, 갑작스런 변화에 문화적 충격을 느끼지는 않을까 등등으로 말이다.

그러한 재앙들이 일어나지 않고, 교육적 환경의 건전함과 배움에 대한 열정이 '올 A'로 바뀌어 나타났을 때, 이번에는 아이들이 충분히 도전의식을 갖지 않는 것에 대해 걱정하게 되었다. 하지만 나는 마침내 이해하게 되었다. 도전적이 된다는 것은 아이들이 고등학교에 올라와서 초등학교 때보다 더 많이 경쟁해야 한다는 것을 의미하지 않는다는 사실을 말이다.

정식교육은 아이들이 기억하기 이전부터 그들의 삶의 방식이었기 때문에, 각 교육 단계는 단지 이전보다 논리적이고 편안하며, 예상된 확장일 뿐이다. 그리고 아주 어린 나이 때부터 배움에 대한 이러한 열정을 촉진하는 것은 의미심장한 일이 아닐 수 없다.

보다 큰 상황을 계산하라

한때 당연하게 여겨졌던 값비싼 비용의 활동들은 소망적 사고(wishful thinking)를 낳는다. 학교에서부터 여름 캠프, 조직화된 스포츠에 이르기까지 그 모든 것들에 대한 대화에서, 머지않아 부모 중 한 명은 배우자에게 이렇게 말하게 될 것이다.

"예전엔 결코 이렇지 않았어. 예전의 방법에서 무엇이 잘못된 거지? 내가 아이였을 때는 정말 좋았단 말이야."

그러나 30,40년 전 아이에게 정말 좋았던 것은 전혀 다른 맥락에서일 것이다. 세월은 가정을 극적으로 변화시켜왔다.

60,70년대에는 아이들(지금의 부모들)이 유치원에 갈 나이가 되기 전까지 보통 엄마와 함께 집에 있었다. 그리고 유치원 시기가 지나면 아이들은 골목대장들로 인해 안전의 문제가 대두되는 학교에 갔다(물론 이 골목대장들이 주먹질을 했는지는 모르지만 총을 쏘지는 않았다). 학교는 억압적인 곳이었을지는 모르지만 재정적으로 튼튼했고, 대부분 적어도 오늘날 사회문제로 지적되고 있는 과제들을 해결하기 위해 비싼 수업 시간을 허비하지는 않았다.

방과후 아이들이 집에 돌아오면 대부분의 가정에서 한 명의 어른이 집에 남아 기다리고 있다가 아이들을 맞아주었다. 그리고 아이들은 방과후 놀이로서 공터에서 약식 야구를 하거나 롤러스케이트를 탔고, 6시에 집에 돌아와 저녁을 먹었다. 가족들은 숙제를 하거나 텔레비전을 보며 함께 저녁을 보냈다. 세탁, 청소, 장보기 등과 같은 그날그날의 세부적인 집안일은 집에 있는 부모가 낮 동안 다 끝내놓기 때문에 잠자리에 들 때까지 가족 시간을 방해하지 않았다. 주말은 가족 휴양, 정원 손질, 오락, 예배, 가구 수리 등을 위해 예약되어 있었다. 이 모든 것이 합리적으로 반복되는 일과였다.

지금은 모든 것이 다르다. 한때는 가정이 부모와 아이를 중심으로 돌았지만, 이제는 스케줄과 재정을 중심으로 돈다. 엄마와 아빠 모두 스케줄 달력을 가지고 있는데, 매우 많은 부분이 각각의 아이들, 특히 아기를 위한 것이다. 엄마는 이쪽 방향으로 직장에 가고, 아빠는 다른 쪽 방향으로 직장에 간다. 아기는 탁아소에 맡겨지고, 아장아장 걷는 아이는 유치원에 가며, 좀더 큰 아이는 다양한 학년이 있는 학교에 간다. 여기서 좀더 큰 아이들은 종종 텅 비어 있는 집으로 돌아오거나 이웃집으로 돌아온다. 그리고는 어른이 집에 돌아와서 서둘러 저녁을 차려주거나 피자를 배달해줄 때까지 텔레비전을 본다.

저녁시간은 휴식을 취하기에는 짧고, 잠자리에 들기 전에 끝내놓아야 할 무언가를 하기에는 긴 시간이다. 주말은 뒤처진 것을 만회하고 부업을 하거나, 만성적으로 쌓인 피로를 푸는 데 허비된다. 예전과 같은 합리적인 일과는 찾아볼 수 없다.

이제는 전혀 새로운 페이스와 방향이 존재한다. 어른들은 좀더 꽉 짜여진 일상의 노예가 되어버렸다. 그리고 매시간 아이들이 어디에 있는지 알기 위해, 이전과 같은 '관리자가 없는 놀이'가 아닌 계획되고 조직된 운동 프로그램에 아이들의 이름을 써넣는다. 졸음에 겨운 아침과 단란한 가족의 아침식사는 사라지고, 점점 정신없이 바쁜 아침과 아직 학교 갈 나이가 안 된 어린애를 돌보는 일로 대체되었다. 일년 내내 하던 공터의 야구놀이도 없어졌다. 지금은 시즌마다 방과 후 연습을 하는 다양한 운동이 있다. 풍요롭고 계획되지 않은 여름날도 가고, 이제는 두 배로 아이들을 돌보아야 하는 연속적인 캠프로 대체되었다.

한때는 상상하고, 창조하고, 공상하고, 놀고, 읽기 위한 자발적인 시간들로 채웠던 유년 시절을 이제는 잡다한 것들이 채우고 있다. 아이들을 바쁘게 만들고, 다양한 배움의 기회를 제공하는 그러한 계획들이 모두 나쁜 것은 아니다. 하지만 이런 분주함은 아이들의 여가시간을 희생시키고, 부모 또한 다른 부모들이 하는 것에 뒤지지 않기 위해 돈을 희생하게 된다. 축구, 피아노, 골프, 체스, 미술, 연극 그리고 과외는 아이들로 하여금 학교에서의 경쟁, 수면, 숙제, 그리고 텔레비전 사이를 '쉼' 없이 달려가게 만든다. 그리고 부모에게는 그 매일매일의 연습에 대해 청구서를 내민다.

물론, 과거에도 모든 것이 그렇게 낙관적이었던 것은 아니다. 여성들이 집안 살림을 하고, 남편의 요구를 채워주고, 아이들을 관리하는 일만을 하기에는 너무도 '자격과잉'이었다.

종종 여성들은 지루해하고, 활기를 잃고, 심각하게 불행해했다. 궁극적으로 결혼생활에 문제를 일으키게 되는 이러한 불만들은 결국 '이혼'이라는 용감한 정면 돌파를 통해 해소되었고, 그에 따라 70년대엔 이혼율이 급등하였다. 그러나 "굳이 그럴 필요가 있는가" 하는 반응 또한 '세상이 어떻게 바뀌어야 하는지'에 대해 그럴듯한 청사진도 제시하지 못한 채 또 다른 극한으로 가버렸다. 결과적으로 모두, 특히 아이들은 선택권 없이 곤경에 빠졌다. 그리고 여성들은 삶의 선택을 추구하는 데 이전보다 더 선택권이 없어졌음을 깨닫게 되었다.

'오로지 집안일만 하는 것'과 '모든 집안일과 직업을 겸하는 것' 사이의 거대한 공간 속 어딘가에 행복한 중간지점이 존재한다. 이것은 여성들을 위한 것일 뿐만 아니라, 그들의 '일'과 또 아이를 함께 키우는 배우자들을 위한 것이기도 하다. 물론 돈벌이가 되는 노동으로부터 시간을 요구한다는 사실을 생각할 때, 이 타협은 실행하기에 너무도 비싼 대안으로 생각될 수도 있다. 그러나 가족의 건실함, 부모의 행복, 자녀의 올바른 성장을 위해 우리는 '좀더 신중하게 개선된' 맞벌이 가정환경을 만들려고 노력하지 않으면 안 된다.

만일에 대비하고, 예산을 세워라

많은 부부들이 어떻게 잠깐의 여가도 없이 잠자고 일하고를 반복하며, 다달이 청구서를 지불하며 살아왔는가는 그들의 재정역사에 의해 설명될 수 있을 것이다. 처음에 두 사람이 한 명, 또는 두 명의 대학 등록 융자금을 시작으로 해서, 점차적으로 사업 대출금, 신용카드 빚, 그리고 많은 양의 월 보험료, 공공요금, 집안일 거드는 사람에 대한 보수 등을 지불하며 살아온 방식은 어떠한 사진첩보다도 더 정확히 그들의 결혼생활을 묘사해준다.

초기의 재정은, 두 사람이 신혼여행지에서 서로에게 홀딱 반해 낭만적으로 미소짓고 있는 사진과 같다. 그러나 시간이 흐르면, 별도의 돈이 앨범의 사진과 가계부의 항목으로 들어오기 시작하는데. 이 무게는 참으로 짊어지기 힘든 것이다.

특히 돈에 대해 충분히 대화를 나누지 않았거나 서로 다른 지출 철학을 가지고 있는 부부들은 자신들도 모르는 사이 '첫 아이'에 대한 지출 과정에서 상당한 곤란을 겪기 시작한다. 병원에서 받는 의사 월급만으로는 보험료, 탁아비용, 아기용품과 아기방 가구, 엄마를 위한 새옷 등을 위한 지출을 감당하기 어렵게 된다.

그리고 이 모두가 지극히 짧은 기간 안에 일어난다. 행복하지만 파산지경에 이른 부부는 생각한다. "휴우, 이제 한시름 놓았으니, 우리의 경제사정은 다시 정상적이 될 거야." 하지만 다 아는 것처럼, 그것은 단지 시작일 뿐이다.

곧 다른 아이가 생긴다. 이제 집이 너무나 작아진다. 만일 아직 낭만이 남아 있다면, 틀림없이 집은 새롭게 개조될 것이다. 새로운 집은 끝없는 낙천주의의 아이콘이기 때문이다. 흥분된 부부가 그 필요성을 확신할지라도, 집수리엔 상당히 오랜 기간 동안 돈이 들어갈 것이고, 그 동안 집은 '밑 없는 돈 구덩이'가 된다.

하지만 이것은 아무것도 아니다. 왜냐하면 최상의 조건에 있는 집이라도 일단 아이들이 생기면, 결국 돈덩어리가 되기 때문이다. 세탁기는 아이들이 던져놓은 골프티(tee: 골프공을 올려놓는 받침대 - 옮긴이)가 모터 안으로 들어가서 작동을 안 하고, 수도관은 작은 파이프 안에 너무 많은 물질이 들어와서 시도 때도 없이 막혀버린다.

벽 페인트는 발로 찰 때마다 벗겨져나가고, 카펫은 끊임없이 흘리는 음식물에 의해 돌이킬 수 없이 해지고 더럽혀진다. 마룻바닥은 욕조 물이 넘칠 때마다 썩고, 창문은 야구공에 맞아 깨진다. 장식장 경첩은

문에 매달리는 아이들의 무게에 의해 아래로 휘어버리고, 수건걸이는 체육관의 설비처럼 온전히 매달려 있지 않다. 한동안 수리를 계속한 후, 부부는 틀림없이 재정적으로 몇 단계 더 나아가 부엌을 개조하길 원할 것이다.

그럼에도 불구하고, 집은 수많은 돈 배출구들 중 하나일 뿐이다. 처음에 자동차는 직장으로 통근하는 한 사람이 타고 다니기에 충분하다. 하지만 아이가 태어나면 그것은 필연적으로 너무나 작고, 오래되고, 어린아이가 타거나 두세 사람이 타기에는 안전하지 않게 된다.

머지않아 첫째 아이는 멜빵을 필요로 하고, 둘째는 유치원에 가며, 누나들과 성이 다른 셋째는 자기만의 옷장을 필요로 한다. 부모는 자신들이 할 수 있는 한 최선을 다하다가, 결국 네 번째 신용카드를 신청한다. 대출과 다른 세 개의 신용카드가 한도를 초과했기 때문이다.

갓 태어난 아이들은 부모의 시간을 빼앗는 것처럼 가정예산에도 손해를 가져올 것이다. 아이들에 관한 한 '다스로 사면 싸진다' 는 낙관적인 생각이 통하지 않는다. 잘 짜여진 가정생활이란, 각각의 모든 아이들이 자신들의 월간 쿠폰 책자대로 행동하는 것을 뜻한다.

어머니들이 한때 아이들에게 "나가서 놀아라"라고 말했었다면, 이제 어머니들은 직장에서 집으로 오는 대신 피아노학원과 미술학원, 골프학원으로 각각의 아이들을 데리러 가야 한다. '나가서 놀아라' 로 대표되는 저예산 집단 비율이, 부모 모두가 직장이 있는 경우 자녀들 중 누가 어디로 가는지 알고 있어야 할 필요성에 의해 어마어마하게 증가되는 것이다. 형제 모두가 같은 '방과후 탁아소' 나 여름 캠프에 다니더라도, 수업료는 개인마다 지불해야 한다. 운이 좋다면 형제가 같이 다니는 경우 10퍼센트 정도 할인받을 수 있지만 말이다.

사실, 아이들은 부모의 일시적인 생각에 의해 하나씩 태어난 것이다. 아이 하나가 생길 때마다 가정에 타격을 준다는 현실은 그 다음 얘기다. 하지만 가족이 늘어날수록 그 가족을 부양하기 위해 더 많은 수입이 필요해진다.

왜냐하면 수가 늘어난 가족은 큰 자동차, 큰 집, 많은 생활비가 필요하기 때문이다. 더 많은 수입이 필요해질수록, 엄마와 아빠는 돈을 벌기 위해 더 많은 시간을 투자해야 한다. 엄마와 아빠가 돈을 벌기 위해 더 많은 시간을 투자할수록, 자신들이 할 일을 대신하고 아이를 돌보는 사람들에게 더 많은 돈을 써야 한다. 최악의 경우, 가족 모두를 한곳에서 보는 일은 점점 더 힘들어진다.

허름하고 내려앉은 차고에 빗물이 스미는 것처럼 이 모든 지출이 가족의 연간예산에 스며들수록, 부부는 세금을 내고 자신들의 익숙해진 생활방식을 유지하기 위해 점점 더 힘든 일을 해야 한다. 비상금을 마련해두었거나, 증권으로 한몫 본 부부, 혹은 인출할 수 있는 안전한 예금을 가지고 있는 부부일지라도, 결국엔 쪼들리고 있는 자신들을 발견할 수 있다.

그러나 익숙한 소비 수준에서 물러나 씀씀이를 줄이는 것은 매우 힘든 일이다. 그럴 가능성은 거의 없을뿐더러, 종종 너무 늦거나, 불가피하게도 절대 안정될 것 같지 않은 월 지출에 직면해야 한다. 경제적인 호황기에도 불구하고, 1990년대 중반에서 후반 사이에 현저하게 늘어난 개인 파산자들의 수가 이를 뒷받침해준다.

물론 상황이 모든 사람에게 비참한 것은 아니다. 많은 부부들이 직장을 갖고 결혼생활을 시작해서 점차적으로 진급을 하게 된다. 그리고 늘어가는 가정 지출을 감당할 수 있을 만큼의 봉급을 받는다. 또 다른 부부들은 연속적인 5개년 계획을 따라간다. 그것은 실제로 스케줄에 맞추는 것이다. 몇몇 운이 좋은 부부는 주식시장에 대한 날카로운 통찰력으로 여유를 얻기도 하고, 또 어떤 부부들은 심지어 은퇴에 대비해 노후연금까지 부어가면서 월 예산에 맞추어 생활한다. 그리고 이 마지막으로 언급한 것이, 다른 수입의 원천이 없을 경우 점차 증가하는 지출에 보조를 맞추는 유일한 방법이다.

우리 가정을 포함한 많은 가정에 있어서, 삶이란 끝없는 '재정 만회' 게임과 같다. 마지막 청구서가 지불되고 드디어 수입과 지출이 평형을 이루었다고 생각할 즈음, 온수기가 새거나 세금이 예상했던 것보다 많이 나온다. 또 자동차에 새로운 변동기가 필요하거나 아이들 중 하나가 화술치료나 치열교정을 필요로 하게 된다. 나는 근무시간을 더 늘림으로써 이 모든 것들을 해결할 수 있었다. 그러나 근무시간을 늘리는 것이 재정상태를 호전시키기는 했지만, 나뿐 아니라 우리 가족들에게 감정적인 완화책은 되어주지 못했다.

결국 모든 가족들은 각기 자신들의 우선순위를 정해야 하고, 개인적인 생각과 수입에 기초해서 무엇이 가장 중요한지에 대해 결정을 내려야만 한다. 우리집에서 그에 관한 균형잡힌 판단이란 복잡하고 항상 변화하는 것이다.

그리고 그것은 가계비, 교육, 아이들의 활동, 여행, 오락, 그리고 남편과 내가 얼마나 많이 일할 수 있는가에 달려 있다. 가족 중 아무도 하와이에 가본 적이 없고, 남편은 유럽에 가본 적이 없으며, 우리 가족의 휴가는 언제나 자동차로 갈 수 있는 곳에 한정되어 있다. 우리 부부의 개인적인 의무는 아이들을 계속해서 몬테소리 학교에 다니게 하고, 좀더 나은 휴가를 보내기 위해 재정적인 확장을 가져오는 것이다. 그리고 물론, 이 모든 결정과 타협에 관한 논의는 여전히 진행중이다.

이 모든 것을 말할 때, 짚고 넘어가야 할 또 다른 함정이 있다. 어떤 부부는 너무 안정지향적이어서, 자신들이 원했던 집을 구하기까지의 위험을 지나치게 꺼려한다. 하지만 당신의 가족, 아이들, 개, 고양이, 금붕어, 햄스터를 훌륭한 집에서 키우기 위해서는 그러한 위험쯤은 감수해야만 한다. 아이들이 어릴 때는 자기 방이 있건 없건 최신형 컴퓨터, 혹은 최신 비디오, 음향장비가 있건 없건 상관없다.

반면, 십대는 사생활과 외모에 아주 많은 신경을 쓴다. 아이들은 유아기와 십대 사이의 어느 시점에서, 자신들이 경험한 부모의 양육관을 영원히 기억하게 된다. 거기엔 편안함, 안전, 미적 감각, 대인관계, 유머, 교육적 영감이 포함된다. 가정예산이 어떻게 짜여지는가 하는 것도 아이들의 기억을 어느 정도 채색할 것이다. 그 최종 그림은 어떠한 카메라도 찍을 수 없지만, 아이들의 마음의 앨범에 영원히 간직될 것이다.

7

상황이 나아질 것이라고
낙관해서는 안 된다

아이들을 키우다보면 항상 무슨 일인가 벌어진다.
―질다 가드너

맞벌이 여성들은 아이들을 키우고 집안일을 돌보면서 수많은 어려움에 직면한다. 일터에서 집으로 동분서주하느라 자신의 기력과 삶이 조금씩 좀먹어가도, 대부분의 엄마들은 스스로 위안하며 자신을 가혹한 현실에 좀더 단단히 붙들어맨다. "아이들이 좀더 자라면 상황이 나아지겠지. 애들이 학교 다닐 무렵이 되면 내 인생도 다시 정상으로 돌아올 거야." 하지만 이것은 우리 사회에 존재하는 근거 없는 수많은 통념들 가운데 하나일 뿐이다. 현실에서는 그 반대의 상황이 더 진실에 가깝기 때문이다.

아이들이 초등학교에 다니게 되면 자녀를 돌보는 일은 오히려 취학

전보다 더 어려워진다. 또 청소년기에 이르면 흔히 '질풍노도기'라는 십대를 겪기 때문에, 더 많은 관심과 애정을 쏟아야 한다.

게다가 아이들은 자라면서 더 넓어진 범주를 여행하게 된다. 즉 아이가 자람에 따라 활동범위가 점점 더 넓어지기 때문에 부모의 육아법은 아이들의 활동이 집과 유치원 주위를 맴돌던 시기보다 훨씬 더 복잡해지는 것이다. 이 시기에 부모는 아이와 협력해야 하고 융통성 있는 일과표를 짜야 한다. 아이들을 돌보는 일에 점점 더 많은 시간이 요구 됨에 따라 부모들은 시간에 쫓기는 듯한 느낌을 받을 수도 있다. 하지만 그럼에도 불구하고, 또한 이 시기는 아이 키우는 일을 즐기는 부모들에게 있어서는 가장 행복한 시기가 될 수도 있다.

"예전이 좋았지"

아이를 키우는 데 있어 엄청난 실력을 발휘하는 육아의 명수들은 우리에게 '임신, 출산 후 맞게 되는 첫달과 첫해, 그리고 자녀 인생의 처음 5년'에 대해서 많은 유용한 정보들을 제공해준다. 한 번이라도 부모의 입장에 서본 사람이라면 갓난아기가 음식물을 게우고 기어가고 첫발을 내딛는 것, 자동차에 유아용 보조석을 다는 것, 한밤중에 우는 아기를 달래기 위해 몇 달 동안이나 수면 장애를 겪는 것, 유축기로 모유를 짜내는 것, 기저귀로 인해 아기 엉덩이에 발진이 생기는 것, 아기 발달에 맞춰 젖꼭지를 바꿔주는 것 등에 관한 육아정보를 수도 없이 접해봤을 것이다. 또한 어린아이를 키우는 과정에서 겪게 되는 무용담이나 발육상의 세부사항들에 대한 전문적인 지식에 대해서도 매우 친숙할 것이다. 하지만 일단 아이가 유치원에 들어갈 나이가 되면, 상당 부분을 혼자 힘으로 해나가지 않으면 안 된다.

유용한 육아 정보도 대여섯 살 이후의 아이들에 대해서는 점점 줄어드는 경향을 보이는데, 이는 몇몇 현상에 기인한다. 부모들은 보통 아이가 유치원에 들어가기 전까지의 경험을 통해 육아란 어떤 명확한 규칙을 찾을 수 없는 뒤죽박죽인 일이며, 전문적인 조언이란 단지 빛 좋은 개살구에 불과한 것이라는 사실을 깨닫게 된다. 그러므로 이것을 파악한 육아 잡지의 편집장들은 이전의 부모들이 아닌, 새로 부모가 된 사람들을 대상으로 한 마케팅에 노력을 기울인다. 하지만 새로운 부모들도 몇 년 지나지 않아 피상적이고 임시변통적인 육아 해결책에 환멸을 느끼게 된다.

초보 육아에 대한 정보 시장이 심하게 왜곡된 또 다른 이유는, 아이가 학교에 가게 되면 자녀 양육의 노동집약적인 시간들이 줄어들 것이라고 스스로 확신하려 애써왔기 때문이다.

부모들은 흔히, 아이들이 학교에 가게 되면 자신의 삶이 어느 정도 정상으로 돌아오고, 여섯 살에서 청소년기에 이르는 이른바 '잠복기'는 아이들에게 모든 가능성들이 잠복 중인 시기이며, 그 시기가 부모에게 있어서는 르네상스기가 된다고 생각한다. 하지만 애석하게도, 이것은 우리 사회에 가장 널리 알려진 자녀 양육에 대한 신화일 뿐이다.

그런데 이러한 잘못된 신념이 많은 지지자들로부터 힘을 얻고 있다. 우리 가운데 자칭 도덕주의자들은 "집을 내팽개치고 직장에 다니는 그릇된 어머니들로부터 어린아이들을 보호해야 한다"고 부르짖는다. 말하자면, 조금만 참고 기다리면 한시름 놓게 되는 날이 올 테니, 아이

성장에 있어 가장 중요한 초년기에는 묵묵히 자녀에게 헌신해야 한다는 것이다. 하지만 '엄마가 일하는 것'을 반대하는 금지의 대부분이 내심 자녀가 어리고 말을 잘 듣고, 잠복기에 있으며, 학교에 갈 만한 충분한 나이가 된 시기를 겨냥한 것이다.

자녀의 학교교육이 법적으로 명시된 사항이기 때문에, 가장 엄격한 도덕주의자조차도 조금쯤 관대해져서 하루에 몇 시간씩 자녀들을 집 밖에서 생활하도록 해야 한다는 것이다. 그런 의미에서 도덕주의자 여성 대변인들(도덕주의자 어머니들―옮긴이)도 얼마간의 휴식을 필요로 하는 것은 마찬가지일 것이다. 이유가 어떻든 간에, 여섯 살이라는 나이는 '24시간 엄마의 보살핌을 필요로 하는 시기'와 '하루 5~6시간은 엄마 없이 지낼 수 있는 시기'의 경계라고 할 수 있다.

자녀의 초년기에 지대한 관심을 가진 또 다른 집단은, 직업이 있으면서도 아이들과 집에서 함께하기로 결심한 전문직 어머니들이다. 물론, 그렇게 결심하기까지 여러 가지 이유가 있었겠지만, 직업 세계에서 생산적인 일꾼이었던 이 여성들은 결국 '맞벌이 가족 딜레마'의 심각성에 깜짝 놀라서 굴복하고 만 것이다.

그리고 이제 그들은 아기가 낮잠을 자는 시간에 컴퓨터 앞에 앉아서 자신의 헌신적인 모성애에 대해 이모저모를 기록한다. 대단히 상세한 설명들을 덧붙여가며 말이다. 하지만 이러한 내적 성찰도 결국엔 중대한 교훈으로 끝나게 된다. 가능한 한 모든 부분에서 모성애를 시험해오고 있는 무시무시한 교훈으로 말이다. 비록 이 기록자들 대다수가 직장으로의 복귀를 계획할지라도, 결국 그 기대는 물거품이 된다. 아기의 낮잠 시간은 아이들이 성장함에 따라 단계적으로 사라진다. 그리고 우리는 그 기록의 나머지 이야기를 들을 수 없게 된다. 아니, 적어도 그 기록의 첫 부분만큼 풍부하고 상세한 설명은 들을 수 없게 되는 것이다.

다시 말해, 이 여성들은 육아일기를 쓰기 시작하면서 그 기본 줄거리는 오직 한두 명의 어린아이를 돌보는 얘기로 끝이 나고, 아이들이 학교에 갈 나이가 되면 ‘정상 상태’가 다시 한 번 도래할 것이라고 생각한다. 하지만 사실 컴퓨터 앞에 앉을 약간의 짬을 내는 것조차 힘들 정도로 너무나 바빠지는 것이다.

‘아이들이 학교 버스에 오르면 엄마들이 자신의 삶을 다시 찾는다’는 개념에 한몫 하는 것은 일을 하면서도 가정을 꾸려나가길 바라는 여성들의 평범하고 오래된 소망이다. 그 모든 것을 얻기 위해 많은 시간과 돈을 들인 사람들은 말한다. “직장과 가정을 갖는 것에 대해 우리가 꿈꿔왔던 모든 기대가 마침내 이루어지기만 한다면, 잠시 어린 애들로 인해 방해를 받는다 해도 감수할 만한 일이 아닌가. 어린애를 떼어놓느라 전전긍긍하면서 굳이 이른 시기에 무언가를 성취할 필요가 있느냐 말이다.” 이것은 꽤 그럴듯하게 들린다.

한편, 나와 같은 세대의 여성들은 오히려 아이를 낳은 후에 직장을 다니던 때보다 초과 근무를 하고 있음을 깨닫게 되었다. 그러한 사실은 꼬박꼬박 육아 일기를 쓰고 있는 어머니들에 의해 너무도 완벽하게 증명되었다. 따라서 우리는 모든 일을 한꺼번에 해내기 위해 발버둥치던 예전의 노력들을 그만두고 그 모든 일의 몇 가지만 하기로 마음먹었다. 하지만 자녀가 하나 이상이 되면 그 ‘모든 일의 일부만 하려고 노력’ 하는 것조차 까다로운 일이 되어버린다.

새로운 아기가 태어나고, 그 아이로 인해 '첫아이가 학교에 들어가면 다시 시작할 수 있을 것'이라고 생각했던 우리의 일에 대한 기대가 처참하게 무너져버렸던 것이다. 우리들의 희망적인 생각에도 불구하고, 아이들이 하나 둘 생겨남에 따라 현재의 상태로부터 벗어나는 것은 점점 더 어려워졌다.

하지만 이러한 현실이 그리 놀라운 일은 아니었다. 우리가 비록 예상하지 못했더라도 아이들로 인해 겪어야 했던 온갖 예측 불허의 일들은 사실 다 그럴 만한 것들이었다. 갓난아기가 한밤중에 깨어나 젖을 달라고 하기도 하고, 어린아이의 갑작스러운 발열이 다른 계획들을 망쳐놓기도 했다. 또 바쁜 스케줄에도 불구하고, 유치원의 학부모-교사 회의에 오후 시간을 몽땅 할애해야 할 때도 있었다.

우리는 이런 장애물들에 적응하기 위해 도움을 받을 수 있는 누군가를 고용하거나, 어린애와 함께 있는 시간을 좀더 많이 갖기 위해 직장에서의 출세가도를 달리거나, 또는 그 시기만 지나가기를 기다리면서 이유식과 육아책을 들고 집안에 주저앉고 말았다.

우리의 삶이 평온해질 즈음, 긴 터널 끝에 드디어 '초등학교'라는 이름의 빛이 보이게 되었다. 하지만 이제 와서 생각해보면, 이후로 겪어야 할 일들에 비하면 그때까지가 오히려 '좋은 시절'이었다. 그때는 모든 것이 얼마나 단순했던가. '자녀 양육'이라는 퍼즐의 모든 조각을 맞추기 위해 전전긍긍하면서도 어찌 됐든 그럭저럭 난관을 잘 헤쳐나갔으니 말이다. 그러나 우리는 그 사실을 거의 깨닫지 못했다.

매일 아침 우리는 아이들에게 우리가 내린 협의사항을 설명한다. 우리는 아이의 의사와 상관없이, "이분은 너희를 돌봐주러 오셨어" 혹은 "여긴 유치원이야. 엄마는 잠시 일보러 갔다가 시간이 되면 돌아올 거야"라고 말한다. 아이들이 조금씩 반항할지도 모르지만, 우리의 일상을 방해하는 일은 거의 없다. 어린아이들이 우리의 많은 시간을 필요로 한다 해도 그 애들의 요구는 그다지 대단하지 않다.

그런데 유치원 시기를 지나 자녀가 초등학교에 입학하고 나서는 상황이 좀 미묘해진다. 우리가 좀더 광범위한 직업 스케줄로 돌아갈 준비를 막 마쳤을 때, 독립적으로 키워진 우리의 아이들이 이제 자신의 협의 사항을 내놓는다. 아이들은 생각 없이 그냥 툭 내뱉는다.

"이건, 매일 함께하는 시간이나 관심의 측면에서 엄마가 나한테 해 줬음 하는 거야. 그리고 이건 어째서 내가 축구하는 것을 싫어하고, 방과후 탁아소에 가는 것을 싫어하며, 또 옆집 애와 놀기 싫어하는지를 적은 거야. 그게 엄마의 스케줄상 필요할지는 모르지만 난 싫어.

아, 한 가지 더 있어, 엄마. 좀더 많은 시간을 엄마와 아빠랑 놀았으면 좋겠어. 나한텐 이제 매시간 기저귀를 갈거나 낮잠 자기 전 신발의 모래를 비우는 것보다 더 복잡해진 일들이 많으니까. 아기 돌보는 사람은 그런 일에 맞지 않아. 내 말은, 아기 돌보는 사람이 내가 축구 게임 하는 것을 봐주든 말든 그게 나랑 무슨 상관이냔 말이에요." 결국 부모들이 고대해왔던 자녀의 '잠복기'는 그 아이의 잠재성이 눈부시게 발휘되는 순간, 그다지 잠재적이지 않게 되는 것이다.

자녀의 발달과정을 숙지하라

매년 11월, 우리 아이들이 다니는 학교의 상급반 초등교사들은 이틀에 걸쳐 온종일 학부모 - 교사 회의를 갖는다. 이 회의가 진행되는 동안 4~6학년 아이들은 자원봉사를 하는데, 뭐 굳이 '선행의 의도' 같은 것이 필요하지는 않다. 이 프로그램의 주된 목적은 아이들이 어릴 때부터 사회 봉사에 전념하도록 하기 위한 것이기 때문이다. 물론, 아이들에게 '봉사하는 착한 마음'을 키워준다는 것은 훌륭한 생각이지만, 결국 그 노력의 성공 여부는 부모가 자녀들에게 그에 적절한 상황을 제공하는 데 어느 정도의 의지를 갖고 있는가에 달려 있다.

어떤 아이들은 직업 현장을 체험하기 위해 부모의 직장으로 따라가 봉사라는 명목으로 자신의 부모를 졸졸 쫓아다닌다. 또 어떤 아이들은 그 기간 동안 자신을 받아줄 자발적인 소유주들 — 야구카드 상점, 커피숍, 탁아소, 신문 판매사, 또는 부모가 친분을 갖고 있는 어떤 기관들의 소유주 — 을 찾아간다. 그리고 또 어떤 아이들은 실제로 자선 기관에서 일하기도 한다.

나는 여러 해에 걸쳐, 겨울휴가가 있기 바로 한 달 전 이틀 동안 아이들에게 적당한 일감을 찾아주어야 했다. 그런 상황에 직면할 때마다 나는 여느 부모들이 하는 것처럼 똑같이 행동했다. 아이들이 내 일터로 쳐들어오겠다는 말에 끝까지 거부로 일관했던 것이다. 결국 우리 아이들은 동물원에서 일하거나, 상점의 먼지를 털거나, 근처 골프장에서 골프공을 줍는 일 따위를 했다. 한 번은 딸이 무료 식당의 자원봉사에 참가한 적도 있다. '사회봉사'라는 명분을 붙여서.

아들이 5학년이었던 해 10월, 나는 문득 아이들의 '사회봉사' 기간이 다가오고 있다는 사실을 떠올리게 되었다. 아들녀석은 그 일로 무척 고무되어 있었고, 나는 어떤 일감을 줘야 할지 고민해야 했다.

마침내 바로 그날이 되기 며칠 전, 나는 잔뜩 기대에 부풀어 있는 아들에게 몇 마디 주의를 주고는, 그 이틀 중 하루는 집에서 엄마와 함께 파이를 만들어 마을의 무주택자 보호소에 갖다주자고 제안했다. 그 말을 마치자마자, 나는 이것이 아들에게 멋진 경험이 되리라는 것과 동시에, 내 작업 스케줄이 엉망으로 꼬일 것이라는 것을 직감할 수 있었다. 그래, 얻는 게 있으려면 잃는 것도 있어야겠지.

아들녀석은 내 제안에 대단히 만족해서 그 일에 자신의 친구 하나를 더 끌어들였다. 마침, 그 아이의 엄마도 '어떻게 아이의 사회봉사 과제를 완수할 것인가' 하는 문제로 고민하고 있던 참이었다.

우리 셋은 그 이틀의 첫날 아침부터 앞치마를 두르고 온통 밀가루 범벅이 되어서 반죽을 하고, 그것을 납작하게 눌러 펴고, 위에 얹을 내용물을 혼합하고, 제멋대로인 사과 껍질을 정리하는 데 꼬박 하루를 소비했다. 그리고 그 모든 작업을 마쳤을 때, 아이들은 네 개의 호박빵과 세 개의 사과빵, 그리고 두 개의 피칸 파이를 자랑스럽게 세고 있었다. 우리의 마지막 임무는 이 정성껏 만든 파이를 미리 정해놓은 보호소에 가져다주는 것이었다.

그 보호소는 매일 저녁 55명분의 식사를 제공하고 있었고, 그 대상자들은 대개 아주 운이 좋지 않은 가족들이었다. 우리는 보호소 부엌의 싱크대 위에 우리 노력의 산물인 과일 파이들을 늘어놓은 후, 자원봉사 관리자 중 한 사람의 안내를 따라 그곳 시설들을 구경하러 다녔다. 그는 우리를 안내하면서 무주택자가 생기는 원인과 구제책에 대해 자세히 설명해주었다.

아이들은 눈이 동그래져서, 다음해엔 단순한 파이 정도가 아니라 진수성찬을 준비해야겠다고 열광적으로 떠들어댔다. 그리고는 메뉴들을 하나하나 계획하면서, 어떻게 하면 무주택자들을 도울 수 있을까에 대해 쉴 새 없이 이야기하는 것이었다. 내가 즉석에서 생각해낸 아이디어가 과제 이상의 의미를 갖게 된 듯했다. 그리고 우리의 임무를 훌륭히 완수하였다.

이것은 초등학교에 다니는 자녀를 둔 부모들이 항상 부딪히게 되는 수많은 일화들 가운데 하나에 불과하다. 대체로 이 시기에 아이들은 옳고 그름에 대한 판단력을 형성하고, 사회화 기술과 친구 사귀는 기술을 발달시킨다. 또 자의식을 통합하고, '성역할에 따른 행동'에 대해 곰곰이 생각하기 때문에, '잠복기'라는 용어로 불리기도 한다. 그러나 프로이트가 설정한 성격 발달 단계(구강기, 항문기, 남근기, 잠복기, 생식기)에서의 잠복기를 뜻하는 것은 아니다.

이 무렵의 아이들은 이미 그 단계의 마지막 지점(생식기: 7~12세 - 옮긴이)에 와 있다. 십대 문제 같은 것은 아직 먼 미래의 일이다. 이제 아이들에겐 부모나 교사가 그렇게 많이 필요하지 않다. 한순간도 눈을 떼지 않고 지켜봐야 할 시기는 이미 지난 것이다. 하지만 아직까지는 책임과 재미라는 균형에서 후자 쪽으로 좀더 기운다. 글쓰는 법을 배우기 시작하면서 아이의 눈앞에 성문(成文)의 세계가 펼쳐진다. 그리고 삶은 멋진 것이다. 하지만 이것은 초등학교 시절 이야기 가운데 극히 일부분에 지나지 않는다.

초등학교 시기의 아이들은 이제 가족이라는 울타리를 벗어나 많은 시간을 가족 이외의 어른들이나 친구들과 함께 보내기 때문에, 가족과는 다른 세계관들에 노출된다. 이러저러한 사회적인 가치들이나 종교적 신념들 말이다. 이때 사려 깊은 부모라면 자녀들이 일상적인 경험과 다양한 견해들을 해석해내는 데 시금석이 되어준다.

하지만 이 시기에 부모와 자식이 최상의 상호작용을 하는 데에는 수많은 요인들이 방해 요소로 작용한다. 사회적 환경은 아이가 서둘러 어른이 되게 하고, '잠재'라는 개념은 많은 아이들에게 진부한 것이 되어버린다. 텔레비전, 영화, 신문, 잡지와 같은 대중매체는 어른들의 현실을 어린 관객들에게 무작위로 던져놓는다.

아이들이 이를 통해 상상력과 사고력을 키우게 될지라도, 그 범위가 지나치게 확대되어버려서 부모들은 점점 더 이런 노출을 모니터하기 어려워진다. 따라서 그 결과가 미치는 영향을 논의하기는 더욱더 어려워진다. 그리고 아이들이 학교에 입학하면 많은 부모들이 직장으로 돌아가거나 일하는 시간을 늘리게 되는 것이다.

자녀가 초등학교에 다닐 무렵이 되면, 많은 부모들이 가사, 대인관계, 직업문제로 고비를 겪는다. 그리고 꽤 많은 부부들이 그 고비를 넘기지 못하고 최악의 경우 이혼에 이르게 된다. 자녀 교육에 악영향을 끼칠지라도, 무엇이 옳고 그른가를 떠나서 그럴 수밖에 없다고 결정했다면 어쩔 도리가 없다.

하지만 이혼 절차가 진행되는 동안 아이들은 정신적인 혼란을 겪는다. 아이는 마음에 상처를 입고, 부모에게 상담할 문제가 생겨도 대체로 입을 다물게 된다. 게다가 아이는 누구에게 맡겨지는가, 또 육아문제는 어떻게 되는가. 공동 친권 조정 상황에서는 다행히 아이가 그 상황에 잘 적응해준다 해도, 부모들에겐 육아문제에 있어서 그 상황이 악몽이 될 수 있다. 이때는 아이들이 '심성'을 발달시키는 시기이기 때문에, 비록 이혼이 명백하게 옳은 선택이라 할지라도 아이의 심성에는 결코 좋은 영향을 주지 못한다.

모두가 너무 조급해하는 경향이 있다. 조급한 부모들은 자녀가 어서 빨리 어른의 눈으로 세상을 보도록 재촉한다. 이런 조급함이 어떤 비극을 초래할지 알고 싶다면, 1996년 제시카 더브로프(Jessica Dubroff)와 그녀의 아버지에게 일어난 사건을 그 가장 슬픈 예로 들 수 있을 것이다. 그녀의 아버지는 일곱 살 난 제시카를 비행기 조정대에 앉히고(그것은 제시카의 의견이었다고 한다) 그해 그들의 비행 기록을 깨라고 부추겼다. 그리고 한 여행에서 그들의 비행기는 이륙을 하던 도중 폭풍에 휘말려 추락했고, 두 사람 모두 사망했다.

많은 신문과 방송이 이 사건에 대해 떠들어댔고, 제시카의 아버지가 어떤 의도로 그랬는지에 대해 온갖 추측이 난무했지만, 한 가지 사실만은 분명했다. 비행 기록을 세우는 일이 일곱 살짜리 아이의 발달학적 과제 사항에는 들어 있지 않다는 것이다. 이 예에서처럼, 어른과 아이의 의도는 현저한 차이를 보인다.

그러한 사실은 우리집에서도 분명하게 확인될 수 있다. 막내딸이 제시카와 같은 일곱 살이었을 때, 그애는 어른처럼 옷을 차려입는 놀이를 하고, 애들 음악에 장단을 맞추고, 피아노 레슨에 늑장을 부리고, 실수투성이였던 첫 소프트볼 게임을 아무렇지도 않은 듯 낄낄 웃어댔다. 내 딸을 비롯해 그 나이 또래의 모든 아이들이 그 무렵 성인 취미를 갖게 되는데(비행기 조종도 그 한 예가 될 수 있다), 이것은 그 애들이 앞으로 많이 하게 될 옷 차려입기 놀이나 소꿉놀이와 다를 것이 없다. 다시 말해, 그 모두가 단지 호기심으로 인한 '어른 흉내'일 뿐,

아이들이 어른의 눈으로 세상을 보는 것은 아니라는 얘기다.

조급증의 또 다른 예로, 우리는 아이들의 행동이 조금이라도 정상에서 벗어난 듯싶으면 곧바로 그것을 교정할 수만 가지 방법을 찾아내려 애쓴다. 예를 들어, 20년 전 주의력 결핍 장애(Attention Deficit Disorder/ADD)와 주의력 결핍 과잉행동장애(Attention Deficit Hyperactivity Disorder/ADHD)라는 용어는 다소 모호한 심리학적 개념이었다. 그런데 오늘날엔 어떠한가. 만약 연설자가 청중을 모으길 원한다면, 그는 연설 제목에 '주의력 결핍 장애'와 '주의력 결핍 과잉행동장애'라는 두 단어만 넣으면 된다.

그러면 바쁜 스케줄로 짬을 낼 여유가 거의 없는 부모들조차도 그 해결책을 듣기 위해 줄을 서서 기다릴 것이다. 사실, 내 책상 위에 쌓여 있는 의학 저널들 대부분이 이러한 장애에 대한 기사를 담고 있다.

주의력 결핍 과잉행동장애는 일정한 아동 발달 단계에서 대부분의 아이들에게 공통적으로 관찰되기 보다는 '심하게 움직이고 부산하게 돌아다니는 과잉행동', '집중력이 낮고 싫증을 잘 내는 부주의', '참을성이 적고 감정 변화가 많은 충동성'의 세 가지 주증상을 나타내는 아이들에게서 보여지는 장애이다.

하지만 주의력 결핍 과잉행동장애는 어디까지나 주관적인 진단일 뿐, 그 증상의 여부를 객관적으로 검사할 수 있는 의학적·심리학적 영역의 것이 아니므로 이 장애는 대인관계의 영역에 속한다.

어쨌든 몇몇 아이들이 다른 아이들보다 충동을 자제하는 능력이 약하고 한동안 집중할 수 있는 능력이 현저히 떨어지는 것은 분명한 사실이다. 이러한 아이들은 리탈린(주의력 결핍 과잉행동장애 아동을 위한 각성제-옮긴이)과 같은 특정 약물 치료를 받음으로써 학교나 그 외의 다양한 상황에서 행동 개선 효과를 볼 수 있다. 그러나 학교생활과 친구관계에서 문제를 겪고 있는 아이들에게는 병원을 찾아다니는 것이 효과적인 반면, 약물치료에 반응을 보이지 않는 아이들의 경우엔 대체로 말하기 치료, 감각계와 운동계의 통합치료, 청력 테스트, 시력평가, 식이요법 등과 같은 치료의 도움을 받는 것이 좋다. 그리고 주의력 결핍 과잉행동장애 증세를 보인다 해도 심하지 않은 경우엔 약물치료보다 요법치료가 좀더 권장할 만하다.

일단 약물치료에 반응하는 아이들은 행동치료가 덧붙여짐으로써 증상이 좀더 호전될 수 있다. 주의력 결핍 과잉행동장애라고 진단되지 않은 경우에도 행동학적 장애를 보이는 많은 아이들이 심리치료와 가족상담요법을 통해 큰 도움을 받을 수 있다. 이것은 아이들이 보이는 장애 증상이 본질적인 것이라기보다는 환경에 의해 영향받았을지도 모른다는 얘기다. 윌라 캐서(Willa Cather)의 『나의 안토니아 My Antonia』에서 짐 버튼(Jim Burden)은 안토니아의 아들 레오(Leo)를 다음과 같이 묘사하고 있다.

그 소년은 너무나 산만하였고 또 부산스럽게 돌아다녀서 나는 그 아이의 얼굴조차 제대로 볼 수 없었다. …… 레오의 어머니는 그애가 평소에 다쳐서 입는 상처의 수가 다른 아이들의 상처를 모두 합쳐놓은 것보다 훨씬 더 많을 것이라고 말하였다. 그 아이는 아직 길들여지지 않은 망아지를 타려고 했으며, 수컷 칠면조를 괴롭히고, 성난 황소가 붉은색을 얼마나 잘 참아내는지, 또 새로운 도끼가 얼마나 날카로운지 시험해보려고 했다. 레오는 언제나 위험한 행동을 마다하지 않았다.

이것은 가장 현대적인 환경에서 주의력 결핍 과잉행동장애로 진단될 수 있는 아이에 대한 묘사이다. 그러나 환경이 '모든 것'일 수도 있다. 『다루기 힘든 아이 The Difficult Child』의 지은이 스탠리 터랙키(Stanley Turecki) 박사는 '뛰어놀 수 있는 넓은 방이 많은 텍사스 농장에서 형제들과 함께 자라는 어린 소녀의 환경'과 '맨해튼의 아파트에서 엄격하고 나이가 많은 부모와 살고 있는 외동아이의 환경'을 대조함으로써 이 사실을 증명해보인다. 한 아이의 똑같은 행동이 농장에서는 정상으로 보이는 반면, 맨해튼의 아파트에서는 큰 문제로 여겨질 수도 있다는 얘기다.

'환경'이라는 요인에 '대인관계'를 덧붙여 생각해보면, 아이들의 행동학적 장애의 요인은 훨씬 더 분명해진다. 예를 들어, 완벽주의적인 결벽증을 갖고 있는 어머니와 알코올 중독자인 아버지를 부모로 둔 아이의 경우, 그 아이의 장애 증상은 본인의 어떤 유전학적 기질보다도 부모와의 관계에서 비롯된 것일 수 있다.

이러한 사실은 부모들이 '맞벌이 부부의 시간적 압박'과 같은 이런저런 문제로 스트레스를 받을 때 더욱 뚜렷하게 부각된다. 아이들이 화목한 집에서 부모와 함께 지내며 엄마 아빠에게 친밀함을 느끼는 시간보다 만들어진 환경에서 온갖 종류의 세계관을 지닌 다양한 어른들과 함께 보내는 시간이 더 많을 경우, 그 아이는 행동학적 장애를 보일 수 있다. 아이들은 환경에 민감하며 자신이 처한 상황을 재빨리 감지하는 데 있어 거의 전문가 수준이다. 하지만 그들은 자신이 판단한 것을 조용히 말하기보다는 행동으로 직접 보여준다.

초등학교 시기에 부모는 그 애들에게 주의를 기울이고, 친밀함과 애정을 보여주고, 규칙적으로 자녀와 함께 시간을 보내야 한다. 그렇게 하고 나서야 비로소 부모들은 아이들을 똑바로 쳐다보고 "부모로서의 임무를 성실하게 완수했다"고 말할 수 있게 되는 것이다. 적어도 그 아이 인생에 있어서 이 시기에 요구되는 임무만이라도 말이다.

아무도 당신에게 말해주지 않았다고 불평하지 말라

아이를 키우는 일은 큰 노동력을 요한다. 게다가 아이들이 어느 정도 자라기까지는 하루하루가 뒤죽박죽 혼란스럽기 그지없다. 그런데 이러한 자녀양육은 종종 직장생활의 과정과 연관되어 생각되곤 한다. 전문직에 종사하는 것도 자녀양육과 마찬가지로 노동집약적이다. 그런데 이 질서정연할 것 같은 직업 세계가 흔히 자녀 출산과 육아문제에 의해 크게 영향을 받게 된다.

많은 여성들이 자신의 전문적인 명성을 발달시키는 과정 중에 대학원에서 결혼으로, 또 자녀 출산으로 나아간다. 가슴에 젖먹이 아이를 안고 있거나 발치에 아장아장 걷는 아이를 데리고 있는 것은 흔히 일터에서 성공하는 데 가장 큰 장애물처럼 여겨진다. 행글라이더를 타는 것에 비유하자면, 아이를 학교에 보내는 것이 오랫동안 달려왔던 패턴에서 벗어나 직장생활이라는 자유로운 창공을 향해 높이 날아오르는 데 절대적으로 필요한 조건이라고 믿고 싶어지는 것도 당연한 일이다.

　　그러나 그 비행 방향을 자유자재로 전환하기 위해서는 대체로 출산을 미루고, 당장의 기쁨과 만족감을 끊임없이 연기해야만 한다. 심지어 가정과 직업에 가장 헌신적인 여성조차도 말이다.

　　한편, 한 여성이 중년의 나이에 이르러서도 그녀의 삶에 어머니라는 역할이 변함없는 공간을 차지할 때, 새로운 극적 반전과 심경의 변화와 같은 이상한 현상이 나타날 수 있다. 흔히 한 여성의―30대 후반에서 50대에 이르기까지의―중년기에 파고드는 심리적인 변화는 새로운 길과 가능성에 빛을 비춰줄 수도 있다.

　　예전에는 모호했던, 또는 상상조차 못했을 그러한 길과 가능성에 말이다. 하루하루를 조급하게 서두르며, 여러 가지 일을 한꺼번에 처리하기 위해 미친 듯이 허둥대고, 가정과 일터에서 균형을 유지하기 위해 중압감에 시달리던 그녀는 이 다람쥐 쳇바퀴 돌 듯 끊임없이 반복될 것 같은 일상에 대해 대안을 고대하다가 마침내 전환점에 도달하게 되고, 이제 막 말을 하기 시작한 아이가 엄마의 존재를 요구할 때, 스스로의 평형을 향하게 되는 것이다.

　　이러한 현상은 종종 자신의 감정에 대한 통찰력만큼이나 순수하기 그지없는 육아법에 의해서도 조장되곤 한다. 어느 날, 남편과 나는 일곱 살도 안 된 네 명의 아이들을 데리고 가족 소풍을 가려고 했다. 그런데 처음의 설레었던 마음과는 달리 가족 모두 외출 준비를 마치는 데 한 시간이나 걸리자 나는 낙담할 수밖에 없었다. 완전무장한 아기를 남편품에 안긴 채 두 번째 기저귀를 갈기 위해 다가가면서 나는 한숨지으며 말했다. "여보, 아마 이보다 힘든 일은 없을 거야. 아이들 모두 아직 다른 사람의 도움을 필요로 하는 나이이고, 모든 것을 우리에게 너무 의존하잖아."

그렇게 내 처지를 한탄한 이후 몇 년의 세월이 흘렀다. 가장 큰애가 열다섯 살이 되었고, 막내는 일곱 살이 되었다. 어느 날, 나는 그 하루 동안 다섯 차례나 아이들을 데려다주고, 또 데려오기 위해 차를 몰고 다녔다. 그 중 하나는 교외에서 열리는 수영대회였는데, 바로 그 다섯 번째를 위해 차로 향하면서 나는 남편에게 말했다. "맙소사! 언젠가 내가 가장 힘든 일이 무엇인지에 대해 했던 말을 기억한다면, 여보 제발 잊어줘. 지금 보니 그건 아무것도 아니었어. 네 명의 아이들이 제각각 운동이나 음악 레슨을 받으면서 운전면허는 전혀 없다는 사실, 그래서 부모가 그 애들을 태우고 다녀야 한다는 것이 아마도 가장 힘든 일인 것 같아. 부모의 시간을 너무 많이 빼앗잖아."

아기를 돌보는 부모는 혹시 아기가 작은 상처라도 입을까봐 잠시도 눈을 떼지 못한다. 그런데도 아기들은 하찮은 사고로 인해 부모를 휘둘러대기로 악명 높은 것이 사실이다. 하지만 적어도 그 애들의 무대는 집이거나 기껏해야 집 근처의 어딘가일 뿐이다.

반면, 좀더 자란 아이는 더 많이 먹을 뿐만 아니라, 부모의 육체적이고 감정적인 공간을 좀더 많이 차지하고, 더욱 효과적으로 말대꾸를 하는 데다, 어렸을 때보다 더 많은 사고를 친다. 하지만 그들이 좀더 확장된 궤도를 여행한다 해도, 그 수레바퀴는 변함없이 부모일 수밖에 없다.

그런 와중에도 대부분의 부모들은 '이 모든 것이 아무리 강제적이라 해도 어쩔 수 없다'고 느낀다. 왜냐하면 우리 사회에서는 "성장기에 해당하는 유년 시절이 한 인간의 삶에 가장 중요한 영향을 미친다"

는 믿음이 너무도 확고하기 때문이다. 그러므로 우리는 자녀의 유년기 몇 년에 대단히 집중하는 경향이 있다. 영아기의 자녀는 육체적인 취약성 때문에 부모로부터 일일이 보살핌을 받아야 한다. 유아기의 자녀는 그보다 훨씬 더 빈틈없는 보살핌을 요구하게 되고, 이때 대부분의 부모들은 '이 아이가 좀더 자라면 우리도 조금은 자유로워지겠지'라고 생각하게 된다. 그러나 취학기에 이른 자녀를 돌보기 위해 직장을 사퇴하는 여성들을 볼 때마다, 우리는 그것이 번번이 보게 되는 광경임에도 불구하고 항상 놀라고 만다.

1997년 브렌다 반즈(Brenda Barnes)가 펩시의 고위 경영직을 사퇴했을 때, 그 소식은 몇 주 동안이나 전국의 신문과 라디오를 뜨겁게 달구었다. 그녀는 한 인터뷰에서 그 결정에 대한 이유를 다음과 같이 설명했다. "내 아이들이 엄마가 아닌 다른 보호 시스템과 더 많은 시간을 함께하는 것을 원치 않으며, 그 애들이 많은 시간을 엄마인 나와 함께하기를 바란다." 그녀가 주요 경영진의 자리에서 물러난 것이 순전히 개인적인 이유에서였다는 사실은 이미 그런 행로를 택한 어머니들뿐만 아니라 경영 세계까지도 매혹시켰다.

아이들이 자람에 따라, 여성들은(그리고 많은 남성들은) 자녀에게 점점 더 많은 시간을 쏟아붓는 경향이 있다. 그런데도 대부분의 여성들은 자신이 취학기 자녀의 뒤치다꺼리에 흠뻑 빠져들기 전까지는 여전히 그와 반대로 생각하고 있으니 얼마나 신기한 일인가. 게다가 그 교훈은 한 세대의 어머니들로부터 다음 세대의 어머니들에게 전수되지도 않는다.

부모들이 알아야 할 궁극적인 진실은, 유년기의 자녀가 아기였을 때보다 훨씬 더 세심한 주의와 친밀한 관계를 요구한다는 것이다. 그리고 당신의 자녀가 학교에서 모범적으로 생활하고, 감성이 풍부해지고, 뛰어난 운동신경을 발휘하는 모습을 보면서 당신이 느끼는 만족감은 세상의 그 어떤 것과도 비교할 수 없을 만큼 대단히 멋진 것이며, 바로 그 사실이 자녀에게 온갖 헌신을 쏟아붓도록 당신을 고무시킨다. 게다가 당신이 보는 그 멋진 결과들은 대부분 당신이 쏟아부은 '헌신'들과 관계된 것이라는 사실! 생각보다 꽤 근사하지 않은가?

형제간의 경쟁에 대해 알아야 한다

세상에는 두 종류의 가족 — 한 명의 자녀만 있는 가정과 하나 이상의 자녀가 있는 가정 — 이 존재한다고 한다. 전자의 경우, 엄마 아빠는 자녀에게 애정을 쏟는 데 있어서 '부모 - 자식'의 비율에서 이점을 갖는다. 친밀한 대화를 나누고, 다양한 감정을 공유하고, 또 혹시나 잘못될 수 있는 일들까지도 '엄마 - 아빠 - 아이'라는 삼각형의 범위를 넘어서지 않는다.

아이가 하나만 있는 경우, 엄마와 아빠는 자신들의 희망, 꿈, 시간, 에너지, 돈, 이 모든 것을 오직 한 방향에만 집중시킬 수 있다. 이것은 어느 아이라도 만족할 만한 충분한 양의 애정이기 때문에, 맞벌이 부모에게는 분명히 이점이 된다.

반면, 하나 이상의 자녀가 있는 가정에서는 어떠한가. 두 종류 가족의 가장 큰 차이점은, 후자에 속하는 가정에서는 하나 이상의 자녀들이 부모의 애정에 대해 경쟁을 한다는 것이다. 전자의 가정에서 단순한 삼각형이었던 것이 이제 형제자매의 경쟁으로 인해 훨씬 더 복잡한 기하학적인 모양으로 탈바꿈하게 된다. 온 우주의 중심이었던 첫 번째 아기는 두 번째 아기가 태어남으로써 그 위치에서 밀려나게 된다. 이제 그의 어머니는 자신이 이제껏 경험한 것 중 가장 강력한 애정을 하나가 아닌 두 아이에게 쏟아붓기 위해 그 구조와 방향을 재편성해야만 한다. 그리고 이러한 대변동으로 인해 형제간 경쟁이 시작되는 것이다.

아이들은 각자 자신의 요구사항을 우선하기 위해 부모를 밀고 당긴다. 가족이라는 유대관계에 묘한 긴장이 흐르고, 부모의 애정을 확인하려는 아이들의 하찮은 질투심이 그 애들의 심성을 괴롭히게 된다. 이 모든 현상이 둘째 아이가 태어남과 동시에 일어난다.

둘째 아이가 태어나고 얼마 안 있어 나는 그와 관련된 최고의 비유를 들은 적이 있다. 그리고 그로부터 내 아이들의 형제간 경쟁에 대해 첫 번째 실마리를 얻었다.

다음의 상황을 상상해보라. 어느 날 남편이 집에 돌아와서 부인에게 다른 여자를 데려올 테니 앞으로 모두 행복하게 같이 살자고 말하는 것이다. 부인은 기가 막히지만 남편의 결정에 대해 아무 항의도 할 수 없고, 그렇다고 집을 떠날 수도 없다. 어이없어하는 부인을 이해시키기 위해 남편은 열심히 설명한다. 비록 새로운 여자가 더 젊고, 더 귀엽고, 자신의 대부분의 시간을 요구할 테지만, 그래도 자신은 부인을 똑같이 사랑한다는 사실을 알아주길 바란다고 말이다. 과연 이 부인은 남편의 말을 이해할 수 있겠는가?

한 가정에 아기가 하나 더 생길 때마다, 큰아이는 위의 예에서 부인의 처지가 된다. 자신의 전부였던 엄마, 아빠를 이제 밉살스런 누군가와 공유해야만 한다는 사실에 직면해서, 큰아이가 "아기를 쓰레기통에 갖다버려" 또는, "아기를 병원에다 다시 갖다놔!"라고 말하는 것을 누가 탓할 수 있겠는가. 하지만 이런 상황은 부모와 아이 모두에게 견딜 수 없다. 게다가 그것이 공개적으로 드러나는 방식은 또 어떠한가? 큰아이들의 정직한 반응에 부모들은 흔히 눈살을 찌푸리게 된다. 부모의 입장에서는 단지 당황스럽기 때문이지만, 아이들은 이에 골내고 자신의 감정을 숨김으로써 반응한다.

새로운 아이가 태어남으로써, 예전의 단란했던 삼각형의 관계는 멀어지고 새로운 상호작용들이 그 자리를 대신하게 된다. 그에 대한 적응이 아이들이 아주 어릴 때는 쉽게 이루어질 수 있지만, 아이들이 자랄수록 상황은 점점 더 위태위태해진다. 형의 장난감 기차를 원하는 한 살 된 아기의 주의를 딴 데로 돌리는 것은 쉬운 일이지만, 여덟 살난 아이가 형의 장난에 자극받아 주먹질을 시작했을 때는 훌륭한 육아전문가라도 그 상황을 효과적으로 수습하기 어렵다.

아이들이 팔로 안고 다닐 정도로 아주 어리거나, 아직 말하기 전이라면 대리 보호는 여러 가지 형태를 취할 수 있다. 아이와의 의사소통은 순전히 몸짓과 같은 '신호언어' 와 '직감' 을 통해 이루어지기 때문에, 많은 맞벌이 엄마들이 아이의 모국어와 다른 언어를 사용하는 베이비시터를 별무리 없이 고용하곤 한다.

하지만 아이가 자라면서 상황은 극적으로 변한다. 이것은 비단 의사소통에만 국한된 얘기가 아니다. 아이가 말을 하기 시작하면서 퍼부어대는 모든 질문은 베이비시터뿐만 아니라 부모까지도 난감하게 만들기에 충분하다. 이 무렵의 아이가 원하는 것은 단순한 정보가 아니다. 그 무렵 지적 호기심이 부쩍 느는 아이는 '무엇이, 어째서, 어떻게'와 같은 보다 자세하고 실체적인 지식을 집요하게 요구하는 것이다. 아이들은 자신의 모든 궁금증을 가장 훌륭하게 해결해줄 수 있는 마법사 같은 존재는 부모라고 생각하기 마련이다.

아이들은 '잠재기, 이성의 나이, 논리적 사고의 시기'라고 불리는 나이에 이르면서 좀더 응집력 있는 세계관을 형성하기 시작한다. 그리고 이때, 단지 상냥하기만 한 십대 유모는 점점 아이들을 감당하기 어려워진다. 심지어 원숙한 중년의 유모조차도 말이다.

이 시기의 아이들은 종교적인 문제와 사회적인 가치에 대해 설명을 요구하고, 자신의 상처받은 감정을 위로받기 원하며, 모르는 단어가 없을 정도로 자신이 접하게 되는 모든 어휘의 뜻을 분명하게 알고 싶어한다. 그리고 대부분의 아이들에게 있어 이 모든 것이 대리 보호에 의해서는 만족될 수 없다.

당신이 고용하는 베이비시터가 얼마나 유능한가는 중요하지 않다. 당신이 누구를 고용한다 하더라도, 당신은 여전히 막내아이한테서 "특별한 일을 위해 남겨놓은 청량 음료를 오빠가 마셔버렸다"는 불평 전화를 받게 될 것이다. 막내의 마음에는 오직 엄마만이 절대적으로 자신이 갖고 있는 무언의 규칙을 이해하고, 또 그것이 잘못되었을 때 해결해줄 수 있는 마법사인 것이다.

아이들이 오랜 기간 동안 '부부'라는 두 명의 성인을 하나로 묶는 접착제가 될 수 있는 것처럼, 부모들 또한 아이들을 하나로 묶는 접착제가 되어야만 한다. 그러기 위해서는 어떠한 순간에, 또 무엇으로 인해 당신의 자녀들이 서로에게 가장 좋은 친구가 될 수 있는가를 알아내야 한다. 당신의 자녀가 경쟁자가 아닌 친구가 되었을 때, 당신의 아이들은 서로에게 좀더 양보하고, 또 서로를 좀더 이해하게 될 것이다. 당신은 어떤 상황, 어떤 놀이, 어떤 팀워크, 또 자녀의 어떤 결합 방식이 아이들 서로에게 좋은 시간을 만들어낼 수 있는지 찾아내야 한다. 그것은 아이들이 성인이 된 후 기억할 수 있는 좋은 추억들을 만들어내는 데 도움을 줄 수 있을 것이다.

하지만 여전히 분명한 사실은, 형제들이 가장 훌륭한 환경과 가장 화목한 가정 안에서도 경쟁 관계가 된다는 것이다. 아이들은 마음속 깊이 서로를 사랑하면서도 겉으로는 서로를 훨씬 더 미워할지도 모르고, 이것은 부모에게 있어 골치 아픈 일이 아닐 수 없다. 그리고 부모의 애정이 얼마나 공평한지, 또 그애정을 쟁탈하기 위해 경쟁하는 자녀의 수가 얼마나 많은지와는 상관없이, 종종 다양한 요인들이 이 '자녀의 불화'라는 가족의 현실을 심화시킨다.

아이가 많아짐에 따라, 부모가 각각의 아이들에게 쏟아부을 수 있는 시간도 점점 줄어든다. 그러므로 어린 자녀들 사이에 생긴 불화는 필연적으로 점점 더 커질 수밖에 없다. 그리고 부모가 가족과 함께 보내는 시간이 줄어들수록, 엄마는 자신이 있을 때 그 불화를 해결해야 한다고 강박적으로 느끼게 된다.

자녀가 어릴 때, 낭만적인 이야기에 대한 기대는 그다지 대단한 것이 아닐 테고, 부모 또한 직장에서 돌아와 현관문을 들어서는 순간마다 평화로운 장면을 기대하지는 않을 것이다. 현관문을 열자마자 마구 팔을 뻗치며 시끄럽게 떠들어대는 아이들과 직면했을 때, 당신은 이야기책을 들고서, 또는 다른 놀이감을 가지고 그 아이들을 소파 안에 몰아넣을 수 있을지도 모른다. 하지만 아이들이 자라게 되면 그 애들의 감정적·심리적 기질들까지 한 묶음으로 엮을 수 있지 않는 한 아이들을 한 방안에 몰아넣는 것은 대단히 어려운 일이 아닐 수 없다. 아이들은 자랄수록 점점 개인적으로 되어가고, 요구사항 또한 점점 더 많아지기 마련이다. 게다가 자녀의 수가 많아질수록, 좋든 싫든 간에 엄마와 자식의 관계는 점점 더 시간 소비적으로 되어간다.

자녀의 십대를 예상하라

지난 한 세기를 지나면서, 우리의 문화는 '십대의 아이들이 자신의 학업에 전념하거나 가족을 부양하던 문화 — 대부분의 경우 둘 다를 했지만 — '에서 '십대의 아이들이 부모에 의해 부양되거나 종종 자신들의 계획을 위해 부모로부터 독립하는 문화'로 바뀌게 되었다. 그리고 수많은 요인들이 이러한 변화에 기여한 바 있다.

제2차 세계대전이 끝났을 때, 우리 사회는 전쟁에서 돌아온 용사들에게 일자리를 만들어주는 것이 경제적으로 사회의 주류에 끼지 못하고 뒷전에서 맴도는 여성들을 보살피는 것보다 훨씬 더 중요한 문제였다. 따라서 여성들은 일자리에서 밀려나야 했고, 새로운 일자리를 찾기는 점점 더 어려워졌다.

이런 상황은 한정된 일자리를 놓고 귀향 군인과 경쟁해야 하는 고등학교 졸업생에게도 마찬가지였다. 결과적으로, 고등학교를 졸업하고 나서도 학업을 계속하는 것이 비좁은 취업문을 뚫고 들어가기 위해 전전긍긍하는 것보다 나은 선택이 되었다. 이와 동시에, 제대군인 원호법은 미국으로 돌아와서 예전에 받았던 교육을 다시 받거나 새로운 진학을 원하는 귀향 군인들에게 그에 필요한 자금을 지원해줌으로써, 모든 분야에서 교육적 기대를 채워줄 만한 인재를 늘려놓았다. 첨단 기술산업 또한 고등학교 이상의 학력자를 고용하고자 함으로써 이러한 상황에 한몫을 했다. 예전에 고등학생 신분으로 무역회사 실습생으로 가거나 곧장 직업전선에 뛰어들던 십대들은 이제 더 이상 정규직 취업을 절박하게 생각하지 않았고, 사회생활이라는 자신들의 미래를 점점 더 지연시키게 되었다.

이에 상응하여, 전후의 경제가 활기를 띠었다. 생활수준은 올라갔고, 많은 십대들이 더 이상 자신을 부양하거나 가정의 수입에 보탬이 될 필요가 없게 되었다. 고등학교 시절에 버는 돈은 필요할 때 재량껏 쓸 수 있게 되었다. 생계를 꾸려가기에 급급하던 시절은 지나고, 소비자 중심주의 시대가 도래했던 것이다. 이제 십대들은 이전에는 자신의 마음대로 선택할 수 없었던 시간과 돈을 갖게 되었다.

십대들을 온통 그들 자신의 세계로 몰아넣은 또 다른 요소는 과학과 의학의 발전으로 생명 연장이라는 꿈이 실현되었다는 점이다. 백년 전, 십대는 한 개인의 삶에서 5분의 1이나 6분의 1을 차지하던 시기였고, 이때는 상당한 체구를 갖추어 누구에게도 가볍게 취급받지 않는 나이였다.

하지만 이제 열두 살에서 스무 살까지의 8년은 예전보다 훨씬 길어진 수명에서 일생의 9분의 1이나 10분의 1 정도에 해당하는 시기가 되었다. 그에 따라 십대는 요구받기보다는 요구하는 것이 더 많은 나이가 되었고, 따라서 '성장이 연기된 기간', '아이와 성인의 중간쯤 되는 시기'로 그 존재감은 격하되었다.

지난 20년 동안, 다양한 요인이 십대 아이들을 신뢰할 수 없는 세대로 만들어버렸다. 마약 문화의 증가, 성적 금기의 변이, 성욕 이상과 폭력에 대한 문화적 편견의 확산, 그리고 아마도 가장 중요한 요인인 하늘을 찌를 듯한 부모의 이혼율은 아이들이 어떤 나쁜 길로 빠지지 않고 무사히 스무 살까지 가는 일이 무슨 굉장한 업적이라도 되는 양 취급되게 되었다. 십대 아이들의 유별나고, 기이하고, 심지어 자기 파괴적인 행동들은 그저 이해하고 받아들일 수 있는 수준을 넘어섰고, 부모들조차도 십대 자녀의 문제에 직면해 공공연하게 눈이 휘둥그레지는 일이 다반사가 되었다. 또한, 부모들은 만성적으로 십대 자녀들을 두려워하는 지경에까지 이르렀다.

그러나 십대에 관한 모든 것이 문화적으로 결정되는 것은 아니다. 비록, 십대에 대한 많은 표현들이 그렇다 하더라도 말이다.

미국의 십대들이 접하게 되는 가치와 기대들은 그 사회의 구성원들만큼이나 다양하다. 사회 경제적인 지위, 종교적인 배경, 학력, 인종, 지역성, 이 모든 것이 한 아이가 십대에 접어들 때 요구되는 기대들과 깊이 연관되어 있다. 이러한 영향들에도 불구하고, 미국의 십대들은 선택이라는 거대한 스펙트럼에 직면했을 때—아마도 당연한 일이지만—'다양한 가능성을 내포한 실험일지라도 결과는 오직 하나'라는 사실을 실감하게 될지 모른다.

이러한 외부적인 요인들에 덧붙여, 이 시기에 겪게 되는 정서 발달상의 요인들도 십대 아이들에게 큰 영향력을 행사한다. 이 기간 동안 아이는 부모와 분리된 개체로서 자기 자신의 정체성을 확립하려 한다. 아이의 초년기와 잠재기에 행사되던 부모의 통제가 느슨해지면서, 아이는 부모를 밀어내고 스스로 하나의 독립된 인격체가 되기 위해 별도의 대안을 찾아내며, 가외의 반란이나 어려움을 겪어야 할지도 모른다. 한편, 자녀에게 무관심하거나 심지어 완전방임으로 자녀를 키우는 부모는 심리적으로 혼란스럽고, 우울하고, 폭력적인 십대를 만들어낼 수 있다.

또한 부모의 이혼이나 재혼으로 인해 또다시 퍼부어지는 부모의 관심, 십대 이전이나 십대 초기에 이루어진 대대적인 이사, 빈곤한 가정 형편 등은 아이에게 큰 상처를 줄 수 있다. 그리고 이 상처는 십대 자녀를 통제할 수 없게 만들지도 모른다.

십대 아이들은 부모와 형제, 그리고 과거의 정체성으로부터 벗어나기 위해 돈버는 일을 할 때조차도 (이전보다 훨씬) 가정의 안정과 견고함을 바라고, 자신이 무슨 일을 하든 변함없이 자신을 사랑해줄 부모를 필요로 한다. 그렇다고 부모가 자녀들이 지나치게 무례하게 행동하고, 독립하고 나서도 마음내키는 대로 집을 들락거리고, 심지어 그들의 불법적인 행동까지 참아야 한다는 얘기는 아니다.

내가 말하고 싶은 것은, 부모의 권력다툼은 추한 것이고, 부모의 이기심이 자녀의 건설적인 미래를 방해하며, 부모와 십대 자녀의 상호작용이 원활하기 위해서는 서로에 대한 배려와 관용이 대단히 중요하다는 사실이다. 대부분의 경우, 올바른 자질이 초년기에 갖추어지고 그것이 아이가 자라는 내내 계속될 수 있다면, 가장 성마른 십대 아이조차도 결과적으로 이성(理性)에 기꺼이 따르게 된다.

어떤 문제에 있어서 모든 인간에게, 특히 십대에게 가장 훌륭한 해결책은 '권리와 책임 사이에서 균형을 유지하는 것'이다. 그런데 우리의 문화는 십대들에게서 책임감에 대한 기대는 거두어들인 반면 그들이 누리는 모든 특권은 그 자리에 남겨두었기 때문에, 이 심화된 불균형이 역효과를 일으켜서 종종 십대 자녀들의 위험한 행동을 초래하게 되었다. 이에 대한 대책으로 부모의 시간과 관심이 요구된다. 십대는 혼자 있기에 충분한 나이이고, 스스로를 부양할 수 있는 것처럼 보인다. 게다가 자동차를 운전할 줄도 안다. 하지만 이것이 부모가 자녀에게서 한 발 물러서도 된다는 것을 의미하지는 않는다. 집이 비고 아무 할 일이 없는 오후 3시 30분부터 6시 30분 사이에 대부분 청소년의 임신이 시작된다는 사실이 놀라운 일인가? 부모들은 이 시기의 자녀 삶을 새로운 방식으로 세심하게 보살펴야 한다.

비록 청소년기가 직업을 갖거나 사회봉사를 하기에 적절한 시기이고, 다양한 경험이 절실히 요구되는 때일지라도, 그 모든 것이 십대 아이들에게 강요되는 것은 아니다. 하지만 그 아이들이 어떤 생산적인 일을 하지 못한다 하더라도 생리적 요구를 비롯한 그들의 필요사항들은 채워져야 하고, 책임과 권리 사이의 균형도 유지되어야만 한다. 그리고 이것은 부모가 해결해야 할 과제다.

여기에 여러 가지 다양한 취미활동이 도움이 될 수 있다. 스포츠, 악기, 예술에 대한 열정, 또는 그 밖의 다른 과외활동이 엄청난 차이를 만들 수 있는 것이다. 달리고, 수영하고, 또 조직화된 스포츠를 통해 경쟁함으로써 규칙적으로 에너지를 발산하는 십대들은 건강에 필요한 충분한 운동을 할 수 있으며, 숙면을 취할 수 있다. 이것은 헝클어지기 쉬운 십대들의 건강관리에 대단히 좋은 방법이다.

또한, 운동은 십대 소녀들에게 자신의 몸에 대한 자신감과 믿음을 갖게 해준다. 게다가 끊임없이 듣게 되는 여성의 육체에 대한 해로운 사회적 메시지("여성의 몸은 자녀 출산을 위해 필요한 것이다"라는 따위의)를 부분적으로나마 중화시킬 수도 있다. 하지만 다양한 과외활동은 궁극적으로 아이들뿐만 아니라 부모의 책임이다.

소용돌이치는 십대 증후군에 대한 또 다른 해결책은, 작가이자 아동 심리학자인 데이비드 엘카인드(Daid Ellcind)가 『십대 자녀 양육하기 Parenting Your Teenager』에서 언급한 '사회적인 자본'의 유용성에 있다. 가족, 친구들, 훌륭한 조언자—한 아이의 인생을 곁에서 함께하며 그 아이에게 진심으로 애정을 쏟는 사람들—가 십대의 '청소년기 에너지'를 건설적인 방법으로 발산할 수 있도록 이끌어주어, 어떤 어려움을 겪더라도 최선을 다하도록 기대하는 것이 중요하다. 기대하고 이끄는 대로 아이들이 따를 수도 있으니 말이다.

하지만 성공적인 자녀 양육의 다른 모든 요소들과 마찬가지로, 이 또한 아이가 십대라는 대변동기를 겪기 이전에 시작되어 꾸준히 지속될 때 최상의 효과를 발휘할 수 있다.

내 아이들에게 있어서, 사회적인 자본은 대가족의 형태를 취한다. 휴일, 생일, 졸업식, 그리고 다른 특별한 날들은 항상 숙모나 삼촌, 사촌, 조부모, 친구들과 같이 지내왔다. 크리스마스에는 어른들이 각각 한 아이의 이름을 뽑아 그 아이에게 특별한 선물을 준다. 이를 통해 어른들은 불필요한 작은 선물들의 양을 줄여왔고, 아이들은 매년 실속 있는 선물을 얻을 수 있었다.

최근에 '거친 사랑'의 개념은 확실히 인기를 누렸다. 하지만 십대 아이들을 키우고 있는 내게는 그러한 개념을 받아들이기가 참으로 난감하다. 특히, 십대가 안정이 안 되고 화근을 일으키기 때문에 그들과 피터지게 싸운다는 개념은 정말이지 받아들이기 어렵다. 그것이 십대들에게 적용될 때, 거친 사랑은 애끓는 문제에 대한 애끓는 해결책일 뿐이다. 만일 진정한 의미의 '거친 사랑'이 있다면, 그것은 아이가 훨씬 어렸을 때부터 부모 스스로 연습해야만 한다. 물론, 부모들에게 자기 단련을 하고, 이기심을 버리고, 자녀에게 헌신하라고 강요할 수는 없다. 하지만 아이들이 부모를 주의 깊게 관찰하며 보고 배우는 시기에 그러한 고초의 중요성은 절대적인 것이다.

내가 우리 십대 아이들을 다루는 지도 원칙은 '겸손'이다. 아이들이 태어난 이후로 그 애들에게 올바른 가치관을 심어주기 위해 노력하는 동안, '언제라도 무슨 일이 생길 수 있으며 그럴 때 내가 있어야 할 최상의 장소는 아이들이 나에게 닿을 수 있는 곳(전화로가 아니라 마음으로)'이라는 사실을 분명하게 깨닫게 되었다. 나는 계속해서 아이들에게 말해왔다. 그 어떤 일이라 해도 엄마인 내게 말할 수 없을 정도로, 또 같이 해결책을 찾지 못할 정도로 나쁜 일은 없다고.

하지만 아이들이 자신의 신상에 관한 일을 부모에게 얘기하려면, 우선 그 아이들이 자신의 마음속에 있는 것을 말하는 데에 편안함을 느껴야 한다. 따라서, 나는 아이들이 그럴 수 있도록 주의를 기울여왔다. 그러므로 우리집의 대화는 항상 즐거운 것은 아니지만 대체로 활기에 넘치는 편이다. 그리고 이 '겸손'은 내가 아이들의 친구를 언제나 환영한다는 것을 의미한다. 그렇지 않으면 아이들은 집이 아닌 다른 곳으로 갈 것이기 때문이다. 나는 아이들에게 있어서 내 자신이 그 애들의 친구보다 가치 있는 존재라고 생각하지 않는다.

이 겸손이라는 것은 궁극적으로 아이들의 사적인 말과 행동을 간섭하지 않는다는 뜻이기도 하다. 심지어 그러한 것들이 바로 나를 향한 것일 때도 말이다. 나는 아이들의 격렬함으로 상황이 위험해질 때, 평형추처럼 냉정을 유지하려고 노력한다. 항상 성공하는 것은 아니지만 노력은 한다. 나는 겸손하다. 왜냐하면 아이들이 반항하기 위해 구실로 삼는 것은 결국 부모의 거만이기 때문이다.

아이들이 어릴 때, 부모들은 자녀의 '처음'을 지켜보는 일에 열중한다. 손에 카메라를 들고서 아장아장 걷는 아기의 모든 새로운 움직임, 모든 특별한 사건들, 모든 발달학적 특징들에 홀딱 빠지는 것이다. 하지만 그러한 아기들은 여전히 십대가 되었을 때, 그 시기의 '처음'은 그다지 귀엽게 보이지 않는다. 아이들은 여전히 부모의 관심과 애정을, 또한 부모의 인정과 지지를 필요로 하지만, 때로 부모들은 자녀의 성장에 따른 신체적인 변화조차 제대로 인식하지 못할 수도 있다.

그러나 아이가 처음 데이트를 하러 가거나 다른 성(性)의 십대와 처음 차를 같이 탔을 때, 당신은 아기에게 안전벨트를 채워주던 과거의 방식으로 이제는 십대가 되어버린 당신의 자녀를 변함없이 성실하게 보호하려 한다. 그리고 그날 밤 아이가 친구를 잠깐 집에 데려 와도 되냐는 전화를 걸었을 때, 아이는 "물론 되지"라는 대답을 기대한다. 십대의 어느 낮, 또는 밤에, 그 모든 아기들이 "집은 편안하고, 친구들은 언제나 환영받으며, 또 자신의 앞날에 대해 부모와의 논쟁과 의견 차이가 여전함에도 불구하고 모든 것이 괜찮다"라는 사실을 확인하게 되는 그러한 순간 말이다.

제재를 가해야 할 때와 감싸안아야 할 때

　배우자와 건설적인 대화를 하겠다고 말하는 것과 실제로 그렇게 하는 것은 별개의 문제다. 부부를 이루는 각각의 배우자는 흔히 그들이 직면하게 되는 이런저런 문제에 대해 합의에 이르러야 할 필요성을 느끼게 된다. 그 문제가 그들 삶의 본질에 별영향을 미치지 않더라도 말이다. 이들은 흔히 상대편이 논쟁에서 이기면 자신은 자동적으로 지는 것이라고 생각한다. 하지만 많은 경우에서 볼 수 있듯이, 상대방의 의견을 인정하고 다투지 않기로 합의할 수 있다면, 이것이 의견 차이를 해결하는 데 가장 효과적인 방법이다.

　이제 이것을 아이들과의 문제에 적용시켜보자. 어떠한 상황에서 아이들과 싸우기 전에 부모가 문제에 대한 합의를 이끌어낼 수 있다면, 사건은 굉장히 간단하게 해결될 수 있다. 대부분의 육아 관련 책들이 부모끼리 '공동전선'을 형성함으로써, 아이가 상황을 교묘하게 이용하거나 부모끼리 싸우지 않도록 유의하라고 지시하고 있다. 그러나 이것은 과정이 매우 까다로워질 수 있는 일이다.

　사실, 부모들은 그들이 처한 상황에 대해 의견이 일치하지 않는 경우가 훨씬 더 많기 때문이다. 당신이 동의하지 않는 문제에 대해 마치 동의하는 것처럼 아이에게 확신시키려 하는 것은 진실보다도 훨씬 더 아이를 불편하게 만들 수 있는 불성실한 태도이다.

　예를 들어, 내 아이들은 자신들의 아빠가 대형 스크린 TV를 사서 스포츠 경기를 보며 가족들과 더 많은 시간을 보낼 때 행복해할 것이라는 사실을 알고 있다. 또한 자신들의 엄마가 몇 년 동안이나 감독자 노릇을 하며, 이에 제재를 가해왔다는 사실도 잘 알고 있다. 둑 뒤에서 굽이치는 원성을 단지 손가락 하나로 막고서 그 엄청난 압력을 견뎌내고 있다는 사실도. 말하자면 나는 아이들에게(결과적으로 남편에게도) 텔레비전의 내용 중 무엇을 보여줘야 할지, 또 얼마나 많이 보여줘야 할지를 빈틈없이 조절해왔던 것이다.

나도 인정하지만, 그 문제에 대한 아이들과의 싸움에서 휴전을 유지한다는 것이 쉬운 일은 아니다. 하지만 거기에는 분명한 목적이 있고, 또 오랫동안 그 목적을 잘 수행해왔다. 오랜 관점에서 보았을 때, 나는 그렇게 하는 것이 궁극적으로 아이들에게 '텔레비전 보는 것에 대한 적당한 불안'과 또 '텔레비전을 보면서 결코 얻을 수 없는 많은 경험들'을 제공해줄 것이라고 믿는다.

우리집에는 20년 더 된 텔레비전 두 대가 있는데, 케이블도 나오지 않고, 안테나도 망가졌다. 게다가 채널 하나는 화창한 날에도 화면이 지지직거릴 정도이다. 만일 손님들이 우리집에 와서 거실을 들여다봤을 때, 아이들이 텔레비전을 켜고 소리를 조절하기 위해 가위나 지혈기를 사용하는 장면을 목격한다면, 확신하건대 그들은 분명 혀를 차거나 눈이 휘둥그레질 것이다.

나는 몇 년 전 아이들이 마음대로 TV 보는 것을 막기 위해 지금 거실에 있는 텔레비전을 다른 곳으로 옮겼었다. 그때 전원 스위치가 없어져버렸던 것이다. 그 이후로 나는 특정 채널을 차단하고, 규칙을 만들었으며, 마침내는 케이블 서비스도 끊어버렸다. 남편도 예전엔 "텔레비전을 없애버려"라고 말하곤 했다. 하지만 내가 남편을 이 문제에 끌어들인 실제적인 목적들은 이미 없어진 지 오래다. 이제 남편은 비밀도 없고, 텔레비전을 좀더 많이 보기를 원하니 말이다.

반면에 나는 월드컵이나 올림픽, 월드시리즈를 위해 케이블을 다시 신청했을 때 어떤 일이 벌어질 것인지 잘 알고 있다. 남편은 아이들이 잠든 사이에 텔레비전을 보겠다고 말하지만, 그 애들이 깨어 있을 때 함께 있는 사람은 남편이기보다는 나일 경우가 더 많지 않은가. 매우 창의적인 사고력을 갖고 있는 네 아이들이, 자신이 왜 텔레비전을 봐야만 하는지에 대해 끝없이 이유들을 늘어놓을 때, 그것을 모니터할 사람은 남편이 아니라 바로 나인 것이다.

물론 문제는 아주 교묘해서 나는 방심할 수가 없다. 한 아이가 숙제를 마쳤다고 해도 모든 아이들이 다 마친 것은 아니다. 설사 모든 아이들이 숙제를 마쳤다고 해도, 그것이 피아노 연습을 하지 않아도 된다는 뜻은 아니다. 그리고 네 아이들이 자신이 해야 할 모든 일을 마쳤다고 해서, 그것이 "저녁의 나머지 시간을 보낼 수 있는 좀더 좋은 방법이 없기 때문에 텔레비전이 남은 저녁 시간을 몽땅 차지해야 한다"는 뜻은 아니니까 말이다. TV 시청 외에도 할 수 있는 일은 무척 다양하지 않은가. 게다가 텔레비전보다 아이들의 사고력을 자극할 수 있는 여가활동은 무궁무진하다. 문제는 텔레비전이 일단 켜지기만 하면, 그 '미혹'적인 본성 때문에 그 시간에 할 수 있는 다른 선택들을 모두 불가능하게 한다는 것이다.

협상의 관점에서, 우리집에서 진행중인 텔레비전에 대한 논쟁을 잠재울 수 있는 열쇠는 남편과 내가 서로의 견해 차이를 인정하고 다투지 않기로 합의하는 것이다. 하지만 실제적인 관점에서 보자면, 내가 조정의 집행자가 되어야 하기 때문에 텔레비전 논쟁은 나의 결정권 하에서 이루어진다. 이것은 비유하자면, 한 사람만이 다이어트의 필요성을 느끼는데 결과적으로 온 가족이 저지방 식품을 먹음으로써 건강을 유지하는 것과 조금 비슷하다. 다른 가족들은 한 사람의 노력에 의해 '더 나은 식단으로 더 나은 건강'이라는 이득을 보게 되는 것이다. 그야말로 굿이나 보고 떡이나 먹는 격이 아닌가.

텔레비전 문제도 이와 마찬가지다. 온 가족에게 '케이블TV 금지'를 실시한다고 해도, 그것은 아무에게도 해가 되지 않는다. 심지어 TV시청을 조절할 수 있는 사람에게조차도 말이다.

또한, 부모의 협동이라는 것이 완전한 합의나 마음에도 없는 합의를 의미하는 것은 아니다. 이런저런 매개변수들이 '합의'라는 연대를 무너뜨리면, 즉시 특정 휴전이 성립되어야 한다. 예를 들어, 체벌에 대해서는 협상의 여지가 없다는 것이 내 생각이다. 예의범절을 가르치려고 아이의 엉덩이 같은 곳을 손바닥으로 때리거나, 훈육의 명목으로 육체적인 벌을 가하는 것 말이다.

이에 관해서라면, 많은 부모들이 나름대로 합의점에 이르렀다 해도 그것을 제대로 실행하기란 어려운 일이다. 체벌은 본의 아니게ㅓ1 부모 각각의 훈육 레퍼토리에 포함될 수 있기 때문이다. 대부분의 부모들이 아이였을 때 볼기짝을 맞은 경험이 있기 때문에, 결과적으로 부모들은 화가 나서 아이들을 때리거나, 신중히 고려된 훈육의 방법으로서가 아니라 그저 반사적으로 때리게 된다.

아이를 때리지 않겠다고 배우자끼리 합의했다고 해서 절대적으로 그러한 일이 일어나지 않으리라 보장하는 것은 아니다. 하지만 합의는 '중재'라는 묘안을 제공한다. 이것은 엄마나 아빠, 둘 중 누군가에게 노여움같은 원초적인 반사행동들이 나타날 때, 좀더 냉정한 상대방이 개입해도 된다는 암묵적인 허가를 의미한다.

그러므로 "여보, 내가 도움이 될지도 몰라요"라고 말하는 것은 상대방의 부모적 권위를 위협하는 것이 아니라, 올바른 방향으로 가고 있지 않은 상황에 대한 적절한 중재로 보일 수 있다. 이것은 또한 아이에게, 상황을 어떻게 해결할지에 대해 부모가 불일치하고 있는 것이 아니라 부모가 협동적인 기술을 발휘하는 한 예로 보여지는 것이다. 모든 것은 부모가 이것을 어떻게 처리하느냐에 달려 있다.

물론, 이 모든 노력들은 '감정의 폭발' 등으로 인해 수포로 돌아갈 수도 있다. 그렇다면 어떻게 해야 하는가? 한쪽 부모가 참을 수 없는 상황에서 배우자의 원조를 얻으려고 하는 것은 늘상 일어나는 일이다. 화난 아버지는 남편이 도가 지나치게 느껴져 자신의 행동을 심사숙고하고 있는 아내에게 "좀 도와주겠소?"라고 말할지도 모른다.

이럴 땐 때로 타임아웃으로 상황 전개를 중단시키는 것이 아이에게나 부모에게나 '편짜기 할 필요 없이 무난히 위기를 해제'하는 최상의 방법이다. 즉시 아이의 편에 서는 것은 결국 배우자의 불만을 악화시키고 아이의 불안을 더욱 부추길 뿐이다. 감정이 달아올랐을 때 그 상황을 피하는 것은 겁쟁이 같은 행동이 아니라 해결책을 찾거나 이성적으로 문제를 논의할 수 있는 가장 침착한 지름길일이다. 이성적인 부모를 둔 아이들은 나중에 자신이 부모가 되었을 때 필연적으로 배우게 될 것들을 앞서 배우게 된다. 즉, 부모는 완벽하지 않다는 사실, 그리고 건전한 의견 차이에도 불구하고 부부는 서로의 지원자가 될 수 있다는 사실을 말이다.

위험한 상황에서 부모가 휘두를 수 있는 최상의 도구는 훌륭한 유머감각이다. 적시에 쏟아놓는 재치 있는 말이나 심지어 자기비하적인 표현은 즉각 긴장 상황을 종료시킬 수 있다. 1997년 월드시리즈가 시작되기 몇 주 전, 내 아들녀석은 '딱 한 달만' 케이블을 보자고 끈질기게 나를 조르고 있었다.

어느 날, 아들이 그 문제로 나를 열심히 설득하고 있던 중에 남편이 들어섰다. 사실, 나는 그 논쟁에 지쳐가고 있었다. 나는 아이들이 숙제하는 시간을 충분히 갖도록 하기 위해 모두의 방과후 스케줄을 조정하던 중이었고, 그 평형 상태에 TV라는 고약한 놈을 던져놓을 생각은 추호도 없었다. 내가 막 두 손 들고 방을 나오려는 순간, 남편이 논쟁에 끼어들었다. "여보, 말하는 걸 잊어버렸는데, 오늘 오후에 35인치 텔레비전을 샀어. 세일을 하고 있었는데 '딱'이라고 생각했지" 하고 무표정한 얼굴로 말하는 것이었다. 나는 놀라서 입이 벌어졌고, 피가 거꾸로 솟는 것 같았다. 내가 홱 돌아섰을 때, 나는 남편이 아들녀석에게 윙크하는 것을 보았다. 그리고는 두 사람이 나를 쳐다보고 씩 웃으면서, 동시에 "속았지!"라고 말했다.

바로 그 순간, 나는 그 동안 필사적으로 막고 있던 둑에서 내 엄지손가락을 빼내 월드시리즈라는 봇물을 흐르게 할 때가 되었다는 것을 깨달았다. 그렇게 함으로써 '텔레비전 논쟁'이라는 둑 뒤에서 압력을 더해가던 불만을 잠시나마 흘려보낼 수 있었다. 우리는 그 문제에 대해 의견 일치를 보았던 것이다. 적어도 그해 10월 말까지는 말이다.

8

세월에 순응하며 인생을 즐겨라

나의 부모님은 항상 무엇이든 할 수 있다고 말씀하셨지만,

그러기 위해 얼마나 많은 시간이 걸리는지에 대해서는 한 번도 말씀하시지 않았다.

– 리타 루드너

아이를 키우고, 가정을 돌보고, 자신의 일에서 낙오하지 않기 위해 고군분투하는 여성에게 시간만큼 변덕스러운 것은 없다. 시간이란 참으로 오묘해서 일터에서 보내느냐 가정에서 보내느냐, 어른의 눈으로 보느냐 아이의 눈으로 보느냐, 과거를 돌아보느냐 미래를 생각하느냐에 따라 다르게 흘러가는 것처럼 느껴진다.

많은 여성들이 만성적으로 슈퍼엄마 콤플렉스에 시달리고 있다. 바깥일을 하며 돈을 벌면서 엄마 노릇에서도 일류가 되기 위해 매일의 고단한 스케줄에 자신의 24시간을 빠듯하게 쪼개어 쓴다. 그러면서도 '값진 시간'이라는 강박관념에 얽매여 스스로에게 헌신을 강요하고

있는 것이다. 그러나 그 값진 시간이란 우리의 생각처럼 예측 가능한 것이 아니다. 어쩌면 엄마는 시간을 효율적으로 배분하기 위해 시간표를 짜야 할지도 모른다. 하지만 자녀는 잠시동안만 엄마의 희생을 요구할 거라는 사실을 기억해야 한다. 언젠가 그들은 자신의 삶을 꾸려나가기 위해 어머니의 품을 떠날 것이고, 그때가 되면 아이들에게 쏟아부었던 엄마의 시간은 다시 그녀의 것으로 돌아오기 때문이다.

순간을 즐겨라

'시간' 이라는 의미를 정확히 정의하기 어렵다. '시간' 이라는 단어는 수많은 뜻을 지니고 있지만, 그 가운데 어느 것도 '가정의 시간' 을 정확히 기술하지 못하기 때문이다.

일의 세계에서 시간은 질서정연하게 흘러간다. 당신이 일단 직장으로 들어서면 일터의 타이머가 작동하고, 출근 시간에서 퇴근 시간이 기록되기까지 그곳의 시간은 연속적으로 짜임새 있게 흘러간다. 하나의 네트워크를 형성하고 있는 일터의 전화선은 연속적으로 울려대고, 책상 위로 날아드는 이런저런 일감이 당신의 손길을 기다리고 있다. 당신은 점심 시간과 커피 타임에 한숨을 돌리고, 또다시 그날 하루 빽빽하게 짜여진 일터의 스케줄로 돌아간다. 이 모든 것이 끝나면 당신은 하루 일을 마치고 집으로 돌아오게 된다. 자, 이제부터 전혀 다른 시간 지대에 들어서게 되는 것이다.

아이들이 음식을 엎지르고, 한밤중에 깨어나 먹은 것을 토해내는 집안에서 시간은 무수히 다양한 방법으로 소비된다. 그런데 우리의 문

화에는 그 무수한 방법으로 소비되는 시간들이 하나같이 '값진 시간'
이어야 한다는 일종의 신화가 존재한다. 하지만 그런 식으로 따지자
면 가정에서 온전하게 이루어질 일이란 아무것도 없다. 집에서의 시
간은 살바도르 달리(Salvador Dali)의 그림을 보는 것처럼 어떻게 해석
하느냐에 따라 아주 다른 의미를 갖게 되는 듯하다.

　가정에서 이루어지는 일은 시작과 중간과 끝이라는 구분이 분명하
지 않을 뿐더러, 어쩌면 그러한 구분 자체가 불가능할지도 모른다. 집
안일을 하면서 언제 휴식 시간을 갖고 언제 그 일을 재개하는가는 예
측 가능하지 않으며, 마음대로 조정할 수 있는 것도 아니다. 매일같이
반복되는 집안일이지만 순서대로 짜여져 있는 시간표처럼 매일 똑 시
간에 똑같은 일이 반복되지는 않는다.

　가정에서 이루어지는 일상적인 일이란 오직 분열된 모습으로 존재
한다. 결국 집안에서 벌어지는 일에 대해 유일하게 확신할 수 있는 것
은, 정확히 그럴 것이라고 상상했던 방식으로는 좀처럼 일이 생기지
않는다는 사실이다.

　이것은 수세대에 걸쳐 많은 여성들에 의해 확인되고 검증된 사실이
다. 그럼에도 불구하고 많은 여성이 이러한 시나리오에 '시간 관리'
라는 것을 부여하려고 노력한다. 성인 교육 코스, 사업 세미나, 회사
여직원 총회, 교육 포럼 등등에서 '성공하기 위해 어떻게 해야 하는
가' 라는 주제로 진행되는 강연에는 빠짐없이 시간 관리라는 항목이
들어간다. 당신은 이것을 통해 시간을 어떻게 하면 좀더 효과적이고
효율적으로 관리할 수 있을지에 대한 방향을 찾으려 할 것이다. 이미
바위의 갈라진 틈에서 매일 빠듯한 시간을 짜냈다는 사실에 대해서는

신경도 쓰지 않는다.

당신은 시간 관리 전문가의 충고에 유의하면서, 당신의 하루 계획을 일목요연하게 정리한다. 다이어리 안에 한 아이의 스케줄은 핑크로, 다른 아이의 것은 초록으로, 또 다른 아이의 것은 보라색으로 기록한다. 하루에도 셀 수 없이 벌어지는 예상 밖의 사건과 반드시 기억해야 할 중요한 일을 표시하기 위해 빨간색을 아껴두면서, 그 작업에 실수가 없었는지 꼼꼼히 점검까지 하는 가상한 노력을 아끼지 않는다. 또 부엌벽에 커다란 플로차트(flowchart: 처리해야 할 작업 과정을 약속된 기호를 사용하여 순서대로 나타낸 그림 – 옮긴이)를 붙여놓고 누가, 언제, 어디에 있어야 하는가를 분명하게 표시해두면서 베이비시터가 항상 제시간에 나타나주기를 바란다. 또 그날의 일이 미리 기록해놓은 대로 틀림없이 진행되기를 기대한다. 그러나 기억력 감퇴로 인한 건망증 때문에, 자동차가 갑자기 말썽을 일으켜서, 또 다음 과정으로 넘어가려는 찰나에 걸려오는 중요한 전화나, 갑작스런 볼일이 생겨 제시간에 나타나지 않는 베이비시터로 인해 당신의 노력은 허사가 되기 일쑤이다. '시간' 이라 불리는 괴물을 관리하려는 당신의 눈물겹도록 영웅적인 노력에도 불구하고, 어두운 저녁 버스정류장에서 아이를 기다리며 쓰디쓴 패배감을 맛볼 것이다.

그런데 그 괴물은 '돈' 과 같은 특성을 지닌다. 당신이 많이 가지고 있을수록 그만큼 더 쓰게 되는 것이다. 대부분의 맞벌이 부부는 아이를 갖기 전에 각자의 직업에 많은 시간을 소비하면서 '육아' 는 곧 '퇴직' 이고, '시간을 소비한다는 것' 은 '돈을 소비하는 것' 과 같을 거라고 확신한다. 그리고 이제 막 아이를 낳아 육아 문제에 직면한 풋내기

부모는 '시간이란 관리될 수 있는 것' 이라고 생각한다. 그들은 생활비의 예산을 짜듯 시간에 관해서도 그럴 수 있으며, 그로 인해 시간도 현명하게 소비할 수 있을 것이라고 믿는다. 그러나 그것은 부질없는 기대에 불과하다. 부모가 되기 전에 얼마나 훌륭하고 논리정연한 계획을 세웠건 실제로 부모가 되고 나면 그 모든 계획은 의문시되며, 그런 점에서 시간에 관한 것만큼 당신의 기대에 어긋나는 것이 없을 것이다.

또한 대부분의 맞벌이 부부는 이미 시간 압박을 받고 있는 삶에 아이를 덧붙일 적당한 때를 기다리고 있다고 주장하는 듯하다. 그들이 딩크족(double-income, no kids)에서 엄마 아빠가 되는 바로 그 순간까지 말이다. 하지만 '적당한 때' 라는 것은 그들의 환상에 불과할지 모른다. 내가 알고 있는 한 부부는 가족을 일궈나갈 적당한 때를 몇 년 동안 기다리다가 하필이면 집을 개조하는 시기에 첫아이를 출산했다. 그때 그들의 집은 비를 막아줄 지붕도 없었고, 오랫동안 따뜻한 물도 나오지 않았다.

또 어떤 부부는 결혼한 후 4년동안 부모가 되는 일을 미루다가 바다를 항해하던 중 부인이 임신하게 되었다. 거칠고 험한 태평양 횡단을 마치고 다시 미국으로 돌아왔을 때, 그 부인은 임신 초기 3개월 동안 무려 7킬로그램이나 몸무게가 빠져버렸다. 두 사람은 가장 멋진 계획을 세웠음에도 불구하고 결국 부모가 되기에는(정말 '적당한 때' 라는 것이 존재한다면 아마도 피했을) 다소 부적당한 때를 선택한 것이다. 하지만 그들은 그 '부적당한 때' 에 대응해나갔고, 장차 자녀들에게 들려줄 대단한 가족사를 일궈나가기 시작했다.

'시간 관리'라는 것은 '적당한 때'라는 개념처럼, 가정이 아니라 비즈니스 세계에서 지어낸 공상에 불과하다. TV 시청, 걸려오는 전화들, 저녁식사, 아이들 뒤치다꺼리, 어지르고 치우고, 결코 끝나지 않을 것 같은 집안일 따위에 시간이 얼키설키 배관되어 '가정'이라는 개수대에 모아지는 것이다.

일터에서의 시간과 가정에서의 시간을 구분해주는 가장 교묘한 것은, 전자와 달리 후자는 눈 깜짝할 사이에 큰 덩어리가 하나씩 사라져버린다는 것이다. 우리의 언어에는 당신이 처음 아이를 쇼핑수레에 태워서 끈으로 묶은 채 장을 보던 때와 16년 후 당신이 그 아이에게 자동차 열쇠를 넘겨주고 아이가 당신을 위해 장을 보아줄 수 있을 때까지의 걸린 시간 격차를 묘사할 단어가 부족하다. 그것을 일시적인 시간의 뒤틀림, 또는 '시간의 경계영역'이라고 부르고 평범한 의미로 사용하는 것은 어떨까. 심지어 살바도르 달리의 시계조차도 가정에서의 시간을 제대로 묘사할 수 없을 것이다.

하지만 기억하라. 눈 깜짝할 사이에 자신도 모르게 흘러가는 시간을 보유하는 유일한 길은, '순간이 지날 때 그 순간을 마음껏 소유하고 즐기는 것'이다.

'값진 시간'이란 네버랜드에나 있다

남성과 여성이 맞벌이라는 생활방식을 세워놓고 그것에 의존하게 되었을 때, 남녀 모두 '값진 시간'이라는 신화에 기꺼이 동의한다. 그것은 우리 문화에 깊숙이 자리잡은 신화이기 때문에 전 세대에 걸쳐 수많은 여성이 자신은 값진 시간을 얻을 수 있고, 더불어 그 시간을 스스로 만들어나갈 수 있다고 믿는다. 그러나 '값진 시간'이라는 것은 슈퍼엄마의 탄생을 요구하고 그녀의 단명을 초래하는 현저하게 잘못된 생각 가운데 하나이다.

예를 들어, '아이에게 정말 중요한 것은 부모가 아이와 함께 보내는 시간의 양이라기보다 질이다'라는 생각은 너무도 그럴듯해서 금세 엄청난 규모의 신봉자를 만들어낸다. 심지어 교양 있는 지식인조차 그러한 견해를 추호의 의심도 없이 믿어버리기 때문에 그것은 너무도 편리하게 '값진 시간'이라는 신화를 뒷받침해주는 요소로 작용한다.

나 역시 이 개념을 진심으로 믿었기에, 아이들을 키우면서 절망적인 순간을 수없이 겪으면서도 결코 믿음을 포기하지 않았다. '값진 시간'이라는 표현을 처음 쓴 사람조차도 그 의미를 제대로 시험해보지 않았을 것이라는 결론을 내리기까지 말이다.

'완벽한 자녀', '결혼의 행복', '가족의 소중함', '달콤한 숙면' 등의 캐치프레이즈와 함께 '값진 시간'이라는 것도 결국 한 여성이 '전문직 - 아이들 - 배우자'라는 미로를 개척해나가는 데 있어 도움되기보다는 오히려 방해가 되는, 육아에 있어서 '잘못된 개념'으로 입증되었다.

단지 내 편의에 의해, 어떠한 시간이 내게 소중하다는 이유로 아이에게도 똑같이 매력적일 수 없다는 사실을 깨닫고, 나는 산타클로스가 실제로 존재하지 않는다는 사실을 이제 막 배운 아이가 된 기분이었다.

"애야, 산타클로스란 없단다" 대신 "값진 시간이란 없다!"라고 적힌 충격적인 헤드라인을 처음으로 바라본 느낌이었다. 그것은 보물상자에 숨겨두고 애지중지하던 예쁜 보석이 실은 아무 가치도 없는 돌멩이에 불과하다는 사실을 알게 되었을 때의 느낌과 같았다.

물론 현실에서 이러한 통찰은 천천히 그리고 고통스럽게 찾아온다. 나는 예전에 아이들 하나하나와 보내는 모든 시간에 '가치'라는 꽃가루가 흩뿌려져서 내가 노력하는 만큼 그 모든 순간이 '값진 시간'이 될 수 있다고 믿었다. 그러나 얼마나 어리석은 생각이었던가.

그 깨달음은 내가 인턴 생활을 하던 무렵에 왔다. 남편 또는 유모가 나와 함께 저녁식사를 하기 위해 두 살짜리 첫딸을 데리고 병원으로 찾아왔는데, 그들이 도착하자마자 내가 응급실로 호출당했을 때 처음 느꼈을 것이다. 아니면 둘째 아이를 낳아 병원에서 집으로 돌아왔을 때, 새로 태어난 아기에게 부모의 관심이 쏠리자 토라져버린 첫딸을 달래면서 동생을 사랑해야 한다고 가르치느라 진땀을 뺐는데, 그애가 심하게 병이 나는 바람에 6일 동안이나 병원에 입원시켜야 했던 때일 것이다.

또는 가족 모두에게 값진 시간이 되리라 오랫동안 고대해왔던 휴가에서, 한 시간 예정이었던 비행기 여행이 일정 착오로 인해 목적지에 도착하기까지 장장 9시간이 걸린 악몽으로 변해버렸을 때, 그리고 공기 좋은 시골에서 편안한 휴식을 즐기려 했던 주말이 연달아 병이 나는 아이들을 간호해야 하는 기진맥진한 시간으로 변해버렸을 때일 것이다. 내가 기대했던 마법같이 달콤한 순간(값진 시간)은 기다렸던 그 시간에 결코 재현되지 않았다.

그렇다고 자녀를 키우면서 특별한 순간이 결코 나타나지 않는다고 말하려는 것은 아니다. 날마다 그때그때 짤막한 대화를 나누고, 무언가 중요한 문제가 생겼을 때 진지하게 상의하고, 특별한 경험을 공유하면서 특유의 유대감을 형성하는 것, 이 일련의 것들을 기반으로 부모-자식간의 좋은 관계가 만들어지는 것이다. 그리고 그 모든 순간은 분명 특별하고, 또 소중하며 값진 시간임에 틀림없다. 그러나 이 모든 에피소드들을 통해 당신이 부모로서 창조되는 것이지, 당신이 그 순간을 창조하는 것은 아니다. 이 사실을 깨닫기까지 상당히 많은 시간이 걸릴 것이다.

그러나 귀중한 시간이란 뜻대로 통제되지 않는다. 내가 "그래, 오늘 하루 어땠니?"라는 질문을 던져놓고 15분이라는 시간을 소비할 동안 아이들은 이 문제에 대해 거의 대답하지 않는다. "좋았어요"라는 단 한마디를 입에서 떼는 일이 고작이다. 그것도 몇 시간, 또는 며칠이 지난 후에야 저녁식사를 하면서 입 안 가득 음식을 넣고 우물거릴 때, 또는 숙제 때문에 내게 무언가를 물어봐야 할 때, 겨우 만들어지는 것이다.

또 어떤 경우엔 내가 빨래를 개고 있을 때 아이 중 하나가 나타나서 그날 학교에서 있었던 일을 조잘조잘 얘기하곤 한다. 아침 5시 30분, 나는 책상 앞에 앉아 있다. 그러면 어떤 녀석이 책을 한 권 들고 살그머니 들어와서 읽어달라고 불쑥 내민다. 또 해질 무렵 개를 데리고 산책하기 위해 집을 나서면 애들 중 하나가 석양을 함께 즐기기 위해 우리 뒤를 바짝 따라오기도 한다.

대부분의 경우 내가 "애들아, 개를 데리고 산책 가자"라고 말하면 그 애들은 못 들은 척할 것이다. 하지만 무언가 이심전심의 기회가 있고, 가끔은 애들도 내 말을 따른다.

한꺼번에 너무 많은 일을 하려고 자신을 혹사시키면서 그것을 뿌듯해 하는 여성도 있다. 그녀에게 '값진 시간'이라는 표현은 너무도 그럴듯하게 들린다. 그러나 값진 시간이라는 개념은 어른의 사고에서 만들어진 하나의 생산물일 뿐이다. 아이와 어른은 시간에 관한 한 다른 혹성에서 산다는 얘기다.

예를 들어, 저녁식사를 준비하면서 스파게티를 끓이고 있는 어머니에게 20분이라는 시간은 턱없이 부족하지만, 군침 흘리며 저녁식사를 기다리는 아이에게는 굶어 죽기에 충분한 시간일 것이다. 또 생일 파티를 한달 남겨두고 어른은 '세월 참 빠르구나' 느끼는 반면, 생일 파티를 고대하는 아이는 그 시간이 영원처럼 느껴질 것이다. 큰딸이 대학에 입학하는 날까지 남은 3년이라는 시간이 나에겐 눈 깜짝할 사이로 보이지만, 딸에게는 지금까지 살아온 15년이라는 세월의 20퍼센트의 시간을 뜻하는 것이고, 더구나 앞으로 고등학교 생활을 3년이나 더 해야 한다는 것을 의미할 뿐이다.

아이들은 어른과는 전혀 다른 시각으로 시간을 바라본다. 만일 당신이 아홉 살 먹은 아들을 데리고 발레 〈호두까기 인형〉을 보러 간 적이 있다면, 당신은 불편한 경험을 해보았을 것이다. 좋은 시간을 보내려던 당신의 생각이 아들의 생각과 전혀 맞아떨어지지 않는다는 것을 깨닫는 경험 말이다. 당신의 십대 자녀가 점점 가족에서 다른 것으로 관심의 초점을 옮겨가는 것을 지켜보며 가슴 한구석이 허전해지는 기분을 느껴본 적이 있다면, 당신은 값진 시간이라는 것이 아이들이 자람에 따라 점점 증가하기보다 오히려 사라져간다는 사실을 잘 알고 있을 것이다.

아이와 어른은 시간이 어떻게 흘러가는지, 또 시간을 어떻게 활용하는지에 대해 매우 다르게 생각한다. 따라서 근본적으로 다른 개념의 시간을 살아가는 두 개체가 '값진 시간'을 공유하기 위하여 공통의 관심사나 목적이 필요하다.

부모가 '값진 시간'을 가끔씩이라도 얻기 위해서는 아이의 생각과 관심사에 따르고 항상 그애가 무엇을 원하는가에 온 신경을 집중하고 있어야 한다는 뜻인가? 만일 그렇다면 세상의 모든 부모는 실패자 집단이 되어버릴 것이다.

세상의 어느 부모도 아이가 함께 놀고 싶어할 때마다 곧바로 응해줄 수가 없다. 그것은 부모가 함께 어울리길 원할 때마다 아이가 항상 준비되어 있지 않은 것과 마찬가지다. 하지만 부모라면 나중에 아이가 자랐을 때 함께 추억할 수 있는 아름다운 에피소드를 만들어나갈 필요가 있다. 그러기 위해서는, 당신의 빡빡한 스케줄 가운데서도 아이와 함께 할 '자유 시간'를 만들어둬야 한다.

'값진 시간'을 찾는 것은 피터팬의 네버랜드를 찾으려는 것과 마찬가지다. "달 너머로 몇 마일쯤 날아가면 그곳에 있을 거야. 아니면 네가 서 있는 바로 그곳일지도 모르지. 자, 마음을 열고 있으면 어느 날 갑자기 너는 네버랜드를 찾게 될 거야." 우리는 이 신비스러운 장소의 가장 중요한 매력이 "꿈이 태어나는 곳이고 시간이 결코 계획되지 않는 곳"이라는 사실에 놀라지 않을 것이다.

하지만 웬디에게뿐 아니라 좋은 엄마가 되려고 노력하는 모든 여성들에게 피터팬이 남기고 간 가장 중요한 단서는, 네버랜드는 (값진 시간처럼) "어떤 지도에도 있지 않고 오직 마음으로만 찾을 수 있다"는 것이다. '적당한 때, 적당한 장소에서의 너의 마음' 말이다.

시간을 자신의 것으로 만들라

직장일과 집안일로 매일 바쁘게 사는 엄마들은 시간에 관련된 위기를 겪을 때가 있다. 그것은 아이가 딸린 기혼 여성이 겪는 다른 어떤 문제보다 더 심각할지 모른다. 당신이 자신의 일에 최선을 다하면서 가정에도 소홀하지 않기 위해 항상 어느 선에서 타협점을 찾기 위해 애써 왔다면, 그럴 때 당신은 그 모든 노력이 쓸모없는 것처럼 느껴질 것이다. 또 어떠한 일에 대해서든 아무리 노력을 해도 스스로에게 최선을 다하지 못한 것처럼 느껴질 것이다.

더구나 다른 사람들에게 당신의 시간을 부분부분 할애하고 나면 자신을 위해 시간을 할애하는 데는 소홀해지게 될 것이다. 그것은 마치 부족한 일용품을 배급할 때 생기는 문제와 같다. 당연히 당신은 하루 종일 남들의 뒤치다꺼리를 하느라 자신의 소중한 시간을 박탈당한 기분으로 잠자리에 들게 된다. 건강 유지를 위해 운동을 하고, 기분 전환으로 이런저런 취미 활동을 하고, 심지어 잠깐 동안 명상할 수 있는 시간까지도 말이다. 하지만 뜻밖에 가외의 시간을 얻는다거나 매주 제8요일이 더해지는 따위의 꿈 같은 일은 생기지 않을 것이므로, 시간 부족이 상황을 더욱 악화시키기만 한다는 사실을 어쩔 수 없이 받아들여야 한다.

많은 어머니들이 '어떻게 자신만을 위한 시간을 찾아낼 수 있는지'에 대해 큰 관심을 가진다. 그리고 그 관심은 상당히 오래 지속된다.

이 관심은 어떨 땐 정당화되기도 하지만, 또 어떨 땐 '나'만이 강조되는 대중문화와 함께 자라난 자기본위로부터 기인한 것이라고 비난받기도 한다.

예를 들어, 한 여성이 아침에 운동을 하고, 하루 종일 자신의 일에 시간을 쏟아붓고, 동료나 친구와 함께 점심식사를 하며 즐겁게 수다를 떨면서도, 여전히 아이가 딸린 유부녀라는 냉혹한 현실이 있는 가정으로 돌아가야 하기 때문에 자신을 위한 어떤 시간도 찾아내지 못했다고 불평한다면 이는 무언가 잘못된 것이다. 하지만 한 주에 단 몇 번 운동할 짬도 못 내는 어머니가 있다는 사실은 어떤가. 여기에도 분명 잘못된 점이 있다. 만일 당신이 직장생활을 하면서 가족을 돌보는 평범한 즐거움으로부터 만족을 얻지 못한다면, 인생은 당신이 만성적으로 패배하는 전쟁처럼 느껴질 것이다.

아내, 어머니, 그리고 집안의 생계를 유지하는 일손으로 동시에 세 가지 역할을 하는 것은 대부분의 여성을 지치게 만든다. 물론, 취미생활을 하고 노부모를 돌보고 봉사활동을 하는 등 다른 일에도 시간을 투자하려는 여성에게는 그것이 행복한 일인 동시에 스트레스의 원인이 될 수도 있다. 그러나 누구나 자신이 기꺼이 하고 싶은 일에 최선을 다하기 마련이며, 그 각각의 역할에서 어느 정도 보람을 느끼는 것이 중요하다. 그러한 충족 없이는 하나의 역할만도 고역이 될 수 있고, 다른 역할에서 느끼는 즐거움 또한 줄어들 수 있다. 더구나 침체기가 오게 되면, 당신이 인생에서 날마다 자신만 위해 얼마만큼의 시간을 떼어낸다 해도 당신은 결코 만족을 느끼지 못할 것이고, '자신만을 위한' 더 많은 시간을 찾아 어딘가로 도망치고 싶어질 것이다. 그럴 땐 자신의 마음 상태를 분명히 인식하고 분노나 절망을 가라앉힐 수 있는 방법을 찾아야 한다.

나는 매일의 바쁜 스케줄 속에서 시간에 쫓기는 듯한 압박감에서 벗어나기 위해 습관적으로 한꺼번에 여러 일을 하는 사람이 되었다. 예를 들어, 나는 지난 6년 동안 아이들의 축구 코치 노릇을 해왔는데, 그것은 한꺼번에 꽤 많은 목적에 기여했다. 나는 일주일에 몇 번 아이들과 그 친구들에게 축구 코치 노릇을 하면서 시간을 그들에게 투자한다. 그러면 나는 그날 하루 분량의 운동을 하는 것이고, 취미를 기르는 동시에 내가 몸담고 있는 이 사회에 작게나마 보답을 하는 셈이 되는 것이다. 더욱이 아이들과 함께 뛰면서 즐거운 한때를 보낼 수 있으니 일석삼조가 아닌가.

집이 돼지우리가 되고, 냉장고가 텅 비고, 원고 마감일이 임박하여 심리적 압박감에 시달리면서 축구 코치 노릇을 위해 소비하는 두 시간이 아까워지면, 나는 그 두 시간 동안 내가 무엇을 얻어낼 수 있는가를 떠올리며 자신을 타이른다.

나는 현재 여기저기에 의학 칼럼을 쓰고 있는데 그에 관한 주제를 찾거나 필요한 책을 읽는 데 있어서도 이 같은 방법을 사용하여 시간을 버는 편이다. 나는 아이들이 아주 어렸을 때 각자에게 소형 카세트를 사주었다. 그래서 차에서 내가 듣고 싶은 책이나 의학 자료 테이프를 듣는 동안, 아이들은 자신의 카세트 플레이어로 〈백설공주와 일곱 난쟁이〉와 같은 것을 들을 수 있었다.

우리가 차 안에서 30분 이상을 보내야 할 때마다 이런 방법을 통해 아이들은 멀미나 지루함 따위를 잊을 수 있었고, 나 또한 계속해서 의

학공부를 하거나 올드 팝송을 듣는 등 나름의 평범한 구식 즐거움을 얻을 수 있었다.

또 때로는 드문 일이긴 하지만, 아이들을 떼어놓고 남편과 단둘이서 오붓하게 주말을 보내게 되어도 우리는 늘 의학관련 회의에 참석하는데, 이것은 우리에게 비즈니스인 동시에 즐거움이 된다. 또 우리 애들의 축구 경기나 모임에 참석하게 되면, 나는 게임을 즐기면서 다른 학부모와 접할 수 있는 기회를 갖게 되는 것이다.

집에서는 무선 헤드셋 덕분에 일석이조의 시간 활용이 훨씬 용이해진다. 나는 사업상 전화를 하든, 개인적인 용무로 친구와 수다를 떨든, 전화 통화를 할 때면 항상 다른 일과 함께 병행한다. 운동도 마찬가지다. 운동을 위해 걸으면서 개를 산책시키고 또 휴대용 워크맨을 통해 그날의 주요 뉴스를 듣는다. 또, 스테어 스테퍼로 운동을 할 때는 반드시 의학 저널이나 다른 읽을거리를 손에 든다.

내가 살아가고 있는 현실에서 단 하나의 목적을 위해 유혹적으로 펼쳐진 한 덩어리의 시간을 기다리는 일은 마치 고도를 기다리는 것 (사무엘 베케트의 희곡 〈고도를 기다리며〉에서 주인공은 무조건 언제까지나 고도를 기다리지만 끝내 고도는 오지 않는다 - 옮긴이)과 같다. 결국 끝없는 기다림에 좌절하고 말 것이다. 시간에 압도당하지 않을 수 있는 유일한 비결은 그 황소의 뿔을 꽉 붙드는 것이다. 골다 마이어(Golda Meir)가 말했듯이, 당신이 시간에 지배되어서는 안 된다. 시간을 다스려야 한다. 당신이 원하는 시간을 찾아냈다면, 해야 할 일을 제때에 마치고 순간순간 생각하기보다는 행동을 통해 시간을 영유하라.

시간에 관해서 '어머니'라는 여성이 대면하게 되는 가장 고약한 천적은 해야 할 일을 '미루거나' 그것으로부터 우물쭈물 '도피하는' 것이다. 이것은 극약처럼 치명적이어서 그 두 가지 버릇에 익숙해져버린 엄마들은 이미 매일의 일상적인 일에 짓눌린 기분으로 끊임없이 패배감을 맛보게 될 것이다.

사람들은 시간을 절약한다는 명목으로 갖가지 궁리를 통해 꽤 그럴듯한 책략을 세우지만 결국 그 모든 것도 시간이라는 대가를 치러야 한다. 그러니 시간을 절약하는 최선의 방법이 무엇인지 잘 생각해보라. 해야 할 일을 착실하게 해결하고 그것을 완수했을 때 얻게 되는 만족감에 의해 시간은 가장 훌륭하게 절약될 수 있다.

물론 그것이 쉽지 않다는 사실에 나도 동의한다. 하나의 일이 잘못되는 바람에 이후의 모든 스케줄이 꼬여버리는 도미노 현상이 벌어지는 날엔 정말이지 스트레스로 어찌할 바를 모를 지경이 되어버린다. 예를 들어, 잠시 장을 보려던 내 계획과 달리 계산하기 위해 줄을 서는데 15분을 허비해버리면 시내에서 아이를 태워오려던 계획도 그만큼 지연되고, 그러면 다른 딸아이가 도시의 정반대편에서 내가 그애를 데리러 고속도로를 전력질주하는 순간에 전화를 걸어 왜 아직 안오느냐고 퉁퉁거린다. 그렇게 처음부터 꼬여버리면 도시 변두리에 위치한 학교로 나머지 두 아이들을 제시간에 맞춰 태우러 가는 일은 그야말로 희망 없는 일이 되어버린다.

나는 도로에서 빨간색 신호등에 걸릴 때마다 초조감과 절망감으로 안절부절못하다가 몇 번의 심호흡으로 마음을 가다듬고, "그래도 아이들이 다 안전하잖아. 최악의 일이라고 해봤자 방과후 아이들을 돌봐주는 서비스에 대한 대가로 30분의 요금을 내는 것밖에 더 있겠나

구"라고 혼자 중얼거리며 스스로 위로한다. 이처럼 엉망진창으로 일이 꼬였을 때는 오히려 느긋한 마음을 유지하는 것이 스트레스라는 괴물을 물리치는 데 효과적이다.

한 사람의 엄마가 떠맡고 있는 여러 가지 역할 중에서 대부분의 시간뿐 아니라 감성 공간을 차지하는 것은 '부모'라는 역할이다. 그리고 다른 어떤 것보다 이 역할에서 겪게 되는 일련의 사건은 거의 통제할 수 없는 듯하다. 그래서 언제나 모든 상황을 스스로 통제할 수 있어야 한다고 믿는 사람들에겐 그것이 매우 불편하게 느껴질 수 있다.

엄마가 됨으로써 겪게 되는 갑작스러운 변화로 인해 당신이 당황했다면, 그 변화에 따른 어떠한 시간과 사건, 계획이 당신에게 어떤 기쁨을 주는지 분명히 알고서 그것을 놓치지 않기 위해 노력해야 한다. 다시 말하자면, 어떠한 환경과 시간 낭비가 당신이 느끼는 좌절이라는 악순환의 근원이 되는지 제대로 인식해야 한다는 소리다.

또한, 좋은 시간을 즐기고 힘든 시간을 피하기 위해서는 자신의 한계를 분명히 알아야 한다. 야심만만하고 자신의 일에 대한 열정으로 항상 분주한 여성들은 한꺼번에 너무 많은 것에 달려드는 경향이 있다. 자녀 중 한 아이가 교외에서 야구 결승전을 하고 또 한 아이의 생일 파티가 있는 바로 그 주에, 당신에게 어떤 전문 그룹에서 강연을 해달라는 초청이 들어오고, 또 자녀의 학교에서 펀드레이저를 조직하는데 도와달라는 부탁이 오면 당신은 어떻게 하겠는가. 슈퍼엄마가 되기 위해 무리한 일로 자신을 혹사시키지 말라. 시간이라는 괴물에 스트레스 괴물이 더해질 뿐이다. 우리가 수년 동안 아이들에게 가르쳐왔듯이 자신이 감당할 수 없는 일에 대해서는 분명하게 거절할 줄 알아야 한다.

만일 당신이 어떤 특정한 일에 대해서 과도한 스트레스에 시달린다는 사실을 깨달았다면, 잠시 뒤로 물러서서 그 상황을 변화시키고 고쳐나갈 방법을 찾아야 한다. 예를 들어, 나는 수년 동안 카풀(car pool: 에너지 절약을 위해 이웃끼리 통근이나 시장 보기에 차를 공동으로 이용하는 일 - 옮긴이)을 하는 동안 내가 우리집 아이보다 다른 집 애들을 태우고 다니느라 더 많은 시간을 소비한다는 사실을 깨닫게 되었다. 그래서 카풀에 좀처럼 참여하지 않게 되었다(사실 지금은 카풀을 해도 상관없다. 왜냐하면 어차피 내 차엔 이미 출발 때부터 우리집 아이들로 꽉 차 있을 테니 말이다).

어디서 당신의 만족이 끝나고 어디서 당신의 좌절이 시작되는지 분명히 알 수 있다면 당신은 시간을 훨씬 수월하게 다스릴 수 있을 것이다. 친구의 냉장고 문에 붙어 있는 메모를 인용하자면, "엄마가 행복하지 않으면 가족 누구도 행복하지 않다." 그것이 진실임을 알아야 한다. 그것이 다른 어떤 지침보다도 당신 삶의 균형을 유지하는 데 도움이 될 것이다.

예를 들어, 주말에 우리 아이들이 나에게 바라는 것이 있다. 그것은 아이들마다 제각각 다르다. 어떤 아이는 나와 함께 운동을 하고 싶어하고, 또 어떤 아이는 야외나 놀이동산 같은 곳에 가고 싶어하고, 또 어떤 아이는 친구들을 초대해서 근사한 파티를 열고 싶어한다. 나에게 주말이란 결코 나만의 한가로운 시간이 될 수 없다.

만일 내가 토요일, 일요일 이틀 모두 운동을 하고 컴퓨터 앞에 5시간씩 앉아 있기로 계획을 세웠다면 나는 곧 실망하게 된다. 그 대신

금요일에 운동을 하고, 아침 일찍 일어나 몇 시간 정도 일을 하면 토요일 나머지 시간은 아이들한테만 신경쓸 수 있게 된다. 또 토요일 밤이나 일요일 아침에 좀더 짬을 내어 일을 하고, 어쩌면 나는 일요일에 운동할 수 있는 시간을 얻게 될지도 모른다.

그렇게 나름대로 주말 시간을 관리하면서, 만일 아이들이나 남편과 함께 보내는 그 시간을 '내' 시간이라고 믿지 않았다면 나는 굉장히 힘들었을 것이다. 더구나 아이들이 나를 필요로 할 때마다 그 애들한테 할애해야 할 내 시간이 아깝다는 생각에 움찔했다면 나는 엄마로서 자격이 없는 사람이었을 것이다.

만일 내가 아이들에게 관심과 시간을 쏟아부으면서 그 애들이 무엇을 필요로 하는지 돌보는 일에 만족을 느끼는 대신, 내게 소중한 무언가를 빼앗기고 내 자신이 끊임없이 이용당하는 것처럼 느꼈다면 나는 굉장히 비참했을 것이다.

무엇보다도 당신이 '한꺼번에 여러 가지 일에 최선을 다하기 위해서'는—그것을 어떻게 느끼느냐에 따라 '저글링'이나 '균형 잡기'로 부르자—언제 일이 뜻대로 진행되지 않고, 어디에서 문제가 생기는지 파악할 수 있어야 한다. 만일 당신의 감성 레이더가 '좌절'이라는 지점에서 '삑' 소리로 신호한다면, 그것은 당신이 무언가에 불만을 느끼거나 짓눌린 듯한 기분에 시달린다는 뜻이다. 하지만 그러한 감정을 어떤 특별한 일에만 국한시킬 수 있다면 상황은 훨씬 나아질 것이다.

예를 들어, 컴퓨터 고장으로 하루 종일 해놓은 작업을 몽땅 날려버리거나, 아이들과 베이비시터가 한꺼번에 병이 나버리는 따위의 일들 말이다. 자신이 어떤 일로 인해 화가 났는지 분명히 알 필요가 있다.

그렇지 않으면 불행은 당신이 가는 곳마다 따라다니며 만나는 모든 사람에게 횡포를 부릴 테니 말이다. 하나의 일이 잘못되었을 때 자신의 감정을 제대로 컨트롤하지 못한다면, 그 여파는 나머지 모든 일에 도미노 현상처럼 확산될 것이다.

여러 개의 공을 동시에 공중에 띄우고 있는 저글링에서 당신은 자신의 한계를 분명히 알고, 또 존중해야만 한다. 그리고 그 '한계'가 당신이 세워놓았던 가족과 직업에서의 우선 순위를 바꿀 것이라는 사실을 깨달아야 한다.

아직 아이가 둘이었을 때, 여러 사회활동을 충분히 감당할 만큼 나이가 들지 않았을 때, 나는 많은 시간 대단히 집중적이고 생산적인 방법으로 여러 종류의 자원봉사를 했고, 그러면서 좋은 친구를 많이 만났다. 그리고 축구, 수영, 야구, 농구 동아리는 지금도 지원금과 자원봉사단을 필요로 한다. 게다가 내 아이들이 다니는 세 학교와 또 다른 단체에서도 나의 시간을 요구하고 있다. 분명 그 모든 것이 내 시간을 할애해도 아깝지 않을 정도로 보람있는 일일 것이다. 더구나 그러한 모임에 참석하는 것은 상당히 유혹적인 일이다. 하지만 내게 주어져 있는 시간을 아무리 쪼개어 봐도 그 모든 요구에 다 응할 수는 없다. 게다가 어떨 땐 내가 동의할 수 없는 요구사항 때문에 당황하거나 난처해지기도 한다.

결국, 나는 이성과 감성의 균형 잡힌 충고에 따라 내가 할 수 있는 일에, 그리고 내가 하고 싶은 일에 대해서만 Yes라고 말하고 그 밖의 것들에 대해서는 분명하게 No라고 말하는 법을 배웠다.

또, 때로는 슬럼프에서 나를 건져내는 방법이 아주 평범한 일에서 비롯되기도 한다. 호르몬대체 치료요법에 관한 좋은 논평기사를 읽고, 일반적인 아동 질병에 관한 자료 테이프를 듣고, 아동 행동문제에 관한 집필을 하나 마치는 일만으로도 행복에 대한 나의 감각은 충족될 수 있다. 물론 기분전환에 도움이 될 만한 좋은 책이 나에겐 심리치료보다 훨씬 효과적이다.

그러나 행복에 대한 균형감각을 유지하는 일이 항상 가능한 것은 아니다. 까다로운 남편, 퉁명스런 십대 자녀, 아픈 아이, 또는 일하다가 겪게 되는 갑작스러운 기계 고장 등이 모든 것을 불가능하게 보이도록 만들 수도 있다. 때때로 '나를 처량하게 만드는 것들' 로 인해 심각하게 우울해지곤 한다. 그러면 여동생에게 골프공을 던지는 아이에게 타임아웃이 필요한 것처럼 내게도 타임아웃이 필요하다. 길 필요는 없다. 내가 나이를 먹어가는 매해마다 정기적으로 보장된 타임아웃일 필요도 없다. 하지만 짧게나마 휴식 기간이 필요하다. 때로는 욕실에서 거울을 통해 자신을 바라보는 단 2분이 미소를 회복하는 데 충분하다. 또 어떨 땐 남편과 오붓하게 저녁식사를 즐긴다든가, 간편한 복장으로 천천히 해변을 따라 걸으며 고독을 즐기는 것도 정신 건강에 도움이 된다. 가끔씩 작고 단순한 즐거움이 긍정적인 자세로 살아가는데 중요한 연료가 되어주는 것이다.

세월의 흐름에 순응하라

우리는 타인과 더불어 살아간다. '더불어 산다' 는 것은 인생을 살아가면서 우리 자신의 시간을 타인과 공유한다는 뜻이다. 그 '타인' 은 굉장히 광범위하므로 나와 무관한 사람일 수도 있고, 내가 아끼는 친구일 수도 있고, 나의 소중한 가족일 수도 있다. 여기서는 이만큼 저기서는 저만큼, 또 때로는 조금 더 많이 때로는 조금 적게, 그렇게 삶의 시간을 누군가와 함께 나누는 것이다.

아이가 태어나면, 가정에서 아이와 함께하는 시간은 대체로 여성의 몫이다. 그런데 그 시간은 긴 안목으로 볼 때 다른 경험과 마찬가지로 잠시 들렀다 지나가는 찰나에 불과하다.

아이들이 아직 꼬마였을 때, 나는 그 애들이 우리집에서 떠나게 될 날을 꿈에도 생각해보지 못했다. 그 애들이 내 마음과 영혼을 온통 사로잡았기에, 언젠가 내 품을 떠나 독립하게 될 것이라는 생각은 상상에서조차 할 수 없었던 것이다.

심지어 아이들 중 한 녀석이 쇼핑수레에 담은 이유식 병을 단지 그것이 산산조각나는 것을 보기 위해 슈퍼마켓 바닥에 힘껏 내던지며 즐거워했을 때도, 또 다른 녀석이 내가 아끼는 고급 립스틱으로 자동차의 유리, 좌석 커버 할 것 없이 온통 차 안에 낙서해 놓았을 때도, 한밤중에 우는 아이를 달래기 위해 네 번이나 잠을 깼을 때도, 장난으로 틀어놓은 수돗물이 물바다를 이룬 부엌에서 세차게 물을 뿜는 수도꼭지를 잠그기 위해 난장판 사이를 달릴 때도, 나는 아이들과 함께하는 시간이 너무 곤혹스러워서 차라리 내 인생에서 사라져버렸으면 좋겠다고 바란 적이 한 번도 없었다.

나는 내심 그 애들이 영원히 내 품안에 머물 것이라고 생각했던 것이다. 아이들이 주위를 아무리 엉망진창으로 만들어놓아도, 그로 인해 난처한 상황에서 얼굴을 붉혀야 하는 일이 생겨도 나는 그 애들의 엄마라는 사실을 추호도 후회해본 적이 없다.

그런데 세월이 흐르면서 아이들은 각각 하나의 인격체로 성장해갔다. 비록 그 변화가 알아챌 수 없을 만큼 미묘하고, 그 녀석들은 여전히 내 아이들이었지만, 더 이상 '나의 것'은 아니었다. 그 애들은 내 손길의 범위를 넘어서서 독립된 인간이 되었던 것이다.

큰애가 조금 더 자라서 자동차 열쇠를 손에 넣게 되면, 그애는 더 이상 나를 필요로 하지 않을 것이다. 새끼새가 둥지를 떠나 처음 비행하는 모습을 지켜보는 어미새처럼, 아이가 자신만의 세계를 만들어가는 과정을 지켜보면서 그 아이가 성장하는 동안 내가 투자했던 시간에 대하여 인정을 받았다는 느낌이 들었다. 또 아주 많은 시간이라 여겼던 그 세월이 실은 그렇게 많은 시간이 아니었다는 사실도 함께 깨닫게 되었다.

나는 그애를 잃을 것이다. 딸아이를 태우고 차 안에서 매일같이 나누었던 대화를, 그애가 어딘가에서 나를 기다리고 있을 동안 내 머릿속을 차지하던 그애의 공간을, 그 가슴 따뜻한 느낌을 잃을 것이다.

여러 점에서 첫딸이 성장하는 과정과 내가 나이를 먹는 과정이 대조될 수 있다. 그것은 어느 순간 딸애와 나에게 갑자기 매우 크게 보인다. 그애가 성인이 되어가는 과정에서 쭉 뻗은 활주로를 상쾌하게 달리는 동안, 나는 다른 모습으로 나이를 먹을 것이다.

그애는 이제 막 시작하고, 나는 예전의 것을 다시 재개하는 것이다. 딸애가 자신이 장차 무엇이 될 것인지, 무엇을 하고 싶은지 결정하는 동안, 나는 아이들을 키우느라 잠시 접어두었던 예전의 일로 되돌아갈 것이다. 물론 그 일이란 그녀가 태어나기 전에 비해 상당히 달라지

긴 했겠지만. 수십 년 동안 발전해온 페미니즘의 덕분으로, 나의 둥지는 그것이 비어버린 만큼 빠른 속도로 채워지기 시작할 것이다.

앞으로 수년 동안, 아이들은 '내가 말하고 가르쳐온 것'에 덧붙여 세상이 어떻게 돌아가고 그 세상이 자신에게 무엇을 요구하는지 '그들 자신의 깨달음'을 결합시킬 것이다. 아이들이 세상 속으로 자신의 길을 갈 때 사람들은 흔히 등급 매기기를 좋아한다. 하지만 아무도 '어머니'의 일에 등급을 매겨 분류하지는 않을 것이다.

만일 그렇다면 어머니는 곧 주춤 물러서서 자신이 지금껏 해왔던 것보다 훨씬 더 많은 헌신과 시간을 아이들 돌보는 데 쏟아붓고 싶겠지만, 아기새가 첫 비행을 위해 둥지를 떠남과 동시에 그러한 날은 이미 지나간 것이다. 이제 당신이 해야 할 일은 '다음에는 무슨 일이 일어날 것인가'에 대해 관심을 쏟는 것이다.

내가 수년 동안 해왔던 흥정은 이제 역전되기 시작했다. 지난 15년 동안 아이들에게 점점 더 많은 시간을 할애하기 위해, 직업적인 일을 다소 뒷전으로 미루면서 나는 아이들을 우선했다. 그러나 이제부터는 오히려 아이들이 차례차례 자신의 길을 개척해가면서, 그들에게 쏟았던 내 시간을 조금씩 돌려주기 시작할 것이다. 이러한 과정이 엄마들에게 달갑기보다 차라리 씁쓸한 것으로 여겨질지도 모른다.

하지만 다행스럽게도 자녀가 엄마의 품에서 떨어져나가는 분리의 과정은 아이의 탄생보다는 덜 급작스럽고 좀더 점진적으로 이루어진다. 그것이 당장에는 출산으로 인한 변천 과정처럼 '기쁨에 겨우면서 동시에 고통에 찬 과도기'로 여겨질 것이다. 하지만 자녀가 엄마의 품을 떠났다고 해서 부모와 자식간의 유대까지 끊기는 것은 아니다. 또 아직 다른 아이가 혹은 새로운 아이의 탄생이 남아 있으며, 아이를 돌보는 그 모든 일은 여전히 당신을 기다리고 있다는 사실이 상실감을 완화시켜 줄 것이다.

단지 다른 시간이 다가오는 것일 뿐이다.

'지금-우리-여성'에 대한 이야기

이 책은 '일에 대한 야망을 성취하면서 엄마라는 역할도 훌륭하게 해내려는 여성'을 위한 책이다. 지은이 캐런 잉그버그는 1970년대 여성해방운동의 초기부터 페미니스트로 활약해온 미국의 의학박사이다. 그러나 이것은 페미니즘 이론에 대한 책이 아니며, 우리와 동떨어진 미국의 얘기도 아니다. 여성이라면 누구나 공감할 수 있는 '지금-우리-여성'의 이야기인 것이다. 일과 가정이라는 두 세계에서 균형을 유지하려는 여성이 어떻게 현실에 부딪히는지 미리 알려주고 있다.

요즘 우리나라의 많은 여성은 일이나 공부를 위하여 결혼을 미루거나 포기하고 있다. 유교적 사고가 사회의 기저를 이루고 있는 현실에서 일과 가정이라는 두 마리 새를 한꺼번에 잡는 것이 얼마나 어려운지 잘 알기 때문이다.

나 또한 이 책을 번역하던 중 '일과 결혼'이라는 문제에 부딪히게 되었다. 결국 일에 대한 야망 때문에 안락한 미래를 보장해줄지도 모르는 좋은 상대를 포기하였다. 그것이 과연 옳은 선택이었는지 갈등하던 중 이 책에서 적절하고 훌륭한 충고를 많이 얻었다. 물론 어느 길이 옳았는지는 충분한 시간이 지나야 알 수 있겠지만.

지금도 미래의 삶에 대하여 고민중인 이 땅의 딸들에게 먼저 경험한 선배의 이야기는 선택의 기로에서 좋은 길잡이가 되어줄 것이다. 실제로 이 책에 실린 수많은 에피소드는 지은이가 주변에서 수집한 경험담이다. 마치 어머니나 할머니가 다정하게 충고해주는 '여자의 삶에 관한 이야기' 같다. 그래서 바로 '나-여성'의 이야기가 된다.

어린 시절 나는 한때 남성을 동경하였다. 하지만 이제 동경하지 않는다. 언제부터인가 '강하다'는 것이 '남자 같다'는 말과 같은 뜻이 아니라는 사실을 깨닫게 되었다. 내가 남성을 동경했던 이유는 나의 할머니와 어머니가 여자로서 겪는 고단한 삶이 싫어서였지 결코 그들의 살아가는 방식이 부끄러워서가 아니었다. 그리고 그들의 삶을 통해 '여성은 강하다'는 사실을 배웠다. 나는 그들의 기질을 물려받은 '딸'이고, 또 '여성'이라는 사실에 자부심을 느낀다.

하지만 우리 어머니들의 삶은 자꾸만 나를 머뭇거리게 한다. 그럼에도 불구하고 지은이가 말하듯 나도 여성으로 태어난 것을 행운이라고 믿는다. 확신하건대 우리 세대는 물론이고 다음 세대의 후배들도 자존심 강한 당당한 여성이 될 것이다.

마지막으로 좋은 글을 만나게 해준 권택영 교수님과 참솔의 김혜숙 대표님에게 감사드린다. 그리고, '나의 어머니들', 내 할머니와 엄마에게 가슴 깊은 사랑을 박수와 함께 보낸다.

2002. 4. 20.

김미정